KATHERINE SCHOLES

De nationalité anglaise et australienne, Katherine Scholes est née en 1959 dans une mission en Tanzanie où elle a passé une partie de son enfance. Elle a écrit des romans, des nouvelles, de la poésie et des récits pour la jeunesse. Mariée, Katherine Scholes a deux enfants et vit aujourd'hui en Australie. Après *La Reine des pluies* (Belfond, 2003) et *La Dame au sari bleu* (Belfond, 2005), *La Femme du marin* a paru en 2007 chez Belfond.

LA FEMME DU MARIN

DU MÊME AUTEUR
CHEZ POCKET

LA REINE DES PLUIES
LA DAME AU SARI BLEU

KATHERINE SCHOLES

LA FEMME
DU MARIN

*Traduit de l'anglais (Australie)
par Hélène Prouteau*

BELFOND

Titre original :
THE STONE ANGEL
publié par Pan Macmillan Australia Pty Limited.

Les événements, les lieux et les personnages de cet ouvrage sont fictifs. Toute ressemblance avec des personnes réelles, vivantes ou mortes, serait pure coïncidence.

Le Code de la propriété intellectuelle n'autorisant, aux termes de l'article L. 122-5, 2e et 3e alinéas, d'une part, que les « copies ou reproductions strictement réservées à l'usage privé du copiste et non destinées à une utilisation collective » et, d'autre part, que les analyses et les courtes citations dans un but d'exemple et d'illustration, « toute représentation ou reproduction intégrale ou partielle faite sans le consentement de l'auteur ou de ses ayants droit ou ayants cause est illicite » (art. L. 122-4).
Cette représentation ou reproduction, par quelque procédé que ce soit, constituerait donc une contrefaçon, sanctionnée par les articles L. 335-2 et suivants du Code de la propriété intellectuelle.

© Katherine Scholes 2006. Tous droits réservés.

Et pour la traduction française

© Belfond, un département de place des éditeurs, 2007.

ISBN 978-2-266-18066-5

1

1990 Addis-Abeba, Éthiopie

Cramponné à son volant, Negatu slalomait entre les nids-de-poule, fonçant dans les rues de la ville pratiquement déserte. Stella appuya son front contre la vitre poussiéreuse de la Land Rover et vit son reflet dans le rétroviseur. Des mèches de cheveux noirs, échappées de sa natte, collaient à son visage en sueur, lui barrant la joue. Sous l'effet des coups de soleil, elle avait les lèvres sèches et son nez commençait à peler. Elle croisa son propre regard et il lui sembla que ses yeux étaient trop brillants, trop clairs. Elle s'étonna qu'ils n'aient retenu aucune trace des horreurs dont ils avaient été les témoins.

L'image sauta tandis que le véhicule ralentissait. Stella releva la tête. Une ligne de bidons d'essence et de croisillons en bois barrait la route. Negatu jura à mi-voix.

— Ils vont vous demander vos papiers, grommela-t-il.

Tenant le volant d'une main, il glissa l'autre dans la poche de sa chemise.

La Land Rover s'arrêta sur le bas-côté de la route. Un soldat s'avança vers eux, s'immobilisa près de la portière du passager, la crosse de sa mitrailleuse posée sur sa cuisse. Stella baissa la vitre.

— Vous avez vos papiers ?

Le soldat parlait lentement, s'appliquant à bien prononcer l'anglais. Il introduisit sa main dans le véhicule. La paume rose qu'il approcha du visage de la femme portait une longue et vilaine cicatrice.

Stella lui proposa sa carte de presse. Il l'étudia tandis qu'elle regardait au loin des oiseaux tournoyer autour d'une statue en pierre grise.

— Qu'est-ce que c'est que ça ? demanda le soldat en pointant du doigt la carte qui portait des timbres de couleur et des signatures d'encres différentes. Vous travaillez pour *Women's World Magazine* ?

— Oui.

Stella lui montra le badge épinglé à sa chemise.

Quand il se pencha dans la voiture, elle sentit une forte odeur de transpiration et de charbon de bois. Il examina le badge avec une frise de pâquerettes sur fond lilas où se détachaient les mots calligraphiés d'une jolie écriture contournée. Stella espérait que ce détail lui rappellerait qu'elle était une femme et pas seulement une journaliste, ainsi il la verrait un peu comme une sœur ou une petite amie – une personne à protéger. Le soldat parut s'adoucir, puis la suspicion reprit le dessus.

— Pourquoi êtes-vous venue ici ? Pour écrire sur nos vêtements ?

Sa méfiance s'accrut quand il détailla la tenue de Stella : une jupe froissée et une chemise usée, imprégnée de la poussière rouge des hauts plateaux.

— J'écris des histoires sur les femmes, expliqua Stella. Nous revenons du Nord, du pays Welo. Là-bas, la plupart des mères ne peuvent plus nourrir leurs enfants. Les pluies ne sont toujours pas arrivées. La situation est critique.

— Welo ? répéta l'homme.

— Oui, plus exactement près de Kobo.

L'homme se voûta.

— C'est chez moi. Ma famille est là-bas.

Stella hocha lentement la tête. Il n'y avait rien à ajouter.

— Et donc…

Le soldat la fixa d'un regard pénétrant.

— … Vous allez tout raconter dans votre magazine ? Le monde saura et on va nous envoyer de l'aide ?

— Oui, je l'espère.

Une lueur d'optimisme brilla dans les yeux de l'homme… puis s'éteignit. Maintenant, il semblait las, comme si les muscles de son visage inexpressif étaient trop fatigués pour se mobiliser. Il savait que les choses n'étaient pas aussi simples.

Il s'écarta, leur fit signe de passer et rejoignit le bord de la route. Là, il s'accroupit près d'une flaque et entreprit de laver ses bottes, recueillant dans le creux de sa main une eau d'un brun rouge dont il aspergea le cuir usé.

Negatu engagea le véhicule sur la chaussée et accéléra. Il poussa un soupir de soulagement en laissant le barrage derrière lui.

— Maintenant, on va à l'hôtel ?

— Oui, répondit Stella.

Il lui adressa un regard mécontent.

— Pourquoi vous êtes pas au Hilton avec les autres étrangers ? Vous y seriez plus en sécurité.

Stella hocha la tête sans piper mot. Elle ne descendait jamais dans les hôtels internationaux. De toute façon, elle n'en avait pas les moyens. Elle était payée à la pige et ne percevait aucun salaire entre les articles qu'elle vendait. Cela faisait dix ans qu'elle refusait les offres des agences et elle n'acceptait même pas les avances. Elle avait suivi la voie que Daniel lui avait tracée. « Travaille en free-lance », lui avait-il conseillé. Elle se souvenait exactement des circonstances où il avait prononcé ces paroles. Il lui tendait son appareil photo – un Leica avec un déclencheur qu'on entendait à peine, et dont les parties brillantes étaient recouvertes de ruban adhésif noir afin de ne pas attirer l'attention. Il avait utilisé un sèche-cheveux pour nettoyer la poussière de l'objectif, et si ses vieilles mains étaient maladroites, sa voix avait gardé toute sa force de conviction. « Le *free-lance*, c'est la liberté. La liberté de dire la vérité. »

Le chauffeur se tourna vers Stella et lui adressa un sourire d'encouragement.

— Vous seriez très bien au Hilton. Il y a une piscine, un coiffeur, un centre d'affaires. Je suis allé voir. Et puis, vous pourriez vous faire de nouveaux amis.

Il promena son regard sur le corps de Stella et s'attarda sur ses seins. Il pensait qu'elle laissait s'échapper des occasions de se trouver un mari. Elle l'avait vu étudier son passeport à un des *checkpoints* à Welo, donc il connaissait son âge. Trente et un ans. Le temps lui était compté.

— Je ne cherche pas de nouveaux amis. Je suis ici pour travailler.

C'était vrai. Elle dépensait toute son énergie aux tâches qu'elle s'était fixées. Au cours du long voyage de retour vers le Sud, elle avait réfléchi à ce qu'elle écrirait sur ses dernières expériences. Comme toujours, elle laissait d'abord venir les images, qui se bousculeraient bientôt dans sa tête. Luttant pour attirer son attention, les mots commenceraient à s'assembler... Aussitôt qu'elle serait dans sa chambre, elle sortirait sa machine à écrire. Le début était toujours difficile. Et puis le texte se mettait en place.

Le véhicule s'arrêta devant l'Ethiopian Hotel, avec sa façade blanche et ses colonnades écaillées. Les enfants entourèrent la voiture, écrasant le nez sur les vitres tandis qu'elle sortait une liasse de billets de sa poche. Negatu méritait un salaire correct. Ce n'était pas facile de trouver quelqu'un qui acceptait de s'aventurer hors de la ville. Et les scènes dont il avait été le témoin dans les camps où sévissait la famine ne seraient pas faciles à oublier. Quelques-unes, indélébiles, trouveraient leur chemin jusqu'à son âme.

Cet enfant qu'ils avaient rencontré le premier matin...

L'enfant à la peau blanche et aux yeux bleus avait surgi dans la foule qui se pressait sous la tente où l'on distribuait la nourriture. Stella l'avait d'abord pris pour le fils d'un missionnaire ou d'un employé d'une organisation humanitaire – et elle n'avait pas compris ce qu'il faisait ici. Puis elle vit qu'il était vêtu de haillons. Les os de ses poignets saillaient sous la peau et son ventre était gonflé. Saisie par la panique, Stella avait cherché des yeux le fonctionnaire. Elle voulait savoir. Où étaient les parents de l'enfant ? En cet instant, il lui avait semblé que la maladie et même la faim n'étaient rien comparées au cauchemar de se retrouver complètement perdu, à des années lumière de l'endroit où vous avez vu le jour...

— C'est un *zeru zeru*, avait dit Negatu en suivant son regard. Il est pas comme tout le monde parce qu'il a été conçu par une femme qui avait ses règles. Ou alors un esprit mauvais a remplacé le vrai bébé par celui-là.

Pour Stella, ce qu'il disait n'avait pas de sens. La panique refusait de céder. Elle étouffait.

Le fonctionnaire du gouvernement l'avait alors rejointe.

— Vous voulez faire une photo du petit albinos ?

Stella avait secoué la tête. Le garçon avait les yeux fixés sur elle. Sous la tente, tous les enfants étaient tournés vers la femme étrangère, mais celui-là la bouleversait au-delà de toute expression.

— Si vous le désirez, je l'appelle, proposa le fonctionnaire.

— Non, c'est inutile.

Elle voulait oublier ce visage.

Elle savait qu'elle n'y parviendrait pas.

Le garçon ne l'avait pas quittée des yeux. Alors qu'elle comptait l'argent de Negatu dans la Land Rover, Stella sentait encore le poids de son regard. Elle avait le sentiment de l'avoir abandonné sur une planète dont il ignorait tout.

Pourtant, il n'était pas perdu. Il n'était pas différent des autres…

Negatu inclina poliment la tête quand Stella lui tendit un paquet de billets usagés.

— Merci. Je vous souhaite bonne chance.

— Je pourrai vous recontacter ?

Il fallait qu'elle planifie rapidement sa prochaine expédition pendant qu'il était encore possible de quitter la ville.

— J'aimerais aller vers le Sud.

L'homme haussa les épaules.

— Si Dieu le veut.

Stella descendit de voiture, attrapa son sac à dos et

agita la main pour saluer le chauffeur. Le portier de l'hôtel vint à sa rencontre. Il tenait une ombrelle frangée d'or aux couleurs de l'arc-en-ciel. Les enfants s'enfuirent à son approche, à l'exception de deux cireurs de chaussures qui contemplaient avec consternation les tennis de Stella.

Elle s'avança vers le hall de l'hôtel, le portier derrière elle brandissant d'un air grave l'ombrelle au-dessus de sa tête, comme s'il escortait une princesse – un trésor devant être protégé à tout prix de dommages éventuels. Ce geste était étrangement réconfortant. Comme s'il y avait au moins une personne ici qui savait ce qu'elle venait d'endurer – et reconnaissait son courage. Il lui suffirait de quelques instants d'attention pour se remettre de ses émotions.

Elle s'engouffra dans la porte tambour qui grinçait et pénétra dans le hall. Cet endroit ne lui servait de base que depuis un mois, mais en jetant un coup d'œil autour d'elle, elle eut l'impression de rentrer à la maison. Elle foula le sol aux dalles de faux marbre, rayées par endroits et incrustées d'éclats de mica. Le soleil dardait ses rayons par les déchirures des rideaux en lourd brocart, révélant des moutons de poussière oubliés sous le canapé bosselé. Aujourd'hui, l'odeur de cuisine aux épices et de plâtre moisi s'effaçait derrière celle des grains de café fraîchement torréfiés. Et il flottait un vague parfum de santal. Stella en chercha l'origine et aperçut une légère brume bleue s'échapper de la grille d'un brûleur d'encens.

Elle traversa le hall et s'immobilisa devant le passage voûté qui donnait sur le restaurant. À son arrivée, elle avait été frappée par le contraste entre la salle à manger et l'entrée. Maintenant, son regard glissait sans s'émouvoir sur les boxes en vinyle vert acidulé, les banquettes orange et la vaisselle assortie.

En voyant la carte d'un menu posée sur une table, Stella se rappela qu'elle avait faim. Il s'était écoulé des heures depuis qu'elle avait pris son petit déjeuner dans une pension de famille à la campagne. Mais le souvenir des petits pains rassis, dont les miettes collaient au palais et qu'elle avait fait passer avec un café amer, lui coupa brusquement l'appétit.

Derrière le comptoir de la réception, le sous-directeur se leva pour l'accueillir.

— Votre chambre est encore libre, dit-il en lui tendant une clé attachée à une lourde plaque en cuivre. Nous vous l'avons gardée.

— Merci, c'est gentil à vous.

Elle savait qu'à l'étage silencieux, les dix chambres étaient inoccupées. Cela faisait des années qu'il n'y avait plus de touristes.

— Et le courrier est enfin arrivé, ajouta l'homme. Vous avez trois lettres.

Stella le regarda tendre la main vers une longue rangée de casiers vides. Elle reconnut une des enveloppes lilas utilisées par Lorna, la rédactrice en chef de *Women's World*. Il était miraculeux que les services postaux continuent à fonctionner dans des pays en guerre. Une lettre glissée dans une boîte par Lorna à Londres, à une adresse indiquée par Stella, finissait toujours par arriver. Les fax créaient un lien encore plus étrange. Quand Stella se tenait près d'un fax où défilaient ses pages tapées à la machine dans un des coins les plus reculés du monde – un hall d'hôtel, une poste ou le bunker d'une organisation humanitaire –, elle les imaginait se matérialisant à Londres dans le bureau de Lorna, où elles tombaient dans un bruissement léger sur l'épaisse moquette mauve.

Le sous-directeur lui proposa un coupe-papier en argent et elle secoua la tête. Il était toujours plein d'attentions dans l'espoir qu'elle lui laisserait un gros pourboire en partant. Elle trouvait assommant d'avoir à estimer ce que lui coûterait chaque faveur.

Stella grimpa d'un pas lourd le grand escalier en marbre qui décrivait une large courbe jusqu'au premier étage. Son sac lui faisait mal à l'épaule et elle songea qu'elle avait vraiment besoin d'une bonne nuit de sommeil. Elle jeta un coup d'œil aux trois lettres : celle de Lorna, une autre qu'on lui avait fait suivre depuis un hôtel où Stella était descendue à Nairobi, et une troisième de l'Ethiopian Hotel. Sans doute contenait-elle un rappel poli de sa note, qu'elle avait oublié de régler avant de partir pour le Nord.

Stella s'immobilisa dans l'encadrement de la porte de sa chambre au décor spartiate. Pendant son absence, quelqu'un avait fait son lit, replié ses quelques vêtements et balayé le sol entre les deux divans. Sinon, rien n'avait bougé.

Sur la table, elle posa les enveloppes et son sac à dos qui versa sur le côté, laissant échapper ses calepins et son carnet d'adresses, suivis par sa radio, son appareil photo et ses rouleaux de négatifs. Puis ce fut le tour d'une jupe et de sous-vêtements sales, d'un nécessaire de toilette et d'une trousse de secours. Un objet long comme la main, enveloppé d'une vieille écharpe en soie, fut le dernier à tomber. Stella le ramassa et déroula l'écharpe, révélant une figurine agenouillée avec des ailes dans le dos. Un ange.

Alors qu'il reposait sur sa paume, elle perçut sa forme et son poids familiers, et elle alla le mettre sur un petit meuble de chevet au vernis craquelé, près d'une soucoupe ébréchée tachée par des mégots de cigarettes. Stella orienta le visage de pierre vers l'oreiller où elle poserait sa tête un peu plus tard pour essayer de trouver le sommeil.

L'eau tiède coulait sur son corps, lavant la sueur et la poussière. Elle se frotta les cheveux avec un savon bleu vif, respirant à pleins poumons le parfum bon marché pour se débarrasser de l'odeur des camps, des latrines, de la clinique qui n'avait même pas de désinfectant, des corps enveloppés de linceuls blancs exposés au soleil... Pour l'aider à lutter contre la puanteur, le fonctionnaire lui avait tendu un rameau de rue, la plante odorante que les Éthiopiens mettent dans leur café. Cela n'avait pas marché longtemps.

Stella ferma les yeux et leva la tête vers le mince filet d'eau. De brèves visions lui revenaient à l'esprit. La main d'un vieil homme, légère sur le visage admirable d'une petite fille qui semblait dormir. Les mouches se nourrissant de blessures qui ne guériraient jamais. Et la main de Stella refermée sur des aliments qu'elle avait mangés en cachette, dans la pénombre verte d'une tente...

La radio était allumée. La voix calme et assurée d'un journaliste à l'accent britannique se mêlait au ruissellement de l'eau. Stella écoutait les nouvelles d'endroits où elle avait vécu. Elle connaissait la plupart des journalistes, rencontrés sur le terrain, et elle espérait qu'ils lui apprendraient quelque chose sur ce qui se passait ici, en Éthiopie. Elle aurait aimé savoir si les rebelles étaient aussi proches d'Addis que la rumeur le disait.

Stella sortit de la douche et se fit un turban avec l'unique serviette élimée. Assise sur son lit, la couverture rêche piquant sa peau nue, elle ouvrit son courrier. D'abord la lettre de Lorna, dont elle sortit une liasse d'articles qu'elle avait signés. En les feuilletant, elle vit des fragments de photos, des morceaux de textes – accouplés avec des publicités pour des rouges à lèvres et des crèmes contre les rides ou des recettes pour régime amaigrissant. Elle jeta un coup d'œil aux titres, choisis par Lorna, qui les rattachait toujours à un thème.

> POUR PROTÉGER LEURS FILLES, DES FEMMES LES HABILLENT EN HOMMES
> *Dans les villages des collines du Timor oriental...*
>
> DES COMBATTANTES PORTENT DES CAP-SULES DE POISON AUTOUR DU COU
> *Dans la jungle du Sri Lanka du Nord...*

Stella chercha son chèque. Il était là, attaché par un trombone à une lettre à en-tête. Avec ça, elle n'irait pas loin. Ici, à Addis, la vie était chère et elle se déplaçait sans arrêt. Comme d'habitude, quand elle aurait payé ses frais, il ne lui resterait pratiquement rien. Il fallait qu'elle demande une augmentation. Impossible de remettre cette corvée à plus tard. Elle n'avait qu'à se dire que Lorna était un politicien, un militaire, un seigneur de guerre ou un chef de bande. Stella s'étonnerait posément et présenterait ses exigences avec fermeté.

La seconde enveloppe était tachée et portait un nom et une adresse écrits d'une main maladroite. Stella l'ouvrit. Elle venait d'une personne qu'elle avait récemment interviewée dans le sud du Kenya.

> *Je vous supplie de m'aider. Mon mari a été arrêté. Mes enfants...*

Stella replia la lettre. Il était vital pour elle de ne jamais regarder en arrière. Quand elle avait fini un reportage, elle coupait les ponts. Elle refusait de laisser le destin d'un homme ou d'un groupe de gens la priver de l'énergie dont elle avait besoin pour accomplir son travail.

S'armant de courage pour affronter le montant de la note d'hôtel, elle déchira la dernière enveloppe dont elle retira deux feuilles minces et brillantes.

Sous le logo de *Women's World* s'inscrivait le message suivant :

> *À : Stella Boyd (cliente), Ethiopian Hotel, Addis-Abeba*
> *Privé et confidentiel.*
> *Message urgent. Faire suivre.*

Sur la deuxième feuille, elle lut :

Stella Boyd c/o Women's World Magazine

La police de Tasmanie cherche à vous contacter. Téléphonez immédiatement au commissariat de Halfmoon 63247789.

Votre père est porté disparu en mer.

Le regard de Stella restait fixé sur le texte comme s'il était rédigé dans une langue étrangère.

> *Disparu en mer... police de Tasmanie...*

Elle s'absorba dans la forme des lettres et des mots imprimés noir sur blanc.

Votre père...

C'était impossible. William était réputé pour sa prudence. Même si la pêche avait été mauvaise, il restait à quai par gros temps et rentrait au port dès que ça se gâtait. Il prenait toujours des risques calculés. Et son bateau, le *Lady Tirian*, avait été conçu pour la sécurité.

Mais la feuille de papier qui reposait sur ses genoux était bien réelle, porteuse d'un message expédié à travers le monde exprès pour elle. Spinks, le policier local, avait dû appeler le journal et la secrétaire de Lorna lui avait aussitôt envoyé un fax.

Stella se leva lentement. Elle savait pertinemment que neuf fois sur dix « disparu en mer » signifiait « noyé ». Près du quai de Halfmoon Bay se dressait le mémorial des marins où des plaques de cuivre rappelaient les nombreuses tragédies locales – pêcheurs emportés sur le pont, bateaux naufragés, équipages disparus. *Pris par la mer...*

De ses doigts gourds, Stella enfila un tee-shirt et batailla avec la fermeture Éclair de son jean. Puis elle fouilla d'une main tremblante dans ses affaires étalées sur la table et ramassa son carnet d'adresses.

Tout en s'efforçant de rester calme, elle vérifia la date du fax. Il était arrivé hier, pendant qu'elle visitait le camp de réfugiés. Stella se dit qu'à cette heure, ils l'avaient sûrement retrouvé. Elle eut une vision de son père à la maison, enveloppé dans une couverture. Sa mère s'affairait autour de lui, pendant qu'il buvait du bouillon de pot-au-feu dans la cuisine de Grace où tout était propre et lumineux. Ça sentait le savon noir et le feu de bois. Des sablés refroidissaient sur un plat et les « gâteaux de mer » de William s'alignaient près du four, enveloppés dans du papier aluminium.

Quand Stella arriva à la réception, le directeur venait de rentrer à l'hôtel.

— Miss Stella ! s'écria-t-il en se précipitant vers elle. Vous êtes de retour ! Un fax urgent est arrivé pour vous – et je n'ai pas pu m'empêcher de le lire en le mettant sous enveloppe… je crains que vous n'ayez reçu de mauvaises nouvelles.

Stella hocha la tête et fit un geste en direction du téléphone. L'homme se glissa derrière le comptoir et poussa vers elle le vieux combiné noir.

— Ça marche, dit Berhanu. C'est votre jour de chance.

Puis il regarda au loin d'un air embarrassé. Le mot « chance » continua de vibrer dans le silence.

Stella ouvrit son carnet d'adresses à la reliure fatiguée et trouva l'indicatif de la Tasmanie. Elle composa la longue suite de numéros et attendit le signal d'appel. À Halfmoon Bay, il faisait nuit. La sonnerie du téléphone résonna dans le commissariat désert, puis se connecta chez Spinks, qui vivait juste à côté. Elle se l'imagina jurant au saut du lit. À moins – cette pensée lui transperça le cœur – qu'il soit dehors à organiser les recherches. S'arrêtaient-ils la nuit ou poursuivaient-ils avec des lampes ?

— Spinks à l'appareil.

La voix indiquait que cet appel avait intérêt à être important.

Stella sentit sa gorge se serrer.

— C'est Stella.

— Stella ! Dieu soit loué. Je croyais qu'on n'arriverait jamais à te localiser. Où es-tu ?

— À Addis-Abeba, en Éthiopie. J'ai eu le fax, bégaya-t-elle. Il a disparu en mer ? Papa a disparu en mer ?

Il y eut un bref silence. Stella entendit Spinks reprendre son souffle.

— C'est exact. Et les nouvelles ne sont pas bonnes mais les recherches vont reprendre dès l'aube.

Spinks s'éclaircit la voix.

— Écoute, il faut que tu rentres tout de suite à la maison. On a besoin de toi.

Stella fixa le téléphone en bakélite noire recouvert de traces de doigts graisseuses. *Rentre tout de suite à la maison.* Comme si Halfmoon Bay était juste au coin de la rue...

— Stella ? Tu m'entends ?

Brusquement, Spinks redevint le flic qui surprenait les adolescents en train de fumer ou de tracer des insultes sur la carrosserie poussiéreuse de la voiture de police. Voilà qu'elle se retrouvait dans la situation d'une gamine vertement tancée par un adulte.

— Très bien. J'arrive dès que possible.

En raccrochant, elle croisa le regard de Berhanu.

— Je suis désolé, miss Stella. On n'a pas retrouvé votre père ?

— Il faut que je parte tout de suite.

Cette phrase semblait sortir de la bouche d'une autre. Stella restait là, hébétée, incapable de reprendre ses esprits. Pourtant, elle savait qu'elle devait se dépêcher. Il n'y avait qu'un vol par jour pour Dubaï et l'avion décollait dans cinq heures. Avant de quitter le pays, il fallait obtenir l'autorisation du ministère de l'Information où des fonctionnaires, assis derrière des piles de paperasse, contemplaient d'un air morne des tampons en caoutchouc bien alignés. Une bonne partie de son précieux argent liquide servirait à leur graisser la patte pour qu'ils daignent enfin s'activer.

Elle tourna les talons et se précipita vers l'escalier en marbre qu'elle monta quatre à quatre. Les pensées se bousculaient dans sa tête. Elle allait jeter ses affaires dans son sac... les vêtements qu'elle avait lavés dans la douche, l'ange enveloppé dans son écharpe. D'abord, l'agence de voyage, puis un taxi jusqu'au ministère... En état de stress, son esprit fonctionnait à plein régime, échafaudait des stratégies et son corps, aiguillonné par l'action, se découvrait des ressources insoupçonnées. Dans ces moments-là, les émotions n'avaient pas leur place.

Quand elle redescendit, M. Berhanu lui avait déjà appelé un taxi. Elle lui régla sa note et lui remit sa machine à écrire, l'Olivetti portable de Daniel avec sa housse en plastique à fermeture Éclair, et les touches du *t*, du *q* et du *6* qui fonctionnaient mal. Elle eut l'impression d'abandonner une partie d'elle-même derrière elle.

— Je peux vous confier ça ? Moins j'aurai d'affaires, plus vite je passerai la douane.

— Qu'est-ce que j'en fais si vous ne revenez pas ? demanda l'homme d'un air hésitant.

Stella le regarda fixement. Elle n'avait plus aucun projet.

— Je reviendrai, dit-elle avec fermeté. Gardez-moi ma chambre.

L'homme hocha la tête.

— Bien sûr. Personne n'y mettra les pieds.

Il y eut un bref silence, puis il posa une main légère sur son épaule.

— J'espère que vous retrouverez votre père.

À ces mots, Stella se sentit comme une enfant perdue et effrayée.

— Merci, murmura-t-elle.

Puis elle s'en alla. Elle baissa les yeux sur les dalles de faux marbre qui défilaient sous ses pieds. Trois, quatre, cinq... Elle les comptait... Six, sept... Si elle tombait sur un nombre pair en arrivant à la porte tambour, il serait sauvé.

Elle se força à relever la tête avant d'atteindre la porte.

Tandis que l'avion s'arrachait au tarmac et s'élevait au-dessus de l'aéroport, Stella, le menton dans les mains, regardait par le hublot en plastique rayé. Un avion abattu au début de la guerre civile, plusieurs décennies auparavant, rouillait en bout de piste. Elle le fixa jusqu'à ce qu'il disparaisse. La campagne succéda à la ville, elle reconnut des endroits où elle était passée pas plus tard qu'hier, puis il n'y eut plus rien pour la distraire de son angoisse.

Elle ferma les yeux et convoqua l'image de William, son père robuste et chaleureux, autrefois si fier de sa fille unique...

Mais dans le visage dur et froid qui lui apparut, les lèvres pincées dessinaient une ligne inflexible.

Stella s'agrippa aux accoudoirs tandis que la tension montait en elle. Tout lui revenait en mémoire : la volonté inébranlable de son père, ses paroles calmes et mesurées tandis qu'il lui exposait son plan. Un plan qui lui briserait le cœur...

Une vieille amertume l'envahit, faite de douleur et d'un amour filial obstiné, comme un poison qu'elle charriait dans son sang. Depuis des années, Stella était la proie de sentiments contraires : amour et colère, chaleur et froid glacial.

Tandis que le paysage accidenté défilait, la peur lui contractait l'estomac. Elle allait devoir affronter tant de choses. Pas seulement ses sentiments à l'égard de William. Elle songeait à Grace, sa mère, à Halfmoon Bay. La vieille maison à l'extrémité du cap, avec son jardin qu'une clôture protégeait de la nature sauvage. Les rochers, le ciel et la mer, les criques secrètes et le souvenir de Zeph.

Zeph et ses cheveux ébouriffés par le vent, où se mêlaient les couleurs de tous les sables de l'univers, Zeph et ses yeux verts tachetés de bleu, comme la surface de l'océan. Son souvenir resurgit comme une joie brûlante au cœur de la douleur.

Elle enfouit son visage dans ses mains.

« Je ne peux pas retourner là-bas, se dit-elle. C'est impossible. »

Les mots résonnaient dans sa tête, dépourvus de sens. Les moteurs de l'appareil bourdonnaient et le corps de Stella fut parcouru par les vibrations inexorables qui propulsaient l'avion dans un ciel vide.

2

Halfmoon Bay, Tasmanie, Australie

Stella remonta l'allée du bus et attendit à la portière qu'apparaisse Halfmoon Bay, après le virage, sur la chaussée étroite et gravillonnée qui bifurquait sur la gauche.

Le véhicule ralentit et s'arrêta sur le bas-côté de la route, près d'un poteau indicateur en bois. Par les vitres troubles, Stella regarda les lettres noires sur fond blanc. Le *H* de Halfmoon était à moitié effacé par des impacts de balles.

— Vous ne voulez vraiment pas que je vous avance ? demanda le chauffeur.

Un bras appuyé au volant, il attendait sa réponse.

— Non merci. Je préfère marcher.

L'homme tendit la main vers la boîte de vitesses.

— J'aimerais pas être à votre place, le vent souffle en rafales.

Il secoua la tête.

— Je déteste le printemps. On sait jamais quel temps il va faire.

Les portes s'ouvrirent dans un soupir asthmatique,

Stella descendit et un vent froid lui fouetta le visage et s'insinua sous le tissu de sa veste. Elle agita la main, jeta son sac sur son épaule et se mit en marche, ramenant les bras sur sa poitrine pour se réchauffer. Derrière elle, le bus accéléra en chassant les graviers.

La route qui serpentait dans le bush était bordée de gommiers trapus et de boobyalla aux feuilles ternies par la poussière. Puis elle décrivait une large courbe et émergeait brusquement de la végétation.

Stella s'arrêta. Devant elle s'étendait la lande, puis la mer houleuse, grise et mouchetée de blanc. Le ciel plombé s'y reflétait si bien qu'on distinguait à peine la ligne d'horizon. Le ciel et l'océan n'étaient qu'un vaste royaume froid. Elle fut saisie d'un long frisson.

L'odeur de la tempête, faite de sel et d'algues fouettées par les vagues, pénétrait dans ses poumons à chaque inspiration.

Stella longea les buissons dont les teintes vertes, brunes et rouges lui étaient si familières.

Le chemin allait virer à droite. Dans quelques instants, Stella retrouverait le port, le pub, la boutique. Tout.

Elle trébucha, agressée par la couleur des véhicules disposés autour du parking en bordure du quai. Sur toutes les scènes de mort où elle était partie en reportage dans le monde, qu'elles soient causées par des tremblements de terre, des inondations ou des bombardements, surgissaient des véhicules orange et des gens en tenue orange.

Elle se mordit la lèvre et serra les poings. Les recherches se poursuivaient.

Il était toujours disparu.

Lui traversèrent alors l'esprit des images de bois flottant, de planches brisées ballottées par les flots, de cordages emmêlés, de toiles déchirées. Les questions se bousculaient. Avaient-ils retrouvé le bateau, un canot de sauvetage, n'importe quoi qui…

Elle se retint de courir. Il fallait d'abord qu'elle se concentre. Elle entendit la voix de Daniel : « C'est comme chez les boy-scouts. Avant de te jeter dans la bagarre, passe en revue les obstacles. Arme-toi de courage. Ensuite, tu observes et tu écoutes bien pour cerner la situation. »

Elle commença par la mer. Les vagues qui arrivaient de loin, hautes et longues, se brisaient en gerbes d'écume sur les rochers à l'entrée de l'anse qui abritait le port de pêche. De petits bateaux dansaient le long du quai, se cognant les uns aux autres, mais les thoniers et les grosses embarcations n'étaient pas là. Sans doute les recherches se poursuivaient-elles. Seul le ketch à moitié disloqué d'Old Joe, le *Grand Lady*, était amarré à sa place habituelle – là où il dérangeait tout le monde.

Stella vit le vieux dinghy bleu de Mick qui, attaché à sa bouée d'amarrage, dansait sur les vagues. Elle imagina le pêcheur debout sur le solide pont de fer de son thonier, écumant la mer pour retrouver la trace du *Lady Tirian*. Puis Stella se rappela qu'elle n'avait pas remis les pieds ici depuis quinze ans. Il n'était pas certain que Mick travaille encore. Certains pêcheurs devenaient fermiers ou se faisaient employer à Saint Louis. Les bateaux étaient achetés, vendus, se brisaient ou sombraient. Après tout ce temps, Stella n'était plus sûre de rien…

Son regard quitta la mer pour revenir à la terre et Stella compta environ deux dizaines de silhouettes vêtues d'orange – peut-être plus. Aux marins de Recherche et Sauvetage se mêlait un petit nombre d'hommes vêtus de kaki. Ici et là, Stella repéra le ciré jaune d'un pêcheur et elle ressentit une douleur aiguë. Chacun d'entre eux aurait pu être son père.

Une voiture de police était garée près d'une caravane située au centre des activités, derrière un tableau blanc sur un trépied et une table à tréteaux qui supportait des marmites posées sur des réchauds à gaz. Des bols avaient été disposés sur les planches. Des femmes discutaient, serrées les unes contre les autres, leurs cheveux et leurs jupes volant au vent. L'une d'elles attira l'attention de Stella. Grande et svelte, elle se tenait un peu à l'écart du groupe. Stella retint son souffle. Grace.

La vision de sa mère, là sur le port, ramena Stella à la réalité. Elle se remit en marche d'un pas décidé.

Personne ne prêta attention à elle tandis qu'elle se glissait entre les groupes de volontaires de Recherche et Sauvetage. Et puis, brusquement, elle se retrouva au milieu de gens qu'elle connaissait. Des visages familiers apparaissaient devant elle, les mêmes qu'autrefois en plus âgés. Mme Barron qui avait conservé des cheveux d'un roux éclatant. Old Joe avec son visage parcheminé. Les parents de Laura, Lenny, Ned... En reconnaissant Stella, leurs yeux s'agrandissaient de surprise, puis se chargeaient de sympathie et d'inquiétude – et d'une intense curiosité. Stella leur retourna leurs saluts tout en continuant d'avancer.

Soudain, une main l'agrippa par l'épaule.

— Stella !
— Pauline.

Déjà, la femme l'attirait déjà doucement à elle.

— Viens par ici, mon petit.

Sur sa poitrine, Stella respira une odeur chaude et rassurante, celle d'une mère qui embrassait les doigts endoloris, faisait des gâteaux plus ou moins ratés et ne disait jamais aux enfants de mettre leurs chaussures.

La mère de Jamie.

Stella se raidit et voulut la repousser mais Pauline la retint par les épaules. Maintenant, elle avait des rides d'expression, là où son rire joyeux avait marqué son visage.

— Ils font tout ce qu'ils peuvent, dit Pauline, et nous aussi. Brian est rentré au port à la nuit tombée. Jamie est toujours dans les Territoires-du-Nord…

Sa voix mourut sur ses lèvres. Puis elle renifla et se força à sourire.

— Je suis contente de te voir, ma chérie. Tu m'as manqué, pendant toutes ces années.

Stella grimaça un sourire en retour et scruta le visage de Pauline, mais elle n'y lut aucune trace de reproche pour toute la douleur qu'elle lui avait causée.

— Et maintenant, il faut que je te parle.

Pauline prit Stella par le bras et la conduisit derrière une camionnette.

— Je me fais du souci pour Grace. Tout le monde est inquiet. Elle reste là toute la journée. Et quand elle rentre chez elle, si on en juge par ce qu'elle ramène le matin, elle passe la moitié de la nuit à cuisiner. Bien sûr, dans sa situation, c'est une réaction assez normale mais Grace a été tellement malade…

Stella la fixa d'un air égaré et Pauline parut embarrassée.

— Mme Barron dit que tu écris de temps à autre. Je croyais que tu étais au courant.

Stella secoua la tête.

— Tout a commencé avec ce mal de dos – quand tu as dû rester à la maison pour la soigner. Une chose en entraînant une autre… depuis, elle n'a jamais vraiment recouvré la santé. Il y a des périodes où elle ne quitte plus Seven Oaks. Pauvre William, quelle patience il a eue…

Stella baissa les yeux. Cet été-là, les mensonges s'étaient succédé. Les douleurs de dos de Grace en faisaient partie. Stella et William avaient raconté que Grace était clouée au lit et qu'elle avait besoin de sa fille pour s'occuper d'elle. Or, pendant tout ce temps, elle s'était portée comme un charme.

Peut-être, songea Stella, qu'un mensonge était comme une graine plantée en terre. Il poussait, se fortifiait et au bout de compte… il finissait par se matérialiser.

— Enfin, tu es revenue, c'est déjà ça, soupira Pauline. Grace va être si heureuse de te voir. Elle est en train de servir de la soupe.

Pauline poussa doucement Stella vers sa mère.

Stella s'approcha et les gens s'écartèrent comme si elle était fragile ou dangereuse. Il ne fallait ni la toucher ni la détourner de son chemin. Une fois devant la table, Stella reconnut les trois femmes qui s'affairaient avec sa mère. Elles lui adressèrent un signe de tête mais ne prononcèrent pas un mot, pour ne pas la saluer avant Grace.

Grace était penchée sur une marmite et elle tournait la soupe avec une louche, d'un geste lent, indifférente à l'attention dont elle était l'objet. On avait l'impression qu'elle aurait pu continuer indéfiniment.

Ses cheveux blonds étaient maintenant grisonnants, des veines gonflaient ses mains, mais son visage avait été épargné par les rides – sans doute parce qu'il avait toujours reflété un grand calme. Même maintenant, elle semblait sereine. Le drame qu'elle vivait ne transparaissait guère.

Stella posa sa main sur celle de sa mère qui releva la tête et se figea. Elle ne reconnut pas tout de suite sa fille, comme si la lumière qui parvenait jusqu'à elle était filtrée par des voiles successifs.

Soudain le dernier voile se déchira et Grace plongea son regard dans celui de Stella. Entre elles, une étincelle sembla jaillir, qui leva l'obscurité. Stella vit la respiration de sa mère s'accélérer tandis que la joie la submergeait. Après tout ce temps, elle était de nouveau là, avec sa mère. Puis, la douleur et l'angoisse déferlèrent. Et Stella eut le temps de reconnaître dans ses yeux le trouble qui s'était emparé d'elle-même, avant que Grace n'esquive son regard et lui présente un visage impassible et distant comme si sa fille était un visiteur venu prendre le thé à l'improviste.

La main de Stella retomba. Grace posa avec précaution la louche sur le bord de la casserole, s'essuya les mains avec une serviette à thé et lissa sa jupe. Enfin elle contourna la table et s'avança vers sa fille.

Stella mit son sac à terre et se prépara au contact de l'épaisse chevelure maternelle contre sa joue. Et à l'odeur du talc parfumé à la rose-thé qu'aimait tant William, le seul parfum qu'il l'autorisait à porter...

Mais Grace restait hors d'atteinte. Deux taches roses sur les pommettes tranchaient avec la pâleur de son visage.

Stella enfouit ses mains dans ses poches.

— J'ai reçu le fax et je suis venue directement. J'ai eu de la chance d'arriver à me sortir de ce guêpier.

Grace la regarda d'un air désemparé.

— De quoi parles-tu ?

— Le pays était sur le point d'imploser et...

Elle s'interrompit. À quoi bon ? Son monde était tellement éloigné du leur.

— C'est bien que tu sois venue, dit Grace. William sera content.

Elle avait parlé avec cet accent raffiné que les années en Tasmanie n'avaient pas entamé.

Les femmes autour d'elles se détournèrent d'un air gêné.

À cet instant, Stella aperçut dans la foule le bleu d'un uniforme. Elle se décala un peu et reconnut les cheveux gris de Spinks, qui se tenait toujours très droit. Les questions qu'elle avait tenues à distance pendant le voyage resurgirent. Elle s'écarta de Grace et alla rejoindre le policier.

En arrivant à sa hauteur, elle l'attrapa par la manche.

— Me voilà. Je viens d'arriver.

Spinks tourna vivement la tête et plongea son regard dans le sien.

— Ça fait plaisir de te revoir, Stella.

— Que se passe-t-il ? Je vous en prie, dites-moi tout.

Spinks fronça les sourcils.

— Il faut que nous parlions.

Ils rejoignirent Grace. Spinks lui tendit la main puis se ravisa.

— Venez dans la caravane, leur ordonna-t-il.

Quand il grimpa les marches en métal, il se retourna pour s'assurer que les deux femmes le suivaient.

La caravane sentait le puffin frit, la fumée de cigarette et la laine humide. Sans l'uniforme du policier, l'atmosphère aurait pu évoquer de paisibles vacances.

— Asseyez-vous, mesdames.

Il se tenait à distance. Le policier et sa sœur, avec laquelle il vivait, comptaient parmi les meilleurs amis des parents de Stella, même s'ils ne se rencontraient que quelques fois par an lors de mondanités locales.

Pourtant, dans l'intimité de la caravane, Spinks afficha une attitude professionnelle.

Il attendit que les deux femmes se soient glissées derrière la table couverte de gobelets en carton, de cartes et de punaises. Au milieu de tout ce fatras, un journal replié attira l'attention de Stella. Elle se raidit en reconnaissant le visage de William et la douleur l'étreignit. Il arborait le regard fier qu'elle connaissait si bien – il avait le même lorsque, à chaque rentrée des classes, il accompagnait sa fille à l'école... Elle fixa les yeux de son père, captifs de la photo en noir et blanc un peu floue qui semblait avoir été prise au téléobjectif par un étranger.

« William Birchmore, disait la légende. Président de l'Association des pêcheurs de Halfmoon Bay. » Et en plus petit : « Membre bien connu de la communauté très unie... on a signalé sa disparition il y a quatre jours... les recherches aériennes ont été abandonnées... »

L'image disparut. Spinks s'était emparé du journal et l'avait coincé sous son bras avant de gagner le petit espace entre la porte et le réchaud.

— Pendant deux jours, des avions ont survolé cette zone et nous n'avons rien trouvé. Aucune trace du *Lady Tirian* ou du canot de sauvetage.

Spinks jeta un coup d'œil à Stella.

— J'ai dû tout arrêter hier.

Grace tressaillit. Elle tournait et retournait un stylo-bille entre ses doigts.

— Maintenant, nous nous concentrons sur les recherches par voie maritime, poursuivit Spinks.

Il désigna une carte épinglée sur la porte d'un placard. Des lignes noires partaient de la baie et se dirigeaient vers le sud. Stella les reconnut immédiatement : les itinéraires habituels de William, qu'il choisissait en fonction du temps à chacune de ses sorties. La côte était divisée en sections, avec des zones crayonnées en différentes couleurs, qui partaient de la mer et remontaient dans les terres.

— J'ai envoyé des gens dans tous les secteurs. Nous avons étudié les vents et les courants et savions exactement où chercher. Malheureusement, nous n'avons rien trouvé.

Stella resta silencieuse. L'homme parlait trop et trop vite. Les mots ne servaient qu'à éloigner la sinistre réalité.

— Quelles sont ses chances de survie ? Eh bien, dans ces conditions, tout dépend des circonstances. S'il est tombé à l'eau, alors je crains bien...

Sa voix mourut sur ses lèvres puis il reprit :

— Bien sûr, s'il est sur un canot de sauvetage, ça change tout. En réalité, c'est beaucoup plus difficile qu'on le croit de repérer un naufragé depuis un avion. Même un grand navire peut passer inaperçu. Malgré tout, nous pensons que s'il est encore vivant, c'est qu'il a accosté quelque part. Voilà notre seul espoir. Mais pour être franc, la situation est assez préoccupante.

La voix de Grace s'éleva, claire et véhémente.

— Il n'est pas mort.

Une bourrasque secoua la porte de la caravane et Stella se tourna vers sa mère qui avait relevé le menton d'un air de défi.

— Il n'est pas mort, répéta-t-elle. Sinon je le saurais.

Spinks hocha faiblement la tête. Ils savaient tous à quel point William et Grace étaient proches. Ils ne formaient presque qu'une seule et même personne.

— Rappelez-vous ces bateaux dont les photos sont accrochées au pub, poursuivit Grace.

— Oui, il est parfois arrivé des miracles, concéda le policier. Le *Briar Rose* en 1974. Il avait disparu depuis dix jours quand trois survivants ont fait irruption dans le camp d'un explorateur du bush. Puis il y a eu le naufrage de l'*Ella Jane*. Et Old Joe... nous avions perdu tout espoir de le revoir, lui ou *Grand Lady*.

Les doigts de Stella traçaient des cercles sur le faux bois de la table. L'homme lui débitait l'histoire locale comme à une étrangère alors qu'elle était là, sur le quai, quand on leur avait annoncé qu'on avait retrouvé l'*Ella Jane*. L'avait-il oublié ? Ou voulait-il lui rappeler qu'elle n'était plus ici chez elle, et qu'en leur tournant le dos elle s'était coupée de la communauté ?

Spinks regarda par la fenêtre.

— Je crois qu'ils ont besoin de vous, là-bas, dit-il à Grace.

Il fit discrètement signe à Stella de rester.

Grace quitta la table. Elle semblait heureuse de partir – comme une collégienne convoquée dans le bureau du directeur qui serait enfin autorisée à reprendre sa liberté.

Elle referma soigneusement la porte derrière elle et Spinks s'appuya au réchaud, l'air pensif.

Près du pub, Stella vit le flash d'une enseigne au néon : des mots en italique d'un rouge vif se détachant sur le ciel gris. *Halfmoon Bay Hotel*.

— Il faut que je te parle de Grace, dit Spinks. Je me fais du souci pour elle.

— Oui, je sais. Pauline m'a déjà prévenue. Mais enfin, c'est à maman d'évaluer ce qu'elle peut prendre en charge.

— Il n'y a pas que ça. Elle est venue jusqu'ici en camionnette.

Stella ouvrit de grands yeux.

— Mais elle ne sait pas conduire.

Les Birchmore vivaient assez loin, au bout du cap, et

Grace avait toujours dépendu de son mari pour les courses ou les réunions de parents d'élève. Quand Stella avait été en âge de monter à vélo, elle s'était chargée d'une partie des commissions, à la boutique. Grace se déplaçait peu.

— Eh bien, figure-toi qu'elle conduit. Je l'ai vue arriver ce matin – elle sait à peine changer les vitesses et elle a failli rentrer dans un remorqueur de bateau qui était en train de se garer. Ça ne peut pas continuer.

— Très bien, je lui parlerai.

Elle sentait le piège des responsabilités se refermer sur elle.

— Tu es une gentille fille, susurra Spinks. Et maintenant, va aider ta mère.

Stella fit un pas vers la porte.

— Attends une seconde. Je sais que tu as un travail très prenant. Mary collectionne tes articles, elle en a deux boîtes pleines. Mais tu as fait le bon choix en rentrant à la maison.

Il marqua une pause.

— Je suis désolé qu'il ait fallu un tel événement pour te ramener ici. Ne le prends pas mal, Stella, mais je crois que tu as trop attendu. Quand quelqu'un disparaît pendant des années et ne revient même pas pour quelques jours de vacances, c'est qu'il y a des affaires en suspens qui attendent d'être réglées.

Stella fixait ses pieds. Il ne sait pas, se dit-elle. Il ne peut pas savoir. William et Grace n'avaient jamais rien raconté à personne. Malgré tout, il subsistait un doute. Spinks avait le don de déterrer les secrets. Il possédait un sixième sens.

Stella releva la tête et regarda le policier droit dans les yeux.

— Je ne resterai pas longtemps, répondit-elle avec fermeté.

Spinks ne broncha pas. Puis il porta la main à sa poche.

— Tiens.

Il lui tendit une clé corrodée par le sel, dont seul le panneton était intact.

— C'est la clé de la camionnette, expliqua Spinks. J'ai eu du mal à l'extraire. À partir d'aujourd'hui, tu la gardes.

Il força Stella à la prendre et la jeune femme la sentit s'imprimer dans sa main.

La clé était un symbole. Une transaction avait eu lieu. Maintenant, c'était à elle de veiller sur Grace – et il en serait ainsi jusqu'à ce que... l'on retrouve William. Que l'on ne retrouverait sans doute jamais.

Stella reprit sa respiration avec difficulté. Sous la douleur courait un flot de questions et elle les vit se refléter sur le visage du policier. Fourrant la clé dans sa poche, elle passa devant lui et sortit.

Une équipe de volontaires s'était rassemblée autour de la table. Stella se fraya un chemin jusqu'à l'endroit où se tenait Grace, mais à la vue de la femme aux cheveux grisonnants, elle chancela. Soudain, elle n'avait plus la force de l'affronter. Il fallait absolument qu'elle s'éloigne pour reprendre le contrôle d'elle-même.

Stella traversa le parking, contournant les véhicules et les remorqueurs de bateaux. Les yeux fixés au loin, comme si une mission urgente l'attendait, elle se dirigea vers les ruines du bâtiment en grès de l'ancien site de dépeçage des baleines, un endroit abrité des regards. Les adolescents, qui s'y donnaient rendez-vous pour flirter, gravaient leurs noms dans la pierre tendre. Celui de

Stella y était inscrit. « Jamie aime Stella 1972 ». Ou était-ce « Stella aime Jamie » ? Elle ne se le rappelait plus.

Arrivée devant la porte ouverte, Stella baissa la tête et pénétra à l'intérieur. La partie qui faisait face à la mer s'était effondrée, et le vent s'engouffrait dans le vieil édifice sans rencontrer le moindre obstacle. Il fouetta le visage de Stella qui s'appuya au mur et se força à respirer profondément.

Devant elle, l'étendue herbeuse ondulait. Sur le rivage, les vagues se brisaient avec fracas sur les récifs puis se cabraient dans les airs. Son regard fut attiré par le cap qui s'avançait dans le détroit et au-delà, vers les îles, semblables à des animaux fantastiques tapis à l'horizon. Malgré elle, Stella scruta les contours de la côte.

Ils lui étaient tellement familiers, comme imprimés dans sa chair. La gamme des odeurs, des formes et des couleurs se frayait de nouveau un chemin en elle. Avait-elle jamais vraiment quitté cet endroit ?

Elle avait eu tort de revenir ici...

Elle demeurait immobile, glacée, les lèvres sèches, aveuglée par les mèches de ses cheveux qui dansaient devant ses yeux. Elle aurait voulu se fondre dans le mur. Déjà, elle ne sentait plus rien, perdue dans le cri des mouettes et le sifflement du vent d'ouest qui la tenait dans ses griffes, l'enveloppait tout entière pour la ramener vers le passé...

3

Quinze ans plus tôt
Halfmoon Bay, Tasmanie 1975

À neuf heures du matin, le soleil chauffait déjà le dos de Stella qui pédalait lentement le long de la plage. Les vagues charriaient paresseusement du varech, luisant sur le sable mouillé qu'arpentaient des goélands du Pacifique. Leurs empreintes légères dessinaient des itinéraires capricieux. La mer d'un bleu clair resplendissant s'étirait jusqu'à l'horizon.

Quand le chemin se perdit dans les broussailles, Stella suivit un sentier accidenté jusqu'à la route gravillonnée qui descendait la colline et rejoignait Halfmoon Bay. Elle prit de la vitesse, ses longs cheveux volant derrière elle.

En négociant le virage qui menait à la boutique, une tache de couleur attira son attention. Elle releva la tête et vit Mme Barron, l'épicière, perchée sur une échelle. Elle tentait de remettre en place la silhouette argentée d'un animal découpé dans du contre-plaqué. C'était le renne de Noël qui décorait la façade depuis début novembre. Il avait glissé d'un côté et des guirlandes pendaient de ses andouillers qui brillaient au soleil.

— Qui c'est ? cria Mme Barron qui ne pouvait pas se retourner à cause du renne qu'elle tenait à pleins bras.

— C'est moi, Stella.

— Ça t'ennuierait de tenir l'échelle, ma chérie ? Ce satané vent m'a encore joué des tours.

Stella appuya son vélo contre le mur en souriant. Mme Barron ne cessait de se bagarrer contre le vent qui arrachait les décorations, rabattait la bruine salée sur les vitres, renversait les panneaux publicitaires des journaux et le tableau où elle inscrivait ses « promotions ». Quant au soleil, il n'arrangeait rien en décolorant les objets dans la vitrine et en flétrissant les fruits et les légumes.

Stella maintint fermement l'échelle pendant que Mme Barron plantait quatre gros clous.

— Ça devrait tenir, déclara la femme avec un hochement de tête satisfait. Il manquerait plus que Rudolph nous laisse tomber la veille de Noël ! Tu es venue voir les photos ?

— Quelles photos ?

— Celles du Leaver's Dinner [1].

Mme Barron fit un geste en direction de l'entrée de la boutique, où étaient consignées toutes les nouvelles concernant la communauté. Stella aperçut des photos en couleurs, alignées au-dessus d'annonces « à vendre » rédigées à la main sur des fiches en carton.

— Le photographe vient de les envoyer de Saint Louis. Elles sont arrivées hier. Va y jeter un coup d'œil, j'arrive tout de suite. Juste le temps de ranger l'échelle.

Stella obéit. La première photo représentait le groupe

---

1. Fête de fin d'études après le baccalauréat. *(N.d.T.)*

des filles de terminale. Elles portaient des robes en tissu à fleurs agrémentées de volants et de dentelles. Leurs cheveux, bouclés pour l'occasion, étaient ramenés en chignons ou encadraient leurs visages luisant de fond de teint, d'ombre à paupière et de rouge à lèvres. Une jeune fille brune, à peine maquillée, se distinguait du lot. Sa robe, d'un orange éclatant, avait une coupe à la fois simple et sophistiquée, sans froufrous ni ceinture, et son épaisse chevelure tombait sur ses épaules.

Stella en resta bouche bée car, en cette jeune personne d'une beauté frappante, elle avait du mal à reconnaître Stella Birchmore.

Elle se revit arrivant au gymnase du lycée au bras de Jamie. Ils avaient longé les équipements sportifs drapés de mousseline et de banderoles avant de monter sur la scène. Là où d'habitude se tenait le proviseur, un orchestre jouait. Elle était consciente que tous les regards étaient braqués sur elle. Jamie lui jetait des coups d'œil admiratifs et ses amies faisaient une drôle de tête. Elles se connaissaient depuis l'école maternelle, avaient partagé leurs déjeuners, leurs jeux, leurs secrets et pour cette soirée très particulière, elles avaient vainement tenté d'apparaître sous un nouveau jour. Seule Stella y était parvenue.

La jeune fille adressa un remerciement silencieux à son père, car c'était à lui qu'elle devait cette transformation. Il savait mieux qu'elle ce qui lui convenait…

Les autres filles étaient toutes allées avec leurs mères à Hobart pour choisir leurs robes, mais William avait insisté pour que Grace couse celle de Stella.

— Je ne veux pas que tu ressembles à tout le monde, avait déclaré William.

Il se tenait dans la chambre de Stella, encore plus imposant que d'habitude dans ce décor féminin. Elle avait tenté de protester, mais il avait quitté la pièce sans l'écouter.

Plus tard dans la journée, Grace retrouva dans ses affaires, enveloppée dans du papier maintenu par un ruban, une pièce de satin orange.

— Je l'avais apportée avec nous quand on est arrivés d'Angleterre, dit-elle.

Lorsqu'elle la déroula, il s'en dégagea une légère odeur de naphtaline et Grace agita un peu les mains, comme si elle hésitait à remballer le tissu. Puis elle regarda Stella d'un air hésitant.

— Je sais que le tissu est un peu vieux, mais il est de bonne qualité. Je crois que ça t'ira très bien.

Stella se détourna.

Au cours des semaines qui suivirent, du satin orange apparut dans différentes parties de la maison – des longueurs de tissu, des chutes et des aiguillées de fil. Stella continuait de pester contre ses parents. Et puis, elle avait commencé à se sentir attirée par l'éclat chaud et nacré de l'étoffe. Stella l'imagina dans un bazar oriental, déployée par un marchand avec une épée recourbée à la ceinture et sur la tête, un turban aux reflets chatoyants, couleur d'épices.

Quand la robe fut terminée, Stella l'enfila avec précaution et alla dans la chambre de ses parents se regarder dans le miroir de la coiffeuse.

Là, elle poussa un soupir de soulagement. Elle n'avait pas encore pris la mesure de la perfection de cette robe, mais elle savait qu'elle était sauvée. On ne se moquerait pas d'elle…

Stella était plongée dans la contemplation des photographies dans la vitrine quand les perles en bois du rideau de l'entrée tintèrent au passage de Mme Barron qui vint se poster derrière elle.

— Là-dessus, tu ressembles à une actrice de cinéma. Au début, je ne t'avais pas reconnue. Où as-tu trouvé cette robe ?

— Maman l'a faite, dit Stella qui n'en revenait toujours pas.

Elle n'arrivait pas à comprendre comment Grace avait réussi cet exploit, elle qui ne se joignait jamais aux autres mères pour feuilleter les pages des magazines de mode.

— J'ignorais qu'elle cousait, s'étonna Mme Barron.

Il y eut un silence. Stella savait ce que pensait Mme Barron. Et elle n'était pas la seule. Les Birchmore vivaient en dehors de la ville et comme Grace ne conduisait pas, elle ne se rendait aux réunions locales – par exemple à l'Association des femmes de pêcheurs – que lorsque William pouvait l'accompagner. Et encore s'y attardait-elle rarement. Comme tous les marins, William se couchait tôt, peu après le thé. Parfois, quand elle avait un besoin urgent, Grace allait à vélo à Halfmoon Bay, mais cela lui prenait tellement de temps, qu'en général, elle envoyait Stella à sa place. Pour cette raison, Grace était demeurée une énigme pour la communauté.

Mme Barron désigna un des clichés.

— C'est ma préférée.

Elle avait choisi une des photos de « couples » où Stella se tenait près de Jamie. On les avait surpris à un moment où ils plaisantaient en souriant.

Jamie, lui aussi d'une grande beauté avec son teint bronzé, ses dents magnifiques et ses cheveux noirs, était très élégant dans le costume sombre de location éclairé par une chemise neuve d'un blanc éclatant.

— Vous formez un très beau couple. Tu changes la couleur de ta robe et on croirait des mariés.

— Nous n'avons que seize ans ! protesta Stella.

Mais elle sourit avec fierté.

— À seize ans, moi, j'étais déjà fiancée ! Bien sûr, aujourd'hui, c'est différent. Les jeunes préfèrent faire d'abord des études.

Elle traversa la boutique.

— J'oubliais. J'ai du courrier pour toi.

Stella la suivit jusqu'au comptoir. Mme Barron alla droit au casier qui portait la lettre B et en tira une carte postale.

— C'est Laura, annonça-t-elle. Ils ont l'air de bien s'amuser.

Devant l'image des filles en bikini au bord d'une piscine tropicale, Stella éprouva un sentiment de vide. La famille de Laura était partie pour Gold Coast le lendemain du Leaver's Dinner la privant de sa meilleure amie pour les vacances. Ils avaient proposé à Stella de les accompagner mais elle avait décliné l'invitation sans même consulter ses parents. Elle savait que William aurait refusé de la laisser partir. Il estimait que les parents de Laura n'étaient pas assez stricts. Et puis, William et Grace n'avaient pas de famille. Quel Noël auraient-ils passé en l'absence de leur fille unique ?

— Et regarde ce qui est arrivé ce matin.

Mme Barron déposa un paquet sur le comptoir et Stella sourit en reconnaissant l'écriture soignée de son parrain. D'aussi loin qu'elle se souvienne, elle avait toujours reçu un cadeau de Daniel pour Noël. C'était le seul contact que cet homme avait jamais établi avec elle et elle attendait avec impatience son présent, qui lui parvenait ponctuellement en novembre, début décembre au plus tard. Cette année, tandis que les semaines s'écoulaient, Stella avait commencé à se demander s'il n'était pas arrivé quelque chose… au paquet ou à lui.

— J'ai cru qu'il t'avait oubliée, poursuivit la femme. Il a failli dépasser la date.

Stella pinça les lèvres. Cela lui était égal que Mme Barron lise la carte postale de Laura mais le colis de son parrain était beaucoup plus personnel. Elle aurait voulu dire à Mme Barron que cela ne la concernait en rien. Au lieu de quoi, elle le prit et le serra contre sa poitrine.

— Tu as une liste pour moi ? demanda Mme Barron.

Stella sortit une feuille de papier de sa poche, où Grace avait inscrit les courses de sa belle écriture.

Mme Barron l'étudia un instant, puis elle alla chercher les articles sur diverses étagères et les aligna sur le comptoir.

— Et voilà, dit-elle en vérifiant qu'elle n'avait rien oublié. Miel de trèfle. Gousses de vanille, pas d'extrait. Farine, sucre, etc., il ne me manque qu'une chose. Le bœuf à braiser. Je vais jeter un coup d'œil dans l'autre congélateur, mais je suis pratiquement certaine que je n'ai que du kangourou.

Elle adressa un sourire entendu à Stella.

— Mais bien sûr, cela n'ira pas pour les Birchmore !

Stella ne répondit rien. Quand elle rendait visite à ses amis, elle était ravie de manger du kangourou, du puffin, de l'oie du Cap Barren, du poisson, peu importait. Mais à Seven Oaks, Grace ne servait que de l'agneau, du poulet ou de la viande de bœuf – et seulement les morceaux indiqués dans ses recettes.

Elles venaient toutes du même livre – un épais cahier écrit à la main et recouvert d'un tissu sombre. Chaque fois que Grace s'apprêtait à faire un gâteau, à préparer un ragoût en cocotte ou même une liste de courses, elle prenait le livre qui était toujours rangé sur le rebord de la cheminée. Puis, avant de le poser sur la table de la cuisine, elle vérifiait de la main que la surface était bien propre. Le livre était manipulé comme un texte sacré. Jamais une goutte de lait ou de sauce n'en aspergeait les pages.

Le recueil de recettes avait été établi par la mère de William, lequel avait perdu ses parents dans un accident de voiture quand il était enfant. Tante Jane avait été la dépositaire du livre, qui devait être transmis à la future épouse de William. La façon dont la vieille femme avait remis la précieuse relique à Grace le jour de ses noces, enveloppée dans une mousseline d'un blanc neigeux, faisait partie intégrante du folklore familial. Plus tard, tante Jane avait expliqué à Grace que cet ouvrage permettrait à William de manger toute sa vie les plats qu'elle et sa mère lui avaient cuisinés.

Le dévouement de Grace à la tâche que tante Jane lui avait assignée était devenu tout aussi légendaire. William avait souvent expliqué à Stella comment Grace avait pratiqué chaque recette jusqu'à la maîtriser à la perfection. La clé de la réussite consistait à suivre précisément les indications du texte. Il fallait mesurer les quantités, aucune approximation n'était tolérée, et suivre les différentes étapes dans l'ordre qui convenait, sans jamais substituer un ingrédient à un autre.

Mme Barron revint les mains vides.

— Rien que du chevreuil et du kangourou. Je vais passer une commande à Saint Louis.

Stella aida Mme Barron à ranger les provisions dans un carton. Quand ce fut terminé, la commerçante jeta un coup d'œil vers le quai.

— Ton père n'est pas encore rentré.

Elle se retourna avec mauvaise humeur vers la porte entrouverte qui menait à son appartement privé.

— En voilà un qui travaille dur, lança-t-elle d'une voix forte. C'est pas comme d'autres.

Stella aperçut la tête grisonnante de M. Barron et la lumière vacillante d'un écran de télévision.

— En ce moment, il reste en mer le plus longtemps possible. Les prix ont grimpé à l'approche des fêtes.

Stella éprouva de la fierté en prononçant ces mots. William était considéré comme le meilleur pêcheur de Halfmoon Bay. Sa réussite était d'autant plus impressionnante qu'il n'était pas né au bord de la mer, mais avait appris les techniques de la navigation et de la pêche à la force du poignet.

Mme Barron poussa le carton vers Stella qui posa son paquet dessus.

— Tu vas commander des photos ? demanda la commerçante d'un ton faussement détaché.

La jeune fille haussa les épaules, feignant une indifférence qu'elle ne ressentait pas.

— Je vais réfléchir.

— Il te suffit d'écrire le numéro sur cette feuille que je donnerai au photographe.

Mme Barron étudia la liste posée près de la caisse enregistreuse.

— Voyons voir… Jamie a commandé celle-ci, où vous êtes tous les deux, et cette belle photo de toi. Il va la faire agrandir.

Stella adressa son plus charmant sourire à la commerçante. Grace aurait été contente des bonnes manières de sa fille, devenue maintenant une adulte capable de dissimuler ses sentiments.

— Je vous souhaite un joyeux Noël, Mme Barron.

Et elle sortit de la boutique.

Stella s'avança vers un bosquet d'arbres à thé, posa le carton à côté de sa bicyclette et s'assit par terre avec son paquet. Elle lut l'adresse, rédigée de la belle écriture familière.

À Miss Stella Birchmore, c/o Halfmoon Bay Store, Halfmoon Bay, Tasmanie, Australie

Et au dos :

Expéditeur : M. Daniel Boyd, 125 Willowdene Street, Melbourne, Victoria, Australie

Cela faisait maintenant quatre ans que son parrain, un cousin de Grace, avait quitté l'Angleterre et, bien qu'il fût le seul parent des Birchmore en Australie, Stella ne l'avait jamais rencontré. La signature de Daniel était apposée sur le certificat de baptême de Stella, mais il n'existait aucune photo de la cérémonie et elle ne savait même pas à quoi il ressemblait. Elle ne le connaissait que par ses cadeaux, qu'elle gardait précieusement dans un petit coffre en bois. Quand elle était petite, il envoyait des jouets, avec des modes d'emploi et des instructions. Avec le temps, il commença à lui envoyer des objets curieux venant de différentes parties du monde, et qu'il devait choisir dans ses possessions personnelles. Une paire de chaussons chinois en soie, trop petits pour être portés. Une boîte à musique avec un couvercle sculpté qui jouait *Edelweiss*. Un masque peint du Kenya. Ces présents étaient toujours expédiés avec une carte écrite de la même main que celle qui avait libellé l'adresse sur l'emballage. La missive décrivait l'objet et incluait souvent une date : 1930, 1955, Avant la Seconde Guerre mondiale…

Parfois, Daniel ajoutait l'endroit où il avait été
« chiné » : « Troc avec un commerçant arabe du bazar
d'Aden, 1967 », ou alors « Souvenir d'Égypte ».

Stella les adorait, ces cadeaux de contrées lointaines
– ces trésors qui n'appartenaient ni à William ni à Grace
mais lui étaient destinés à elle seule.

Baignée par les ombres lumineuses du feuillage de
l'arbre à thé, Stella retourna le colis. Il était lourd pour
sa taille, et la forme ne donnait aucun indice sur son
contenu. Elle défit la ficelle, décolla quelques morceaux
de ruban adhésif et tenta de repousser l'image de Daniel,
refusant de se demander une fois de plus ce qu'on
pouvait bien lui reprocher. Quelque chose de grave, sans
doute, car son nom était rarement mentionné dans la
conversation. Et chaque matin de Noël, lorsque Stella
défaisait l'emballage des cadeaux rituels, un silence
tendu emplissait la pièce. Comment les choses
pouvaient-elles en arriver là ? N'était-ce pas effrayant
de voir une telle rupture à l'intérieur d'une famille ? On
se séparait d'un homme comme on coupait la branche
d'un eucalyptus menaçant de tomber ou empêchant la
lumière de passer.

Le papier brun révéla une boîte enveloppée d'un tissu
rose et attachée avec un ruban doré. Les cadeaux de
Daniel étaient toujours magnifiquement présentés,
jamais il ne se serait abaissé à utiliser un papier imprimé
de sapins, de flocons de neige ou de pères Noël. Stella
se demanda s'il choisissait lui-même l'emballage. Un
homme accordait rarement autant d'importance à ce
genre de détail. Stella palpa le tissu soyeux et rencontra
un objet dur, large comme la main, et une petite carte
cachée dans le papier de soie.

*À ma chère Stella,
avec toute mon affection
ton parrain, Daniel*

Chaque année, il écrivait exactement les mêmes mots, sans doute pour ne pas entamer un dialogue plus intime. Stella en avait déduit que cela lui était interdit. Elle retourna la carte :

*Ange d'alcôve d'un jardin français
datant de plus d'un siècle*

Stella dégagea de son nid une figurine agenouillée en marbre blanc, aux mains jointes et au visage paisible surmonté d'un grand halo. Stella poussa un soupir de ravissement. L'ange semblait à la fois serein et audacieux. Magnifique. Les traits en étaient tellement vivants qu'elle crut voir affleurer la couleur sur la blancheur de la pierre… l'or du halo, la robe bleu roi, les joues roses, la peau tiède. Elle était certaine qu'il s'agissait d'un ange aux cheveux noirs, avec des sourcils bien dessinés et des yeux sombres bordés de longs cils. En le retournant, Stella vit une paire d'ailes repliées. Rattachées à un dos féminin par des muscles puissants, elles dégageaient une énergie incroyable. Stella se dit qu'il ne tenait qu'à l'ange, posé sur ses genoux, de s'envoler et disparaître.

Stella le contempla longuement, puis elle referma soigneusement le colis afin que l'on ne se doute pas qu'il avait déjà été ouvert.

Un écriteau vert et blanc était fixé à la grille qui marquait l'entrée de la propriété des Birchmore. Il y était inscrit « Seven Oaks » – les sept chênes –, en lettres noires et brillantes. Stella poussa le portail. La hardiesse de ces lettres, nettes et droites, la mettait mal à l'aise, comme si sept chênes, raides comme la justice, l'attendaient dans le jardin. Or, il n'y en avait qu'un seul, que William avait planté peu de temps après avoir acquis la propriété, aussitôt rebaptisée par ses soins. Cela remontait à l'époque où Stella n'était qu'un bébé, et pourtant le chêne solitaire était resté malingre, incapable de prospérer malgré un arrosage quotidien…

Stella remonta sur son vélo et pédala sur le sentier. Il descendait en serpentant au beau milieu d'un étroit promontoire, bordé de chaque côté par des enclos, et se terminait devant les gros rochers de granite arrondis qui longeaient le littoral. Quelques vaches de couleur fauve partageaient les prés-salés avec quelques dizaines de lapins et de wallabys. Ils broutaient tranquillement l'herbe rase. En hiver, quand tout était verdoyant, Seven Oaks était entouré de pelouses fraîchement tondues par des jardiniers empressés. Mais à cette saison, l'herbe était brûlée par le soleil et à certains endroits, la terre affleurait.

Stella prit un virage et la maison se dessina avec une intense précision sur fond de mer et de ciel.

Elle avait été construite à l'extrémité du promontoire, non loin de la mer. Malgré sa petite taille, elle était impressionnante, posée là toute seule au milieu de son grand jardin entouré d'une clôture blanche. Grace avait planté du maïs, des fruits rouges, des arbres fruitiers qui poussaient tranquillement à l'abri de la vie sauvage. Près de la porte, le chêne qui refusait de grandir se haussait du col avec ses branches grêles.

Stella rangea son vélo dans la remise et traversa le jardin pour rejoindre la porte latérale qui donnait sur la cuisine. Elle passa près des lis blancs aux corolles en trompette dont s'échappait un parfum entêtant. C'étaient les fleurs préférées de Grace, et le parterre avait été récemment agrandi pour faire de la place à tous les bulbes qui ne cessaient de se multiplier. Stella s'arrêta près du réservoir d'eau de pluie et frappa sur les gradations en commençant par le haut, jusqu'à ce qu'elle entende le changement de tonalité qui indiquait le niveau de l'eau. S'il avait été trop bas, elle aurait dû aller à la pompe pour remplir ce réservoir avec la citerne de secours. Quand son père n'était pas là, elle accomplissait volontiers ces petits travaux. Elle vérifiait aussi les clôtures, replantait ou changeait les pieux mal fixés, et faisait attention aux serpents.

« Prends soin de ta mère », disait souvent William avant de s'embarquer. Comme si les dangers qu'il devait affronter – les courants et les bancs de sables qui changeaient constamment, les vagues « scélérates » et les tempêtes soudaines – n'étaient rien comparés aux périls de la vie quotidienne.

Tout en ôtant ses bottes près de la porte, Stella regarda par la fenêtre. Elle vit sa mère, penchée sur un saladier. Comme toujours quand elle cuisinait, sa belle chevelure blonde était attachée en queue-de-cheval de crainte qu'un cheveu ne tombe dans ses préparations. Tout en versant et remuant des ingrédients, elle portait de temps à autre la main à son front, en un geste familier.

Stella rentra pieds nus. Grace releva la tête et s'immobilisa, comme si elle sortait d'un rêve. Puis elle lui sourit.

— Tu t'es bien promenée, ma chérie ?
— Oui, c'était très agréable.
— Tu as fait les courses ? Parfait.
— Il n'y avait pas de bœuf à braiser.

Grace hocha la tête d'un air absent.

— Et le courrier ? demanda-t-elle après un silence.

Stella prit le colis sur le carton et elle vit une fugitive expression de plaisir mêlé de soulagement passer sur le visage de sa mère. Quelle que soit la faute de Daniel, se dit Stella, Grace lui était toujours attachée.

Stella s'abstint de lui demander pourquoi elle lui en voulait. Grace lui avait déjà expliqué que William refusait qu'on aborde le sujet. Sans doute cette histoire impliquait-elle la famille de sa mère dont Grace parlait rarement. Toutes les questions que posait Stella ne recevaient que des réponses vagues. Selon Grace, il ne servait à rien de regarder en arrière.

— Qu'est-ce que tu nous prépares ? demanda Stella.

Grace pointa un doigt plein de farine vers le livre ouvert à la page d'une recette intitulée « Gâteau de cousine Elizabeth », rédigée d'une écriture penchée, à l'encre bleue.

William adorait ce quatre-quarts aux pommes, lourd et sucré. Grace l'avait fait des centaines de fois, mais elle vérifiait toujours point par point les différentes étapes de la confection de la pâtisserie. Stella la regarda mélanger un œuf à de la farine avec sa cuillère de service favorite, celle aux armoiries gravées sur le manche. Stella supposait qu'elle venait de la coopérative de l'Association des pêcheurs. Les autres couverts, qui appartenaient à un jeu complet, étaient décorés d'une simple cannelure. Grace ajouta un deuxième œuf avec cette tranquille assurance qui donnait à Stella un étrange sentiment de sécurité. Jamais elle ne laisserait le moindre changement se glisser dans la confection du gâteau, de crainte de le dénaturer. Et elles partageaient son avis, ces femmes dont les petits secrets culinaires avaient été consignés dans un recueil : grand-tante Cecilia, tante Eliza, grand-mère Joséphine, tante Jane et bien sûr la pauvre mère trop tôt disparue de William, dont les recettes s'intitulaient : « Les miennes… »

Bien qu'elles soient loin ou décédées, ces fines cuisinières savaient ce qu'elles faisaient.

— Tu dois avoir faim.

Grace désigna un cake qui refroidissait sur un plat à l'autre bout de la table.

— Dommage qu'il soit un peu trop cuit. Je t'en coupe une tranche ?

Stella jeta un coup d'œil au cake doré à point.

— Je vais d'abord poser ça sous l'arbre de Noël.

Elle ôta le papier d'emballage du colis, consciente que Grace l'observait attentivement.

— Je me demande ce que ce sera, cette année, dit Grace.

Stella haussa les épaules. Puis elle plia soigneusement le papier et le glissa dans un des tiroirs de la cuisine où il rejoignit la collection de pochettes et de morceaux de ficelles.

Stella emprunta le couloir et pénétra dans la longue pièce qui occupait la moitié de la maison. De grandes fenêtres alignées donnaient sur l'océan. L'eau était si proche qu'une fois assis, on ne voyait plus la terre. Seule la stabilité du sol vous rappelait que vous n'aviez pas largué les amarres. Les Birchmore l'appelaient « le salon de mer ». Ils y prenaient leurs repas à un bout de la table en acajou ou s'installaient dans le sofa et les fauteuils, autour du feu, pour lire, parler, coudre ou regarder la télévision.

L'arbre de Noël se dressait près de la cheminée. C'était un pin de taille raisonnable, parfaitement triangulaire, planté dans un seau de sable recouvert de galets. Les décorations, finement ouvragées, avaient été apportées d'Angleterre. Elles étaient anciennes, l'or en était terni, et elles rappelaient son enfance à William. Une fois, Stella avait essayé d'y ajouter des décorations faites à l'école mais y avait renoncé tant elles juraient avec les autres.

La jeune fille respira l'odeur verte et fraîche du pin. Les Birchmore n'ouvraient pas leurs cadeaux avant le matin de Noël et pour l'instant, il y avait peu de présents au pied de l'arbre. Celui de tante Jane était placé en évidence. Elle envoyait toujours un livre, emballé dans un précieux papier et entouré d'un ruban de velours. Placés à une distance respectueuse, étaient disposés les autres paquets : le coffret de caramels offert chaque année par la conserverie aux femmes de pêcheurs, le léger ballot que Laura avait donné à Stella avant de partir en vacances, la petite boîte de Pauline, la mère de Jamie, et une autre, plus grande, enveloppée d'un papier brillant à rayures. « Pour Stella de la part de Jamie », disait l'étiquette. Stella le regarda et essaya de deviner son contenu. Ce que Jamie choisissait lui plaisait toujours et Stella soupçonnait Pauline de le conseiller, mais Jamie payait son cadeau avec son propre salaire, qu'il gagnait en travaillant le samedi au nettoyage de l'usine. Devant sa générosité, Stella était partagée entre l'émotion et la culpabilité. Elle-même n'était pas autorisée à travailler, et William ne voyait pas la nécessité de lui donner de l'argent de poche puisqu'il payait pour tout ce dont sa fille avait besoin. Cette année, Stella avait fabriqué une petite table pour la chambre de Jamie, avec du bois qu'elle avait trouvé sur la plage. Il serait ravi parce qu'elle l'avait fait de ses mains mais Stella savait qu'il préférait les objets neufs et modernes. Elle aurait bien aimé lui acheter un présent original.

Stella cacha le cadeau de Daniel derrière le coffret de caramels. Bien que le petit ange séculaire eût sans doute enduré le gel, la pluie et le soleil, la pensée de l'exposer au regard froid de William déplaisait à Stella.

Elle alla appuyer son front à la vitre d'une fenêtre. Sur l'estran, une tache rouge au milieu des rochers retint son attention. Un morceau de balise flottante. Non loin, elle repéra une lanière de caoutchouc emmêlée dans les algues. Stella se rappela la tempête qui remontait à environ une semaine. Avec les examens de fin d'année et le Leaver's Dinner, elle n'avait pas eu le temps d'aller sur la plage pour voir ce que les vagues avaient apporté. Maintenant, la marée approchait de son point le plus bas. Elle s'imagina les trésors éparpillés le long du littoral, juste pour elle…

Elle retourna à la cuisine.

— Maman, si je mets le couvert maintenant, je pourrai aller aux criques ?

Grace regarda par la fenêtre, en direction du sud.

— Je ne pense pas que ce soit une bonne idée. William va bientôt rentrer et il aime bien que tu sois là pour l'accueillir.

— Je te promets de guetter le *Lady Tirian* de là-bas.

William appelait la conserverie par radio pour annoncer l'heure approximative de son arrivée, afin de permettre au personnel de s'organiser. Mais les Birchmore n'avaient pas le téléphone et l'on ne pouvait pas leur communiquer les messages. Stella et Grace en étaient réduites à surveiller la mer et à scruter le ciel pour tenter de deviner l'heure et le jour du retour du marin au port.

— Fais attention à ne pas le manquer, dit Grace.

Son ton autoritaire accentuait l'accent anglais. Pour Stella, les mots qu'elle articulait avec soin semblaient élever une barrière infranchissable. Elle luttait pour contrôler sa frustration. À seize ans, elle n'était plus une enfant et pourtant on l'obligeait à demander la permission pour chacun de ses faits et gestes.

— Il ne me faut pas plus d'une demi-heure pour revenir à la maison et en vingt minutes, je suis au quai.

Grace ne semblait pas convaincue.

— Pourquoi ne pas choisir un endroit plus proche ?

Stella secoua la tête. Les criques étaient de loin le meilleur coin à explorer après une tempête. Était-ce l'orientation des golfes ou la façon dont les courants les abordaient ? Stella y trouvait toujours davantage d'objets échoués. Et l'endroit était pratiquement désert. Depuis Halfmoon Bay, on pouvait rejoindre les criques en voiture, mais la route tortueuse se terminait par un cul-de-sac. Les gens ne se rendaient là-bas que pour couper du bois ou pour chasser.

— Avec une mer d'huile et un ciel clair, il rentrera tard, dit Stella.

Grace fronça les sourcils d'un air soucieux. Elle écrasa soigneusement un grumeau dans sa pâte tandis que Stella l'observait en silence. La mixture laiteuse avec des pointes de brun s'harmonisait avec la peau semée de taches de rousseur de sa mère.

— Prends la nappe verte, dit enfin Grace. Et les assiettes du dimanche.

Stella sourit.

— Merci.

Elle se détourna sans se presser, car elle se doutait que d'autres instructions allaient suivre.

— Et mets un peu d'ordre dans le salon.

Cela signifiait tapoter les coussins sur le sofa, lisser les plis des têtières, s'assurer que les rideaux des fenêtres, retenus par des embrasses, tombaient bien et épousseter le buffet. William tenait à ce meuble comme à la prunelle de ses yeux. Il l'avait hérité de tante Jane qui l'avait elle-même reçu de sa mère. Quand il rentrait chez lui, il se dirigeait droit vers le buffet et y enfermait le journal de bord du *Lady Tirian*. Puis il jetait un regard circulaire autour de lui pour vérifier que chaque objet était à sa place. Le père de Stella travaillait dur et quand il rentrait, il voulait que tout soit tranquille, propre et rangé.

Stella se pencha sur le corps d'un oiseau aux ailes sombres. Il reposait sur un lit d'algues, sur le sable. Les yeux avaient déjà été mangés, laissant des orbites vides. Les griffes recourbées semblaient s'accrocher à un dernier espoir de survie. Stella releva la tête et contempla les îles à l'horizon, où vivait la famille du petit aux ailes duveteuses. Au crépuscule, le mâle revenait fidèlement au nid. Stella imagina le couple attendant le retour de l'oiseau perdu pour compléter le triangle – maman, papa, bébé. Elle retourna la carcasse du bout de sa botte. Des vers rampaient au milieu des plumes.

En chemin, elle prit son couteau à gaine et enfonça la lame dans un morceau de bois peint provenant d'une embarcation. Sous la couche de bleu, elle découvrit de l'orange, puis du vert foncé. Stella s'interrogea sur l'histoire du bateau. Le bleu avait-il été son ultime couleur ? S'était-il écrasé sur des rochers ? Ou avait-on rejeté les vieilles planches en rénovant le pont ? Elle ne le saurait jamais. Voilà pourquoi elle aimait tant ces promenades au bord de l'eau. Chaque objet trouvé avait une histoire, ou plutôt plusieurs, qu'il lui fallait inventer.

Une plage s'étendait devant Stella – un arc de cercle de sable blond qui recelait souvent des trésors cachés. Stella la traversa. Jusqu'à présent, elle n'avait encore rien découvert d'intéressant mais n'avait pas encore abandonné la partie. La crique vers laquelle elle se dirigeait était plus petite, avec un chenal, non loin d'une source d'eau pure. Ce que les flots charriaient jusqu'ici était automatiquement piégé. Les bouteilles, les balises, les cordages et le bois flotté s'échouaient là où la petite rivière formait un bassin en s'écoulant sur le sable à marée basse. C'était un des coins favoris de Stella.

Une fois, en venant se baigner, Stella était tombée sur une chaussure à talon haut. Elle avait dû échapper à la passagère d'un de ces yachts de luxe qui venaient parfois s'amarrer à Halfmoon Bay. L'escarpin, rose avec de fines lanières et des boucles dorées, portait l'étiquette « made in Milan ». Lorsqu'elle l'enfila, le talon s'enfonça à moitié dans le sable, mais sa jambe nue, dorée par le soleil, en fut transformée : longue et galbée, elle semblait appartenir à une princesse vêtue pour un bal. Peut-être était-ce celle de Cendrillon puisqu'il n'y avait qu'une seule chaussure… Une autre fois, Stella avait trouvé un tube en bambou avec une inscription en chinois.

Elle leva la tête et pressa le pas. Le ciel était encore clair. Elle s'imagina William remontant ses casiers, comptant les langoustes émergeant de l'eau…

Puis elle entendit de la musique apportée par la brise qui se mêlait au chant des oiseaux. Elle s'arrêta pour écouter, la tête penchée. Quelqu'un avait allumé une radio en poussant le son au maximum ! Elle fronça les sourcils. Son endroit de prédilection avait été envahi. Dès qu'elle aurait débusqué le trouble-fête, elle abandonnerait ses recherches et rentrerait à la maison.

Elle s'avança vers la musique, sautant de rocher en rocher et faisant un détour quand elle tombait sur une fissure trop large pour être enjambée. Maintenant, elle percevait la voix d'un homme qui s'accompagnait à la guitare.

Arrivée à l'extrême pointe de la première crique, elle jeta un coup d'œil à la suivante. Un bouquet de filaos lui bouchait la vue mais, entre les branches qui s'inclinaient vers le sol, elle aperçut des taches de couleurs vives... du jaune, de l'orange, du violet. Elle se figea.

Le sable était couvert de vêtements, de boîtes, de cordages, de toiles éparpillées un peu partout.

Un naufrage... Le cœur battant, elle se hâta vers les objets. Elle se rappela ces films à la télévision où les radios continuaient d'émettre après des accidents de voiture, alors qu'aucun être vivant ne pouvait plus les écouter. Peut-être que des personnes noyées étaient restées coincées dans l'épave, leurs yeux grands ouverts contemplant le vide...

Puis elle vit une ligne noire coupant le ciel, un mât long et droit.

Elle s'accroupit. Un yacht, dans le chenal, était amarré par une corde au tronc d'un gommier poussant près de la rivière.

Stella examina la coque, la cabine, le gréement. C'était un yacht d'environ trente pieds de long, peut-être quarante. Un beau voilier en bois, qui aurait plu à William, pas une de ces embarcations en fibre de verre avec un bar et des chaises pivotantes. Deux drapeaux, un jaune et un australien, flottaient en haut du mât, ondulant dans le vent. Pas de trace de l'équipage.

Stella s'approcha. Les affaires sur le sable étaient en train de sécher : il y avait un gilet de sauvetage orange, des pantalons et des vestes en toile cirée jaune, un sac de couchage bleu, un tee-shirt, un pull...

Un navigateur solitaire, songea Stella. Puis elle avisa de longues pièces de tissu imprimé aux couleurs chatoyantes. Ces étoffes appartenaient sûrement à une femme.

Stella dévala les derniers rochers où poussaient des arbustes piquants qui lui égratignaient les jambes. Elle voulait en avoir le cœur net. Le bateau avait peut-être eu une avarie, ces gens ignoraient qu'ils étaient à proximité d'un port, peut-être avaient-ils besoin de ravitaillement, d'un médecin…

Stella hésita avant de sauter sur la plage. Fallait-il appeler ou attendre que quelqu'un se montre sur le pont ?

C'est alors qu'elle perçut un bruissement dans les buissons. En un éclair, elle vit le visage de sa mère et entendit son avertissement rituel :

— Tu ne devrais pas te promener seule à ton âge. Tu ne sais jamais sur qui tu peux tomber.

La main sur le manche du couteau qu'elle portait à sa ceinture, elle se retourna d'un geste vif et se figea. Sur une pierre plate, au niveau de son visage, un serpent noir, la tête dressée, dardait sa langue fourchue, prêt à l'attaquer.

Elle hurla de peur, fit un bond de côté, tomba et rampa sur le sable. Le serpent la suivit, ondulant sur une branche morte avant de se laisser glisser au bas de la pierre.

Stella se redressa et se mit à courir. Une voix lui soufflait que le serpent suivait sa piste habituelle pour aller boire à la source. Mais Stella savait que, parfois, les serpents tigres se lançaient à votre poursuite pour vous mordre. Leur venin était mortel.

Quand Stella regarda par-dessus son épaule, le reptile se coulait dans une crevasse. Elle lutta pour reprendre son souffle et respira profondément afin de se calmer. Puis elle se retourna vers le yacht.

Quelqu'un se tenait sur le pont, près de l'entrée de la cabine, les bras ballants. Toute son attitude trahissait la même surprise que celle de Stella quand elle avait repéré le yacht.

Ne pouvant plus reculer, Stella marcha vers l'intrus la tête haute, dans l'espoir que cette attitude lui indiquerait qu'il se trouvait sur son domaine. Le marin était grand avec une épaisse chevelure attachée en queue-de-cheval, un visage aux traits réguliers, et il portait un short effrangé et une vieille chemise en jean aux manches retroussées.

— Vous êtes sûre que ça va ? cria l'homme.

Stella oublia le visage de Grace qui la menaçait des pires malheurs. Avec son couteau à la ceinture, elle ne craignait rien car elle était forte et avait de bons réflexes.

Elle grimpa sur les rochers près du bateau.

— Je suis juste venue voir si vous aviez besoin d'aide !

Sa voix était couverte par la musique.

L'homme retourna dans la cabine et baissa la radio. Puis il réapparut, sauta sur un rocher qui affleurait près du yacht et pataugea dans l'eau pour rejoindre Stella.

Maintenant, le bas de son short était mouillé et des mèches de cheveux poissées de sel retombaient sur son visage bronzé. Stella lui donna un an ou deux de plus qu'elle. À son âge, il ne voyageait sûrement pas seul sur ce bateau qui devait coûter une fortune.

Il s'arrêta près d'elle.

— Qu'est-ce qui vous est arrivé ? demanda le jeune homme.

— Un serpent m'a prise en chasse.

Il haussa les sourcils.

— Mince alors. Pas étonnant que vous ayez couru avec une telle énergie.

Leurs regards se croisèrent et ils éclatèrent de rire. Toute gêne s'était évanouie. Ils se dévisagèrent. Ses yeux étaient verts, tachetés de bleu, comme la mer qui léchait le sable blanc.

Ils restaient là. La musique qui jouait en sourdine les enveloppait doucement tout en se mêlant au bruissement des vagues. Stella saisit un ou deux mots de la chanson.

Elle parlait du vent…

— Bob Dylan, dit le garçon.

Stella hocha la tête.

— Stella Birchmore.

L'inconnu parut surpris, puis il se mit à rire.

— Bob Dylan, c'est le chanteur. Je m'appelle Zeph.

Stella baissa les yeux, souleva un caillou du bout de sa botte et s'essuya le nez avec sa manche.

— Qu'est-ce que vous faites, amarré ici ?

Elle nota que le yacht était vraiment bien tenu, et les cordages soigneusement enroulés sur le pont avant. La coque, près de la ligne d'eau, était propre et carénée. Le bois fraîchement verni brillait au soleil. Stella examina le drapeau australien en haut du mât, surprise par le dessin de la Croix du Sud. Il lui manquait les plus petites étoiles. Il ne s'agissait pas d'un drapeau ordinaire, mais plutôt d'une copie grossière en rouge et bleu, peinte à la main sur une toile blanche.

— J'ai été pris dans une tempête, dit Zeph. Le pilote automatique a été endommagé et tout était trempé. Je me suis abrité ici pour remettre le bateau en état.

Il parlait lentement, d'une voix un peu traînante. Sa façon d'articuler les mots était bizarre. Il n'avait pas l'accent américain, ni anglais, ni d'aucun autre pays anglophone et Stella comprit soudain qu'il n'avait pas d'accent du tout. Ou alors plusieurs s'étaient mêlés jusqu'à devenir indiscernables.

— Vous n'avez pas de cartes marines ? Il y a un port non loin d'ici. Halfmoon Bay. Vous y trouverez un pub, une boutique, des plats tout préparés, le téléphone…

— J'avais envie de venir ici.

Stella se tut. Elle aussi aimait la solitude. Quand elle se promenait sur une plage avec Laura, entretenir la conversation l'embêtait. Elle préférait observer, méditer…

— J'adore cet endroit, ajouta Zeph.

D'un geste large, il engloba la mer, le ciel, les rochers. Stella vit le paysage par ses yeux. Les pierres d'un gris laiteux veinées de lichen orange, le sable blanc battu par la mer turquoise qui virait à un violet d'encre dans le chenal. Elle ressentit un sentiment de fierté, comme si ce qu'ils contemplaient était son œuvre.

— Je suis la seule à venir ici. Je me suis tracé un sentier.

Zeph hocha la tête.

— Je n'ai vu personne d'autre que vous, ni sur terre ni sur mer.

— Vous êtes ici depuis combien de temps ?

— Deux jours. J'ai séché la cabine, lavé mes affaires dans le ruisseau, fait des réparations. Maintenant, nous sommes parés.

Stella jeta un coup d'œil au yacht.

— Où sont les autres ?

— Eh bien, il y a moi et Carla, la chatte. Elle dort à l'intérieur, comme d'habitude.

Il sourit.

— J'oubliais *Tailwind*, le bateau. Je passe tellement de temps avec eux que j'en parle comme s'ils étaient des personnes à part entière.

On aurait dit un petit garçon parlant de ses jouets. Stella aurait voulu lui demander s'il ne souffrait pas de solitude avec un chat et un bateau pour seule compagnie. N'avait-il pas eu peur dans la tempête ? Mais elle ne se serait jamais permis de poser de telles questions à quelqu'un qu'elle ne connaissait pas.

— D'où venez-vous ? lui demanda-t-elle.

Zeph plissa les paupières en suivant le vol d'une mouette qui passait devant le soleil.

— Difficile à dire.

Stella était perplexe. Après « Comment vous appelez-vous ? », c'était pourtant la question la plus banale.

— Je suis né à Goa, en Inde. J'ai vécu dans plein d'endroits et en ce moment... je suis ici.

Son regard erra sur la plage, où ses possessions éparpillées semblaient ajouter foi à sa déclaration.

Stella fit la grimace. Vivait-il réellement dans ce bateau ?

— Vous êtes du coin ? demanda Zeph.

— Oui. Enfin, non, pas vraiment. Mes parents sont venus d'Angleterre quand j'étais petite et j'ai passé ici la plus grande partie de ma vie. Mais dans cette partie du monde, on prétend qu'on n'est vraiment du pays que quand on a donné le jour à un bébé à l'hôpital et qu'on a enterré quelqu'un de sa famille au cimetière.

Elle avait déjà prononcé ces paroles auparavant et tout d'un coup, elles sonnaient comme une vieille rengaine.

— De toute façon, je m'en vais bientôt. En février, je pars finir mes études à Hobart. Tous mes amis y vont aussi.

Un sifflement retentit.

— La bouilloire ! s'exclama Zeph. Je vais nous faire du tchaï.

Stella lui jeta un regard hésitant. Il avait dit « nous » avec un tel naturel, comme s'ils étaient amis.

— J'ai deux tasses, précisa-t-il.

— Je crois qu'il faut que je parte, soupira Stella en scrutant la mer.

Même si William naviguait au large des îles au sud, elle ne pouvait s'empêcher de l'imaginer qui surgissait pour la surprendre en train de bavarder avec un inconnu, loin de la maison.

— Je vous en prie, dit le garçon. Restez.

En se retournant, Stella vit une ombre passer sur son visage. Depuis combien de temps était-il seul en mer sans personne à qui parler ?

— Bon, d'accord, lui dit-elle.

Après tout, en acceptant une boisson, elle ne faisait rien d'autre qu'obéir aux règles de la politesse.

En l'attendant, Stella se promena au milieu des affaires de Zeph, étalées sur le sable comme pour une exposition dans un musée. Les vêtements colorés venaient de l'Inde ou d'un autre pays exotique. Les quelques chaussettes étaient pour la plupart dépareillées. Sur un rocher, des livres ouverts aux pages gondolées séchaient au soleil. Elle découvrit plusieurs albums pour enfants. Elle se pencha sur une illustration en couleurs qui représentait une fée, une créature délicate avec des cheveux comme de la soie et des ailes translucides. Le texte n'était pas écrit en anglais. En l'étudiant attentivement, Stella reconnut quelques mots de l'étiquette collée sur le fond de la boîte à musique de Daniel qui jouait *Edelweiss*. De l'allemand…

Elle découvrit d'autres ouvrages éparpillés sur les rochers, dont un livre indien si on en jugeait par le dessin sur la couverture rose fuchsia, qui avait déteint sur les feuilles. À côté, était posé un gros roman dont le titre lui sauta aux yeux. *Anna Karénine*. C'était le livre préféré de Grace. Stella l'aimait beaucoup elle aussi, elle ne savait pas trop pourquoi. La vie de l'héroïne était tellement tragique et pourtant le lecteur l'enviait. Elle vivait un amour extraordinaire qui semblait la consoler de ses malheurs, même quand tout était perdu.

Elle entendit Zeph qui revenait. Le sable sec bruissait sous ses pas. Il lui tendit une tasse ébréchée en faïence bleue qu'il avait dû rincer car l'extérieur était mouillé.

Zeph ferma les yeux, but une gorgée et dit :

— Il faut que j'en profite au maximum. J'ai épuisé mes réserves.

Ils s'assirent côte à côte sur un rocher. Stella allongea ses jambes près de celles de Zeph. Grâce au sel et au soleil, les poils fins sur ses jambes étaient dorés, et ses ongles de pieds avaient été vernis pour le Leaver's Dinner d'un rose de coquillage. Les jambes de Zeph étaient plus bronzées que les siennes, ses pieds semblaient durs et résistants : l'habitude de marcher pieds nus sans se soucier du froid.

Stella goûta le liquide sombre. Elle perçut le sel de l'eau de mer sur le rebord, puis une saveur douce et épicée.

— Qu'est-ce que c'est ?

— De la cardamome, de la cannelle et du thé noir. Plus de la vanille, l'ingrédient secret de Bakti. Cela ne correspond à aucune recette traditionnelle, mais aussi loin que je me souvienne, elle l'a toujours préparé ainsi.

— Bakti ?

Sur les lèvres de Stella, ce nom semblait étrange, deux syllabes accolées.

— Ma mère, expliqua Zeph. Elle m'envoie des sachets de tchaï, quand elle sait où me joindre. J'essaye de la tenir au courant, dans la mesure du possible.

Il parlait d'un ton détaché, non pas comme un adolescent mais comme un adulte menant une vie indépendante.

— Demain, c'est Noël, dit brusquement Stella. Et vous ne serez pas avec elle.

— Cela fait des années que nous ne passons pas Noël ensemble.

Cela ne semblait pas l'émouvoir. Il énonçait un état de fait.

— Allez à Halfmoon Bay, au pub, ils proposent un dîner avec de la dinde.

— Il me reste encore une boîte de fruits au sirop, un peu de riz et j'essaierai d'attraper un poisson. Si j'y parviens, Carla sera ravie.

Stella étudia attentivement son visage. Elle eut l'intuition que son apparente indifférence masquait une certaine mélancolie. Mais peut-être lui attribuait-elle la souffrance qu'elle aurait ressentie si elle s'était trouvée dans la même situation ?

— Ici, la pêche à la ligne ne donne rien. Vous avez un harpon ?

Zeph secoua la tête.

— Je l'ai donné pour payer les taxes d'amarrage à Bali.

— Mais vous possédez un couteau ?

— Oui, le même que le vôtre.

Stella rougit en se rappelant comment elle imaginait l'utiliser.

— Alors il vous reste les ormeaux, conclut-elle. À marée basse, vous n'avez même pas besoin de masque pour les attraper. On les voit très bien dans les trous d'eau, par là.

Quand elle revint à Zeph, elle se rendit compte qu'il ne regardait pas du tout dans la direction qu'elle lui indiquait. Ses yeux s'attardaient sur elle, ses cheveux, son corps, il semblait apprécier ce qu'il voyait, tout comme on prend plaisir à admirer la mer, le ciel ou un joli coquillage.

Stella plongea le nez dans sa tasse. Sous son regard, elle avait envie de rejeter ses cheveux en arrière et de se mordre les lèvres pour les aviver. Sa chemise était ouverte sur le vieux bikini de Laura. Un petit slip et un soutien-gorge très échancré que Stella n'était autorisée à utiliser que comme sous-vêtements.

Un pétale flottait à la surface du thé. Pris dans un petit tourbillon, il tournait inlassablement. Stella respira la vapeur odorante. Elle songea à Bakti, loin d'ici, mélangeant les épices et le thé qu'elle emballait dans des sacs en plastique pour son fils. Elle se représenta une femme aux pommettes hautes, avec une longue chevelure noire et une tache rouge sur le front.

— Vous ne faites pas Indien, dit-elle à Zeph.

— Sauf erreur de ma part, je ne le suis pas. Bakti est le nom que ma mère a pris quand elle est entrée à l'ashram. Elle est française et mon père... eh bien, nous ne savons pas grand-chose sur lui, mais elle pense qu'il était anglais.

Stella passa le doigt sur le rebord ébréché de sa tasse. Elle ne s'attendait pas à une telle réponse. C'était certainement un aveu pénible pour lui.

— Excusez-moi, je n'avais pas l'intention de... de vous poser une question embarrassante.

Zeph haussa les épaules. Il avait l'air de s'en moquer. Le regard perdu au loin, il retraçait le contour des îles. Stella avait la même manie.

Le calme s'approfondit tandis qu'ils buvaient à petites gorgées le liquide brûlant. Cette paisible nonchalance était agréable, comme s'ils n'étaient pas des étrangers mais de vieux amis qui se retrouvaient après des années de séparation. Une mouette du Pacifique glissa près d'eux, tournoya et fila vers la mer, en direction de Halfmoon Bay. En la suivant des yeux, Stella repéra un point sur l'océan, une croix minuscule qu'elle aurait reconnue entre mille. Le *Lady Tirian*.

— Il faut que je parte, lança-t-elle en se levant.

Zeph parut surpris.

— Que se passe-t-il ?

— Mon père arrive. Il pêche des langoustes. Je dois aller le retrouver au débarcadère, j'aime bien l'attendre.

Stella soupira. Un navigateur solitaire, comme Zeph, ne pouvait pas comprendre que ce serait un drame si elle manquait son père alors qu'elle était en vacances et sans obligations particulières.

— Stella, dit Zeph d'une voix traînante, il faut que je vous demande une faveur.

Voulait-il qu'elle lui rapporte des provisions ? Ce serait impossible avant Noël…

— Ne dites à personne que je suis ici.

La main de Stella se crispa sur sa tasse. Ce yacht amarré loin du port et trop luxueux pour appartenir à un garçon aussi jeune…

— Rendez-moi ce petit service, dit très vite Zeph comme s'il devinait les doutes qui lui traversaient l'esprit. J'ai hissé mon drapeau de quarantaine, au cas où l'on me repérerait. Ce n'est pas que j'enfreigne la loi. Enfin, seulement en vous invitant à prendre le thé.

Stella avait les yeux fixés sur le *Lady Tirian*.

— Je pourrais me rendre au port. Tous mes papiers sont en règle. C'est juste que je ne vais pas rester longtemps. Je n'ai pas envie de m'embêter avec les douanes et toutes ces paperasses. Surtout à cette période de l'année.

Stella hocha lentement la tête. Elle comprenait très bien que certaines personnes fuient les formalités. William aimait faire les choses dans les règles, montrer l'exemple en respectant les lois et les consignes. Mais d'autres pêcheurs déchiraient le courrier qui les embêtait, jetaient les avis du comté entre les planches du quai et refusaient de faire enregistrer leurs fusils. Cela énervait prodigieusement Spinks. En songeant au policier, Stella sourit. Elle essaya d'imaginer comment il recevrait Zeph.

« Mais où sont vos parents, jeune homme ? Bakti ? qu'est-ce que c'est que ce nom ? Où ça en Inde ? »

— Je ne dirai rien, déclara Stella. Je vous le promets. Merci pour le…

— … tchaï.

Elle hésita. Elle avait envie de lui demander s'il désirait qu'elle revienne. Combien de temps allait-il rester ici ?

Se rencontreraient-ils de nouveau ?

— Au revoir, dit Stella.

Il hocha la tête.

— Joyeux Noël.

— Vous aussi.

Puis elle s'éloigna. Ses hanches se balançaient juste un peu et ses longs cheveux oscillaient dans son dos… Mais lui prêtait-il seulement une quelconque attention ? La musique continuait de s'écouler de la cabine, une voix faible qui la suivit sur la plage, puis s'éteignit.

Le mémorial des marins consistait en un vilain mur de brique crème parsemé de plaques de cuivre. Stella s'assit du côté où il n'y avait encore aucun nom. Ses jambes lui faisaient mal. En sortant des criques, elle avait pédalé jusque chez elle, pour avertir sa mère qu'elle avait repéré le *Lady Tirian*. Puis elle était repartie pour le port. Même si la descente était moins difficile que la montée, elle n'avait pas traîné, d'où les crampes dans les mollets.

Elle essaya de ne pas penser à Zeph. Brusquement, il prenait trop de place. Surtout pour quelqu'un qu'elle ne reverrait sans doute jamais. Pour passer le temps, elle entreprit de lire les épitaphes. Elle jouait souvent à un jeu qui consistait à les réciter sans en oublier aucune. Si elle réussissait, alors il n'arriverait jamais rien aux personnes qu'elle aimait, ses parents et ses amis.

Les plaques de la ligne du haut avaient été offertes par la Saint Louis Historical Society. Les brèves inscriptions en relief témoignaient d'anciennes tragédies. La femme d'un capitaine et ses cinq enfants, qui s'étaient noyés non loin du rivage. Un cutter faisant route pour l'Afrique du Sud qui s'était perdu près de Standaway Island avec tout son équipage. Puis venaient les naufrages du *Birmingham*, du *Valiant* et du trois-mâts *Enrico*.

Au milieu du mur, s'égrenaient les désastres plus récents. Les plaques, choisies par les familles en deuil, étaient plus variées et les mots exprimaient une douleur encore vive.

> *James Maitland.*
> *Pêcheur de Halfmoon Bay*
> *Arraché à l'*Ellen Jay *alors qu'il posait un casier à langoustes*
> *La mer donne et la mer reprend.*
>
> *Michael Maitland, père de James Maitland,*
> *Pêcheur de Halfmoon Bay.*

Emporté par une lame sur le Sandra Lee *au cours d'une tempête.*
La mer n'a pas de pitié

David Grey.
Pêcheur de Halfmoon Bay.
Fils de Mary Grey (décédée)
Pris par la mer

Stella s'arrêta sur « David Grey ». Jusqu'à récemment, une dame lui apportait des lis, des roses ou des myosotis de jardin qu'elle enfonçait dans le trou percé près du nom. Maintenant, il ne restait plus que des tiges et des pétales desséchés. À Halfmoon Bay, personne ne connaissait la femme qui fleurissait la plaque, semaine après semaine. Elle descendait de voiture et repartait sans jamais adresser la parole à quiconque. Laura disait que le grand amour de David Grey s'était consolé, mais Stella aurait juré que la dame était morte.

Elle se leva et s'engagea dans le parking pour rejoindre le quai. Puis elle s'arrêta en reconnaissant Jamie qui sortait de la boutique et se dirigeait lui aussi vers l'embarcadère. Elle le reconnut de loin, grâce à sa chemise à carreaux bleus et blancs à col boutonné qu'il avait repérée, en compagnie de Stella, dans la vitrine de la coopérative agricole de Saint Louis. Elle était plus chic que les vêtements de travail ordinaires et plaisait tellement à Jamie qu'il l'avait achetée en trois exemplaires.

Espérant lui échapper, Stella tourna vers la gauche et se glissa derrière l'ancien site de dépeçage des baleines. Elle était persuadée que dès l'instant où Jamie la regarderait dans les yeux, il devinerait qu'elle avait la tête pleine de Zeph. Peu importait que ces fantasmes n'aient aucun lien avec la réalité. Ils n'auraient pas dû occuper ses pensées. Stella appartenait à Jamie, tout le monde savait ça depuis toujours.

Ses parents, Brian et Pauline, avaient été les premiers amis des Birchmore quand ils avaient débarqué d'Angleterre. Brian avait appris à William comment manœuvrer le langoustier que l'étranger venait d'acheter à un pêcheur à la retraite. À cette époque, les langoustes pullulaient et la compétition entre les pêcheurs n'existait pas encore. Brian avait eu la générosité d'initier William au métier et le père de Stella lui en était profondément reconnaissant. Avec Grace, il conviait le couple à dîner à Seven Oaks une ou deux fois par an. Et William ne refusait jamais une invitation à un barbecue de Brian.

D'autres Anglais vivaient dans la région et en leur compagnie, les manières et l'accent de Grace et William seraient passés beaucoup plus inaperçus. Mais William aimait l'honnêteté et la franchise de Brian. Il encouragea Grace à fréquenter Pauline. Laquelle était aussi désorganisée et impulsive que Grace était réservée et ordonnée, mais les deux femmes s'entendaient bien, et elles avaient des bébés du même âge.

Quand William était à la maison, il conduisait parfois sa femme et sa fille chez Brian et Pauline pendant qu'il se rendait à la conserverie ou à d'autres rendez-vous. Les deux femmes prenaient le thé et bavardaient tout en jouant avec leurs enfants.

Au cours des années, Pauline avait collectionné les photos de Stella et Jamie. Stella en avait épinglé une dans sa chambre, prise à une fête d'anniversaire de Laura. Ils avaient alors sept ans, ils se souriaient et il leur manquait les mêmes dents, ils avaient les mêmes seaux et les mêmes pelles achetées à la boutique de Halfmoon.

Grace se tenait à l'arrière-plan, évanescente, comme si elle voulait disparaître du cadre.

Plus tard, quand Stella eut l'âge de faire du vélo et de se déplacer seule, elle passa de nombreux dimanches chez Jamie, laissant Grace à Seven Oaks, la plupart du temps occupée à jardiner. Les deux enfants allaient nager. Parfois, dans la cuisine mal tenue de Pauline, il arrivait à Stella de se lancer dans la confection d'une recette. Et elle était ravie qu'on ne lui tienne pas rigueur de la vaisselle sale et de la pagaille dont elle s'entourait.

Les étés se succédaient. Jamie et Stella bronzaient côte à côte sur les plages. Quand ils attrapaient des coups de soleil, ils s'amusaient à détacher les peaux mortes sur leurs dos. Ils s'aidaient à s'extraire de leurs combinaisons de plongée, libérant leurs mains coincées dans les manches mouillées, et partageaient les mêmes sandwichs ramollis tandis que le sable leur crissait sous la dent.

À cette époque, ils s'ébattaient librement, faisaient le poirier, la roue, se bagarraient et se jetaient des pierres.

Lorsque leurs corps commencèrent à changer, celui de Stella avant celui de Jamie, quand la poitrine de Stella se forma, douce et ronde, ils n'y prirent pas garde. Et puis, un été, après un hiver où ils étaient restés couverts, ils se cachèrent, se déshabillant derrière des arbres ou des rochers. Leurs corps étaient maintenant secrets, ils se sentaient étrangers à eux-mêmes, et aussi l'un à l'autre.

Les premiers baisers avaient été un jeu que l'on jouait en groupe. On faisait tourner une bouteille sur le sable, les lèvres se touchaient brièvement, les yeux fermés… Puis quand le temps fut venu de former des couples, de se promener deux par deux et d'aller s'étendre dans les dunes, ils se choisirent.

Même quand ils s'embrassaient, ils riaient des idylles à l'eau de rose et se moquaient des scènes de passion. Ces idées-là, c'étaient pour les acteurs dans les feuilletons à la télévision. Pas pour des jeunes gens qui allaient poser ensemble des casiers à langoustes. Dont les doigts se touchaient quand ils vidaient les poissons. Ces mêmes doigts qu'ils utilisaient maintenant pour explorer les secrets de leur intimité… Stella rentrait le ventre pour le laisser glisser la main dans son jean. Retenait son souffle pour qu'il ne s'arrête pas. Défaisait la fermeture de son soutien-gorge pour libérer ses seins sous son tee-shirt.

Ils n'ôtaient jamais leurs vêtements. C'était une règle tacite. Ainsi, Stella pouvait rentrer à la maison et affronter le regard de William. Elle était restée une fille bien, sa fille, qui lui revenait saine et sauve.

Stella jeta un coup d'œil par-dessus le mur en ruine. Jamie se tenait sur le quai et scrutait l'horizon. Derrière l'île qui protégeait l'entrée du port, Stella aperçut l'extrémité du mât du *Lady Tirian* pointant au-dessus des rochers blanchis par le guano.

Elle se glissa par une ouverture dans un des murs, trébucha sur le sol inégal et déboucha sur le parking qu'elle traversa.

En l'entendant arriver, Jamie se retourna. Il lui adressa son petit sourire en biais qu'elle connaissait si bien. Elle sourit à son tour, un peu trop vite et un peu trop gaiement, mais il ne sembla pas le remarquer.

— Moi aussi je suis venu à sa rencontre, lança Jamie. J'ai pensé que je pourrais me rendre utile.

Stella hocha la tête.

— Parfait. Il est presque cinq heures et j'en connais

deux qui attendent avec impatience qu'il débarque sa pêche.

Elle regarda en direction de la conserverie où Sharon et Noel, assis au soleil près de l'entrée, partageaient une canette de bière. L'heure de la délivrance approchait et ils n'avaient déjà plus le cœur à l'ouvrage.

En avançant sur l'appontement, Jamie passa un bras autour des épaules de Stella qui se dégagea en prétendant vouloir renouer le lacet de sa chaussure. Ils passèrent devant un ketch rouillé. Le nom de l'embarcation, *Grand Lady*, était peint en lettres à moitié effacées sur la coque en piteux état. En guignant par la porte ouverte de la timonerie, Stella vit un sac de couchage qui traînait sur le sol. Old Joe avait réemménagé dans son bateau. Il n'y était pas autorisé et Spinks le menaçait régulièrement de sanctions. Mais la maison du vieux marin, une grange pleine de courants d'air de l'autre côté de la baie, n'avait ni cuisine ni chambre à coucher.

Jamie passa sans un regard devant le langoustier de Brian, qui avait belle allure, mais Stella savait que dès qu'apparaîtrait le *Lady Tirian*, le *Cassandra* souffrirait de la comparaison.

Jamie se posta là où le *Lady Tirian* allait s'amarrer, à la place qui lui revenait.

Stella s'écarta un peu de lui. Elle attendait avec impatience que William se montre. Il la saluait toujours d'un geste du bras, puis il souriait en s'approchant du débarcadère et cherchait son regard. En cet instant, et même si par gros temps il y avait foule sur le quai parce que des bateaux d'un peu partout venaient se réfugier à Halfmoon, Stella avait la sensation qu'il ne voyait qu'elle.

— Le voilà ! dit Jamie.

Le *Lady Tirian* glissa dans le port. Le soleil brilla sur

la coque peinte en rouge et vert, et sur les ponts vernis bien briqués.

Grand et bien campé sur ses jambes, William se tenait dans la timonerie, protégé par une veste et un pantalon en ciré jaune. Avec sa crinière raidie par le sel, son visage cuivré, ses yeux d'un bleu profond, on aurait dit le héros d'un vieux film de pirates.

Quand il vit Stella, il leva le bras. Elle lui sourit. Toute son attitude exprimait la satisfaction. La pêche avait donc été bonne et il semblait content que les deux jeunes gens soient venus l'accueillir en cette veille de Noël.

Stella s'avança, prête à attraper l'amarre, mais Jamie la devança et enroula soigneusement le cordage autour de la borne. Stella devina que son père avait enseigné au garçon le même principe qu'à elle-même : ne jamais s'attacher trop étroitement à la terre, au cas où l'on voudrait repartir rapidement...

Jamie hocha la tête en direction de William qui lui répondit sur le même mode. Stella les observait. Et elle eut le sentiment que cette attitude était plus intime et plus exclusive que le geste du bras. Un salut entre hommes.

William alla couper le moteur, puis il émergea avec la glacière de Grace, qu'elle lui remplissait pour chaque expédition. C'était une grande boîte en plastique, dont le motif écossais était pratiquement effacé et le couvercle en métal cabossé sur les bords. Elle se balançait, légère dans la main du marin. Les gâteaux, les biscuits et les petits plats avaient été mangés avec appétit.

— Alors, tu es venue ! lança-t-il à Stella en lui tendant la glacière.

Était-ce dû à la présence de Jamie ? Ce jour-là, ce geste rituel déplut à Stella. Elle se sentait reléguée au même rang que Grace, consignée aux tâches ménagères comme si elle n'avait pas sa place sur le *Lady Tirian*. Pourtant, Dieu sait qu'elle en avait passé des vacances sur le bateau depuis qu'elle était en âge de se rendre utile. Elle y avait bataillé dur par tous les temps. Elle était capable de se repérer sur une carte et de suivre le cap jusqu'à l'île de Standaway sans jamais s'échouer sur un banc de sable. Elle avait régulièrement gratté, verni et peint le bateau et connaissait si bien le moteur Diesel qu'elle tendait à son père l'outil dont il avait besoin avant même qu'il le demande. « Elle est aussi douée qu'un garçon », avait dit Old Joe, et son père était tombé d'accord avec lui.

William se pencha de nouveau vers Stella et lui présenta un seau de poisson et un petit paquet entouré de papier aluminium.

— La part d'Old Joe. Un bon repas ne lui fera pas de mal.

Stella était également chargée de donner au vieux marin les restes des plats cuisinés par Grace, ainsi que le poisson attrapé par William dans les casiers. Poisson et fruits de mer ne pénétraient jamais à Seven Oaks. William ne les appréciait pas.

En traversant l'appontement pour rejoindre le vieux ketch, Stella entendit William bavarder avec Jamie. Elle posa le seau et le gâteau dans la cabine de pilotage et retourna au *Lady Tirian*.

Un tas de vêtements et de toiles mouillés était empilé sur le débarcadère, près de la glacière. Jamie avait rejoint William à bord et ils se tenaient près d'un monceau de casiers, sur le pont avant. Stella attendit qu'ils lui prêtent un peu d'attention, mais ils étaient plongés dans une conversation interminable. Contrariée, elle rassembla les affaires trempées qu'elle coinça sous son bras, prit la glacière et s'éloigna. La boîte vide cognait contre sa jambe tandis qu'elle remontait le débarcadère et rejoignait le parking, où la camionnette de William attendait sous un arbre.

Elle ouvrit avec difficulté la porte du passager et fourra son chargement sur le siège. Puis elle s'appuya à la carrosserie délavée en prenant garde à ne pas se tacher avec les déjections d'oiseaux.

Les deux hommes regardaient dans la cale à poissons du *Lady Tirian*, les jambes bien écartées, comme si même à quai ils se tenaient prêts à affronter la houle. William posa la main sur l'épaule de Jamie qui se mit à rire, ses dents blanches brillant dans son visage bronzé, et William se joignit à lui. Stella se détourna et referma violemment la portière de la camionnette. Des fragments de rouille tombèrent sur le sol. Puis elle passa devant le mémorial pour aller récupérer sa bicyclette.

Stella se renversa sur son fauteuil. Les rideaux des fenêtres du salon de mer étaient tirés et l'odeur réconfortante du gigot d'agneau flottait encore dans l'air. William écrivait à son « bureau » – une tirette du buffet de tante Jane. Son stylo crissait tandis qu'il recopiait les notes de son journal de bord dans un gros cahier relié. Grace, assise près de la cheminée remplie de pommes de pin de Noël, raccommodait le pull bleu marine préféré de son mari, le sourcil froncé et la tête penchée sur son ouvrage. C'était une scène paisible. On entendait le murmure de la mer et des voix sortant du poste de radio dans la cuisine.

Un vieil exemplaire d'*Anna Karénine* reposait sur les genoux de Stella. Pour se rafraîchir la mémoire, elle étudia la longue liste de noms russes et de titres de chapitres imprimés sur les premières pages.

Puis, lassée par la complexité des généalogies, son

regard erra dans la pièce avant de se fixer sur William, dont la tête oscillait de droite à gauche tandis qu'il comparait ses notes. En mer, il consignait dans son journal toutes les informations nécessaires aux autorités – la quantité de poissons et de langoustes capturés, leur poids et la localisation des casiers. Et il y ajoutait ses propres considérations sur les vents, les marées, les courants, les nuages et la température de l'air. Les mystères de la mer et du ciel représentaient pour lui un défi permanent. « Savoir, c'est pouvoir », disait-il parfois. Et William en savait beaucoup sur les changements et l'évolution du temps dans cette région. Les gens écoutaient ses prédictions avec attention. Surtout les pêcheurs. Stella les avait souvent entendu dire que sans son accent anglais, on aurait juré que Birchmore était originaire du coin.

Après chaque expédition, William ramenait chez lui son journal de bord et le soir, il notait toutes ces informations dans son gros cahier bleu qu'il renfermait ensuite dans le tiroir du buffet. Il arrivait à Stella de se tenir un instant près de lui pour lire ses commentaires détaillés.

Cumulus filant vers le nord-est – assez courant à cette époque de l'année. Jauge à eau, un et demi.

Il mentionnait aussi les dauphins, les baleines et les oiseaux qu'il avait croisés sur sa route. Ils faisaient partie de l'énigme dont il entretenait souvent Stella. Selon lui, si l'on prenait des notes suffisamment longtemps sur un sujet quelconque, un schéma finissait par apparaître.

À l'aube, une famille de dauphins est passée à tribord, au large de l'île de Standaway.

J'ai été suivi par un albatros d'une espèce peu commune dans ces régions – un solitaire.

Stella regarda les mains gercées de William qui semblaient bercer son stylo. Son écriture régulière et soignée couvrait peu à peu la page. Son père, d'un naturel curieux, était si sérieux dans tout ce qu'il entreprenait ! Cela expliquait la fascination qu'il exerçait sur Jamie. Même si Stella s'était sentie exclue sur le débarcadère, elle ne pouvait blâmer son petit ami de vouloir prendre sa place. En présence de William, on se sentait tellement important, comme s'il vous prenait à témoin de l'attention qu'il portait au monde…

Stella se leva et alla écarter les rideaux d'une fenêtre. Dehors, il faisait nuit, mais elle distinguait l'écume des lames qui se brisaient sur les rochers en un mouvement obstiné et ininterrompu. Jour et nuit, elles s'élançaient depuis le Sud. Stella aimait à penser que ces vagues qui enfantaient inlassablement les mêmes vagues avaient bercé des icebergs et ruisselé sur le dos de baleines géantes. Et amené un étranger ici.

Un garçon dans un bateau qui se cachait dans la crique de Stella…

Elle pensa à Zeph dans sa cabine – étendu dans son sac de couchage bleu à la doublure jaune qu'il avait laissé ouvert à cause de la chaleur. Il lisait *Anna Karénine* à la lumière d'une chandelle et portait le tee-shirt avec « Bali » inscrit dessus… Stella fut surprise par le luxe de détails de sa vision. Elle s'aperçut qu'elle avait enregistré dans sa tête toutes les possessions de Zeph étalées sur la plage. Elle se demanda ce qu'il avait mangé, pendant que Grace servait « Mon gigot d'agneau au miel », suivi du « Clafoutis aux fruits rouges de tante Jane ». Avait-il ouvert une boîte de conserve ou cuit un peu de riz ? Stella regrettait de ne lui avoir rien laissé. Pas même un cake. Peut-être s'était-il débrouillé pour trouver du poisson ? Quant aux ormeaux, s'il ne savait pas les préparer, les indications qu'elle lui avait données ne lui avaient pas servi à grand-chose.

Songeait-il à Stella ? Espérait-il qu'elle reviendrait ?

Tu parles. S'il accordait une pensée à la fille qui l'avait dérangé aujourd'hui, ce serait uniquement parce qu'il craignait qu'elle manque à sa promesse. *Il faut que je vous demande une faveur… Ne dites à personne que je suis ici.*

William reposa son stylo et se leva. Stella entendit un léger tintement tandis qu'il sortait de l'armoire des verres à sherry perchés sur de longues tiges de cristal.

— Pour fêter Noël, annonça-t-il.

Il servit Grace, puis Stella, et la jeune fille le regarda avec de grands yeux car le verre qu'il lui tendait était rempli à ras bord. Jusqu'à présent, elle n'avait eu le droit qu'à une gorgée d'alcool.

— Tu as maintenant seize ans, annonça William.

Il se tourna vers Grace, comme si elle avait émis une objection.

— S'ils apprennent à boire raisonnablement à la maison, ils savent se tenir en société. Et je sais que nous pouvons lui faire confiance, notre fille sait se conduire.

Il sourit à Stella. Sous son regard chaleureux, elle ne put s'empêcher d'imaginer sa réaction s'il l'avait surprise seule dans une crique isolée en compagnie d'un inconnu. Quand il se détourna, elle lécha une goutte qui coulait sur son verre.

— Joyeux Noël ! dit William.

Ils trinquèrent et après l'échange de bons vœux, un grand calme remplit la pièce. Ils entendirent un chœur chanter à la radio. La musique flottait dans l'air, désincarnée, et des voix angéliques leur parvenaient de très loin.

Dans une crèche, et non dans un berceau, reposait le petit Jésus, notre doux seigneur.

En entendant ces paroles, Stella tourna son regard vers la scène de la nativité qui se déployait sur la tablette de la cheminée. Les rois mages, les bergers, les anges et les animaux étaient divisés en deux groupes. Joseph se tenait là, droit et fort, Marie agenouillée près de lui. L'enfant, emmailloté dans sa mangeoire, leur tendait ses bras nus et potelés. Stella sourit. Quand elle était petite, elle pensait que la Sainte Famille était le reflet de la sienne. Le père, la mère et l'enfant chéri.

4

Stella sautait de rocher en rocher tandis que le sac pesant qu'elle avait glissé sur son épaule rebondissait sur sa hanche. Malgré son essoufflement et la sueur qui ruisselait dans son dos, elle ne s'arrêta pas pour reprendre haleine. Elle ne disposait tout au plus que d'une heure et demie. Elle s'imagina William et Grace retournant à Seven Oaks pour y trouver la note qu'elle avait laissée sur la porte. « Je me sens mieux. Je suis allée marcher un peu, ça me fera du bien. » Elle se sentit envahie par la culpabilité.

William détestait les mensonges.

Pourtant, ce n'était pas la première fois que Stella lui dissimulait la vérité. Elle n'avait jamais dit que les parents de Laura les avaient autorisées à rentrer après minuit, ni que tous ses amis avaient un peu trop bu... Mais sa mise en scène de cet après-midi était d'un autre ordre. L'agent Spinks et sa sœur invitaient toujours les Birchmore à boire un verre, l'après-midi de Noël : les deux familles, qui n'étaient pas originaires d'Halfmoon Bay, n'avaient pas de parents avec qui célébrer les festivités. Aujourd'hui, Stella avait feint un malaise. Étendue sur son lit, elle avait dû supporter l'inquiétude et la compassion de William. Alors que ses parents s'apprêtaient à partir, elle avait rassuré Grace en lui affirmant que ce n'était qu'une légère indigestion. En entendant le bruit du moteur de la camionnette, le froid l'avait envahie. C'était si facile de tromper les autres...

Elle tenta de se convaincre qu'elle avait agi par pure générosité. Après tout, elle apportait de la nourriture à un étranger qui venait de très loin et n'avait qu'un chat pour toute compagnie. Son comportement n'était pas vraiment répréhensible. Cela ressemblait un peu à un conte de Noël...

Du haut des rochers, Stella aperçut le mât du yacht. Les deux drapeaux flottaient au vent – le jaune et le tricolore. Stella poussa un soupir de soulagement. Zeph n'avait pas quitté la crique.

Elle traversa prestement les rochers où elle avait vu le serpent et sauta sur le sable. À marée basse, la plage formait un demi-cercle blanc. Tous les vêtements et les objets qui y étaient étalés la veille avaient disparu. Elle ne repéra aucune empreinte de pas sur le sable et aucune musique ne s'échappait du bateau. On n'entendait que le léger cliquetis des haubans contre le mât, le murmure des vagues et les piaillements aigus des huîtriers-pies.

Stella s'avança sur les grosses pierres arrondies qui affleuraient près du yacht. La crique offrait un merveilleux site d'amarrage dans le profond chenal, entre des parois rocheuses qui tombaient à pic. Le bateau de Zeph était solidement maintenu en place par des amarres, tendues de part et d'autre de l'embarcation.

— Hou, hou ! cria Stella.

Même si elle avait toujours eu le sentiment que cette plage lui appartenait, elle se sentit mal à l'aise, comme si elle pénétrait dans un domaine privé. Pourtant, Zeph et son navire n'étaient que des visiteurs de passage.

Un bras émergea de la cabine, suivi d'une chevelure

ébouriffée. Zeph plissa un instant les paupières dans le soleil, puis un grand sourire illumina son visage.

— Stella !

Il monta sur le pont et s'étira. Il portait un sarong de couleurs vives noué autour de la taille. Stella déposa son sac et commença à fourrager dedans, troublée par la grâce languide des mouvements de Zeph, ses bras longs et musclés, les plis du tissu sur ses jambes. Quand elle releva la tête, il la regarda droit dans les yeux.

Il avait l'air ravi de la revoir.

— Euh… je vous ai apporté des provisions. Joyeux Noël.

— Ah oui…

Zeph semblait avoir oublié la fête.

— Montez vite à bord.

Il lui indiqua l'endroit où elle pourrait grimper sur un rocher à fleur d'eau et sauter dans le canot du yacht. Il se tenait à la proue, prêt à la hisser sur le pont.

Consciente d'être observée, Stella sauta dans le dinghy. Ce simple geste permettait d'évaluer si une personne savait naviguer. Quand on manquait d'expérience, on s'accrochait au plat-bord pour avancer en crabe. Mais Stella contrôlait son équilibre malgré l'embarcation qui tanguait sous elle.

La main de Zeph, chaude et forte, se referma sur la sienne. Il l'attira vers lui et elle trébucha en prenant pied sur le pont. En la rattrapant pour l'empêcher de tomber, il la tint un instant contre lui, puis la repoussa. Soudain, il lui parut jeune et mal assuré. Il n'était plus un marin écumant les océans mais juste un gamin, tout comme elle. Du coup, Stella retrouva son assurance. Certaine de maîtriser la situation, elle se dirigea vers la cabine.

— Vous venez de vous réveiller ? lui demanda-t-elle

en jetant un coup d'œil par-dessus son épaule. Il est plus de trois heures !

Zeph la suivit.

— Je me suis réveillé tôt et puis je me suis recouché. Une habitude dont il est difficile de se défaire. Quand on est seul en mer, on dort peu et par courtes périodes, surtout sur les routes de navigation où un cargo peut vous foncer dessus sans vous voir. Et puis, la nuit dernière, la lune brillait d'un tel éclat que je suis allé me promener.

Stella se retourna.

— Tout était bleu et argent, comme dans un rêve, soupira-t-il.

Stella sourit. Elle savait exactement de quoi il parlait : le clair de lune sur la mer, comme une grande autoroute pour un autre monde, et les vagues ourlées de dentelles d'écume.

Zeph lui désigna une paire de coussins disposés côte à côte sur le pont arrière, comme s'il attendait de la compagnie. Les coussins étaient recouverts de soie jaune, brodés dans la même teinte, et incrustés de petits miroirs ronds qui captaient la lumière.

Stella s'assit en posant son sac près d'elle. Des traces de sel recouvraient les motifs en relief et le tissu était parsemé de poils de chat, orange et noirs. Elle comprit alors que c'était la chatte qui prenait place près de Zeph pour admirer le coucher du soleil.

— Je vous ai apporté à manger, dit Stella.

Zeph haussa les sourcils. Stella comprit qu'il devait être affamé. Il l'observait avec attention, hochant la tête à chaque article qu'elle lui montrait. Il y avait un paquet de thé, du riz, de la betterave en conserve, du fromage, des fruits... Stella avait l'impression d'être une magicienne sortant des objets d'un chapeau. En posant devant Zeph un cake de Grace enveloppé de papier aluminium, elle annonça :

— Le « Revenez-y » de tante Éliza.

Zeph la regarda d'un air interloqué.

— Comment l'avez-vous appelé ?

— Le revenez-y. C'est juste le nom de la recette. Ne faites pas cette tête, ma mère est une excellente pâtissière. Elle fait cuire les gâteaux par six et les congèle, comme ça, mon père en a toujours à sa disposition quand il part en mer.

Puis elle lui présenta des oranges, un paquet de sablés et une boîte de conserve.

— Du thon pour Carla, précisa-t-elle.

Comme si elle attendait que l'on prononce son nom pour se manifester, une chatte tachetée qui se cachait dans la cabine montra le bout de son nez, puis se dirigea droit sur Stella, hésita une seconde et sauta sur ses genoux.

— Normalement, elle déteste les étrangers, s'étonna Zeph.

Carla pétrit les cuisses de Stella, plantant ses griffes acérées dans son jean, tourna une fois sur elle-même et se coucha en rond. Stella sourit, flattée de l'affection que lui témoignait la compagne de Zeph. Puis, tout en veillant bien à ne pas déranger la chatte, elle sortit de son sac trois pots de miel d'un or sombre.

— Nous en avons accumulé des quantités dans la remise. Nous ne mangeons que le miel de trèfle de la boutique, mais nous n'osons pas le dire à Old Joe qui continue de nous offrir régulièrement du miel de la région.

Zeph ouvrit un des pots, y plongea un doigt, le porta à sa bouche et se lécha les lèvres.

— Qu'est-ce que vous lui reprochez ? Il est délicieux.

Il tendit le pot à Stella, qui l'imita. Le plaisir de Zeph était communicatif. Le miel avait un goût assez fort, comme du caramel brun, un peu fumé.

Ils se penchèrent tous les deux sur le bocal, récoltant avec avidité le liquide poisseux qui formait des filaments au bout de leurs doigts. Des gouttes dorées finirent par atterrir sur les coussins. Il en coula sur le menton de Zeph et Carla lécha le bras gluant de Stella de sa petite langue rose et râpeuse.

Quand le pot fut à moitié vide, les deux jeunes gens partagèrent une orange au jus acide pour se rafraîchir.

Stella leva la tête vers le sommet du mât. Elle en savait suffisamment sur les yachts pour reconnaître la qualité du gréement. Aucune dépense n'avait été épargnée pour assurer les meilleures performances à ce voilier, dont elle se demanda une fois de plus comment Zeph en avait fait l'acquisition.

— C'est un yacht magnifique, lança-t-elle.

Zeph sourit avec fierté.

— Oui, et il est très maniable. Quand les proportions d'un bateau sont bien respectées, vous pouvez être certain que l'harmonie des lignes va de pair avec la fiabilité. Par gros temps, je fais toujours confiance à *Tailwind*.

Il pointa l'index.

— Vous voyez la gorge intérieure qui s'arrête à environ un tiers de la longueur du mât ? Cela me permet de hisser une voile tempête en cinq minutes. Et regardez les barres de flèche – il y en a quatre. Ce mât est d'une résistance exceptionnelle.

Puis il montra le roof.

— La forme du roof est calculée pour que par gros

temps, les vagues passent dessus sans causer aucun dommage.

Il se tut un instant et son regard s'attarda sur le yacht.

— Il n'est pas à moi, bien sûr. Un ami me l'a confié. C'est lui qui l'a dessiné.

Il s'interrompit. Stella essaya de déchiffrer son visage qui reflétait une mélancolie proche de la tristesse.

— Je vais nous faire du thé, dit Zeph en se redressant brusquement.

— Je ne peux pas rester. On m'attend.

Le garçon fixa Stella d'un air interrogateur.

— Ça n'a pas été facile pour moi de me libérer.

Zeph hocha la tête.

— Vous ne leur **avez pas** dit que vous m'aviez rencontré.

— Exactement.

Elle marqua une pause.

— Vous êtes mon secret.

Elle s'imaginait mal déclarant à William : Papa ? J'ai rencontré un marin des Indes, dans les criques où personne ne va jamais, et j'ai décidé d'aller lui rendre une petite visite…

Elle se leva et jeta le sac vide sur son épaule. Elle n'osait pas lui demander s'il comptait rester ici longtemps. Par un accès de superstition irraisonnée, elle craignait que cette simple question ne provoque son départ. Elle ne voulait pas le voir lever l'ancre et s'éloigner vers la ligne d'horizon.

— Attends, dit Zeph.

Il se glissa à l'intérieur de la cabine. Stella jeta un coup d'œil par-dessus son épaule, mais les rideaux avaient été tirés et elle ne distingua rien, juste des formes vagues dans la pénombre.

Zeph réapparut quelques secondes plus tard, avec à la

main un petit paquet enveloppé dans une cotonnade fanée, découpée dans un paréo. Il n'était pas attaché par une ficelle ou un ruban mais par une algue, dont les extrémités commençaient tout juste à sécher, se recroquevillant en dentelles délicates.

— Ouvre-le, dit Zeph.

Stella tira sur l'algue et le tissu glissa, révélant un petit panier tressé avec des brins d'herbe. Il était décoré de plumes, de coquillages et de brindilles de plantes marines jaunes et roses. Stella leva les yeux sur son nouvel ami. Visiblement, il aimait, comme elle, collecter des « trésors » pour confectionner des objets pleins de poésie.

— C'est très beau, murmura-t-elle.

— Je l'ai fait pour toi.

Stella se mordit la lèvre. Comment savait-il qu'elle reviendrait ? Avait-il l'habitude que les filles s'attachent aussi facilement à lui ?

— J'allais le laisser derrière moi, poursuivit Zeph, là où le bois flotté se rassemble près du bassin, avec une note à l'intérieur : Pour Stella, joyeux Noël de la part de Zeph et Carla.

— Ce billet m'aurait bien plu, dit Stella en souriant.

Ses doutes s'étaient dissipés. À la fois soulagée et excitée, elle lui rendit le panier.

— Je reviendrai le chercher.

— Marché conclu.

Lorsque Stella lui tendit la main, il la prit délicatement, comme un objet rare et précieux. Elle-même en oublia qu'elle pouvait vider et détacher les filets d'un poisson en six secondes, ou tenir la barre jusqu'à ce que ses doigts en deviennent bleus de froid.

Elle laissa Zeph, debout près des coussins, regagna le rivage et traversa les rochers pour rejoindre le sable.

Cette fois-ci, quand elle s'éloigna sur la plage, elle était certaine que le garçon la regardait. Elle balançait gracieusement les bras, tenait la tête bien droite, son jean moulait ses hanches, sa taille fine, et ses cheveux, fraîchement lavés pour Noël, dansaient dans son dos comme un manteau de soie brillant au soleil.

L'odeur du pain et des gâteaux cuisant dans le four parvint jusqu'à sa chambre. Stella, étendue sur son lit, écoutait les bruits provenant de la cuisine, les pas légers de Grace et ceux plus lourds de William, le murmure d'une conversation tranquille, des sons familiers et réconfortants.

Tout était bien.

Stella laissa errer son regard sur les murs roses, les rideaux imprimés de ballerines, ses médailles d'athlétisme exposées sur le côté de la vieille armoire – plus d'une douzaine de rubans bleus pour la première place et quelques rubans rouges pour la seconde. Elle contempla l'ange de pierre posé auprès de ses poupées : il y avait celle à la peau si douce qu'elle semblait vivante, l'Aborigène à la peau noire et aux cheveux frisés, et Miranda-aux-longs-cheveux qui savait marcher, la préférée de Stella.

À neuf ans, William lui avait acheté Miranda lorsqu'elle avait reçu un prix de rédaction. La poupée était vendue dans une robe de mariée en soie blanche mais les magasins de jouets de Saint Louis proposaient toute une garde-robe. Chaque fois que William voulait récompenser Stella, il lui offrait une nouvelle tenue.

Stella regarda l'étagère où les vêtements étaient soigneusement rangés. Il y avait un jean, une tenue de tennis, un tailleur pantalon avec une petite chaîne en or, et une jupe-culotte avec un pull bleu marine qui ressemblait un peu à celui que Grace avait tricoté pour William.

Tout en contemplant ses trésors rassemblés autour d'elle, une peur irraisonnée emplit le cœur de Stella. Bientôt, elle devrait laisser tout cela derrière elle, pour aller à Hobart finir ses études. Elle serait entourée de Jamie, Laura et les autres mais il lui faudrait tout de même affronter un monde inconnu dont elle ignorait tout...

Elle songea alors à Zeph qui allait bientôt reprendre la mer, seul avec son chat, en route pour de nouvelles aventures. Il fallait qu'elle prenne exemple sur lui, qu'elle se montre courageuse et intrépide pour faire face aux aléas de l'existence. Il lui vint alors à l'esprit que sa conception de la vie était diamétralement opposée à celle de William. Gagnée par la culpabilité, elle s'efforça de repousser cette idée sans y parvenir, comme un enfant qui a griffonné quelque chose au stylo sur un livre neuf s'aperçoit qu'il ne peut plus l'effacer avec sa gomme.

Puis Zeph occupa de nouveau toutes ses pensées et elle se retourna dans son lit en se lovant dans les couvertures. Elle imagina Zeph dans la crique, appuyé à son coussin jaune avec Carla, attendant le retour de Stella. Elle vit ses cheveux décolorés par le soleil et la mer retombant sur ses épaules, et aussi le pendentif en pierre semi-précieuse attaché autour de son cou par un lien de cuir, une larme d'un rouge clair sur sa poitrine bronzée. Elle avait remarqué que l'intérieur de ses bras était plus pâle, il était donc né avec une peau claire comme la sienne...

La porte s'ouvrit brusquement sur William qui pénétra dans la chambre et alla ouvrir les rideaux.

— Debout ! L'avenir appartient à ceux qui se lèvent tôt. Nous allons bientôt prendre le petit déjeuner.

Tout était prêt pour le « Boxing Day » des Birchmore. Le joli service à thé en porcelaine, les tasses, les soucoupes et la théière sur un carré de liège, les serviettes en lin dans les ronds de serviette en argent, les couverts bien astiqués… Comme d'habitude, William présiderait en bout de table, avec Grace à sa droite et sa fille à sa gauche.

Stella alla chercher deux pots de confiture. William s'assit dans son fauteuil tourné vers la mer. Il paraissait songeur, presque embarrassé. Stella ressentit un pincement au cœur. Lui aurait-on rapporté qu'on l'avait vue courir sur la route des criques avec une énergie étonnante pour une malade ? À moins que quelqu'un en mer, en observant le yacht à l'ancre avec des jumelles, ne l'ait reconnue aux côtés de Zeph ? Stella s'était déjà fait surprendre au mauvais endroit au mauvais moment, mais jamais elle n'avait menti aussi effrontément.

Dans le silence qui suivit, Stella jeta un regard distrait à l'arbre de Noël. Dépouillé de ses cadeaux et déjà fatigué, il pliait sous les décorations, comme si sa magie avait commencé de s'évanouir dès l'instant où, la veille, l'horloge avait sonné les douze coups de minuit. Dans la lumière du matin, l'enfant Jésus, sur la tablette de la cheminée, semblait pâle et froid.

Grace arriva de la cuisine avec un plat où s'empilaient « Les galettes à ma façon », et un troisième pot de confiture faite maison. Stella contempla les petites crêpes dorées, luisantes de beurre fondu. William les adorait. On les lui servait chaque jour de Noël depuis qu'il était enfant. Pourtant, aujourd'hui, il semblait s'en désintéresser et l'angoisse de Stella grandit. Enfin, William prit la parole :

— Demain il fera beau et j'ai l'intention de sortir en mer à l'aube.

Stella resta les yeux baissés sur son assiette. Demain ? Mais William restait toujours à la maison entre Noël et le jour de l'an. Et quand il lui arrivait de déroger à cette règle, il emmenait toujours sa fille avec lui.

Stella pinça les lèvres. Comment lui dire « non, je te remercie mais demain je ne suis pas libre, j'ai promis à un ami de… » ?

— J'ai pensé que cette année, poursuivit William, il valait mieux que tu restes un peu à la maison avec ta mère. Je t'emmènerai lors de ma prochaine expédition.

Stella respira. Cela semblait trop beau pour être vrai. Ses désirs s'exauçaient comme par magie… Elle leva les yeux sur sa mère pour la remercier en silence mais Grace fixait William d'un air surpris. Elle ouvrit la bouche… puis détourna la tête.

William se gratta la gorge.

— J'ai promis d'emmener Jamie. Il me l'a demandé et il en avait vraiment très envie.

William fuyait le regard de Stella.

— Nous serons de retour avant le réveillon du nouvel an, et bien sûr nous assisterons au dîner dansant.

Stella hocha la tête sans prononcer un mot. Elle craignait de ne pas parvenir à feindre la déception.

— Je savais que tu m'approuverais, conclut William. Ah, Jamie m'a demandé de te saluer. Aujourd'hui, il va à un barbecue organisé par sa famille, à Nautilus Bay. Ce soir, il faut qu'il prépare ses affaires et demain, nous partirons très tôt. Donc, tu ne le verras pas.

— Ce n'est pas grave. Moi aussi je dois me lever de

bonne heure. J'ai promis à Old Joe d'aller avec lui ramasser du bois flotté à marée basse.

Les mensonges lui venaient avec une facilité déconcertante…

William se frotta les mains en souriant sur sa droite, puis sur sa gauche.

— Parfait. Gracie, passe-moi les galettes et la confiture de prunes. Ça m'a l'air délicieux !

Il avait redouté que sa fille ne soit contrariée par ses plans, mais maintenant que tout était arrangé, il était heureux. Stella ressentit une bouffée de colère, non contre lui mais contre elle-même. William savait qu'il pouvait toujours compter sur l'approbation de sa fille, mais qui se souciait de ses sentiments à elle ?

William jeta un coup d'œil à son tee-shirt.

— C'est celui que tu as reçu pour Noël ? Il te va très bien.

Aussitôt, Stella s'épanouit sous le compliment.

— Merci.

— Mange, et toi aussi, Grace.

La mère de Stella s'était servi une seule crêpe qu'elle avait à peine touchée. Malgré ses talents de cuisinière, elle se contentait de grignoter. Si William le lui faisait remarquer, elle répondait toujours « je n'en peux plus ». Sans jamais préciser pourquoi elle n'en pouvait plus.

Stella regarda Grace porter un morceau de galette à ses lèvres et mâcher longuement. Deux plis s'étaient creusés aux coins de sa bouche et, brusquement, Stella comprit que Grace était furieuse contre William. *Elle bouillait de colère rentrée.*

William se resservit d'un air gourmand en adressant un clin d'œil à sa fille.

Sous l'eau, la main de Stella semblait plus grande et plus blanche. Des mèches de cheveux flottèrent devant son masque. Elle se cramponna à un rocher pour laisser passer une vague qui agita les algues. Puis elle se saisit du couteau attaché à sa jambe, en glissa la lame sous un des ormeaux roses et bruns qui abondaient dans ces récifs, et le détacha d'un coup sec. Elle travaillait vite. Une fois que l'ormeau se collait comme une ventouse à son support, il était impossible de le déloger.

Elle n'avait pas apporté de sac de plongée, juste un masque et un tuba, et elle remontait à la surface après chaque prise. Zeph, qui la guettait sur un rocher avec un seau, s'emparait du crustacé. Elle ressentait un sentiment de fierté. Il fallait une certaine habileté pour ramasser ces coquillages et Zeph le savait. Après avoir récolté six ormeaux, elle nagea jusqu'à la plage.

Là, elle s'allongea au soleil de midi pour se réchauffer. Le soutien-gorge de son bikini formait deux triangles mouillés sur sa poitrine. Zeph la rejoignit, son seau à la main. Il ne portait qu'un sarong enroulé autour de la taille. Deux jours auparavant, Stella aurait trouvé étrange qu'un homme porte une jupe, mais maintenant, cela lui semblait tout à fait naturel. Curieux comme les circonstances pouvaient vous faire changer d'avis...

— Et maintenant, on en fait quoi ? demanda Zeph.

Il s'assit près de Stella et observa les crustacés qui s'étiraient hors de leurs coquilles, en quête de l'appui familier des rochers. Mais ils ne trouvaient que du plastique lisse.

— Ça ne va pas te plaire, dit Stella en souriant.

Avant de les faire frire, il fallait les arracher à leurs coquilles, gratter la partie noirâtre et les découper en fines lamelles.

Zeph apprenait vite. Il travailla bientôt aux côtés de

Stella comme s'il avait toujours fait cela. Stella examinait ses mains qui s'emparaient d'un coquillage et maniaient le couteau. Elle repoussa l'image de Jamie accomplissant la même besogne. Elle se sentait déloyale, comme si la préparation des ormeaux était un rituel intime qu'elle n'avait pas le droit de partager avec un autre.

En cet instant, Zeph semblait fasciné par le mollusque qui, luisant et mouillé, se tortillait dans sa coquille en changeant constamment de forme. Stella sentit le rouge lui monter aux joues. Les garçons riaient en parlant des ormeaux, ils disaient qu'ils ressemblaient à des sexes de femmes. « Comment le sauraient-ils, se moquait Laura, ils n'en ont jamais vu. » C'était vrai dans la mesure où, si les garçons glissaient la main dans le jean des filles pour explorer leur intimité, elles ne se déshabillaient pas, ou alors, dans le noir...

Stella jeta un coup d'œil à Zeph. Elle l'imagina nu dans la lumière du jour, peu soucieux de se cacher et attendant que sa compagne l'imite.

— Le mieux, c'est de les cuire sur la braise. On les laisse griller à peine quelques minutes, dit Stella d'un ton un peu trop assuré. Mais je ne pense pas que ce soit une bonne idée d'allumer un feu. Si quelqu'un voit de la fumée, il donnera l'alerte.

En réalité, toute la brigade des pompiers accourrait avec à sa tête l'oncle de Jamie, Bill.

— J'ai un réchaud à alcool, dit Zeph. Je vais le chercher. On aura aussi besoin d'une casserole. Et à part ça, il te faut autre chose ?

Stella montra son sac.

— J'ai du beurre, du citron, du sel et du poivre. Nous sommes parés.

Il courut vers le yacht. Il devait avoir faim. Son sarong lui permettait de se mouvoir facilement. Si on considérait les muscles de ses jambes et de son dos, il avait le corps d'un homme, mais ses cheveux tombant sur ses épaules et la façon nonchalante dont il bougeait étaient ceux d'un garçon.

Ils cuisinèrent à l'ombre d'un filao dont les feuilles se balançaient au-dessus de leurs têtes. Dans la casserole, les tranches de mollusque blanc crépitaient et s'enroulaient sur elles-mêmes.

— Tu vas rester combien de temps ? ne put s'empêcher de demander Stella.

Elle voulait savoir quand sonnerait l'heure des adieux.

— Pas longtemps. J'ai réparé le pilote automatique et j'ai rendez-vous avec Bakti en Nouvelle-Zélande. Elle m'attend.

— Quand comptes-tu partir ?

— Demain. Après-demain au plus tard.

Ils restèrent silencieux tandis que le beurre grésillait. Puis Zeph prit la parole.

— Pourquoi ne viendrais-tu pas avec moi ? Bakti serait ravie de te rencontrer. Je pourrais te ramener d'ici quelques semaines, juste à temps pour reprendre les cours.

Stella éclata de rire.

— Mais je suis sérieux.

Elle secoua la tête. S'imaginait-il vraiment qu'il ne tenait qu'à elle de le suivre ?

— J'ai des choses à faire. Il faut que je prépare la rentrée…

Il la croyait sûrement plus vieille. Les gens se trompaient souvent sur son âge, à cause de sa taille.

— Je n'ai que seize ans.

— Moi, à seize ans, je vivais déjà seul. Quand Bakti a rejoint son nouvel ashram, je suis resté à Goa.

Il regarda le yacht.

— C'est alors que j'ai rencontré Wolfgang. Il cherchait quelqu'un pour s'occuper de ses enfants. Sa femme, Lotte, avait attrapé une hépatite et elle était vraiment malade. J'ai vécu avec eux et leurs six enfants, trois garçons et trois filles. La plus jeune s'appelait Nina.

Tout en parlant, Zeph laissait s'écouler le sable entre ses doigts. Quand il mentionna le nom du bébé, il marqua une pause et ses mains s'élevèrent dans l'air. Un bref sourire joua sur ses lèvres, puis s'effaça.

— Ils avaient des problèmes à régler en Allemagne et un beau jour, ils se sont envolés. J'ai pris soin de *Tailwind* en les attendant. Wolfgang m'avait promis de revenir, j'aimais bien vivre avec eux. Les enfants me manquent beaucoup.

Sa voix s'adoucit. Stella le vit entouré de têtes blondes, un bébé dans les bras.

— J'ai patienté presque un an, mais ils n'ont jamais réapparu. Alors je suis parti me promener et me voilà.

— Reste ici demain.

La phrase était sortie avant que Stella puisse la retenir.

— J'aimerais revenir te voir encore une fois.

— Il faudra bien, répondit aussitôt Zeph. Je ne t'ai pas encore écrit ma lettre d'adieu.

Stella serra ses genoux contre elle. Encore une visite, songea-t-elle, et elle redeviendrait la fiancée de Jamie. La fille de William.

Cette aventure était bien ordinaire.

Mais en même temps, cela représentait beaucoup. Un cadeau qui vivrait en elle pour toujours, murmurant dans son cœur comme le chant de la mer apaisée.

5

Le soleil se reflétait sur la table vernie de la cuisine. Le livre de recettes était ouvert à côté de la théière. La lumière crue du matin éclairait chaque mot inscrit sur la page jaunie. Grace, assise sur un tabouret, était penchée sur un pâté en croûte doré, glissé dans un sac en plastique. Avec une paille, elle aspira l'air à l'intérieur du sachet avant de le refermer, et y accrocha une étiquette en carton où elle avait écrit la date et le nom du plat. Elle répéta l'opération à cinq reprises. Stella la regardait depuis l'embrasure de la porte. Elle attendit que sa mère ait terminé, puis elle posa le chargement sur un plateau et se dirigea vers la remise.

Stella ouvrit la lourde porte en bois avec l'épaule, respira l'atmosphère confinée qui sentait l'essence et le pin, et alla soulever le couvercle du gros congélateur d'un blanc immaculé. Le freezer était pratiquement plein et elle calcula que, si Grace se reposait quelque temps, les réserves suffiraient pour six ou sept expéditions. Mais Stella savait que sa mère ne s'arrêtait jamais de cuisiner, comme si elle craignait d'être prise de court.

Une bouffée d'air glacé fouetta le visage de Stella. Tout était soigneusement rangé selon un ordre immuable. Grace insistait pour que les instructions du manuel du congélateur soient suivies à la lettre, et on trouvait immédiatement les produits les moins récents qui devaient être consommés en priorité.

Stella retourna à la porte pour vérifier que Grace ne viendrait pas la déranger, puis elle subtilisa quelques paquets pour Zeph. Un pâté ou deux, quelques bœufs bourguignons, des soupes et plusieurs cakes. Il aurait de quoi manger pour une semaine et Grace ne s'apercevrait de rien.

Quand elle eut rassemblé ses plats surgelés, elle se dirigea vers les étagères d'une vieille bibliothèque où s'alignaient des pots de confiture, des conserves, des pickles et tous les pots de miel d'Old Joe. Elle se servit et s'arrangea pour boucher les trous avec des boîtes et des bocaux. Puis elle se mit en quête d'un sac.

La remise de William était parfaitement rangée, les bancs époussetés, les outils bien en vue, accrochés au mur. Stella ne tarda pas à découvrir des sacs à avoine en calicot, posés sur des bâches repliées. En tirant sur un sac, la pile pencha dangereusement sur le côté et s'affaissa sur le sol, révélant une malle en cuir d'un rouge profond avec des poignées en cuivre. Stella n'avait jamais vu ce coffre auparavant. Elle écarta les sacs, se saisit de la malle et la traîna vers le centre de la cabane, affolant les perce-oreilles et les poissons d'argent qui filèrent se mettre à l'abri. Puis elle s'agenouilla et fit sauter avec quelque difficulté les fermoirs corrodés par l'air salé.

Elle souleva le couvercle qui révéla de longues rangées de couteaux, fourchettes, cuillères de service, cuillères à soupe, petites cuillères qui brillaient dans des écrins de velours bleu roi. Cette impressionnante ménagère s'étageait sur plusieurs couches et comptait vingt-quatre pièces de chaque élément.

Stella comprit tout de suite que ces couverts allaient avec la table du salon de mer, qui était d'une taille ordinaire mais possédait quatre rallonges. Au maximum de sa longueur, elle pouvait accueillir un grand nombre d'invités.

Ou une grande famille. Une famille de sept enfants. Seven Oaks.

Les panneaux en bois étaient appuyés au mur, près du congélateur. William devait les avoir apportés d'Angleterre, en s'imaginant attablé avec plein d'enfants autour de lui. C'est Pauline qui avait raconté à Stella que William rêvait de fonder une famille nombreuse dans son nouveau pays. Grace s'était une fois risquée à cette confidence. Mais Pauline, qui savait que son amie le regrettait, avait fait comprendre à Stella qu'elle ne devait en aucun cas rapporter leur conversation à son père.

Il existait cependant une autre preuve des projets de William. Peu de temps après son arrivée en Tasmanie, il avait fait l'acquisition d'une parcelle de terrain dans le cimetière anglican qui donnait sur la mer. Il l'avait choisie avec soin, et elle pouvait contenir plusieurs tombes.

Mais les espoirs de William ne s'étaient pas concrétisés. Grace n'était plus jamais tombée enceinte et il avait dû se contenter d'une fille unique.

Stella prit une fourchette qu'elle tint devant la fenêtre. Sur le manche étaient gravées les mêmes armoiries que sur celui de la cuillère de Grace. On y retrouvait le chat, la fleur et l'étoile. En soulevant le premier plateau, Stella constata qu'il manquait une cuillère de service.

Cette ménagère appartenait sûrement à la famille Boyd. La table du salon de mer était le seul meuble qui ne venait pas des Birchmore. Stella examina attentivement la fourchette. L'écusson et son poids suggéraient qu'elle avait appartenu à des gens aisés. Cela expliquait peut-être pourquoi l'argenterie était cachée dans la remise, à l'exception du seul couvert que Grace utilisait. William n'aimait pas les gens qui étalaient leurs richesses. D'où ses récriminations concernant le père de Laura, qui avait fait fortune dans la pêche aux ormeaux.

Stella replaça la fourchette dans son écrin de velours. Elle s'apprêtait à refermer le couvercle de la malle quand elle fut frappée par la fleur aux contours précis et délicats. Un lis comme ceux que Grace cultivait dans son jardin. Stella ouvrit de grands yeux. Elle n'aurait jamais imaginé que la fleur préférée de Grace était le signe d'un attachement particulier.

Saisie d'un malaise, elle regarda autour d'elle, se demandant combien d'objets familiers recelaient un sens caché…

Elle examina de nouveau l'écusson. L'attitude du chat miniature exprimait la détermination. Carla. Stella se rappela la masse douce et chaude de la chatte tachetée sur ses genoux et son ronronnement qui vibrait dans tout son corps.

Une ultime rencontre.

Stella sauta sur ses pieds, referma le coffre et remit tout en place.

Elle remplit le sac à avoine et le laissa près de la porte avant de vite retourner auprès de sa mère. Aujourd'hui, l'emploi du temps très organisé de Grace, toujours occupée à la cuisine et au jardin, lui avait facilité les choses. Tant qu'elle savait à quoi sa fille passait son temps, elle appréciait la solitude. Et en imitant ses façons tranquilles et rêveuses, Stella avait évité de lui mentir en face. Quand elle était partie faire des courses, elle s'était contentée d'attacher quelques pièces de bois flotté sur le porte-bagages de son vélo. Au retour, elle avait prétendu les avoir remises à Old Joe qui lui avait demandé si elle pouvait lui en trouver d'autres. Grace lui avait accordé l'autorisation d'aller se promener, et l'avait rappelée pour lui donner des fruits et un gâteau aux dattes pour son déjeuner.

Quand Stella arriva devant la porte de la cuisine, le *Lady Tirian* était encore visible à l'horizon. Elle le regarda disparaître avec William et Jamie à son bord.

Avec la pointe de son bâton, Stella traça une longue ligne sinueuse dans le sable mouillé pour le *S*, suivi des cinq lettres qui complétaient son nom. Puis ce fut le tour de Zeph. Ses lettres étaient plus grosses et gravées plus profondément.

Tout en l'observant, elle s'enveloppa la tête et les épaules d'un sarong soyeux qu'elle lui avait emprunté pour se protéger du soleil, bientôt à son zénith.

— Et voilà ! s'exclama Zeph. Maintenant, cette plage nous appartient.

Comme pour marquer elle aussi son territoire, Carla surgit de derrière un rocher, laissant de petites empreintes derrière elle, et vint se coucher entre les deux noms. Puis elle commença à se lécher une patte.

La langue rose s'activait sur la fourrure sombre. La chatte semblait faire partie du paysage et il semblait impossible d'imaginer qu'elle disparaîtrait bientôt.

Que le *Tailwind* disparaîtrait.

Et Zeph.

Stella retraça le *Z* du bout du pied.

— D'où ça vient ? demanda-t-elle au garçon.

— C'est la contraction de Zephyrus. Le vent d'ouest.

Quel drôle de nom, songea Stella. Ici, les vents d'ouest étaient froids et violents. Ils faisaient caracoler les vagues à la crinière blanche et transformaient le ciel en ardoise.

— Bakti prétend que je suis fidèle à mon prénom. Heureux et facile à vivre…

Perplexe, Stella fronça les sourcils.

— Pourtant, le vent d'ouest apporte la tempête.

— Ça dépend où.

Il gratta la tête de Carla, juste derrière l'oreille, tandis qu'elle se frottait à ses jambes.

— Zephyrus était un dieu grec. Dans l'hémisphère nord, tout est à l'envers.

Stella le fixa d'un air incrédule. Était-ce possible ? Dans ce cas-là, autant dire que l'hiver est chaud et l'été sombre et froid.

— C'est vrai, insista Zeph. Et les constellations d'étoiles se regardent dans l'autre sens.

Troublée, Stella observa ses pieds, comme si le sable qu'elle foulait allait s'écouler dans le néant.

— Si on n'y prend pas garde, on peut se perdre, ajouta Zeph.

— Tu t'es déjà perdu ?

Il rit.

— Oh ! oui, bien des fois.

— Et qu'as-tu fait ? l'interrogea Stella, que l'idée d'errer sur les océans sans points de repère terrifiait.

Zeph haussa les épaules.

— J'ai atterri dans des endroits inattendus, par exemple Samoa, et je ne l'ai pas regretté. J'adore ce pays.

Un oiseau poussa un cri rauque et Stella leva la tête. Une mouette passa dans le ciel infini, pareil à un espace vierge prêt à recevoir le récit du premier conteur qui passerait par là. Soudain, elle comprit l'excitation que l'on pouvait ressentir à tout laisser derrière soi pour partir à l'aventure.

Zeph s'éloigna de quelques pas. La lumière du soleil

dansait sur la mer, froide et immobile dans ses profondeurs.

— Tu viens te baigner ?

Il tourna vers Stella ses yeux du même bleu turquoise que l'océan, ses cheveux de la couleur de tous les sables du monde. Puis il dénoua son sarong qu'il jeta sur un rocher. Il ne portait pas de bermuda. Son corps nu, en harmonie avec la nature, présentait un bronzage uniforme.

Il contempla la mer avant de s'y plonger jusqu'à la taille en criant que l'eau était froide. Puis il se tourna vers Stella, lui sourit et lui fit signe de le rejoindre.

Stella jeta un coup d'œil vers le yacht. Sur le coussin de Carla, elle avait déposé son sac qui contenait son bikini enroulé dans une serviette. Elle fit quelques pas en direction du bateau puis s'arrêta. Aller enfiler un maillot de bain alors que Zeph était nu semblait assez ridicule – une fausse modestie qui frisait la vanité. Elle hésitait tandis que les pensées se bousculaient dans sa tête. Avait-elle honte de son corps ? Ou voulait-elle le protéger du garçon ? Quoi qu'il en soit, en n'imitant pas Zeph, elle créerait une barrière entre eux qui soulignerait leurs différences.

Or, Stella voulait ressembler à Zeph. Vivre dans un monde comme le sien où le vent d'ouest était chaud et où les étoiles dansaient dans le ciel.

Tout était possible.

Elle ôta ses vêtements, s'enveloppa dans le sarong et s'avança vers l'eau. Elle sentait le tissu lui caresser les hanches. Sur le rivage, elle le laissa glisser sur le sable dans un murmure soyeux.

En pénétrant dans l'eau, elle baissa les yeux sur sa poitrine nue dont la blancheur était rehaussée par le bronzage de l'été précédent. Avec le froid, ses mamelons se durcirent et elle se protégea de ses bras.

L'eau monta jusqu'à ses genoux, atteignit ses cuisses, le triangle sombre sur sa peau laiteuse... Elle croisa le regard de Zeph qui se tenait tout près d'elle, immobile, tel un animal sauvage pris dans un faisceau de lumière. Ses yeux reflétaient une crainte émerveillée et Stella se sentit soudain libre et forte. Elle l'éclaboussa avec un petit sourire.

Aussitôt, il répliqua en lui envoyant de l'eau au visage. Bientôt, ils s'aspergeaient en tentant d'esquiver les gerbes d'eau, riant à perdre haleine. Puis Stella nagea vers le chenal, fendant les vagues d'un crawl vigoureux et fluide.

Quand Zeph apparut près d'elle, Stella ralentit et scruta les profondeurs. La mer transparente ne dissimulait rien du corps de son compagnon et elle savait que lui aussi l'observait attentivement. Ils se rapprochèrent. La jambe de Stella frôla celle du garçon et ils se fixèrent longuement. Puis Stella brisa le silence :

— On fait la course ?

Plongeant sous la surface, elle nagea vers le rivage. Zeph se lança à sa poursuite et ils arrivèrent ensemble sur la plage où ils restèrent allongés dans trente centimètres d'eau, le menton dans les mains, regardant leurs noms qui s'étalaient devant eux. Leurs corps s'étaient un peu enfoncés dans le sable doux. Une longue vague déferla dans la crique, un courant chaud circula entre eux et des algues les balayèrent.

— Je pourrais rester ici toujours, murmura Stella.

Zeph sourit.

— Impossible.

— N'arrêteras-tu jamais de voyager pour t'installer quelque part ?

— Sans doute, oui, un jour.

Il regarda le yacht à l'ancre qui se balançait paresseusement.

— Mais où, je l'ignore.

— Raconte-moi les endroits que tu as préférés.

Stella avait baissé la voix par respect pour le sable pailleté, les rochers couverts de lichen d'un orange flamboyant et l'azur profond de l'océan. Pour elle, aucun paysage n'était comparable à celui-là.

— J'aime les plages du Pacifique avec leurs palmiers qui caressent l'eau, dit Zeph. On dirait des élégantes qui attendent. Et, si tu as soif, il te suffit de tendre la main pour cueillir une noix de coco et en couper le chapeau pour boire le jus.

Il se lécha les lèvres, comme s'il y retrouvait le goût du lait de coco.

— Et l'Inde tient une place très particulière dans mon cœur, mais pour des raisons différentes.

Fascinée, Stella écouta Zeph lui raconter des histoires du pays où il avait passé la plus grande partie de sa vie. Il décrivit le désert qu'il avait parcouru à dos de chameau, les toits des anciens forts où il avait dormi pour mieux se rapprocher des étoiles.

Elle se sentit attirée par les images qu'il suscitait en elle. William avait dit à Stella qu'elle n'avait pas besoin de voyager. Selon lui, qui avait parcouru tant de contrées lointaines, rien n'était plus beau que la Tasmanie. Mais Zeph lui décrivait l'Inde comme un lieu magique, plein de couleur et de lumière.

Il lui parla de l'ashram où il avait vécu enfant, une grande maison pleine de coins sombres à Goa, au bord de la mer. Puis il évoqua la famille allemande, Wolfgang, Lotte et les enfants, en s'attardant longuement sur la petite Nina.

— Je la portais contre ma poitrine, dans une pièce de tissu. Les femmes hindoues se moquaient de moi. Où est ta femme ? me disaient-elles. Où est ta sœur ? Ce n'est pas le travail d'un homme !

Zeph rit à ce souvenir, puis il redevint sérieux.

— Mais je m'en fichais. Avec moi, Nina était contente et en sécurité.

Stella hocha la tête. Elle s'imagina la haute silhouette de Zeph se promenant dans la foule, le bébé serré contre lui.

Une vague un peu plus forte que les autres monta jusqu'à leurs épaules. Stella frissonna.

— Viens, allons au soleil, lui dit Zeph avec un regard inquiet. Sinon tu vas attraper froid.

Stella sourit. Elle qui pouvait plonger à cinq mètres ou courir plus vite que n'importe quelle fille du lycée appréciait de se voir fragile et précieuse dans les yeux de Zeph.

Il alla chercher leurs sarongs, choisit celui de Stella qu'il noua avec dextérité autour de sa taille. Puis il tendit le sien à la jeune fille. Sous son regard, elle s'enroula dedans et l'attacha sur sa poitrine. L'odeur de Zeph imprégnait le tissu, un mélange de sueur et de cardamome épicée.

— Tu es belle, dit-il enfin, comme s'il avait attendu qu'elle se soit rhabillée pour oser parler.

Il plongea ses yeux d'un vert sombre dans les siens. Elle retint son souffle, se demandant s'il allait la toucher… l'embrasser. Mais il se contenta d'écarter tendrement une mèche de cheveux qui lui barrait le front.

Elle le fixa, prisonnière de son regard. Les endroits où ses doigts l'avaient effleurée étaient changés. Comme s'il avait laissé son empreinte sur sa peau.

Allongés sur le sable tiède, ils se réchauffaient au soleil. Entre ses cils, Stella voyait un filao se pencher au-dessus des rochers. Une frange de feuilles d'un bleu-vert balayait le sol.

Carla posa une patte hésitante sur l'épaule nue de Stella, puis la retira et la secoua pour en faire tomber les gouttes d'eau. Stella se mit à rire. Elle savait que Zeph l'observait, admirait ses dents parfaites, brossées deux fois par jour et sans un seul plombage…

Il se redressa sur un coude et le cœur de la jeune fille se mit à battre plus fort.

— Je dois partir demain à l'aube.

Zeph s'exprimait d'un ton désolé mais ferme.

— Bakti m'attend.

— Je sais, dit Stella d'une voix faible.

Les mots tournaient dans sa tête. *Je dois partir demain… à l'aube…*

Et elle comprit qu'il ne l'avait pas embrassée parce qu'il devait la quitter. Ça n'aurait pas été correct.

Cette découverte fit chanter son cœur. Zeph était quelqu'un de bien. Et bientôt il aurait disparu. À cette pensée, elle se sentit défaillir. Combien de temps leur restait-il ? Deux ou trois heures ?

Elle s'assit.

— Je préférerais rester avec toi, mais j'ai promis de la rejoindre, dit Zeph.

En creusant le sable, Stella déterra un petit crabe violet, qui fila sous sa jambe. Elle ravala ses supplications – *je t'en prie, ne pars pas, ne va pas retrouver Bakti, reste avec moi* – et se contenta de hocher la tête pour lui montrer qu'elle comprenait.

— Là-bas, je passerai sans doute quelques semaines à travailler, précisa Zeph. Pour gagner un peu d'argent.

— Tu feras quoi ?

— Des petits boulots dans une marina, enfin, si j'ai de la chance. Il m'est déjà arrivé de me retrouver dans une situation assez désespérée, à court de kérosène et de nourriture. Mais ça finit toujours par s'arranger. Je cherche un yacht qui a besoin de réparations et j'offre mes services au propriétaire.

Il marqua une pause.

— Je m'y connais pour rafistoler et remettre en état, dit-il d'un ton hésitant qui trahissait un brusque accès de timidité. Plus tard, c'est ce que j'aimerais faire.

Stella l'approuva. D'après ce qu'elle avait pu constater, son yacht était parfaitement tenu, et on voyait bien qu'il était habile de ses mains.

— Moi, je veux étudier la médecine.

Elle avait pris sa décision depuis longtemps et était déterminée à suivre le destin qu'elle s'était tracé.

— Pourquoi ? demanda Zeph.

Elle parut déconcertée. Elle rêvait depuis des années de sortir de la faculté de médecine avec les honneurs et de retourner à Halfmoon Bay, qui n'avait pas de docteur. Tout le monde viendrait la consulter et lui demander son avis. On parlerait d'elle, son nom serait connu dans la petite ville où sa famille vivait depuis trop peu de temps pour qu'un registre ait consigné le décès ou la naissance d'un Birchmore.

— Pourquoi as-tu choisi cette voie ? insista Zeph.

Stella fronça les sourcils. Le visage de William lui apparut, lui rappelant inopportunément que c'était son idée qu'elle avait adoptée.

— Je ne sais pas vraiment, répondit-elle, désarçonnée par cette révélation. Et ennuyée que William ait trouvé le moyen de s'immiscer dans ses pensées. De toute façon, que leur importait l'avenir, à elle et à Zeph ?

Ils vivaient dans un présent menacé. Stella éprouva un sentiment de panique. Bientôt, il ne resterait rien d'eux. Leur temps serait passé.

Elle étudia le visage de Zeph comme pour le graver dans sa mémoire. Elle vit sa barbe blonde sur son menton mal rasé, et une cicatrice en forme de virgule, à gauche de son menton. Sur ses tempes, des cheveux très fins formaient de petites boucles. L'ombre d'un sourire flottait toujours sur ses lèvres, même lorsqu'il était triste ou sérieux.

L'angoisse céda le pas à une profonde tristesse. Stella détourna la tête et fixa le lointain, au-delà de Zeph. Soudain, elle écarquilla les yeux et prit une profonde inspiration.

À l'ouest s'amoncelaient de gros nuages d'un gris sombre. Une tempête se préparait.

Pourtant, la journée avait été magnifique. Et William, qui écoutait toujours la météo, avait reculé son départ jusqu'à ce matin car on annonçait plusieurs jours de beau temps.

Il n'y avait pourtant aucun doute. Le ciel s'assombrissait. Si la tempête se confirmait, le yacht ne pourrait certainement pas s'aventurer hors de la crique abritée.

Tout en scrutant les nuages, elle pria silencieusement pour que le vent d'ouest se lève. Et tandis qu'elle tournait son visage vers le ciel, elle sentit le premier murmure d'une réponse.

Elle était une déesse mystérieusement reliée au ciel, au vent et à la mer. Ces éléments, qu'elle connaissait si bien voleraient à son secours. La mer déchaînée qui avait amené Zeph dans sa crique le garderait ici.

Juste un peu plus longtemps. Elle n'en demandait pas plus.

La pluie tambourinait sur le toit de tôle de la maison et glougloutait en s'écoulant de la gouttière qui alimentait la citerne. Mais ces bruits ne parvenaient pas à étouffer le martèlement triomphant de la mer. Stella se tenait près de la fenêtre ouverte, goûtant l'air salé et respirant l'odeur de l'herbe humide. Elle berçait sa joie secrète tandis que la pluie tombait sur les lis de Grace, cinglant leurs pétales délicats.

Grace entra dans la cuisine. Stella se retourna et la vit poser sur la table une grande marmite en cuivre qu'elle épousseta avec un torchon.

— Une journée parfaite pour faire des confitures, déclara Grace. Par chance, j'ai ramassé les boysenberries [1] hier.

Stella perçut une nuance de reproche dans sa voix. C'était le travail de Stella de ramasser les fruits rouges, mais quand elle était rentrée hier deux seaux de baies attendaient près du frigo. Les mains de Grace étaient teintées de jus violet, et ses avant-bras portaient des marques de griffures.

— Je vais laver les pots, dit Stella.

Elle les prit dans le placard près de la cuisinière, les mit dans l'évier, les recouvrit d'eau chaude et savonneuse et les récura bien à fond. Maintenant, elle avait de la mousse jusque dans les cheveux. Elle jeta un coup d'œil dehors, pour surveiller la progression de la tempête.

Quand elle avait quitté Zeph, tard dans l'après-midi, il était encore difficile de prévoir l'évolution du temps.

— Je partirai si c'est possible, avait murmuré Zeph, comme s'il se parlait à lui-même.

Puis ils s'étaient séparés sans effusions inutiles. Que

---

1. Croisement entre la framboise et la mûre. *(N.d.T.)*

pouvaient se dire deux personnes qu'une brève rencontre avait profondément bouleversées ? Ce qui s'était passé entre eux était à la fois primordial et dérisoire.

Stella avait embrassé Carla.

— Au revoir, petit chat.

Quand ses lèvres avaient touché la douce fourrure, elle avait croisé le regard de Zeph qui sentait bien que ses mots d'adieu sonnaient creux. Elle ne croyait pas à leur séparation, car elle avait placé toute sa confiance dans la tourmente. Balayant la baie au crépuscule, fouettant les vagues qui s'étaient creusées, la tempête avait mugi toute la nuit et continuait de faire rage. Elle n'avait pas faibli un seul instant.

Le *Tailwind* était toujours à l'ancre, solidement amarré dans la crique secrète. Stella brûlait d'impatience d'y retourner, mais n'avait pas encore trouvé d'excuse pour aller se promener par un temps pareil. Elle se consolait en songeant que Zeph n'était pas vraiment séparé d'elle. Il faisait encore partie de son monde.

— Quelle tempête, dit Grace.

— Ils s'en sortiront.

La mère de Stella hocha la tête.

— Je n'en doute pas une seule seconde.

Elles savaient toutes deux qu'aux premiers signes de l'orage, William était allé s'abriter dans la crique d'une des îles en attendant que ça se calme.

Stella s'imagina William et Jamie, le visage enflammé dans la cabine qui sentait la laine humide, l'essence et le sang de poisson. William vérifiait ses jauges à eau, son baromètre, et prenait des notes dans son journal de bord. La tempête leur avait donné faim. Elle les vit faire réchauffer le hachis Parmentier de Grace sur le réchaud. Ils mangeaient en silence, car le vacarme de la pluie s'abattant sur les ponts les aurait forcés à crier. Ils songeaient à Grace et Stella, attendant patiemment le retour de leurs hommes à la maison.

Stella vida l'évier et fit couler de l'eau propre pour rincer les bocaux. Elle avait bien le temps de retourner à la vie réelle, pour l'instant, elle devait consacrer toutes ses pensées à Zeph. Lui aussi s'était replié dans sa cabine, dans le royaume secret où Stella n'avait pas encore été admise. Elle joua à nommer toutes les affaires de Zeph qu'elle avait entrevues. Si elle se souvenait de chaque objet, elle le retrouverait. Si elle en oubliait un seul, il commencerait à s'effacer…

Les pots étaient remplis de confiture chaude. Ils brillaient doucement à la lumière de l'ampoule qui pendait du plafond. Stella se tenait près de la table. Elle fixait une petite flaque de jus rouge qui tachait le pin verni. On aurait dit du sang frais. Elle y trempa le doigt et le suça, goûtant la saveur du sirop de baie rouge.

Elle respira l'air parfumé par la cuisson de la confiture. Elle se sentait enveloppée dans un brouillard sucré, dans le chaud cocon de la cuisine de Grace. Elle attendait, suspendue hors du temps…

Sa mère revint de la buanderie où elle était allée ranger la marmite en cuivre et Stella s'assit sur une chaise tandis qu'elle préparait le thé. Elle regarda la main de Grace faire tourner sa cuillère dans la théière, un cercle à gauche, deux cercles à droite. (Aurait-elle fait le mouvement inverse dans l'hémisphère nord ? À moins que les autres femmes, nées ici, procèdent différemment ?)

Pendant que le thé infusait, Grace versa du lait dans un petit pot qu'elle posa maladroitement sur la table où il heurta le sucrier. Du lait se répandit sur la table.

Surprise, Stella releva la tête et vit deux petits plis aux commissures des lèvres de Grace. Mal à l'aise, elle la regarda éponger le liquide avec du Sopalin. Pour rompre le silence, Stella fut tentée de dire n'importe quoi.

Pourtant, le silence entre elles deux était très naturel. Grace appréciait la tranquillité et elle s'en enveloppait comme d'un manteau protecteur. Parfois, quand William était en mer, elles passaient des journées entières à n'échanger que quelques paroles. Mais d'ordinaire, ce mutisme revêtait une douceur paisible, alors que, maintenant, la tension était palpable.

— Je voulais te dire une chose, déclara soudain Grace d'une voix claire.

Stella retint son souffle. Même le vent à l'extérieur semblait s'être apaisé pour mieux écouter Grace, qui avait les yeux fixés sur la théière.

— Quand tu partiras à l'université, rien ne t'oblige à... rester avec Jamie.

L'accent anglais de Grace, sa prononciation parfaite étaient encore plus marqués que d'habitude.

— Si tu l'aimes, alors tout va bien. Mais je ne voudrais pas que tu t'attaches à lui juste parce que ton père l'apprécie.

Grace regarda nerveusement par la fenêtre comme si son mari pouvait l'entendre. Elle marqua une pause et continua :

— Choisis ce qui t'intéresse en toute connaissance de cause. Fais ce qu'il te plaît. Étudie. Voyage. Je veux que tu sois libre.

Stella la regarda avec de grands yeux. Elle ne la reconnaissait plus. Lors de toutes les discussions sur l'avenir de Stella, Grace avait laissé William parler en son nom. Pour quelle obscure raison décidait-elle maintenant d'intervenir ? La présence de Zeph, son pouvoir d'attraction qui bouleversait les perspectives s'était-il frayé un chemin jusqu'ici ? Stella avait-elle amené dans son sillage un esprit qui la suivait comme une Carla invisible ? À moins qu'il n'ait été porté par le vent soufflant sous la porte…

— As-tu voyagé avant d'épouser papa ?

Grace regarda dehors.

— Mes parents possédaient une maison de vacances en Aquitaine, dans le sud de la France. Nous nous y rendions deux fois par an. Il y avait une ferme juste à côté. J'allais souvent observer les oies qu'on engraisse en leur enfonçant de la nourriture dans le gosier.

Stella hocha la tête. Elle voulait tout savoir sur la famille, sur Daniel, les lis, les grands dîners de plus de vingt personnes…

Mais Grace finit d'essuyer la table et sourit, comme une enfant reconnaissant qu'elle n'a pas été sage.

— Laissons tout cela. C'est si loin. Maintenant, nous vivons en Tasmanie.

Grace pinça les lèvres. Stella sut qu'elle n'en tirerait rien de plus. Elle arracha un petit copeau de bois sur le tranchant de la table et le lissa. Les paroles de Grace tournaient dans sa tête.

Choisis ce qui t'intéresse. Fais ce qu'il te plaît. Voyage. Je veux que tu sois libre.

Cette déclaration semblait établir un lien mystérieux avec Zeph. Mais Zeph était son secret et Grace en ignorait tout.

Les pensées se bousculaient dans sa tête. Elle fut saisie d'une terrible envie de tout lui raconter. Pendant que le thé infusait dans la théière, elle s'imagina discutant et riant avec Grace, comme le faisait Laura avec sa mère. Comment aurait-elle décrit Zeph ?

Puis elle se reprit. À quoi bon ? Grace avait des

critères moraux très stricts. Elle serait horrifiée par le récit de sa fille et lui interdirait de remettre un pied dehors jusqu'au retour de son père. Stella garderait jalousement son secret.

Elle servit le thé.

— Où sont les étiquettes pour la confiture ? demanda-t-elle.

— Dans le deuxième tiroir. N'oublie pas d'écrire le mois et l'année et taille bien ton crayon, surtout.

Puis Grace prit ce livre de recettes que Stella aurait tant aimé qu'elle oublie un instant. Quand il pleuvait, il lui arrivait d'être envahie par la torpeur. Elle aimait le bruit de la pluie sur le toit.

Les pages bruissèrent tandis que Grace feuilletait le livre et le reposait avec précaution sur la table, ouvert à la page « Les noix au vinaigre de tante Jane ».

Grace mesurait déjà le sel pour préparer la saumure.

— Les noix sont dans le garde-manger, j'en ai rempli la moitié d'un seau hier. Tu peux commencer à les piquer.

Elle tendit une paire de gants en caoutchouc à sa fille.

— Fais attention à ne pas te tacher les mains.

Stella enfila les gants et piqua maladroitement une noix verte. Pour l'instant, la peau était douce, mais, dès que le jus entrerait en contact avec l'air, il deviendrait noir. Une fois, Stella n'avait pas protégé ses mains et, pendant des mois, elles avaient gardé des traces noires, pour le plus grand déplaisir de William.

Elle fit tourner le fruit entre ses doigts et planta une fourchette dans la pulpe. Le vert tendre vira au noir d'encre, par un effet de magie déplaisante qui selon Stella n'avait pas sa place dans une cuisine.

Le hall d'entrée, éclairé par une lampe posée sur une petite table, était plongé dans la pénombre. Stella se glissa jusqu'au renfoncement qui donnait sur la chambre de ses parents et colla l'oreille à la porte. L'ourlet de sa chemise de nuit frétilla dans le courant d'air et lui caressa les chevilles.

Enfin, à travers le bruit du vent qui secouait les gouttières et le bruissement des buissons qui frappaient les planches à recouvrement, elle entendit le grincement des ressorts du lit et le clic de la lampe de chevet qu'on éteint.

De retour dans sa chambre, elle alla à la fenêtre et se glissa derrière les épais rideaux. Dans le halo de la lumière de la véranda, qu'on laissait toujours allumée, passaient les aiguilles dorées de la pluie. Scrutant les ténèbres, Stella distingua les vagues à la crête blanche qui se brisaient sur le rivage. Elle posa ses mains sur le verre froid pour que la vibration puissante du vent et de la mer la pénètre.

Sa tempête l'appelait.

Elle enfila les vêtements froissés qu'elle avait ôtés une heure auparavant et prit son ciré.

En traversant la pièce, ses bottes à la main, elle s'arrêta devant le miroir de sa coiffeuse qui lui renvoya une image étrange et décolorée dans la pénombre. Ses cheveux formaient une mante sombre sur ses épaules, et ses lèvres, rougies par le jus de baie, se détachaient à peine dans son visage sculpté dans la pierre. Elle ressemblait à l'ange de Daniel, posé sur l'étagère avec les poupées.

Seuls ses yeux brillants et dilatés étaient bien vivants.

Un instant plus tard, Stella se tenait dans le jardin au milieu des lis courbés sous le mauvais temps. La pluie ruisselait sur son ciré et ses chaussures. Elle leva la tête vers le ciel en plissant les paupières. La couche de nuages s'entrouvrit, laissant filtrer la lumière de la lune. Elle jeta un coup d'œil à la vitre obscure de la fenêtre de Grace et alluma sa lampe torche dont elle suivit le faisceau dans la nuit.

Il l'attendait, comme s'il connaissait tout de sa course éperdue. Au bout du chemin creux bordé de buissons qui la fouettaient au passage, elle abandonna son vélo et sauta de rocher en rocher. Elle ne glissa qu'une seule fois. Puis elle s'élança sur le sable, s'enfonçant à chaque pas. Son souffle haletant et le sang battant à ses tempes se confondaient avec la clameur de la mer. La peur l'étreignit à l'idée que le bateau ait pu disparaître.

Quand elle avança dans la crique avec sa lampe torche, il se tenait sur le pont. Elle le vit sauter du yacht dans le dinghy, conduit par un faisceau lumineux, une tache jaune qui dansait, et elle courut le rejoindre.

Puis il fut devant elle. Toute la lumière de la lune, qui venait de faire une brève apparition, était concentrée dans ses yeux. Il ne dit rien, mais posa une main légère sur ses cheveux, comme pour vérifier qu'il n'avait pas rêvé sa présence, l'attira à lui et la prit dans ses bras.

Stella enfouit son visage contre son épaule, chaude et douce. Sous le ciré, elle sentit l'odeur du café et de l'encens. Elle ne bougea pas tandis que la pluie coulait dans son cou et trempait sa chemise. Leurs cœurs battaient à l'unisson et ils respiraient au même rythme. Quand elle le pressa contre elle, elle sentit son dos musclé sous ses vêtements.

Ils étaient seuls au monde au milieu des éléments déchaînés. La lune lointaine, œil aveugle, apparaissait et disparaissait au gré des bouleversements célestes.

Une lampe à kérosène, qui se balançait à un crochet, illuminait la cabine d'une lumière tamisée. Stella jeta un coup d'œil autour d'elle, vit la table à cartes, la cuisine, les couchettes. Le yacht, aussi propre et rangé à l'intérieur qu'à l'extérieur, jurait avec les pieds nus de Zeph, son sarong et ses cheveux longs ébouriffés.

Zeph accrocha son ciré à la porte et Stella l'imita.

Elle lui tournait le dos, cherchant un endroit où s'asseoir. Ici, dans cet endroit paisible et éclairé, leurs retrouvailles dans la tempête semblaient appartenir à une autre réalité.

Elle entendit Zeph allumer le réchaud.

— J'allais faire du café, dit-il comme si elle était une amie venue lui rendre visite à l'improviste.

Stella étudia la cabine avec attention. Le yacht avait été meublé avec soin. Tout était sanglé, accroché ou logé dans des espaces habilement conçus pour que rien ne tombe. Elle remarqua une pelle et une balayette, bien en vue dans le coin cuisine. Sur la table à cartes, les stylos et les crayons reposaient dans d'étroites rainures. Dans un meuble de rangement solidement fixé, s'alignaient des tasses avec « Tailwind » écrit dessus.

Çà et là, quelques objets parlaient de Zeph. Une collection de coquillages, un masque en bois sculpté, des sarongs et le petit panier tressé d'algues et d'herbes. Son panier.

Les coussins jaunes attirèrent son attention. Ils étaient accueillants dans cet endroit peu familier et Stella s'avança vers celui avec des poils de chat. Elle allait s'asseoir quand un poids doux et chaud lui tomba sur l'épaule. Carla. Le temps que Stella reprenne son équilibre, la chatte enfonçait ses griffes dans le cou de sa victime.

— Aïe ! s'écria Stella.

Puis elle rit quand Carla tourna vers elle un regard

innocent et se pencha pour frotter son museau contre sa joue.

— C'est un de ses jeux favoris, dit Zeph. Elle se cache en haut des casiers et bondit quand tu passes.

Stella sourit en prenant le chat dans ses bras. Son regard croisa celui de Zeph et, soudain, la gêne se dissipa.

Stella s'assit sur le coussin, Carla vautrée sur ses genoux. Elle regarda Zeph prendre deux tasses bleues dans un placard. Il versa du lait en poudre dans un pot et y ajouta de l'eau d'une bouteille en plastique. Elle reconnut la couleur brun clair de l'eau du ruisseau, délicieuse et très pure mais colorée par le tanin. Ils buvaient à la même source... Elle revit leurs noms écrits sur le sable. Qu'avait dit Zeph, déjà ? Maintenant, cette plage nous appartient...

Au-dessus de la tête de Zeph était accroché un dessin industriel encadré, sans doute le travail d'un ingénieur.

— C'est une des trouvailles de Wolfgang, dit Zeph en suivant son regard.

— Le père de Nina ?

Zeph hocha la tête et un sourire flotta sur ses lèvres.

— Il n'arrêtait pas d'inventer des trucs. Il m'a montré comment dessiner. Je l'aidais à tracer ses plans.

Il désigna la table à cartes avec le sextant, le rapporteur, les crayons bien taillés.

— C'est lui qui m'a appris à lire les cartes et à naviguer. Il m'a tout enseigné.

Stella se pencha sur le journal de bord. Elle y vit la route de Zeph soigneusement tracée à l'aide de petites croix marquant les positions, comme des pas sur l'océan l'amenant jusqu'à elle.

Dans une bibliothèque encastrée dans une cloison, les

livres d'images en allemand étaient maintenant secs et pressés les uns contre les autres.

— Je leur ai laissé l'adresse de Bakti au club nautique de Goa. J'espère toujours qu'ils reviendront.

Le visage de Zeph exprimait une grande douleur. Il semblait perdu, et tout à coup il parut très jeune à Stella. Elle aurait voulu le prendre dans ses bras, le bercer comme un enfant. Mais quelle consolation pouvait-elle lui apporter, elle qui toute sa vie avait été entourée et aimée par ses parents et n'avait jamais connu l'abandon ?

— Wolfgang ne serait pas content de voir un pot de terre sur son bateau, poursuivit Zeph.

Il montra une jardinière en céramique où poussait une plante grasse avec quelques tiges flétries, là où s'étaient récemment épanouies des fleurs.

— C'est mon jardin.

Sur le sol gisait un pétale séché d'un rouge sombre, oublié. Ça faisait bizarre d'imaginer une plante en pleine mer, voyageant de saison en saison dans différentes parties du globe tout en restant prisonnière de son petit univers. Comme nous, songea Stella, qui ne possédons rien d'autre que cette crique et cette cabine.

— Aujourd'hui, je suis parti à ta recherche, lança Zeph.

— Hein ?

— Je voulais te voir. J'ai marché longtemps, mais je n'ai trouvé aucune maison où me renseigner.

Stella se leva en repoussant Carla.

— Il ne faut pas faire ça.

— Ce n'est pas très grave. Le temps qu'ils envoient quelqu'un procéder à des vérifications, je serai déjà loin.

— Le problème n'est pas là…

Elle s'interrompit, mais Zeph attendait qu'elle poursuive.

— Tu ne comprends pas, s'ils savaient que tu es là, ils ne me laisseraient pas venir te voir. Tes papiers ou ton identité n'y sont pour rien…

Maintenant elle ne pouvait plus reculer.

— Ils ne te connaissent pas, ni toi ni ta famille. Tu ne vis pas comme nous. Si quelqu'un apprenait que je suis ici avec toi, il en informerait aussitôt mon père. À Halfmoon, nous n'avons pas de secrets les uns pour les autres.

Zeph hocha lentement la tête.

— Pourtant, tu as seize ans et tu m'as dit que tu allais partir à Hobart.

— Oui, mais je suis encore…

Elle hésita. La fille de William ? La petite amie de Jamie ? Un enfant de Halfmoon ? Stella se sentit obligée de défendre sa vie et son foyer.

— En soi, ce n'est pas une mauvaise chose. On veille les uns sur les autres, voilà tout. Il ne faut surtout pas que tu refasses ça !

Elle leva son visage vers Zeph.

— C'est moi qui viendrai à toi. Je me moque de la pluie et de l'obscurité. Je connais cet endroit comme ma poche et je viendrai te retrouver chaque fois que je le pourrai et aussi longtemps que tu resteras. Je ne désire rien d'autre que d'être avec toi…

Sa voix avait tremblé sous le poids de l'émotion.

Zeph s'avança vers elle, comme fasciné par ses paroles. Le garçon triste et perdu avait disparu. Il était guéri. Ses yeux reflétaient la joie et la douceur. Il lui prit la main en s'asseyant près d'elle. Sa peau était encore humide de la pluie, et le bout de ses doigts glacé, mais sa paume endurcie par la navigation diffusait une chaleur intense. En touchant Stella, il avait réveillé chaque nerf de son corps.

Il se pencha vers elle et elle ferma les yeux. Elle sentit ses cheveux effleurer sa joue, ses lèvres se poser sur les siennes avec douceur, comme s'il y goûtait les dernières traces de jus de baie rouge. Ses doigts glissèrent sur sa nuque, puis dans ses cheveux. Sa bouche se fit plus pressante et elle lui céda.

Ce baiser semblait devoir durer toujours. Puis Zeph se redressa, Stella ouvrit les yeux et il sourit. Ses prunelles brûlaient d'un feu vert, chaud et profond. Il prit son visage dans ses mains et elle sentit ses baisers lui brûler le cou et descendre jusqu'à l'échancrure de son chemisier où il s'arrêta, comme si le tissu formait une frontière interdite.

Ses mains caressèrent ses épaules, son dos, suivirent la courbe de ses hanches, mais il ne glissa pas la main dans son jean. Et il ne toucha pas ses seins à travers son soutien-gorge en coton. Stella, abandonnée contre lui, était pleine de reconnaissance pour les égards qu'il avait envers elle. Elle se sentait précieuse, en sécurité... Aimée.

— Quel dommage que tu sois obligée de partir, soupira-t-elle.

— Moi aussi, je le regrette.

Il la serra contre lui et ils restèrent ainsi, à écouter la tempête.

Le vent sifflait dans le gréement. La pluie tambourinait, les vagues se brisaient avec fracas sur le rivage. Mais les rochers protégeaient la petite crique et son chenal parfaitement abrité. Dans les eaux tranquilles, le yacht les berçait doucement, comme une mère ses enfants, et les défendait contre toutes les peines et les douleurs du monde.

6

Le jour et la nuit qui suivirent, les vagues et le vent se déchaînèrent sous le ciel plombé. Pendant que Grace dormait, Stella retournait toutes les nuits à la crique. Dans la cabine accueillante, elle parlait avec Zeph, blottie contre lui, ils buvaient du thé noir dans la même tasse, s'embrassaient et se lançaient dans des discussions interminables. Une étrange magie était à l'œuvre. Il semblait à Stella qu'elle connaissait mieux Zeph après cette brève rencontre que Jamie après toutes ces années...

Le troisième matin de la tempête, Stella fut réveillée par une pluie légère qui murmurait sur le toit. Le temps qu'elle prenne son petit déjeuner, le chuchotement avait cessé et le ciel s'était éclairci. Mais la mer rugissait toujours, cinglant les rochers.

— Une belle matinée pour se promener sur les plages, dit Grace en jetant un coup d'œil inquiet à son jardin qui avait souffert des orages.

— Je déjeunerai dehors, dit Stella.

Elle prit du pain dans la cuisine, ainsi qu'un pot de confiture de boysenberries, comme du cristal rouge sang dans sa main.

En milieu de matinée, le soleil filtra par les hublots de la cabine. Il fit danser de la poussière dans l'air et briller des éclats de sel sur la table vernie. Stella effleura une feuille de la plante de Zeph qui déjà se tournait vers le soleil, se hissait vers lui pour capter un peu de chaleur.

Zeph se tenait tout contre elle dans la couchette étroite. Stella ressentit un regret poignant à la pensée qu'ils ne se tiendraient jamais dos à dos, un livre posé sur leurs têtes pour savoir lequel était le plus grand. Jamais ils ne nageraient au clair de lune dans une mer noire et luisante comme du pétrole. Elle entendait gronder l'océan, encore trop agité pour que les bateaux s'y risquent, mais d'ici quelques heures il serait calmé.

Alors Zeph prendrait le large.

— Quand pars-tu à Hobart ? lui demanda Zeph.

— Le 6 février.

William et Grace l'accompagneraient dans la camionnette et l'aideraient à s'installer dans le foyer.

— C'est dans six semaines. D'ici là, je serai sûrement de retour.

Stella se mordit la lèvre. Elle ne supporterait pas d'attendre en se nourrissant de vains espoirs.

— Promets-le-moi, lui dit-elle.

Puis elle prit une longue inspiration et attendit. S'il lui en faisait la promesse, elle était sûre qu'il la tiendrait, comme avec Bakti.

Zeph se redressa sur un coude et la regarda droit dans les yeux.

— Je te le promets.

Ces paroles chantèrent dans le cœur de Stella comme une bénédiction.

— Carla aussi, ajouta Zeph en souriant.

Il bouscula la chatte qui dormait.

— Hein Carla ?

Puis il redevint sérieux, effleura la joue de Stella, ses doigts glissèrent sur son cou et s'arrêtèrent à l'échancrure de sa chemise.

— Stella, ce que je ressens pour toi, jamais je ne l'ai ressenti pour personne. Rien ne pourra m'empêcher de revenir vers toi.

Les yeux de Stella se remplirent de larmes. Elle se pencha vers lui et l'embrassa, doucement, puis passionnément, sa langue cherchant la sienne.

Elle sentit ses mains dans son dos qui défaisaient l'attache de son soutien-gorge. La barrière qu'ils avaient érigée entre eux était tombée et le sentiment que le temps leur était compté s'était évanoui.

Je te le promets.

Stella s'assit et se déshabilla. Pendant un instant, Zeph ne la toucha pas, mais la regarda avec intensité, comme s'il tentait de mémoriser les jeux d'ombres sur sa peau, son ventre plat, ses longues cuisses. Ses seins évoquaient des pétales de lis baignant dans la douce lumière de l'aube.

Elle s'étendit près de lui et il s'allongea sur elle. Leurs jambes se mêlèrent et tandis qu'il la fixait, ses longs cheveux effleuraient ses seins.

— Tu l'as déjà fait ? murmura-t-il.

Stella secoua la tête.

— Moi non plus.

Elle ferma les yeux, submergée par le soulagement. Il était à elle. Il n'avait jamais appartenu à personne.

Soudain, Zeph se redressa et s'assit au bord de la couchette.

— Nous ne pouvons pas. Nous n'avons pas le droit.

Stella avala sa salive, le cœur battant. Allait-elle tomber d'accord avec lui et prendre la fuite ? Mais elle avait pensé à tout et refusait de choisir cette voie.

— Nous ne craignons rien.

Zeph haussa les sourcils d'un air surpris.

— Je vais bientôt avoir mes règles et je n'ai jamais de retard.

— Tu es sûre ?

Il ne comprenait visiblement pas très bien de quoi il s'agissait, c'était donc à elle de prendre la décision.

— Oui, répliqua-t-elle.

Tout en se perdant dans ses yeux d'un vert sombre à la lumière de la cabine, elle avança la main, défit le sarong noué autour de sa taille et, offerte à son désir, attendit qu'il la rejoigne.

Il s'appuya sur un coude. Elle sentait son érection contre sa hanche. Puis il la caressa et son sexe s'ouvrit sous ses doigts. Quand il se dressa au-dessus d'elle, Stella ferma les yeux.

Toutes ses sensations s'étaient rassemblées là où il s'apprêtait à la pénétrer. Elle retint son souffle. Il pressa avec force son sexe contre le sien et s'enfonça profondément en elle. Tandis qu'il la serrait contre lui sans bouger, le corps de Stella, son cœur et son âme ne firent plus qu'un avec lui.

Le *Lady Tirian* apparut, forme sombre sur la mer étincelante. Stella plissa les paupières pour mieux distinguer les deux silhouettes sur le pont. William et Jamie. Tandis que le bateau se rapprochait, elle se sentait engourdie, prisonnière d'un rêve qui la paralysait.

Elle s'arracha à sa contemplation et parcourut du regard le parking, où le vent balayait les feuilles et les écorces de gommiers. La plaque nue de David Grey sur le mur du mémorial retint un instant son attention. Puis elle regarda la façade du Halfmoon Hotel avec son enseigne rouillée, où subsistaient quelques taches de couleur.

Tout lui semblait tellement petit. Elle s'éloignait déjà. La vraie Stella naviguait avec Zeph, elle avait pris le large quelques heures auparavant et ils abordaient le détroit.

Elle entendit quelqu'un s'approcher, des pas lourds sur le quai derrière elle. Sans doute Old Joe qui avait quitté son bateau pour accueillir William et s'assurer qu'il n'avait pas oublié sa ration de poissons et de nourriture.

Et puis elle distingua un parfum léger, apporté par la brise. Elle se raidit en reconnaissant les effluves fleuris de « Chloé », l'eau de toilette que Jamie offrait toujours à sa mère, avec le talc et le savon assortis.

— Je pensais bien te retrouver ici, ma chérie, dit Pauline. Je vais dîner à Saint Louis avec Brian, mais je voulais saluer Jamie avant de partir.

Elle portait du rouge à lèvres rose et brillant.

— Tu dois être contente qu'il rentre !

Stella hocha la tête, essaya de trouver quelques phrases banales mais sans succès, et se contenta de sourire.

En arrivant à la hauteur de Stella, Pauline porta la main à son chignon qui menaçait de se défaire. Elle tenta de le stabiliser en y replantant les épingles et se tourna vers Stella.

— Sois gentille, aide-moi, je n'y arrive pas.

Stella tenta maladroitement de remettre en place les mèches rebelles. Elle songea à la cuisine chaleureuse où elle s'était si souvent assise pendant que Pauline, qui s'inspirait de magazines ouverts sur la table, lui essayait de nouvelles coiffures. Elle avait adoré qu'elle lui brosse les cheveux et lui masse la tête en élaborant des coiffures extravagantes...

— Tu es ma fille pour de rire, lui disait-elle souvent.

Et Jamie souriait d'un air ravi. Il voulait épouser Stella. Il n'avait jamais imaginé qu'elle le quitterait pour un étranger de passage...

— J'étais un peu inquiète pour le réveillon du nouvel an, commenta Pauline. On aurait eu l'air malin si ce sale temps s'était prolongé.

Stella la contempla en silence. Le réveillon, c'était ce soir ou demain ? Elle s'imagina s'habillant pour la soirée. Comme d'habitude, elle se querellerait avec William au sujet de sa tenue et de son maquillage. Pendant ce temps, Grace exposerait toutes ses robes dans le salon de mer, les anciennes d'Angleterre et les nouvelles de Tasmanie, afin que son mari choisisse celle qu'elle porterait. Ils partiraient tous les trois dans la camionnette, qui embaumerait le parfum et la lotion après-rasage, et sentirait un peu la naphtaline.

Quand ils arriveraient dans la salle, Jamie serait déjà là. Il les attendrait, son visage reflétant les lumières colorées des guirlandes électriques.

Stella se figea, puis enfonça la dernière épingle dans le chignon de Pauline. Elle sut brusquement qu'elle ne pourrait pas jouer la comédie. Il fallait qu'elle annonce à Jamie qu'elle... qu'elle ne l'aimait pas ? Qu'elle ne lui appartenait pas ? Après toutes ces années de complicité et les projets qu'ils avaient faits...

Sa gorge se serra, un vague à l'âme l'envahit qu'elle n'était pas en mesure de contrôler.

— Ça y est ? Merci, ma belle.

Pauline se redressa.

— Les voilà !

Stella aperçut la silhouette sur le pont avant qui agitait

les bras, et la tache sombre de la tête et des épaules de son père dans la timonerie. Elle fixa le cap, à l'extrémité de la baie qui enserrait le port. Les oiseaux qui s'y rassemblaient avaient disparu. Maintenant que la mer s'était calmée, ils étaient partis en quête de nourriture. La couche blanche de guano recouvrant les rochers avait été laminée par la pluie.

Stella décida qu'elle ne parlerait à personne de Zeph. Ni à Jamie ni à William. Elle garderait son secret. Elle refusait d'exposer ses souvenirs à la colère, à l'incrédulité et à la douleur de ses proches. Si elle évoquait Zeph, elle craignait de ne plus jamais le revoir. Comme le prince des contes de fées, il s'évanouirait aux premiers rayons du soleil sur la mer. Elle devait le garder dans l'ombre, où il serait en sécurité jusqu'à son retour.

— Je ne peux pas rester.

Les mots lui avaient échappé avant qu'elle ait le temps de les retenir. Et aucune excuse ne lui venait à l'esprit.

Pauline fronça les sourcils.

— Mais que se passe-t-il ? Tu ne te sens pas bien ?

— Oui, juste la migraine.

— Je vais te reconduire chez toi, dit Pauline d'un ton ferme. Saint Louis peut attendre.

Elle désigna le bateau d'un geste du menton.

— Et eux aussi.

— Non, ne vous inquiétez pas, je me débrouillerai. J'ai mon vélo.

Et elle s'enfuit. Ses pas résonnèrent sur les planches de l'embarcadère tandis que Pauline la suivait du regard d'un air ahuri.

À l'abri d'un bosquet de filaos, loin de la plage principale, Stella contemplait l'océan. Là où les rochers se miraient dans l'eau, elle distinguait les profondeurs vertes où les algues flottaient au-dessus d'un cimetière de coquilles d'huîtres. En plein soleil, la mer était un miroir reflétant la pure image d'un ciel bleu et clair.

Stella était assise sur un terreau formé d'innombrables couches de feuilles de filaos, pareilles à de longues aiguilles, accumulées au cours des siècles. Ici et là, le lit moelleux était parsemé de graines rondes et rugueuses avec de petits piquants. Elle en prit une et la serra dans sa main où ses pointes s'enfoncèrent. Stella savoura la douleur comme si elle suggérait que son corps était plus sensible et plus vivant qu'auparavant. L'odeur de la mer était plus fraîche, le bruissement des arbres plus fort.

Tout avait changé.

Stella ouvrit la main et fixa les marques imprimées dans sa chair par la graine. Elle se rappela la brûlure, après coup. La douleur. L'odeur de feuille verte du sperme, poisseux et humide sur ses cuisses quand il avait coulé, tachant le sarong qu'elle avait pressé entre ses jambes.

Étendue sur le lit d'aiguilles de filaos, elle bougea doucement les hanches. L'écho de la douleur s'attardait dans son corps et elle la berça en elle. Elle était son secret, le signe de sa puissance. Elle lui rappelait qu'elle n'était plus vierge. Elle et Zeph avaient fait l'amour. Rien ne pourrait jamais effacer cela.

7

Sur la table en bois marquée par les brûlures de cigarettes, Stella regardait des bulles minuscules monter et crever à la surface d'une petite flaque de limonade.

Jamie but une gorgée de bière servie dans une tasse par Griggs, le patron du café. Comme ça, si Spinks passait par là, il n'y verrait que du feu. Pour l'instant, Griggs était dans la salle de billard où il regardait la télévision. En semaine et en milieu de matinée, l'endroit semblait suspendu dans le temps. Stella avait l'impression d'avoir fait l'école buissonnière pour y rejoindre Jamie.

Il passa un bras autour de ses épaules. Sa main effleura son sein.

— Tu veux un autre Coca ? lui demanda-t-il.

Elle secoua la tête.

— Maman se fait du souci à ton sujet. Elle m'a dit que tu étais malade. C'est pour ça que tu ne m'as pas attendu hier, quand on est rentrés ?

— Maintenant ça va.

Elle détourna la tête et prétendit s'absorber dans la contemplation des photos accrochées au mur : un bateau de pêche qui avait atterri sur le quai lors d'une des pires tempêtes qui ait jamais touché cette côte. Un yachtsman anglais qui était passé par ici à l'occasion d'un tour du monde en solitaire. Il y avait aussi des articles de journaux, par exemple sur le sauvetage miraculeux de trois marins après le naufrage du *Briar Rose*. Suivaient des portraits des présidents de l'Association des pêcheurs. William était là, le menton fièrement relevé.

— Tu sens bizarre, dit Jamie en prenant une mèche de ses cheveux qu'il renifla. Tu as brûlé de l'encens ?

Il fronça le nez.

Stella évita son regard et porta son attention sur le mémorial à travers les vitres salies par le sel qui donnaient sur le port. Elle compta les plaques jusqu'à arriver à celle de David Grey. Le marin disparu qui avait été aimé si loyalement. Il lui donnerait le courage de parler. Il avait été mis dans le secret…

Quand Zeph reprendrait la barre de *Tailwind*, il viendrait s'amarrer au port. Il ne resterait pas assez longtemps pour que Spinks le voie ou qu'Old Joe aille le trouver pour discuter un peu. Il se rendrait directement près de la plaque de David Grey, il glisserait un message dans le trou du mur. Pas une lettre, trop dangereux, mais une sorte d'offrande dont seule Stella saurait déchiffrer la signification. Peut-être le dessin d'un chat, comme celui des armoiries sur la cuillère de Grace. Ou un petit panier tressé avec des roseaux…

— Il y a une fête chez Ryan, dit Jamie. On pourrait s'y rendre après le dîner dansant.

Il leva la tête vers une affiche dessinée à la main. Elle représentait un couple qui dansait avec la légende « Réveillon 1976 ».

— On n'est pas obligés de rester ici jusqu'à minuit.

— Je ne viendrai pas, dit Stella d'une voix claire qui résonna bizarrement dans la salle pleine de chaises et de tables vides.

— Mais qu'est-ce que tu racontes ?

Elle lui jeta un regard en coin. Il s'était fait couper les cheveux et sur sa nuque dégagée on voyait une marque blanche qui contrastait avec sa peau bronzée. Quelques semaines auparavant, ils plaisantaient et s'embrassaient dans le gymnase, derrière les flots de mousseline et de papier crépon.

Dans cette robe, tu n'es plus la même, lui avait murmuré Jamie.

Il a raison, je suis devenue quelqu'un d'autre, songea Stella.

Maintenant, il fallait qu'elle parle, qu'elle trace une frontière entre le passé et l'avenir. Elle ferma les yeux pour ne pas voir sa réaction. Elle savait exactement comment les commissures de ses lèvres se crisperaient tandis qu'il lutterait pour contrôler son émotion.

— Je ne viendrai pas avec toi.

— Très drôle, Stell, dit Jamie avec un grand sourire.

Il la poussa de sa chaise, mais la rattrapa avant qu'elle tombe.

Elle se tourna vers lui et l'observa en silence.

— Que se passe-t-il ? demanda-t-il, brusquement troublé. Qu'est-ce que tu as ?

Stella regarda en direction du bar, mais Griggs était toujours dans la salle. Elle entendit des boules de billard s'entrechoquer.

— Je ne veux plus sortir avec toi.

Les mots restèrent suspendus dans l'air. D'abord incrédule, Jamie comprit que c'était sérieux. Sa main se crispa sur son verre dont il ne pouvait détacher les yeux, comme s'il doutait de sa réalité.

Dehors, de la musique s'échappait de la radio d'une voiture. Le son augmenta, puis mourut tandis que le véhicule s'éloignait. Puis Griggs s'approcha d'un pas pesant.

— Vous restez déjeuner, les amoureux ?

Sa craie grinça sur le tableau près du bar.

Plats du jour : saucisses au curry. Bœuf de la mer.

Il se retourna vers eux.

— C'est du steak avec une sauce aux huîtres.

Stella se leva en heurtant la table et les verres tintèrent.

— Viens, on s'en va, dit-elle d'une voix calme.

Dans le bâtiment du site de dépeçage des baleines, Stella était appuyée au mur de grès. Autour d'elle étaient gravés les noms de leurs amis d'enfance, à elle et à Jamie. Et aussi le cœur au trait toujours aussi net qu'ils avaient dessiné une quinzaine d'années auparavant. *Stella aime Jamie 1972.*

Jamie se tenait devant elle, les bras ballants. Il ressemblait soudain à un enfant blessé pour qui le monde n'a plus de sens.

— Tu es mon meilleur ami, déclara Stella d'une voix rauque. Tu comptes beaucoup pour moi, mais nous ne pouvons plus sortir ensemble.

Il posa les mains sur ses épaules.

— Tu ne crois pas ce que tu dis.

Mais il voyait bien que si. Il la connaissait depuis tellement longtemps. D'une certaine façon, cela facilitait les choses.

— Pourquoi ? lui demanda-t-il. Donne-moi des raisons valables.

— Écoute…

À quoi bon ajouter la douleur de la jalousie à celle de

la rupture qu'elle lui infligeait ? Elle ne raconterait rien non plus à Laura quand elle rentrerait du Queensland.

Sa relation avec Zeph devait rester secrète et personne ne se douterait qu'elle avait rencontré quelqu'un d'autre. Qui auraient-ils pu soupçonner ?

— Ce n'est pas ta faute, c'est juste…

Elle s'arrêta, à court de mots, puis elle se rappela ce que lui avait dit Grace.

— Je veux être libre, voyager, mener la vie que j'aurai choisie.

— Mais je n'ai pas l'intention de t'en empêcher. Est-ce que j'ai jamais tenté de t'imposer ma volonté ?

Stella secoua la tête en silence.

— Alors que se passe-t-il ? Tu ne veux plus aller à Hobart ? Nous pouvons très bien prendre une année sabbatique, comme la sœur de Mick.

— Non.

Ce seul mot réduisit à néant les espoirs de Jamie.

— Tu ne m'aimes plus, dit-il d'une voix étranglée.

Stella fit signe que non, mais ses lèvres tremblaient. Elle regarda Jamie à travers les larmes qui lui montaient aux yeux et se mit à pleurer.

— Stell, je suis sûr que ça va s'arranger.

Il leva la main vers son visage.

— Pourquoi fais-tu cela ?

— Il le faut.

Sa main retomba, il fit quelques pas et se tourna vers la mer. La houle avait chassé les chevaux blancs. Stella vit son dos s'arrondir. Après quelques secondes, il se redressa et prit une profonde inspiration, essayant de ne pas pleurer et de se montrer courageux.

Stella appuya la main sur la surface irrégulière du mur de grès. Comment le consoler ? Abandonner son ami dans la peine lui causait une grande douleur. À onze ans, n'avait-elle pas frappé un garçon qui s'était montré méchant avec Jamie ? N'avait-elle pas été là pour lui, ce fameux matin où, baigné dans la lumière rose de l'aube, il s'était élancé à l'assaut de son premier rouleau sur sa planche de surf ?

Mais elle n'était plus sa petite fiancée.

Il fallait qu'elle parte. Les arbres à thé qui se dressaient derrière la boutique lui faisaient signe. Elle allait marcher sans s'arrêter jusqu'à la forêt, où elle se cacherait au milieu des troncs frêles dont l'écorce fine comme du papier se détachait en fragments incurvés. Là, dissimulée par un feuillage si épais que le soleil ne pouvait y pénétrer, entourée par l'odeur rassurante et musquée des fourmis et des feuilles, elle se retrouverait enfin seule. Elle ne penserait plus à Jamie. Ni à William. Ni à Pauline qui ouvrirait de grands yeux incrédules, son visage rieur reflétant soudain la douleur de son fils préféré en larmes devant elle.

Elle verrait *Tailwind* naviguant bravement sur les mers, ses voiles gonflées par le vent, sa coque fendant la houle aux longues ondulations uniformes.

Elle chérirait la joie d'avoir un amant secret. Elle se blottirait contre la terre et se reposerait enfin.

William stabilisa la bûche, puis il leva sa hache qui s'abattit avec force sur le billot. Le bois sec se fendit en deux, William se redressa, et attendit que Stella le ramasse. Quand elle se pencha, l'hostilité qu'il dégageait était tellement palpable qu'elle en fut glacée.

Il lui en voulait de faire souffrir Jamie.

Stella traversa le jardin en serrant les bûches contre elle. Les échardes transperçaient le tissu de son chemisier et lui faisaient mal. Par la fenêtre de la cuisine, elle vit Grace, penchée sur la table, qui étendait de la pâte à tarte. Grace releva la tête et croisa le regard de sa fille. Elle avait l'air coupable, presque effrayée, comme si elle savait quel usage Stella avait fait de ses conseils. Puis elle retourna à sa pâtisserie.

Stella laissa tomber son chargement devant la porte de derrière, s'agenouilla près du coffre à bois et entreprit de le remplir. Une araignée courut sur sa main, mais elle n'y prêta aucune attention. Concentrée sur la meilleure manière d'agencer les bûches, elle s'appliquait à s'occuper l'esprit afin que les journées s'écoulent plus vite et la rapprochent du retour de Zeph.

Par la porte ouverte, elle respira une odeur d'oignons frits. Grace préparait le dîner du soir. Stella eut la nausée en songeant qu'elle serait obligée de manger de la viande en sauce suivie d'un dessert trop riche, et d'affronter le silence hostile de William et l'attitude lointaine derrière laquelle se retrancherait Grace. Dès que le repas serait terminé, elle s'échapperait dans la cuisine pour faire la vaisselle et irait s'allonger sur son lit avec un roman qu'elle ne lirait pas.

Elle penserait à Zeph, se languirait de lui et partagerait sa peine avec l'ange de pierre qui la contemplait depuis l'étagère devant la rangée de poupées. Stella leur avait confié son secret. L'ange recueilli et les yeux peints des poupées ne la trahiraient pas.

Une nuit, Stella s'était emparée de Miranda, avait levé ses bras de Celluloïd, lui avait retiré son pull marin et l'avait posée sur le couvre-lit en chenille de coton, les jambes en tailleur. Elle avait un corps adolescent asexué. Puis, Stella avait pris la robe de mariée sur la pile de vêtements et l'avait dépliée, veillant à ce que les fronces retombent avec élégance. Le tissu avait effleuré les jambes nues de Stella tandis qu'elle revêtait tendrement sa poupée préférée de la longue robe blanche.

Maintenant, elle reposait sur l'étagère, un peu à l'écart. Elle attendait.

Près des pieds nus de Miranda, derrière une pile de livres, se cachait le panier tressé que Zeph lui avait offert. Les herbes avaient séché, les algues étaient devenues cassantes et quand Stella le soulevait pour le serrer contre elle, elle avait le sentiment qu'il contenait un oisillon.

Zeph le lui avait remis juste avant qu'ils se séparent. Une note était coincée dans l'entrelacs des brins d'osier. Stella avait gardé pour plus tard ce dernier témoignage de leur idylle commençante. Elle préférait attendre que Zeph ait disparu pour lire son message.

Une fois dans sa chambre, elle avait laissé échapper un sanglot de joie mêlé de douleur. Le bruissement du papier sous ses doigts la brûla comme une égratignure sur un coup de soleil. La missive, écrite à l'encre bleue, était légèrement brouillée par l'humidité.

Chère Stella,
Je t'aime.
Je t'aime pour toujours.
Je te promets de revenir.
Zeph (et Carla)
xxxx

Stella connaissait le texte par cœur et aussi le dessin de chaque phrase qui retombait un peu à la fin. Ses doigts avaient mémorisé le contour du papier, arraché au journal de bord. Ce fragment était comme une île qui aurait été découpée dans une des cartes de Zeph. En portant la feuille à ses narines, elle respira une odeur d'herbes et d'algues...

Étendue sur son lit, repliée sur elle-même avec son

talisman à la main, elle contemplait les angles et les courbes de son corps élancé et musclé. Elle le considérait avec sympathie parce qu'il appartenait à Zeph.

Stella se pencha, scrutant la mer à travers un gros tube en plastique qui se terminait par un verre grossissant. Malgré l'eau troublée par le plancton, elle distinguait le relief des fonds tapissés d'algues. Elle se redressa et fit signe à William dans la timonerie : cet endroit était idéal pour les langoustes.

Le bateau ralentit et oscilla dans la houle. Le moteur exhala de la fumée qui brouilla la pureté de l'air. Prise de nausée, Stella s'appuya au bastingage. Elle entendit William s'avancer derrière elle, attraper un casier et le descendre par-dessus bord.

— Donne-moi un coup de main ! cria-t-il.

Il lui jeta un rapide coup d'œil tout en laissant filer la corde entre ses doigts.

— Qu'est-ce qui ne va pas ?

Stella haussa les épaules.

— J'ai le mal de mer.

D'habitude, sur le *Lady Tirian*, elle était capable d'affronter n'importe quel temps. Et si elle se sentait un peu barbouillée, il lui suffisait d'aller prendre l'air à la poupe pour se remettre.

— Tu es restée trop longtemps à terre, ironisa William. Il faut que tu retrouves le pied marin.

Stella se força à sourire. Après les journées de silence qu'elle avait dû affronter, toute observation de William était la bienvenue.

Tandis qu'il retournait dans la cabine de pilotage pour régler la vitesse du moteur, elle se traîna jusqu'au pont avant et remonta un casier. Un hareng y avait été placé comme appât. Elle aperçut la pâle carcasse déchiquetée, respira l'odeur de la chair pourrie et vomit par-dessus bord.

— Il faut que tu manges quelque chose, dit William quand elle se redressa en s'essuyant la bouche. Rien de pire qu'un estomac vide, va voir ce que tu trouves dans la timonerie.

Stella ouvrit la porte. Ça sentait le diesel, le goudron, la laine humide et aussi les œufs au plat frits avec du bacon. Quand elle s'assit sur la banquette, ses bretelles se tendirent et sa salopette lui compressa l'entrejambe. Elle eut alors une sensation de mouillé et poussa un soupir de soulagement. Enfin elle avait ses règles. Le dos tourné à la fenêtre, elle glissa une main tremblante dans son jean et crut sentir le sang, poisseux sur son doigt, mais quand elle le ramena à l'air libre, il avait le brillant argenté d'un poisson qu'on venait de retirer de la mer. Elle le fixa avec terreur tandis qu'elle prenait enfin conscience de ce qu'elle se refusait à admettre. Un nuage sombre se referma sur elle.

Comptant et recomptant les jours avec son crayon sur le calendrier, elle avait traqué une erreur de calcul. 3 décembre.

Quand elle avait entouré cette date avec insouciance, elle était loin de se douter qu'elle y reviendrait avec une insistance proche de l'obsession. Le 28 était arrivé, puis le 29 et le 30.

Quand elle avait quitté le port avec William, elle en était à son trente-sixième jour. Ce n'était pas normal.

Dehors, son père lui fit signe d'éloigner le bateau du rivage. Elle lui obéit, tournant la barre et augmentant les gaz. Elle avait l'impression que son esprit était séparé de son corps. Elle se voyait mesurant la hauteur des vagues, estimant la vitesse, évitant les écueils.

De l'extérieur, elle semblait inchangée. À l'intérieur,

elle titubait, comme quelqu'un qui a reçu un coup violent et ne trouve plus la force de se remettre debout.

La valise sentait la naphtaline et les vieux vêtements. Grace l'essuya avec un chiffon humide et recula d'un pas pour laisser Stella l'inspecter.

La jeune fille hocha la tête.

— Ça suffira, de toute façon, je n'emporte pas tout.

— Dommage que vous ne portiez pas d'uniforme, soupira Grace, cela faciliterait les choses.

Stella ouvrit les tiroirs de sa commode et en sortit des chemises et des jeans. Les cours commençaient dans deux semaines, mais William voulait que Stella prépare ses affaires à l'avance.

Non, pas deux semaines. Treize jours.

D'ici là, Zeph serait de retour. D'un moment à l'autre, dans le trou près de la plaque de David Grey, elle trouverait un message et non plus une chenille morte, quelques grains de sable ou un pétale desséché.

Stella n'avait aucune idée de ce qui se passerait quand Zeph reviendrait. Elle ne parvenait pas à se l'imaginer ici, dans la maison, parlementant avec William. Mais elle était convaincue qu'il volerait à son secours. Il avait affronté les océans en solitaire. Il saurait quoi faire.

Sa main s'arrêta sur une chemise à carreaux blancs et bleus que Jamie lui avait donnée. Elle la prit et sentit son odeur familière. Le désir de sa présence chaleureuse l'envahit, elle aurait aimé tout lui raconter pour lui demander son aide. En relevant la tête, elle vit que Grace la regardait. Aussitôt, elle remit la chemise dans le tiroir. Trop tard pour la rendre, Jamie était parti. Il avait renoncé à Hobart et travaillait dans une ferme sur le continent. Stella ressentit une douleur sourde en repensant à l'exil qu'il avait choisi ; lui qui aimait le surf se retrouverait à plus de mille kilomètres à l'intérieur des terres, en bordure du désert. Tout cela à cause d'elle.

La porte de derrière claqua, des pas lourds s'avancèrent dans le couloir et William pénétra dans la pièce. Il resta là, les bras ballants devant la valise vide.

— Je n'arrive pas à croire que tu t'en vas.

Il secoua tristement la tête.

— Ma petite fille est devenue une adulte…

Puis il se frotta les mains.

— Mais tu seras de retour pour Pâques, qui arrivera vite. Tu sais que Laura est de retour ? Je l'ai rencontrée à la boutique. Je croyais qu'ils ne rentreraient pas avant la semaine prochaine.

Stella sentit la peur l'envahir. Laura allait immédiatement lui demander de la rejoindre à la plage, pour lui montrer son bronzage et ses nouveaux bikinis. Selon un rituel bien rodé, elles s'enduiraient d'huile de noix de coco et s'allongeraient sur le sable. Laura voudrait savoir si elles avaient grossi pendant les vacances, avec les réveillons. Le corps de Stella n'avait pas encore changé, mais elle se sentait différente. Elle ne pourrait jamais se comporter comme si rien ne s'était passé. Elle savait qu'il lui serait impossible de garder son secret. Stella prit une grande inspiration et comprit avec une fascination horrifiée qu'elle allait se jeter à l'eau. Là maintenant.

— Je ne veux pas aller à Hobart, dit-elle brusquement.

William soupira.

— C'est à cause de Jamie…

— Non.

Elle s'écarta d'eux pour s'appuyer au mur. Elle ne pouvait plus reculer. Le processus était engagé.

— Je suis enceinte.

Elle baissa les yeux et se crispa, comme si elle s'attendait à être frappée. Elle entendit Grace pousser un petit cri. William, qui n'avait pas bougé, bégaya quelques mots sans suite et se racla la gorge.

— Il devra revenir, dit-il enfin d'une voix forte. Il est fou de t'avoir laissé tomber.

Le visage de Stella se plissa, elle voulut parler mais aucun son ne sortit de sa bouche.

— Je croyais qu'on pouvait vous faire confiance, poursuivit William. Et lui…

Il s'avança vers elle. Il parlait en bougeant à peine les lèvres.

— Qui d'autre est au courant ? Brian et Pauline…

Stella fixa l'ange de pierre, les mains jointes en prière.

Aide-moi, je t'en supplie.

— Ce n'est pas Jamie.

William écarquilla les yeux.

— Hein ?

— C'est quelqu'un d'autre.

— Qui ? Je t'écoute.

— Tu ne le connais pas. Un marin. Il est venu se réfugier ici après une tempête…

Elle chercha le regard de Grace, espérant trouver un appui auprès d'elle.

Fais ce qu'il te plaît… Je veux que tu sois libre…

Mais sa mère la regardait d'un air horrifié, avec une intensité qui effraya Stella. Elle n'avait jamais vu cette expression sur le visage de Grace.

William s'avança vers la fenêtre et scruta l'océan, comme s'il s'attendait à y découvrir le coupable.

— Il fallait qu'il parte mais il va revenir.

Un rayon de soleil éblouit Stella, comme une caresse chaude, et elle sentit ses yeux se remplir de larmes.

— Nous nous aimons.

William eut un rire bref et éraillé.

— Tu n'es qu'une enfant !

Dans le silence lourd, la mer grondait, comme si elle s'était rapprochée pour écouter.

William s'éclaircit la voix.

— Et qui est-il ? Où vit-il ?

— Sur son bateau. Il navigue autour du monde.

William n'en croyait pas ses oreilles.

— Spinks me donnera des informations sur lui, dit-il enfin. Je trouverai un moyen de le questionner sans qu'il se doute de rien.

Il se tourna vers Grace.

— Personne ne doit savoir.

— Il n'est pas venu à Halfmoon. Spinks ne le connaît pas, intervint Stella avec une pointe de fierté. Personne ne le connaît.

Les lèvres de Grace bougèrent, mais elle ne put articuler un mot. Ses grands yeux clairs exprimaient une stupéfaction mêlée de désarroi.

— Il a tout de même un nom, s'énerva William.

Stella regarda ses mains.

Zephyrus, le vent d'ouest, doux et tempéré...

Elle refusait de partager son nom.

Elle regarda son père droit dans les yeux.

— Robert.

— Robert, répéta son père.

Ce prénom évoquerait à son père un homme solide et raisonnable, jamais il ne l'associerait à un garçon qui naviguait avec des étoiles inversées et découvrait des paradis par hasard...

— Robert qui ?

— Je l'ignore. Il ne l'a pas dit.

— Il ne l'a pas dit..., répéta William d'une voix blanche.

— Tu en es à combien de jours ? demanda Grace sur un ton décidé qui surprit William.

— Quelques semaines.

— Alors tu n'es sûre de rien.

William regarda sa femme, puis sa fille, et il sembla reprendre espoir.

— Si, j'en suis sûre, s'obstina Stella. Quand c'est arrivé, j'allais avoir mes règles et je croyais que je ne risquais rien.

— Ah bon ? éclata William. Et où était passée la personne sensée et respectable que nous pensions avoir élevée ?

Il se passa la main sur le visage.

— Jamie est au courant ?

Stella secoua la tête.

— Dieu merci, il ne mérite pas ça. C'est un garçon bien.

Stella tressaillit.

Elle n'était plus une fille bien.

Elle jeta un coup d'œil à l'ange de pierre que Daniel lui avait envoyé. Quelle que soit la faute commise par son parrain, elle n'était sûrement pas pire que la sienne. Ses parents allaient-ils la rejeter et ne plus jamais prononcer son nom ?

— Tu as gâché ton avenir. Tu ne pourras pas finir tes études. Tu ne seras jamais médecin.

Stella baissa la tête tandis que les paroles de son père l'atteignaient de plein fouet.

— Sans compter que Jamie a renoncé à ses projets à cause de toi. Pauline est anéantie.

Il poignarda l'air de l'index.

— Tout ce pour quoi j'ai travaillé… Quand je pense que j'ai quitté l'Angleterre pour recommencer à zéro…

Il prenait les deux femmes à témoin, et ses yeux trahissaient une panique qu'il contenait avec difficulté.

— Je refuse que nous soyons la cible des commérages. Non...

Il porta la main à son front. Ses mains tremblaient.

— Stella, tu resteras dans ta chambre. Tu m'as bien compris ?

— Oui.

Grace suivit William dans le couloir et Stella poussa un soupir de soulagement. Le premier choc était passé. Elle avait avoué. Maintenant, elle serait punie. Pendant un bref instant, elle eut l'illusion d'avoir commis une bêtise ordinaire. Elle serait enfermée à la maison, elle accomplirait davantage de travaux ménagers et puis tout serait oublié.

Mais ce n'était pas si simple. Un processus irréversible était en route. Dans huit mois, elle aurait le bébé de Zeph. Sourde à la voix irascible de son père qui lui parvenait à travers la cloison depuis l'autre chambre, elle se força à penser à Nina, que Zeph portait sur sa poitrine.

Il aimait ce bébé qui lui manquait beaucoup et il aimerait aussi celui de Stella. Leur bébé.

Il aurait les cheveux noirs et une peau claire qu'il faudrait protéger du soleil. Ils l'envelopperaient d'un sarong aux couleurs de l'arc-en-ciel et le coucheraient dans un des hamacs de *Tailwind*.

Là, il se balancerait doucement et s'endormirait, bercé par la mer.

Étendue sur son lit, Stella posa les mains sur son ventre. Il était tellement plat et ferme. Difficile de concevoir qu'à l'intérieur, tout avait changé. Elle se rappela un mannequin en plastique représentant un corps de femme dans la salle de sciences naturelles, au lycée. Sous la peau mauve amovible se blottissaient les intestins, comme des chapelets de saucisses. En les soulevant, on tombait sur l'appareil reproducteur. Tandis que le professeur en détachait les différents éléments, les enfants chuchotaient en plaisantant. Maintenant, tout ce que Stella se rappelait, c'était le cliquetis des organes quand on les avait remboîtés.

Elle resta longtemps dans sa chambre. À un moment donné, elle entendit William claquer la porte. La camionnette démarra, s'éloigna et revint.

La journée s'écoula tandis que le toit en zinc craquait, comme pour soulager la tension dans la maison.

En entendant un bruit dans le couloir, elle se redressa, les poings serrés.

William entra dans la chambre.

— L'avortement est hors de question, lança-t-il d'une traite. Ce n'est pas parce que nous n'allons pas à l'église tous les dimanches que nous ne savons pas distinguer le bien du mal.

Stella le dévisagea. Elle savait que des gens, dans d'autres pays, se faisaient avorter. Des filles au lycée racontaient des histoires de femmes auxquelles on enfonçait une aiguille à tricoter à l'intérieur. Elles avaient souvent une hémorragie et mouraient, seules dans une chambre d'hôtel. Et Laura avait entendu parler d'une étudiante à Hobart qui s'était rendue dans une clinique de Melbourne, un endroit tout gris avec une porte sans rien dessus. Là, on lui avait donné un numéro et son nom n'avait jamais été prononcé.

Mais tout cela n'avait rien à voir avec Stella. Elle attendait Zeph.

— Tant qu'on ne s'apercevra pas de ta… situation, tu resteras ici.

Il évitait le regard de sa fille.

— Et puis tu partiras. J'ai passé quelques coups de fil, il y a des endroits sur le continent – dans le comté de Victoria. J'ai choisi un foyer pour mères célibataires tenu par l'Armée du salut.

William jeta un œil à Stella et prit une profonde inspiration avant de poursuivre :

— Il est rattaché à un hôpital où les… pensionnaires travaillent tant qu'elles sont en mesure de le faire. Tout est pris en charge par le foyer, l'accouchement, l'adoption, la convalescence. Ils bandent le corps des jeunes femmes et en quelques jours, on ne voit plus rien.

Stella hocha la tête sans mot dire.

William la prit par les épaules. Il essayait de se montrer gentil, d'établir un contact avec elle malgré l'abîme de colère et de déception dans lequel l'avait plongé le comportement de sa fille.

— Et puis nous avons pensé à ton avenir. J'ai parlé à tante Jane au téléphone. Elle est d'accord pour que tu ailles vivre avec elle. Elle a même proposé de payer les frais pour que tu intègres une des meilleures écoles de jeunes filles. Elle ne sait rien de… de tout ça, bien sûr. Je lui ai simplement dit que j'aimerais que tu connaisses l'Angleterre.

Le regard de William brillait d'une lueur dénuée de joie.

— Ça te donnera le temps de te remettre. Ensuite, tu reviendras ici faire tes études de médecine. Personne ne saura jamais ce qui s'est passé.

Il y eut un long silence.

William se pencha vers Stella, un sourire vague sur

les lèvres. Ses yeux étaient tristes mais pleins de compassion.

— Qu'en penses-tu ? lui demanda-t-il, comme s'il venait de dresser des plans pour un anniversaire ou un mariage.

Stella tira un fil de coton du couvre-lit jaune pâle et le tortilla entre ses doigts.

— Je refuse de donner mon bébé.

Elle avait le sentiment que Zeph se tenait près d'elle, lui insufflant la force d'affronter son père.

La bouche de William se durcit et sa poitrine se souleva.

— Ce n'est pas « ton » bébé ! hurla-t-il. Il serait à toi si tu étais mariée et assez âgée pour être vraiment sa mère.

Il marqua une pause et reprit sur un ton plus calme.

— Réfléchis un peu et tu comprendras que j'ai raison. Un bébé a besoin d'une famille et d'une maison.

Pas seulement Stella, Zeph, Carla et Tailwind.

— De toute façon, il n'y a pas d'autre solution pour l'instant. Tout le monde va se demander pourquoi tu ne pars pas à Hobart avec les autres. Je dirai que ta mère est malade et qu'elle ne peut pas rester seule ici. À partir de maintenant, elle aura besoin de toi en permanence. Pas question d'aller à la plage avec tes amis. Tu seras autorisée à te rendre à la boutique, mais tu rentreras aussitôt à la maison.

— Qu'est-ce qu'elle a ? Enfin, qu'est-ce que je dirai aux gens quand ils me poseront des questions ?

Stella essaya de dissimuler son soulagement. Elle ne souhaitait qu'une chose : rester seule avec son secret jusqu'à l'arrivée de Zeph. Il avait été retardé, mais il reviendrait, elle en était certaine, même s'il la croyait partie pour Hobart. Comme prévu, il lui laisserait un message près de la plaque de David Grey, sachant qu'elle trouverait bien un moyen de le récupérer. Il formerait des projets pour sa nouvelle famille. Stella l'attendrait.

— Elle s'est déplacé une vertèbre et elle a un disque coincé, annonça William. Nous n'avons pas consulté le Dr Higgins parce qu'elle a déjà souffert de ce problème auparavant et qu'elle connaît la procédure à suivre.

Stella avait des remords. Son père détestait le mensonge. Quand il était président de l'Association des pêcheurs, il avait réprimandé le trésorier qui voulait faire passer les notes de bière pour des factures d'appâts. Il ne parvenait même pas à se forcer à faire un compliment sur une robe qu'il n'aimait pas ou sur les cakes de Pauline. Il se montrait très poli et attentionné, mais s'en tenait toujours à la vérité. Et maintenant, elle l'obligeait à mettre au point une mystification qui étendrait ses ramifications jusqu'en Angleterre…

— Qu'en pense maman ?

Stella entendait Grace qui entassait de la vaisselle dans l'évier.

— Le jardin et la cuisine lui prennent la plus grande partie de son temps. Nous avons la chance de vivre à l'écart, les gens ne passent jamais ici à l'improviste. En ce qui concerne Grace, cela ne changera pas grand-chose à son mode de vie.

— Non, je parlais du… de tes projets.

Elle se rappela le visage de sa mère quand elle avait appris que sa fille était enceinte. Si William s'était montré choqué et outragé, Grace semblait profondément affligée. Ce qu'elle avait exprimé en cet instant – Stella le formulerait plus tard –, c'était la stupeur de la voir gâcher un avenir prometteur.

Fais ce qu'il te plaît. Étudie… Voyage…

— Elle pense la même chose que moi. Bien sûr, elle comprend mieux que nous la responsabilité qu'implique l'éducation d'un enfant.

William se tint coi un instant, le visage morne, puis il se frotta les mains avec énergie.

— Et maintenant, allons déjeuner. Il vaut mieux que tu ne réfléchisses pas trop à tout ça. J'ai expliqué à Grace qu'il ne fallait plus aborder le sujet. Moins on en parlera, plus vite ce sera réglé. Nous allons surmonter cette période difficile et nous prendrons un nouveau départ.

Une note d'optimisme résonna dans sa voix.

— Au printemps, tout sera terminé.

Il quitta la pièce et Stella alla à la fenêtre contempler l'océan d'un bleu étincelant. Zeph ne s'éloignait jamais de *Tailwind*. Ils étaient reliés par le mouvement perpétuel des vagues qui clapotaient sur la coque du yacht et venaient se briser sur les rochers, à un jet de pierre de la chambre de Stella. La mer qui circulait entre eux leur permettait d'échanger leurs pensées et leurs sentiments, et transmettrait à Zeph son espoir, son amour et la peur qu'elle ressentait.

Elle plissa les paupières et réussit presque à se convaincre qu'elle apercevait *Tailwind* dessiner une trace sombre à l'horizon en faisant voile sur Halfmoon.

8

Stella marchait pieds nus sur la plage au soleil d'automne. Le sable était encore chaud, mais on sentait la fraîcheur arriver. Elle s'avança vers le chenal où le *Tailwind* avait été amarré. Elle revit le bateau, oscillant sur une mer calme. Une douce brise bruissait dans le bouquet d'immortelles qu'elle tenait à la main. Les pétales conserveraient leur couleur et ne se faneraient pas. Quand Zeph reviendrait, elles seraient là pour l'accueillir. Un signal jaune vif.

La petite rivière avait formé un bassin, non loin de l'endroit où Stella avait été surprise par le serpent. Quand Zeph arriverait, il aurait besoin d'eau fraîche et il tomberait directement sur son cadeau de bienvenue. Quantité de bois flotté s'était rassemblé sur les bords de la cuvette. Stella prit son temps pour choisir les pièces qui lui plaisaient le plus. Grace jardinait et William était en mer. Avant de partir, il avait donné des instructions très strictes à Grace et Stella. Il avait expliqué à Mme Barron que Grace avait besoin de repos et de tranquillité et ne souhaitait pas recevoir de visites. Cependant, on n'était jamais sûr que les gens écoutaient ce qu'on leur disait. Si elles entendaient un véhicule, Grace devait aussitôt rejoindre sa chambre.

Stella rassembla ses trésors, ramassa des bouts de cordage et, comme se pencher trop longtemps la fatiguait, elle alla s'asseoir sur les rochers. Là, elle étala les sculptures aux formes étranges, lisses, blanchies, aux courbes surprenantes. On aurait dit les os d'un animal fabuleux. Bientôt, elle les assemblait pour façonner un réceptacle à ses fleurs, moitié vase et moitié autel.

Elle noua solidement les ficelles. Puis elle l'exposa sur une pierre plate, un peu à l'écart du bassin, et introduisit les fleurs dans un nœud évidé du bois.

Quand elle recula de quelques pas, la vue de son bouquet, gai et vivace sur son rocher, lui redonna espoir. Bientôt, Zeph la rejoindrait. La colère de William et le désespoir de Grace ne seraient plus qu'un mauvais souvenir.

Elle sourit aux mouettes qui s'étaient rassemblées pour l'observer. Ne vous inquiétez pas, leur dit-elle. Tout va bien se passer.

Mme Barron se pencha sur le congélateur et en sortit un gros paquet ovale qu'elle tendit à Stella.

— Tiens.

La viande sous le plastique était d'un rouge violacé.

— C'est quoi, à ton avis ? demanda la femme.

Stella chercha une étiquette ou une inscription quelconque, mais ne trouva rien.

— Aucune idée, répondit-elle.

Mme Barron poussa un soupir agacé.

— J'ai prévenu Laurie qu'il devait marquer ses sacs. Mais comme il est toujours pressé, il entasse tout là-dedans et nous, on n'a plus qu'à deviner. Un jour, je vais tout jeter à la poubelle.

Stella hocha la tête en silence. Mme Barron adorait se plaindre de Laurie, mais elle n'en comptait pas moins sur lui pour lui fournir la plus grande partie de la viande qu'elle vendait. Le chasseur lui ramenait de tout : du chevreuil, des lapins, du kangourou, du gibier à plumes, des oiseaux de basse-cour redevenus sauvages, des chèvres qui n'appartenaient plus à personne... Certains clients, comme Grace, dédaignaient sa marchandise. Mais elle était une bénédiction pour les familles qui avaient du mal à joindre les deux bouts.

Laurie était un ami de Brian et à plusieurs occasions, quand Stella dînait chez Laura, le chasseur s'était joint à eux. Pendant que les hommes buvaient de la bière dans le salon ou sur la véranda, Laurie aimait bien rester à la cuisine pour donner un coup de main à Pauline. Quand il était là, le repas était délicieux.

Il exerçait une fascination sur Jamie et Stella. Alors qu'il était de la même génération que William et Brian, il portait une queue-de-cheval, des bottes de cow-boy et des jeans. Les gens disaient qu'il touchait sa cible à soixante mètres en tenant son fusil d'une seule main.

Quand ils étaient gamins, Jamie et Stella rôdaient souvent autour de sa Jeep, examinant les bosses dans la carrosserie, grattant les taches, détaillant les bréchets de différentes formes coincés dans les grilles d'aération du tableau de bord. Et ils s'imaginaient toutes sortes d'histoires... À l'époque, ils étaient persuadés que Laurie était un homme dangereux au passé ténébreux.

Avec l'adolescence, leur vision de Laurie avait changé. Ils le considéraient maintenant comme un allié, un adulte qui défiait les autorités : le conseil municipal, le gouvernement, le comté, tout le monde...

Spinks lui causait des problèmes.

Un matin, sur le parking, près du port, Stella avait assisté à une scène entre Laurie et Spinks. Le policier avait sorti son carnet et menacé le braconnier de lui mettre une amende.

— Tu ne respectes pas la loi, s'était écrié Spinks.

— Faux, avait répondu Laurie.

Un cadavre de chevreuil gisait à l'arrière de sa Jeep et son pantalon était plein de sang.

— C'est juste que mes lois et les tiennes ne s'accordent pas.

Mes lois et les tiennes ne s'accordent pas.

Ce jour-là, songea Stella tandis que Mme Barron continuait de fouiller dans le congélateur, Laurie s'était exprimé avec une tranquillité désinvolte. N'empêche que ses paroles, Stella s'en rendait compte maintenant, étaient pleines de courage et de bon sens.

Ce n'était pas facile de vivre selon ses propres valeurs, surtout si vous étiez forcé de jouer la comédie. Pour tout le monde, Stella était une fille dévouée qui avait sacrifié ses études pour s'occuper de sa mère malade. Pour William et Grace, elle avait commis une terrible erreur, mais ils étaient certains qu'elle leur était reconnaissante de l'aider à la réparer. Quant à Stella, elle jouait des rôles d'emprunt en attendant que Zeph vienne la sauver.

— Ah, je le tiens !

Mme Barron se redressa, un plateau de polystyrène à la main, dûment étiqueté sur le papier plastique avec le nom du boucher de Saint Louis.

— De la poitrine de bœuf. Je savais bien qu'il m'en avait fait livrer. Remets tout ça à l'intérieur, ma chérie, et referme le couvercle.

Mme Barron rejoignit le comptoir en se traînant dans ses pantoufles. Puis elle prit un crayon dont elle suça le bout et cocha le dernier article sur la liste de Grace.

Le comptoir en bois était couvert de paniers contenant

des œufs de Pâques enveloppés dans un papier argent avec des motifs en relief. Certains étaient surmontés de poussins en peluche jaune, avec des pattes en fil de fer et des becs en papier mâché.

Stella en toucha un du doigt. Les oisillons donnaient le signal du printemps et d'une vie nouvelle. Mais, comme les étoiles à l'envers de Zeph, ils appartenaient à l'hémisphère nord. Le printemps en Tasmanie marquait la fin de l'été – les derniers barbecues, les derniers week-ends de camping et les ultimes baignades. Les puffins se rassemblaient et s'envoleraient bientôt vers des cieux plus cléments.

Stella frissonna. L'hiver approchait.

Et Zeph n'était toujours pas revenu.

Mme Barron fit son addition et tapa le total sur la caisse enregistreuse. Stella priait pour qu'elle se dépêche. Elle évitait de respirer l'odeur rance qui venait du four servant à réchauffer les plats tout préparés, et détourna la tête des pâtisseries desséchées qui restaient là toute la journée. Si elle devait se précipiter dehors sans donner de raison, Mme Barron se poserait des questions...

— Et maintenant, avant que tu partes, j'aimerais te parler.

Stella se figea et baissa les yeux sur sa main posée près d'une poche remplie de sucettes. Avait-elle commis une erreur, laissé échapper un indice sur son état ?

— C'est à propos du trentième anniversaire de l'Association des femmes de pêcheurs. Nous avons eu l'idée de faire un livre de cuisine, comme les dames du CWA. Mais nous aimerions quelque chose d'un peu original.

Elle attendit la réponse de Stella.

— Cela semble très intéressant, dit poliment Stella.

Elle se concentra sur un paquet de chips au sel et au vinaigre. Leur goût piquant soulagerait-il ses nausées ?

— Nous n'avons pas l'ambition de publier un ouvrage inédit, bien sûr, mais d'apporter des améliorations et de donner de bons conseils. La partie « fête de Noël » est toujours en discussion. On hésite à y inclure les plats froids. Berry pense qu'ils seraient plus à leur place sous la rubrique consacrée à la Tasmanie.

Stella hocha distraitement la tête. Son regard erra sur les casiers marqués de lettres peintes. Certains étaient remplis de courrier, les autres vides. Elle remarqua une lettre dans le casier B, mais elle portait le cachet de la mairie de Saint Louis. Quelqu'un n'avait pas payé ses impôts locaux ou devait renouveler son permis de chasse.

Elle essaya d'imaginer sa réaction si elle reconnaissait l'écriture de Zeph. Stella lui avait dit de ne rien lui envoyer par la poste, mais peut-être déciderait-il de ne pas tenir compte de ses avertissements ? Un jour, Mme Barron mettrait une lettre de côté et, devinant ce qu'elle contenait, la ferait glisser sur le comptoir avec un petit sourire entendu. « Du courrier pour toi, Stella. » L'enveloppe serait tachée d'eau salée, avec un poil de chat orange et noir pris dans le papier gommé.

— La prochaine fois que tu viendras, poursuivit Mme Barron, ce serait gentil de m'apporter une recette de Grace.

Elle eut un sourire triste, comme si elle venait d'évoquer une personne récemment décédée.

— Tu pourras la recopier pour elle, nous ne voulons pas la déranger. Mais ce serait dommage qu'elle n'apporte pas sa contribution, elle est une cuisinière tellement exceptionnelle. Et si elle ne sait pas quoi choisir, dis-lui que le gâteau qu'elle avait apporté pour la fête de Noël nous avait tous…

— Ce ne sont pas ses recettes, précisa Stella. Elles viennent d'un livre écrit par ma grand-mère.

— Ah oui, les fameuses recettes de la belle-mère, que l'on nous transmet pieusement pour que nos chers époux ne perdent pas leurs petites habitudes.

Elle étudia le visage de Mme Barron. Le pli de sa bouche exprimait un avis mitigé, et même légèrement cynique, sur ce qui était toujours apparu à Stella comme une attention aimable et prévenante de la part de tante Jane.

— Grace s'écarte certainement du livre de temps à autre, poursuivit Mme Barron, je suis sûre qu'elle a ses petits secrets.

Stella secoua la tête et Mme Barron eut un sourire entendu.

— Donc si elle improvisait, il repousserait son assiette. Certains hommes sont comme ça…

Stella la contempla en silence. Elle refusait de trahir son père, mais cette femme avait raison. Impossible d'imaginer William levant sa fourchette pour expérimenter un nouveau plat. Il disait souvent : « La navigation comporte suffisamment de surprises comme ça. Quand un homme rentre chez lui, il aime bien savoir ce qui l'attend. »

Mme Barron se tapota la joue avec l'index d'un air songeur.

— Puisque toutes ses recettes viennent d'Angleterre, personne ne les connaît… Elle n'a qu'à donner son nom à l'une d'elles.

Elle jeta un rapide coup d'œil à Stella.

— Ce ne serait pas vraiment un mensonge.

— Bien sûr.

Stella sourit, pressée de mettre un terme à la conversation.

— Je lui transmettrai votre message.

Mme Barron hocha la tête.

— Merci, ma chérie. Tiens-moi au courant.

Elle referma un bocal de cornichons.

— On m'a rapporté que toi aussi tu étais devenue une excellente cuisinière.

Stella baissa les yeux et sentit l'angoisse lui serrer la gorge.

— Mlle Spinks m'a dit qu'elle avait rendu visite à Grace. Tu venais de sortir des biscuits du four et tu avais un civet de lapin qui cuisait sur le feu.

Stella ne répondit rien. Elle se rappela que ce jour-là, Grace avait dû rejoindre précipitamment sa chambre avant que la Volkswagen de Mlle Spinks n'arrive au bout de l'allée.

Mme Barron lui adressa un sourire chaleureux.

— Tu es une bonne petite. Toutes les filles ne sont pas capables de s'occuper si bien de leur mère.

Stella regarda en direction du quai.

— Il faut que je parte, murmura-t-elle.

Elle prit le carton de provisions et sortit précipitamment de l'épicerie.

Du sel s'était incrusté sur le nom de David Grey. Stella s'appuya au mur, repoussant l'instant où elle glisserait les doigts dans le trou, près de la plaque.

Elle se massa le bas des reins et tira sur les bretelles de son soutien-gorge qui lui rentraient dans la peau, à cause du poids de sa poitrine.

Le soutien-gorge était très différent de ceux qu'elle portait habituellement. William l'avait acheté à Saint Louis. Un après-midi qu'elle se reposait dans sa chambre, il lui avait tendu silencieusement un paquet brun et était ressorti sans un regard. Grace avait dû lui en parler. Stella ressentait une sorte de dégoût à la pensée que son père était entré dans la boutique Knight's Ladies Wear en expliquant que sa femme était malade et clouée sur son lit.

La vendeuse lui avait vendu un horrible sous-vêtement pour femme mûre, avec des bretelles épaisses et quatre crochets dans le dos. Il était recouvert d'une dentelle grossière, d'un beige sale. Stella le portait sous une chemise de William qu'il lui avait remise sans commentaires, une semaine auparavant. Maintenant, quand elle sortait, elle cachait son ventre sous la chemise et laissait le dernier bouton de son pantalon ouvert, comme Laura quand elle prenait quelques kilos.

Mais ce n'était pas l'embonpoint qui lui épaississait la taille. Quand Stella était étendue sur son lit et posait ses mains sur son ventre, elle sentait un noyau dur, près du pelvis. C'était la petite créature qui ressemblait à un lapin nouveau-né, avec une grosse tête chauve. Stella avait étudié des schémas qui montraient l'évolution du fœtus pendant la grossesse. Il présentait des coupes transversales, comme si on avait ouvert une série d'utérus.

Les croquis étaient tirés d'un livre appelé *Votre grossesse* que Stella avait découvert dans le rayon « santé » du bibliobus. La jeune fille s'était cachée dans le fond du car pour feuilleter l'ouvrage à son aise, et des phrases lui étaient restées gravées dans la tête.

> *Nourri par le placenta*
> *L'acquisition des réflexes pour sucer et déglutir*
> *Le foie produit de la bile*

Maintenant il ressemble à un être humain, mais ne pourrait pas survivre en dehors de l'utérus
L'apparition des futures dents à l'intérieur des gencives

Stella s'était efforcée de retenir le plus d'informations possible sur les différentes étapes de la grossesse. Puis elle avait remarqué qu'il y avait des chapitres entiers sur le régime alimentaire, la santé et l'accouchement.

Stella ne se souvenait pas d'avoir décidé de voler le livre. Elle l'avait simplement glissé sous sa chemise, puis à l'intérieur de son jean où il appuyait sur le noyau dur de son corps. Enfin, le cœur battant, elle s'était dirigée vers le guichet de la bibliothécaire à l'avant du véhicule.

— J'ignorais que tu aimais les romans policiers, dit Mlle Morrel en tamponnant sa carte d'une main tremblante, car elle n'était plus toute jeune.

Stella parut interloquée. Elle avait attrapé deux livres sur les étagères sans même regarder les titres.

— La prochaine fois, je t'indiquerai quelques auteurs qui pourraient t'intéresser.

La vieille dame écrivit sur un petit carnet à côté d'elle : « Stella. Crimes. »

Le temps que Mlle Morrel relève la tête, Stella avait déjà rejoint la porte et disparaissait avec un sourire vague.

Appuyée au mur de brique, elle se redressa, fit le tour du mémorial et ferma les yeux pour s'empêcher de chercher des indices et des présages…

Si une fourmi traverse ma route…
Si une mouette crie…

Si je ne parviens pas à respirer avec calme et régularité...

Elle passa la main dans le trou. Elle connaissait par cœur chaque fissure et la forme du vide. Se tournant vers la mer, elle serra les poings. Il viendrait. Quelque chose l'avait retardé. C'était à cause de Bakti. La mère de Zeph l'avait retenu. C'était à cause du *Tailwind*, le yacht avait été endommagé dans une tempête et était momentanément hors d'usage. Elle imagina Zeph, travaillant dur, polissant et vernissant le bateau d'un étranger pour gagner l'argent qui lui permettrait d'acheter des cordages, du bois et des voiles.

Et puis d'autres voix, chaque jour plus insistantes, se frayèrent un chemin dans sa tête. Elles murmuraient que Zeph aurait dû la rejoindre depuis longtemps, ou alors la contacter d'une manière ou d'une autre.

S'il était encore en vie.

S'il l'aimait vraiment.

Le froid du doute s'infiltrait lentement dans son cœur et elle luttait pour endiguer ces mauvaises pensées.

Au plus profond d'elle-même, elle savait qu'il reviendrait.

Je te promets de revenir.

9

Stella agita la clochette en cuivre posée près de la caisse enregistreuse. Elle entendit grincer le sofa dans le salon, puis M. Barron apparut dans l'encadrement de la porte. Il essuya des miettes de sa bouche du revers de la main.

— Qu'est-ce que ce sera ? grommela-t-il.

Cela faisait une semaine que sa femme avait quitté Halfmoon Bay pour se rendre auprès de sa sœur, hospitalisée à Melbourne. M. Barron, qui était dans l'obligation de tenir la boutique, ne faisait rien pour dissimuler sa contrariété.

— Il y a du courrier ? demanda Stella.

— Ton papa l'a déjà pris.

— Vous n'avez pas remarqué une lettre pour moi ? dit Stella en regardant d'un air faussement distrait le bocal de réglisses.

— Oh, moi, je me contente de ranger ce que je reçois dans les casiers. Pourquoi tu ne demandes pas à ton père ?

— Oui, ce serait plus simple, s'excusa Stella avec un sourire.

M. Barron tapota le comptoir d'un air impatient.

— Autre chose ?

La jeune fille secoua la tête.

— Bon, alors, bonne journée.

M. Barron tourna les talons, déjà aspiré par la lumière papillotante du petit écran dans la pièce à côté. Il s'arrêta soudain en entendant une bourrasque secouer les fenêtres.

— Quel vent, hein ? Ferme bien la porte en sortant.

Et il disparut.

Une fois dehors, Stella regarda autour d'elle. L'endroit était désert. Elle respira à pleins poumons la fraîche odeur de la pluie et se dirigea vers sa bicyclette appuyée contre le mur. À cet instant, une silhouette apparut, une femme qui tournait le coin du pub. Stella reconnut aussitôt Pauline. La jeune fille se figea, paralysée par le désarroi. Elle voulut s'échapper, mais il était déjà trop tard.

Le visage de Pauline, quand elle s'approcha d'elle, était en proie à de violentes émotions. Les deux femmes se firent face en silence. Stella ne parvenait pas à lui demander des nouvelles de Jamie, et aborder un autre sujet aurait été déplacé. Pauline ne trouvait pas non plus ses mots. Elle avait les larmes aux yeux et ses mains s'agitaient nerveusement.

— Ça fait longtemps que je ne t'ai pas vue, dit-elle enfin. Il faudrait que j'aille rendre visite à Grace…

Sa voix mourut et elle dévisagea Stella avec inquiétude.

— Tu as l'air fatiguée. Tu es sûre que tu vas bien ?

— Très bien, merci.

Stella sourit bravement et le visage de Pauline s'adoucit.

— Écoute, j'ignore ce qui s'est passé entre toi et Jamie. Mais je veux que tu saches que je ne t'en veux pas. Tu as été honnête avec lui. Bien sûr, ça me rend triste…

Stella sentit qu'elle allait se mettre à pleurer et elle prit une profonde inspiration pour se calmer. Il fallait absolument qu'elle se montre distante et évite d'entamer une conversation avec Pauline. La mère de Jamie était une des rares personnes auxquelles elle ne pouvait mentir, car celle-ci s'en serait aussitôt aperçue.

Et puis Pauline ouvrit les bras.

— Viens ici, ma chérie…

La jeune fille se raidit. En cet instant, elle sut que si Pauline l'attirait sur sa poitrine douce et généreuse et la serrait contre elle, elle s'apercevrait que le corps de Stella avait changé…

Elle recula, comme pour éviter un contact dangereux ou déplaisant, et Pauline parut extrêmement choquée par sa réaction. Stella la fixait, essayant désespérément de trouver un moyen d'expliquer son comportement. Mais en vain.

— Je suis pressée, murmura la jeune fille. À bientôt.

Elle attrapa sa bicyclette, fit un écart pour éviter Pauline et pédala de toutes ses forces. Stella sentit peser sur elle le regard de la mère de Jamie, qu'elle imaginait pétrifiée sur le trottoir.

Il pleuvait à verse. L'eau ruisselait sur la tête nue de Stella, sur ses vêtements, le long des sillons formés par les briques du mémorial.

Elle contemplait la mer, l'esprit vide, à peine consciente de ce qui se passait autour d'elle. Soudain, Stella sursauta en voyant arriver William. Lui non plus ne portait pas de chapeau, des gouttes de pluie dégoulinaient de ses sourcils.

— Qu'est-ce que tu fiches ici ? demanda-t-il d'un air à la fois inquiet et indigné.

Stella ne répondit rien. Elle frotta un doigt sur la plaque de David Grey, étalant de la saleté sur les lettres, et William secoua la tête avec agacement. Puis il se tourna vers le quai, parcourant du regard les bateaux de pêche à l'ancre et les mouillages vacants.

— Tu crois toujours que Robert va revenir ! s'écria-t-il d'un ton où la consternation se mêlait à l'incrédulité.

Elle l'observa en silence.

— Je ne comprends pas pourquoi il n'est pas venu, soupira-t-elle enfin. Il s'est passé quelque chose.

Elle s'arma de courage.

— On ne t'a pas remis une lettre pour moi, à la boutique ? Il faut que je sache.

Elle retint son souffle car elle venait d'accuser son père de déloyauté et William s'écarta d'un air surpris.

— Stella, si j'avais reçu quoi que ce soit, je te l'aurais transmis. Tu le sais bien.

Stella baissa la tête.

— Il t'a oubliée. Il faut que tu l'acceptes.

Son regard s'adoucit.

— En un sens, c'est aussi bien. Je préfère que nous réglions nous-mêmes cette affaire.

Il posa une main sur son épaule et elle tressaillit. C'était la première fois que quelqu'un la touchait depuis le départ de Zeph.

— Tout va bien se passer, Stella. Crois-moi. Je sais ce qui est le mieux pour toi. Il faut se serrer les coudes.

Mais les yeux de William brillaient d'un éclat désespéré. Pour la première fois, Stella comprit la profondeur de sa douleur, de sa colère et de sa déception.

— Je suis désolée, papa.

— Moi aussi, ma fille, répliqua-t-il avec lassitude.

Ils se turent, séparés par la pluie, et entendirent qu'on les appelait. La voix venait du bateau d'Old Joe. Spinks se tenait devant la porte de la timonerie.

— Tout va bien ? hurla-t-il.

William leva une main pour rassurer le policier, puis son expression s'assombrit. Il jeta un coup d'œil rapide en direction du pub et de la conserverie. Puis, il attrapa Stella par le bras et l'entraîna plus loin.

— À cause de toi, les gens nous regardent ! grommela-t-il.

Stella referma le couvercle de la glacière et la posa près de la porte de derrière, à côté d'une pile de cirés. Elle retourna à la table de la cuisine, commença à envelopper des gâteaux et des miches de pain dans les carrés de papier aluminium froissé et soigneusement replié que William ramenait du bateau, afin qu'ils soient lavés et réutilisés. La cuisine baignait dans la lumière jaune que diffusait l'ampoule nue suspendue au plafond. Dehors, il faisait sombre, une obscurité grise et translucide qui annonçait la fin de la nuit.

Stella étouffa un bâillement tandis qu'elle plaçait les paquets argentés dans un carton, s'assurant que les aliments étaient bien protégés.

Il n'était pas encore cinq heures, mais Grace était déjà habillée. Ses cheveux étaient ramassés en chignon et elle portait une jupe, un chemisier, des chaussures et des bas. Certaines épouses de pêcheurs restaient au lit pendant que leurs maris se levaient pour partir au travail, ou bien vaquaient à leurs occupations en robes de chambre tachées et en pantoufles éculées. Mais Grace se levait toujours en même temps que William, pour lui préparer son petit déjeuner et emballer ses repas. Et Stella se sentait obligée de l'imiter.

Fuyant les silences pesants de William, elle se rendit deux fois dans la remise pour y chercher des pâtés et des cakes dans le freezer. En marchant dans le jardin, l'air marin la réveilla et elle respira les timides senteurs de l'aube. Les oiseaux commençaient à bouger dans leurs nids, la nuit se retirait pour laisser place au soleil qui allait bientôt apparaître à l'horizon. Après des semaines de nausées et de fatigue, Stella se sentait revivre. Le reflet que lui renvoya la vitre sombre de la fenêtre de la cuisine était celui d'une jeune femme au teint clair, aux joues roses, aux lèvres pleines et rouges.

> *Au cours du second trimestre, vous vous sentirez gagnée par une énergie nouvelle.*
> *Profitez de cette période pour vous rapprocher de votre mari...*

Stella se voyait comme un fruit à la peau veloutée, une promesse de douceur... alors qu'en réalité sa chair était dure et son cœur barricadé. Tout espoir l'avait abandonnée.

Elle se pencha sur l'évier en inox, froid sur son ventre. Le ciel commençait à s'éclaircir et à se séparer de la mer. Mais quand le soleil se lèverait, il serait caché par d'épais nuages gris.

William enfila ses bottes. Il se tenait maintenant près de la porte de derrière, un seau dans une main et la glacière dans l'autre. Il regardait Stella. Son visage, pas son corps dont la vision semblait l'offenser. Stella s'aperçut que le tee-shirt qu'elle avait enfilé était trop étroit pour sa poitrine, et son jean à moitié ouvert sur son ventre. Elle se détourna pour se cacher.

— Tu trouveras ici tout ce dont tu as besoin, lui dit-il en désignant le garde-manger. Je vais cadenasser la grille derrière moi, comme ça, vous ne risquerez pas d'être surprises par des visiteurs.

Il fronça les sourcils.

— Je t'interdis de sortir.

— Je n'en avais pas l'intention.

Après la scène au port, William avait décidé que sa fille devait rester à la maison. Il ne lui faisait plus confiance et craignait qu'elle ne se trahisse. Et puis, il aurait suffi qu'une bourrasque plaque sa chemise sur son corps pour que leur secret soit éventé. Il était inutile de prendre des risques alors qu'il ne leur restait qu'un mois avant le départ de Stella pour le continent. Elle devrait quitter Halfmoon pendant que son état n'était pas encore trop visible, au cas où elle rencontrerait quelqu'un à l'aéroport ou dans l'avion. Bientôt, la santé précaire de Grace connaîtrait une brusque amélioration. Quant à Stella, elle prendrait des vacances en Europe – une récompense bien méritée pour une fille si gentille et prévenante.

Mais, pour l'instant, la colonne vertébrale de Grace la faisait terriblement souffrir. William avait expliqué à Mme Barron que pendant cette crise aiguë il s'occuperait des courses et relèverait le courrier entre deux expéditions en mer. Il avait donc apporté une longue liste de commissions à la boutique. Stella avait tout rangé dans le garde-manger : il y avait assez de produits frais, de fruits et légumes pour une semaine et de provisions diverses pour un mois.

William ouvrit la porte. Une brise légère s'engouffra dans la maison, éparpillant les morceaux de papier aluminium qui traînaient et que Grace s'empressa de ramasser.

— Bon, je m'en vais, dit William en jetant un dernier coup d'œil à la cuisine.

Grace alla l'embrasser sur la joue. Il ne demanda pas à Stella de prendre soin de sa mère, comme il le faisait depuis qu'elle était assez grande pour faire la vaisselle, debout sur une chaise devant l'évier. Il se contenta de lui jeter un regard soupçonneux. Il aurait préféré rester ici pour la surveiller, mais le *Lady Tirian* l'attendait. Les langoustes femelles étaient déjà en période de frai, seuls les mâles étaient autorisés à la pêche. Et il lui fallait gagner de l'argent, afin de continuer à en mettre de côté dans la boîte en fer rangée dans le buffet de tante Jane. Il devait payer le voyage de Stella en Angleterre et, avant cela, son périple pour le comté de Victoria et le foyer pour mères célibataires. William n'avait pas le choix.

Alors qu'il observait le ciel, Stella surprit une expression de sombre satisfaction sur son visage. Il restait encore une période difficile à passer, mais il entrevoyait déjà la fin des épreuves.

Stella versa du liquide vaisselle dans l'eau chaude qu'elle agita pour la faire mousser. Puis elle y plongea les assiettes qu'elle frotta avec une lavette.

— Enfile des gants, dit Grace. Tu vas t'abîmer les mains.

— Je n'en mets jamais, protesta Stella.

— Oui mais...

Grace lui apporta les tasses.

— Maintenant, c'est différent.

— Pourquoi ?

— Ta peau change.

Elle passa une éponge sur la table.

— Moi, je n'avais jamais eu les mains sèches auparavant.

Au visage de sa mère, Stella comprit qu'elle regrettait sa remarque, mais c'était trop tard. Une faim d'informations s'était réveillée chez Stella. Le livre *Votre grossesse* ne lui suffisait pas. Il fallait qu'elle parle avec une femme qui avait déjà connu ce qu'elle expérimentait pour la première fois.

— Je t'en prie, raconte-moi comment ça s'est passé pour toi, quand tu étais enceinte.

— Je ne crois pas qu'il soit souhaitable que nous discutions de ça. Ton père a raison. Moins on en parlera, plus vite on oubliera.

Stella regarda ses mains, qui la piquaient et étaient devenues rose vif.

Je n'oublierai jamais.

Elle ferma les yeux pour refouler ses larmes. Derrière elle, elle entendit Grace qui continuait de frotter inlassablement la même tache sur la table. Stella se retourna.

— J'ai pensé à tout ça, lança-t-elle en s'efforçant de rester calme.

Elle luttait pour ne pas éclater en sanglots. Elle se souvenait de quelle façon William lui avait jeté ces mots à la figure : « Tu n'es qu'une enfant. »

Elle replia les bras sur sa poitrine, comme pour se réconforter et se protéger.

— Tu sais bien, partir accoucher là-bas. L'adoption.

Sa mère se raidit et plissa les paupières.

— Je sais que je ne le verrai pas, maman. Je sais que c'est mieux ainsi.

Elle prit une profonde inspiration tremblée. Que pouvait-elle ajouter ? Qu'elle avait renoncé à tout espoir de retrouver Zeph et acceptait la solution du foyer ? Là-bas, son bébé serait remis à des étrangers.

Comment exprimer cela avec des mots ? Ce qui l'attendait la terrifiait. Les pensées tournaient dans sa tête comme les eaux traîtresses du Potboil, où les bancs de sable ne cessaient de se déplacer et où la mer formait des tourbillons qui menaçaient de vous aspirer.

Stella vit sa douleur se refléter sur le visage de sa mère. Cette dernière parut sur le point de parler, puis se ravisa et allait sortir de la pièce quand Stella, poussée par le désespoir, eut une idée. Elle avait surgi, claire et nette, comme tombée des nues.

— Je veux lui faire un cadeau, qui l'accompagnera quand il rejoindra sa famille.

Grace répondit par un faible hochement de tête et un regard méfiant.

— Quelque chose que j'aurai fabriqué moi-même.

— Eh bien… pourquoi pas. Il n'y a sûrement pas de mal à cela, concéda Grace d'une voix hésitante.

— Je veux que tu m'aides.

Viens à mon secours !

— Il faut que tu m'aides, je t'en prie, reprit-elle.

La douleur menaçait de l'étouffer. Elle avait le sentiment de se noyer dans une mer d'encre et Grace était sa seule planche de salut.

— Très bien. Que voudrais-tu confectionner ?

— Je n'en sais rien, gémit-elle.

Elle joignit les mains et les serra pour les empêcher de trembler. Évitant son regard, Grace lissa son tablier.

— Peut-être une couverture, suggéra-t-elle. En flanelle ou en laine, ou bien un bonnet au crochet. Ce ne serait pas trop difficile à faire.

Stella perçut le doute dans sa voix, car elle n'avait jamais montré aucune disposition pour la couture ou le tricot. L'« économie domestique » était bien la seule matière au lycée qui l'ennuyait profondément.

— Je ne tiens pas à ce que ce soit facile, dit Stella. Je veux quelque chose de… vraiment joli.

— Je vois, répondit Grace avec douceur, comme si

elle comprenait enfin à quel point sa fille avait besoin d'elle. On va d'abord choisir la laine. Il doit m'en rester quelque part.

Stella s'accrocha avec avidité aux premières paroles compatissantes de sa mère. Elle se tourna vers la salle à manger où Grace gardait son coffret à couture, près de la cheminée. Les tissus, les pelotes et les bobines, soigneusement rangés à l'intérieur, lui avaient toujours procuré un sentiment de calme et de sécurité.

— Non, pas là-bas, intervint Grace. Attends une minute.

Elle quitta la pièce, gagna sa chambre, revint, et fit signe à sa fille de la suivre dans la remise.

Le congélateur ronronnait tranquillement dans son coin et un soleil matinal dardait ses rayons obliques par les fenêtres, dessinant des taches de lumière sur le sol poussiéreux.

De dessous l'établi de William, Grace tira une vieille malle aux coins en métal. Une fois, Stella avait tenté de l'ouvrir, mais elle était verrouillée.

Grace sortit de la poche de sa jupe une petite clé en cuivre, s'agenouilla et l'introduisit dans la serrure. Stella se rappela la ménagère contenant des couverts en argent, rangée sous les sacs à avoine, de l'autre côté de la cabane. Elle se demanda ce que cet endroit, qu'elle avait toujours considéré comme le domaine de William, pouvait encore dissimuler de possessions de Grace.

Grace souleva le couvercle de la malle et une faible odeur boisée s'en échappa. Elle ferma les yeux, inspira profondément et commença à fouiller à l'intérieur.

Par-dessus son épaule, Stella aperçut des objets rapidement soulevés et aussitôt remis en place. Un chausson de danse rose, des lettres attachées par un ruban blanc, des paquets mystérieux enveloppés de papier de soie, un disque avec la photographie d'une femme sur la pochette, et une nappe brodée aux armoiries de la famille Boyd. À peine découverts, tous ces souvenirs disparaissaient comme des épaves ballottées dans une mer agitée.

— Ah ! Le voilà.

Grace extirpa de la malle un gros sac de toile bleue. Sur un côté, une grosse aiguille avait transpercé le tissu.

Stella mit du petit bois dans la cheminée et de longues pelures d'orange séchées que les Birchmore utilisaient pour allumer le feu. Des flammes bleues s'élevèrent. Grace posa des tasses pour le thé sur la table de la salle à manger et entreprit d'ouvrir le sac.

Le temps que le feu prenne, deux douzaines de pelotes d'une laine magnifique étaient disposées devant Stella. Il y avait du blanc, du rose, du crème, de délicates nuances de vert et de jaune.

— Ça manque de bleu, fit-elle remarquer à Grace, assise en face d'elle.

— Je n'avais rien fait de bleu, répondit Grace dont les mains s'immobilisèrent au-dessus de la laine.

Un détail émouvant dut lui revenir en mémoire car son visage prit une expression songeuse.

— Je savais que tu serais une fille.

— Comment cela ?

— Je voyais ton visage dans ma tête.

En regardant les pelotes de laine, Stella se rappela sa vision d'un bébé enveloppé d'un sarong dans son hamac. Il levait sur elle les mêmes yeux verts que Zeph mais son teint était clair comme le sien.

Elle repoussa l'image. Qui pouvait dire ce que deviendrait ce noyau en elle ? Ou quel visage il aurait ?

Peut-être ressemblerait-il à ses parents adoptifs, de la même façon que les amoureux des chevaux avaient des lèvres épaisses et des grandes dents ? Stella trouva cette idée étrangement rassurante. Elle ne portait pas vraiment son bébé, elle en fabriquait un. Sa vie commencerait quand sa mère le tiendrait dans ses bras.

— Le blanc est le choix le plus sûr, dit Grace, ou alors le crème. Et tu pourrais faire les franges en jaune.

Elle retourna le sac et une aiguille à crochet tomba sur la table, avec un petit paquet enveloppé dans de la mousseline blanche. Grace parut surprise, l'ouvrit et se figea. Elle avait révélé à la lumière une petite veste au crochet de couleur rose. Stella devança Grace et s'en empara avant qu'elle ne le fasse disparaître.

Les deux femmes l'observèrent en silence. Dans la cheminée, une bûche craqua.

— Tu l'avais fait pour moi, dit Stella, la gorge serrée.

On aurait dit un vêtement de fée, d'une exécution parfaite et dans une nuance délicate, avec au col des rubans aux reflets de clair de lune. Puis Stella fronça les sourcils.

— Qu'est-ce que cela fait ici ? Pourquoi est-ce que je ne l'ai jamais porté ?

Grace pinça les lèvres, les sourcils froncés, puis elle se décida à répondre, bien qu'il lui en coûtât.

— Avant ta naissance, j'attendais ta venue avec impatience. Et puis quand tu es née… tout avait changé.

Stella sentit le sang se glacer dans ses veines. Elle regarda la mer, grande plaine grise agitée par les vagues.

— Que veux-tu dire ? murmura-t-elle.

Grace se mordit la lèvre.

— Eh bien, pendant que je t'attendais, William préparait ses derniers examens à la faculté de médecine. Il avait échoué l'année précédente et il n'y avait pas de troisième chance. Il travaillait jour et nuit, enfermé dans son bureau. Nous étions mariés depuis peu. Moi, je passais mon temps à tricoter, à coudre… et à cuisiner. Je ne le voyais qu'au moment des repas, mais cela m'était égal car bientôt il serait un homme heureux, lui qui avait toujours rêvé d'être docteur.

Stella haussa les sourcils. Il lui était difficile d'imaginer William exerçant un autre métier que celui de pêcheur.

— Tous les hommes de sa famille étaient médecins, poursuivit Grace. Après ses examens, William devait faire son internat dans un petit hôpital à la campagne, puis reprendre le cabinet de son oncle, dans un village non loin de là. Nous devions emménager dans un appartement situé au-dessus du cabinet, je lui aurais alors servi d'assistante, tout en élevant mon bébé, bien sûr.

Stella ouvrit de grands yeux.

— Mais tu n'aimes ni le bruit ni les maisons ouvertes à tous les vents. Voilà pourquoi tu as choisi de vivre en dehors de la ville.

Grace resta un instant perdue dans ses pensées.

— Je voulais me rendre utile, reprit-elle, aider les gens. J'ai d'ailleurs rencontré ton père alors que je travaillais comme volontaire pour la Croix-Rouge, dans un dispensaire réservé aux ouvriers d'une usine. William y était employé en tant qu'étudiant en médecine.

Elle sourit.

— Tout le monde l'adorait. Il prenait toujours les bonnes décisions…

Grace prit une profonde inspiration.

Mais il a échoué à ses examens. Ce fut affreux. Je l'avais accompagné à la faculté pour connaître les résultats. Les étudiants qui étaient reçus restaient face aux professeurs. Et ceux qui ne l'étaient pas se retournaient devant tout le monde et repartaient comme ils étaient venus.

Grace frissonna.

— Jamais je n'oublierai l'expression de son visage. Il est resté pendant des jours entiers dans son bureau, avec ses notes et ses livres étalés sur la table. Il refusait de manger et ne dormait plus. J'ai essayé de l'aider, mais il ne me prêtait aucune attention. Tu es née un mois plus tard. L'accouchement s'était mal passé, mais tu étais un bébé facile. Comme si tu comprenais la situation. À mon retour de la clinique, il nous a fallu trouver un endroit pour vivre. Nous avions donné notre congé au propriétaire de la maison où nous habitions, car on nous avait réservé un appartement dans l'hôpital. William a refusé tous les logements que nous avons visités. Il ne parvenait pas à accepter son échec. Son rêve s'était brisé. Ce fut une période épouvantable. Ma famille a proposé de l'aider, lui a offert un poste dans une de nos entreprises. Mes parents insistaient pour nous donner de l'argent, mais cela n'a fait qu'empirer les choses.

— Pourquoi ? s'étonna Stella. Si vous aviez besoin d'aide… Les familles sont là pour ça, non ?

Grace pétrit une pelote de laine entre ses mains.

— Je viens d'une famille très différente de celle de William. Les Boyd appartiennent à la haute bourgeoisie et possèdent beaucoup de biens. William se sentait inférieur à eux.

Elle jeta un coup d'œil à Stella.

— L'Angleterre et l'Australie appartiennent à des mondes très éloignés, et même aujourd'hui les choses n'ont pas beaucoup changé. Bref, mon père s'obstina, William se fâcha et refusa de remettre les pieds chez mes parents. Il pensait que toute la famille Boyd le méprisait.

— C'est pour cela qu'il n'aime pas Daniel ?

Grace tressaillit.

— C'est une des raisons… Ensuite, William est allé chercher du travail à Londres. En se rendant à un entretien d'embauche, il est passé devant la Maison de l'Australie et l'idée lui est venue d'émigrer à Sydney. Puis il a découvert l'existence de la Tasmanie. « Le bout du monde, a-t-il dit, on ne peut pas aller plus loin. »

Ses lèvres se déformèrent en un sourire sarcastique et, d'un geste, Grace embrassa la pièce, la maison, la mer.

— « Arrêt suivant, l'Antarctique », a-t-il même ajouté.

— Vous êtes donc arrivés ici et vous êtes tombés amoureux de cet endroit, dit Stella en souriant.

Une étrange expression passa sur le visage de Grace, dont Stella ne comprit pas tout de suite le sens. Puis elle s'exclama :

— Tu étais triste et déçue ! Tu ne voulais pas t'exiler ici !

— Oui, répliqua Grace.

Une réponse claire et nette. Juste oui.

Stella ressentit un accès de colère. Cette simple syllabe contenait un rejet de tout ce qui les entourait et de la vie qu'ils partageaient.

— Mais alors pourquoi as-tu accepté de venir ici ?

— Seul m'importait le bonheur de ton père. Je crois que j'ai fait le bon choix. Ça a été plus difficile que je ne l'imaginais, mais j'ai réussi.

Une lueur de fierté brilla dans ses yeux.

— Ici, il est heureux.

— Et toi ?

— Une mère fait passer son enfant avant tout. Pour cela, il lui faut souvent donner la priorité à son mari. C'est une grande responsabilité de donner le jour à un enfant.

— Mais ce n'est pas juste.

— La vie n'est pas juste, dit Grace d'une voix douce.

Elle se tourna vers la fenêtre pour scruter l'horizon à la recherche du *Lady Tirian*, un geste habituel chez elle. Puis elle se redressa.

— J'ai promis à William que je ne dirais à personne pourquoi nous avons quitté l'Angleterre. Il serait tellement fâché s'il savait que je t'ai raconté tout ça. Ici, il a entamé une nouvelle vie et fait table rase du passé.

Elle regarda la petite veste rose posée sur la table en acajou.

— Mais maintenant, il faut que je parle. Tu comprends, il est important pour toi de traverser courageusement cette période difficile pour pouvoir la laisser derrière toi.

Elle avait posé un regard insistant sur Stella. Ses yeux gris avaient la couleur de la mer.

— Quand tu auras terminé ton année en Angleterre, tu ne seras pas obligée de revenir à Halfmoon Bay. Il faut que tu profites de ta liberté, tu m'entends ?

Stella réfléchit. Qu'avait dit William, déjà ? Au printemps tu seras libre. Libre d'aller et venir. Libre de partir. Comme Zeph.

Elle hocha la tête.

— Oui maman.

Grace effleura le bras de la jeune fille.

— Je t'aiderai à surmonter tout ça.

Dans les mains de Grace, la laine semblait prendre vie. Stella était hypnotisée par le fil qui allait et venait entre l'aiguille à crochet et les doigts pleins de taches de rousseur. Une longue ligne de mailles apparut. Elle aurait voulu que cet instant dure toujours. Elle adorait cette tranquillité ponctuée par de petits gestes et des sons légers, la respiration de Grace, sa main remettant une mèche de cheveux en place.

Sa mère lui tendit le crochet et la regarda essayer de reproduire ses mouvements. C'était plus difficile qu'il n'y paraissait. Debout derrière Stella, elle posa ses mains sur les siennes.

— Suis mon geste, lui dit-elle.

Et elle entraîna ses doigts maladroits dans une danse lente et précautionneuse. Stella s'efforçait de garder le rythme, mais elle était troublée par la proximité du corps de sa mère, par sa chevelure, sa peau qui touchait la sienne. Elle respirait l'odeur de talc parfumé à la rose qui s'échappait de l'échancrure de son corsage et plaisait tant à William, son haleine qui sentait le dentifrice au menthol…

— Voilà, c'est ça.

Stella releva la tête et Grace lui adressa un sourire encourageant. Elle ne semblait pas se formaliser que Stella se trompe toujours de sens, que les mailles soient inégales, et quand la jeune fille laissa échapper le crochet elle n'eut pas l'air d'y prêter attention. Apparemment, ses erreurs et ses maladresses n'avaient plus aucune importance.

Le jour suivant se leva sur un temps gris, il bruinait et le vent était tombé. William ne rentrerait pas. Les deux femmes baignaient dans une douce intimité.

Après le déjeuner, Grace suggéra à Stella d'aller se reposer sur le divan du salon de mer, une faveur qu'elle accordait autrefois à sa fille quand elle était malade. Elle la recouvrit de la belle couverture en mohair qu'elle était allée chercher sur son lit et retourna à ses casseroles.

Stella, qui avait pris *Anna Karénine*, renonça bientôt à

lire. Elle se contenta de rester là, à écouter le chant de la pluie.

Alors qu'elle était sur le point de sombrer dans le sommeil, Grace pénétra dans la pièce avec les deux coussins en velours du fauteuil de sa chambre.

— Je t'ai apporté ça.

Elle se pencha sur Stella et cala les coussins sous ses épaules et contre ses reins.

— Il faut que tu prennes soin de ton dos.

Elle parlait sur le ton détaché d'une infirmière, et la jeune fille se pelotonna avec reconnaissance sous la couverture.

Sa mère disparut dans la cuisine et revint bientôt avec un plateau qu'elle posa près de Stella. Un verre de lait et trois tranches de cake étaient disposés sur une assiette.

— « Le gâteau de Savoie de tante Jane », annonça-t-elle.

Stella se redressa sur un coude, se servit et mordit avec appétit dans la brioche. Elle remarqua tout de suite que sa consistance n'était pas comme d'habitude.

— J'ai ajouté du malt et de la lécithine, dit Grace. Ça l'alourdit un peu, mais c'est meilleur pour toi.

Stella ouvrit de grands yeux et jeta un coup d'œil en direction du buffet, comme si elle craignait que l'esprit de tante Jane ne prenne ombrage des libertés de sa nièce…

— Pourquoi ne regardes-tu pas la télévision ? demanda Grace.

— Il n'y a rien, juste du sport.

Sa mère hocha la tête d'un air songeur et repartit.

Quand Grace revint, elle avait le visage mouillé par la pluie et tenait un disque dans la main, celui-là même que Stella avait aperçu dans la malle. Il était différent des autres disques de musique classique rangés sur une étagère. William lui en achetait un pour chacun de ses anniversaires, et Grace l'accueillait toujours avec enthousiasme. Stella l'avait entendue dire à Mlle Spinks que William connaissait mieux qu'elle la musique qu'elle aimait.

Grace sortit le disque de sa pochette et le posa sur le plateau du pick-up avec un sourire mystérieux.

L'aiguille s'engagea dans le premier sillon et un silence crachotant précéda les premières notes. Puis une voix au timbre doux et pénétrant emplit toute la pièce.

Une femme chantait avec une émotion ardente. Stella ne comprenait pas les mots, mais cela n'avait pas d'importance. La voix était la chanson. Elle la sentit vibrer dans son corps, pénétrer son âme, sauvage et libre...

Grace, les yeux fermés au milieu de la pièce, semblait perdue dans les sonorités envoûtantes. Elle bougeait lentement les hanches au rythme de la mélodie qui la ramenait vers une autre vie. Celle qu'elle avait laissée derrière elle.

La laine était si fine... Stella comprit qu'il lui faudrait un temps infini pour terminer la veste. Elle était une princesse de conte de fées enfermée dans sa tour, condamnée à changer une meule de foin en fil soyeux. Sans un miracle, elle ne parviendrait jamais à réaliser cet exploit.

Cet interlude hors du temps la rassurait. Tant que la veste ne serait pas terminée, le bébé grossirait dans son ventre, sans que rien vienne perturber son sommeil. Grace continuerait à prendre soin de sa fille enceinte. Le *Lady Tirian* resterait en mer.

L'avenir resterait en suspens.

Pourtant, Stella savait que nul ne pouvait arrêter le temps.

Chaque matin au réveil, elle faisait une croix sur le

calendrier, celui-là même où elle avait compté et recompté les jours – 29, 30, 31, 32… Son départ approchait. William la conduirait à l'avion qui l'emmènerait à Melbourne. Selon le programme établi par son père, il ne lui restait que deux semaines et demie. Elle serait alors enceinte de vingt semaines.

Elle aurait parcouru la moitié du chemin.

> *Le cinquième mois annonce des changements excitants. Maintenant, le monde entier sait que vous attendez un heureux événement !*
> *Les cheveux commencent à pousser.*
> *Le bébé a des cils et des sourcils…*

Stella serra plus fort le crochet, termina son rang et contempla le résultat de ses efforts. À un endroit, elle avait accroché deux mailles à la fois et les rangs étaient inégaux. Une vague de découragement la submergea. Cette veste ne ressemblerait jamais à rien. La mère du nouveau-né n'en voudrait sûrement pas. Elle vit son cadeau abandonné dans un coin, dans une pièce aux murs verts qui sentait le désinfectant, un endroit sombre et sans fenêtre où l'on gardait les bébés en attente d'une nouvelle vie. Les laissait-on pleurer seuls dans le noir ?

Elle se leva et commença à arpenter la pièce. Sa poitrine lui faisait mal, elle étouffait, ses cheveux la piquaient sur la nuque. Soudain, elle ne supporta plus la solitude.

Elle se rendit dans la cuisine où elle trouva Grace occupée à préparer un nouveau gâteau avec sa cuillère en argent frappée des armoiries des Boyd.

Le lis, le chat, l'étoile…

En examinant le manche gravé, Stella s'interrogea sur la signification des symboles.

— Que veut dire exactement le blason de ta famille ?

Grace releva la tête d'un air surpris.

— Comment sais-tu que c'est celui des Boyd ?

— J'ai trouvé la ménagère, dans la remise. J'ai supposé qu'elle allait avec la grande table qui vient de chez toi.

Grace leva la cuillère d'où s'échappa une pâte liquide.

— Le lis est un symbole de pureté. L'étoile un rappel de notre devise, *Super Sidera Votum*. Vise les étoiles. Mais personne ne sait exactement ce que signifie le chat.

Grace sourit.

— Quand j'étais petite, je croyais que c'était le nôtre, Silky. J'ai ramené cette cuillère ici, pour qu'il me tienne compagnie !

Grace alla se laver les mains dans l'évier.

— Bien entendu, ici, nous n'avons pas l'usage d'une ménagère pour vingt-quatre personnes ! William voulait la vendre, mais j'ai refusé. Elle ne m'appartient pas vraiment.

Elle se retourna vers Stella.

— Cela fait des siècles que les Boyd la remettent à leur fille aînée ou à leur nièce s'ils n'ont pas de fille. Je la garde pour toi. Tu la donneras à ta…

Elle s'interrompit et ferma le robinet. Dehors, la pompe du réservoir bourdonnait.

— Un jour, tu te marieras, reprit Grace, et tu auras un autre enfant…

Stella fixa sa mère et soudain, tout lui parut différent, comme si une lumière éblouissante s'était allumée dans une pièce obscure.

Stella comprit soudain combien le plan de William

était dément et abominable. On ne donne pas un bébé. On lui garde un héritage. On plante des arbres pour célébrer sa naissance. On tricote des vêtements et on fabrique des couvertures, qu'on lave à la main dans de l'huile d'eucalyptus avant de les faire sécher à l'ombre…

Grace détourna les yeux et se pencha sur un saladier. Il était trop tard.

Stella savait qu'elle savait.

Elle prit le temps de remettre de l'ordre dans ses pensées et déclara avec calme :

— Nous ne pouvons pas abandonner cet enfant. Il fait partie de notre famille.

Un frémissement passa sur le visage de Grace, comme le souffle du vent sur un étang, et ses mains se crispèrent sur le rebord de la table.

— Il doit rester avec nous, martela Stella.

— Je sais.

Stella mit ces paroles au chaud dans son cœur et se tourna vers la fenêtre, comme pour prendre le ciel à témoin. Les rayons du soleil perçaient sous les nuages gris et un bout de ciel bleu apparut. Des larmes de soulagement montèrent aux yeux de Stella.

10

Stella faisait des trous avec un plantoir dans le sol meuble et y laissait tomber des graines de chou. Elle suivait une corde tendue par Grace, afin que chaque rang soit bien droit et parallèle à ses voisins.

Grace avait augmenté le volume du pick-up et la musique s'échappait de la maison. La voix magique donnait à cette simple scène de jardinage une qualité épique, comme si elle était tirée d'un film.

Non loin de Stella, Grace mettait de l'engrais sur la parcelle des lis. Les jambes écartées, elle maniait la pelle chargée de compost. Au grand étonnement de Stella, elle avait renoncé à sa vieille jupe et enfilé un pantalon. Selon William, une femme mariée ne devait pas en porter et Grace avait toujours prétendu partager ce principe. Stella se doutait bien d'où elle sortait ce vêtement… Le pantalon en velours d'un beau rouge framboise qui mettait en valeur ses longues jambes n'était sûrement pas destiné au jardinage.

Tout en poursuivant sa tâche, Stella regardait de temps en temps sa mère, ses bras musclés, ses mouvements assurés. Grace avait changé. Elle semblait plus grande et plus forte. Comme si la puissance du chant de la cantatrice, en se frayant un chemin en elle, l'avait soudainement libérée.

Les deux femmes s'étaient mises au travail tôt le matin. En paix avec elles-mêmes et avec le monde, elles parlaient peu : elles avaient dit ce qu'elles avaient à se dire et respiraient l'énergie. On ne pouvait pas abandonner le bébé. Grace était d'accord avec Stella. Les mots qu'elle avait prononcés résonnaient encore aux oreilles de sa fille, aussi définitifs que s'ils avaient été gravés dans le marbre. Elles discuteraient plus tard de la façon dont elles aborderaient le sujet avec William. Avec ce soleil radieux, il ne rentrerait pas avant au moins deux jours.

Pour l'instant, Grace, très concentrée sur son travail, jetait de fréquents coups d'œil au ciel et à la mer. Elles ne s'étaient même pas arrêtées de jardiner pour le petit déjeuner et s'étaient contentées de partager un cake qu'elles avaient mangé dehors, sans même prendre le temps de se laver les mains.

— L'hiver arrive, dit brusquement Grace, comme pour expliquer sa précipitation.

Stella hocha la tête. Elle connaissait les exigences d'un jardin à l'automne.

Avant que la terre ne soit détrempée par la pluie, elles avaient encore six lopins à préparer et à ensemencer. Tout ce qui avait fleuri pendant l'été devait être arraché, puis il faudrait bêcher et répandre un manteau de feuilles mortes, de paille et d'excréments de kangourous sur le sol pour le nourrir et le protéger pendant les longs mois d'hiver.

La saison du repos et de l'attente…

Stella regarda en direction du parterre où avaient fleuri les lis. Bien cachés sous la terre nue, les bulbes allaient prendre tout leur temps avant de s'ouvrir à la chaleur. Des pousses vertes apparaîtraient, les mouettes pondraient des œufs, nichées dans les falaises. Des bourgeons se formeraient sur les branches pendantes des filaos.

Ce serait le printemps.

Et le bébé serait né.

Stella se releva pour se délasser les jambes, s'appuya à la clôture et offrit son visage au soleil. À cette époque de l'année, il ne vous brûlait plus mais vous réchauffait encore. Elle ferma les yeux et la lumière devint rose.

Elle s'imagina tenant dans ses bras le bébé revêtu de la veste qu'elle lui aurait faite. Elle sentait sa peau douce, une joue veloutée contre sa poitrine.

Puis elle tressaillit en se rappelant un autre contact. La main de Zeph, la fraîcheur de ses doigts caressant la pointe rose de ses seins... Ses bras autour d'elle semblaient vouloir l'imprimer sur son cœur, comme s'il craignait qu'elle ne le quitte...

Elle posa la main sur son ventre, là où poussait le bébé.

— Jamais, lui murmura-t-elle.

Jamais je ne t'abandonnerai.

Une frise de goémon, apportée par les tempêtes des grandes marées d'équinoxe, bordait la petite plage à l'arrière de la maison. Stella, un sac de jute à la main, se dirigeait vers la ligne noire. Ses bottes s'enfonçaient dans les algues à l'odeur puissante, un mélange de sel, de fruits de mer iodés et de sable mouillé – l'essence même de l'océan.

Grace l'avait envoyée ramasser du varech afin d'en entourer le tronc du pommier, devenu grand et fort. Stella se rappelait le jour où sa mère l'avait planté, huit ans auparavant. Après avoir tassé la terre autour des racines, elle avait appelé Stella.

— Va chercher ta canne à pêche et descends au port. J'ai besoin d'une vingtaine de poissons.

— Pourquoi ne demandes-tu pas à papa de t'en rapporter de la cale à appâts ? avait protesté Stella, qui savait qu'il lui faudrait des jours de travail avant de rassembler une telle prise.

— Ton père ne croit pas que ce soit nécessaire, avait répondu Grace.

Les sardines et les maquereaux avaient été enterrés en un large cercle autour du jeune arbre. Grace lui avait expliqué que les racines, attirées par le poisson pourrissant dans la terre, tendraient vers cette manne et deviendraient puissantes et vigoureuses.

— Où as-tu appris cela ?
— Je le sais, avait répliqué Grace sur un ton évasif.

Quand William était rentré, il avait fait la grimace devant la terre fraîchement retournée et était demeuré maussade et silencieux pendant tout le reste de la soirée.

Par la suite, il avait toujours refusé de manger des pommes de l'arbre. Il prétendait qu'elles avaient le goût de poisson. Old Joe en récoltait la plus grande partie et il les trouvait délicieuses. Malgré son jeune âge, Stella se doutait qu'il était impossible que ces fruits prennent le goût du poisson. Mais ni Grace ni Stella ne discutaient les décrets de William. Ce qu'il proclamait devenait un fait avéré. Rien ne pouvait jamais le faire changer d'avis.

Stella se tenait immobile, les yeux baissés sur le varech où s'incrustaient de petits coquillages. Elle frissonna en se représentant le visage de son père, les lèvres pincées, les mâchoires crispées.

Elle repoussa cette image. Cette fois-ci, avec la

nouvelle Grace débordante d'énergie, les choses se passeraient différemment. Stella lui apporterait son soutien. Elles resteraient soudées face à lui.

William reviendrait à la raison. Il ne pouvait pas abandonner son petit-fils, le premier Birchmore de Tasmanie. Stella se pencha pour ramasser le goémon et le bébé bougea.

Il en était à la moitié du parcours.

D'après le livre, il mesurait maintenant vingt centimètres. Tout en regardant combien cela faisait sur une règle, elle se l'était imaginé entouré d'eau.

Le liquide amniotique protège le bébé à l'intérieur de l'utérus...

Elle sourit à l'idée d'un bébé de la taille de sa main nageant dans son ventre, comme les poissons qu'elle attrapait parfois au bout de sa ligne, étincelant au soleil. De parfaites miniatures mais trop petits pour qu'on les garde.

Quand le sac fut plein, Stella le tira vers la maison en fredonnant une vieille chanson de marins.

Elle passa derrière la remise, près de son vieux « mur de mer » appuyé à la clôture. Sur un grand panneau composé de bois flotté, Stella avait cloué et attaché toutes sortes de trésors : des bouées, des bouteilles, des boîtes de conserve, la chaussure rose à haut talon... Elle heurta le mur avec son sac et tous les objets tintèrent gaiement sur leurs ficelles, comme pour attirer son attention. Mais elle passa sans un regard pour eux : ils appartenaient à une autre vie qui s'éloignait déjà...

Dans le jardin, elle chercha des yeux Grace, coiffée de son chapeau bleu. Elle avait dû rentrer pour préparer le déjeuner. Stella avait une faim de loup. Elle se rappela que la veille, sa mère avait préparé du pâté aux herbes et aux foies de volaille et elle adorait ça.

Elle ôta ses bottes devant la porte de derrière et pénétra dans la cuisine. La maison était silencieuse. Un rôti de bœuf était posé près du four. En voyant cela, Stella trébucha. Les rôtis étaient toujours servis en présence de William, donc il était rentré. Elle sentit la peur l'envahir. Grace, qui surveillait continuellement l'océan, avait repéré le *Lady Tirian* qui rentrait dans la baie.

Stella se souvint du regard inquiet de William lorsqu'il s'était préparé à partir. S'il revenait plus tôt que prévu, c'était pour s'assurer que ses ordres étaient respectés. Elle prit une profonde inspiration pour se calmer et se rendit dans le salon de mer.

Les coussins rouges avaient réintégré le fauteuil de la chambre, et les pelotes de laine leur cachette. Le disque sur le pick-up avait disparu.

Elle se retourna. Sa mère s'était changée, elle portait une jupe et un corsage fraîchement repassés, et tenait son livre de recettes à la main.

— Il arrive, lui dit-elle. Il faut se préparer. Va cueillir de la sauge et du persil pour le rôti.

Elle semblait parfaitement calme, ne trahissait aucune tension, comme si rien n'avait changé. Stella sentit la panique l'envahir.

Mais quand Grace retourna à la cuisine, Stella vit que le livre était ouvert à la page du quatre-quarts aux pommes de cousine Elizabeth. Le gâteau préféré de William. La jeune fille poussa un soupir de soulagement. Maintenant tout était clair : Grace s'efforçait que tout soit parfait afin de mettre William de bonne humeur avant qu'elles se décident à parler.

Stella s'obligeait à manger. En maniant maladroitement ses couverts, elle envoya la moitié d'une pomme de terre sur sa chemise, maintenant tachée de sauce. William la regarda d'un air dégoûté.

— Désolée, balbutia-t-elle.

— Rapproche ta chaise de la table, grommela William.

Il semblait fatigué, vidé de son énergie. D'habitude, quand il rentrait, il semblait plus grand, plus sain, comme revigoré par son combat avec les éléments.

Stella jeta un coup d'œil à Grace qui n'avait pratiquement pas touché à sa nourriture et ne cessait de boire de l'eau, comme si elle craignait de rester immobile.

— Je suis rentré tôt, annonça William, parce que je pense qu'il est temps pour Stella de partir.

Stella le regarda avec effarement tandis qu'il se tournait vers sa femme.

— J'irai demain à Saint Louis pour réserver les billets d'avion. Au point où nous en sommes, inutile de prendre davantage de risques. L'état de Stella est maintenant visible.

Stella attendait que sa mère parle mais le silence se prolongea. La rumeur de l'océan enfla et la jeune fille comprit que Grace n'interviendrait pas la première.

— Moi et maman avons pensé…

Grace poussa un petit soupir affolé.

— … Nous estimons qu'il ne serait pas raisonnable d'abandonner ce bébé.

Stella s'éclaircit la voix.

— Nous voulons le garder.

William fixa sa femme d'un air égaré.

— Mais de quoi parle-t-elle ?

Grace semblait ne pas l'avoir entendu. Elle contemplait le vide.

— Nous avons décidé…

Les paroles moururent sur les lèvres de Stella qui se ressaisit.

— J'ai changé d'avis. Je veux le garder.

Maintenant elle se sentait soulagée, forte, comme si le triomphe était à portée de main.

— Je n'irai pas au foyer, déclara-t-elle tout d'un trait, je veux rester avec vous. Ce sera notre bébé. Tu l'aimeras beaucoup. Tout va changer, maman sera très heureuse de vivre ici.

Stella s'arrêta, attendant que sa mère prenne le relais, mais elle gardait les yeux rivés sur la saucière remplie d'un liquide brun où s'était coagulée une pellicule de graisse. Quant à William, il était paralysé par le choc et la colère. La jeune fille sentit son cœur défaillir et dit la première chose qui lui passait par la tête, tout en sachant que cela revenait à empiler des sacs de sable pour arrêter la marée montante :

— Nous n'avons besoin de personne. Tu peux t'occuper de moi puisque tu es presque médecin.

William se tourna vers Grace.

— Que lui as-tu raconté ? demanda-t-il d'une voix menaçante.

Grace eut un petit mouvement de tête, comme pour chasser un insecte, et William se leva en faisant grincer sa chaise.

— Tu avais promis de ne jamais en parler. Tu avais promis ! s'écria-t-il en plissant les yeux comme pour fuir une vision intolérable.

Grace pâlit et porta une main à sa tempe. Ses doigts tremblaient.

— Ce n'est pas sa faute ! s'écria Stella.
— Tais-toi, tu en as assez dit. Ta mère et moi devons nous entretenir seul à seul.

Aussitôt, Grace se leva avec des gestes mécaniques. Stella posa la main sur son bras.

— Maman...

L'autre tressaillit.

— Je t'en supplie, explique-lui, s'obstina Stella en se forçant à sourire.

Mais le visage de sa mère n'était plus qu'un masque inexpressif. Stella avait envie de hurler et de la gifler. En même temps, elle se sentait vide, impuissante. Ils allaient s'enfermer dans leur chambre et William persuaderait sa femme d'appuyer ses plans.

— Non !

Stella sauta sur ses pieds, renversant un verre dont l'eau se répandit sur la nappe.

— Vous devez m'écouter, je ne suis plus une enfant ! Maman, je t'en prie !

William saisit Grace par le bras, leurs pas résonnèrent dans le couloir, ils pénétrèrent dans leur chambre à l'épaisse moquette et la porte fut doucement refermée.

Stella resta seule. Elle entendit son père qui discourait et sa mère qui tentait de s'opposer à lui. Stella reprit espoir. Elle imagina les arguments que Grace objectait à William :

Stella doit prendre elle-même sa décision.
Moi aussi je pense qu'elle doit le garder.
Je ne tolérerai jamais que l'on abandonne cet enfant.

Mais la voix de Grace, inlassablement coupée par celle plus grave de William, perdait de sa force. Quand le silence se fit, l'angoisse étreignit Stella. Grace s'était retranchée là où personne ne pouvait plus l'atteindre. Elle avait abandonné sa fille.

Puis ce furent les pas de William dans le couloir. Quand il arriva dans le salon, il ressemblait aux médecins dans les feuilletons télévisés lorsqu'ils s'apprêtent à assener de mauvaises nouvelles.

— Ta mère et moi savons ce qui est bien pour toi, Stella. Nous n'avons pas changé d'avis.

— Je n'ai jamais été d'accord avec tes arrangements.

Elle tenta d'insuffler un peu d'énergie à sa voix faible et monocorde.

— J'attendais que…

Elle s'arrêta avant de prononcer le nom de Zeph, le père de son bébé, qu'elle résolut de garder secret jusqu'au bout.

— … Je pensais que Robert reviendrait et qu'il prendrait les choses en charge. Maintenant, je me bats seule.

— Tu n'as pas encore dix-huit ans et c'est à nous de décider.

William croisa les doigts. Il faisait penser à un de ces pasteurs fanatiques avec lesquels il est impossible de lutter.

— Maman n'est pas d'accord avec toi, tempêta Stella.

— Comment le sais-tu ?

— Elle me l'a dit.

Inutile d'essayer de lui expliquer qu'elle avait vu Grace revivre sous ses yeux, ni de lui rapporter leurs conversations sur la grossesse. Des paroles simples et pourtant tellement fortes…

— Très bien, on va aller lui poser la question, répliqua William.

Il posa un bras autour de ses épaules. Cela ressemblait

à un geste de tendresse, mais elle eut la sensation physique que si elle tentait de s'écarter, il la retiendrait d'une poigne de fer.

La chambre sentait le parfum éventé, une odeur de rose-thé mêlée à de la lavande. Du talc s'était déposé sur la surface de la coiffeuse, où s'alignaient les brosses de laque noire et les pots de crèmes pour le visage.

Stella vit le pantalon en velours rouge jeté sur le lit. Elle reprit vaguement espoir. Ces derniers jours n'étaient donc pas un rêve.

Assise sur le lit, le dos voûté et la tête penchée, Grace semblait petite et fragile. William se tenait debout près d'elle et elle s'orienta instinctivement dans sa direction, comme une fleur se tournant vers le soleil.

William posa une main sur l'épaule de sa femme.

— Demande à ta mère ce qu'elle en pense, Stella.

Grace croisa le regard de sa fille, mais aucune étincelle de complicité ne brillait dans ses yeux qui exprimaient une résignation muette.

— Maman, veux-tu garder le bébé ? demanda Stella d'une voix rauque.

Grace baissa la tête.

— Réponds ! ordonna William.

Elle leva vers lui des yeux suppliants de petite fille.

— Je t'écoute, maman. Il faut que tu lui dises maintenant.

Elle lui parlait comme un adulte excédé essayant de ramener une enfant capricieuse à la raison.

— La proposition de ton père me semble raisonnable, murmura Grace.

— Tu étais pourtant d'accord avec moi !

Elle se jeta aux pieds de Grace.

— Tu ne te souviens pas ? Rappelle-toi ce que tu

m'as dit, souviens-toi de la veste au crochet et de la musique...

Grace secoua la tête.

Stella se releva, recula jusqu'à la fenêtre, s'agrippa à la poignée. La peur l'enveloppa comme un brouillard glacé. Comment lutter contre William si Grace la laissait tomber ? Où trouver de l'aide ?

Elle prit une longue inspiration, recueillit sa douleur, ses espoirs et son ardent désir, en tissa un seul fil épais et solide dont elle aurait voulu ceindre son discours pour le rendre plus cinglant.

Mais ses paroles étaient tristes et plaintives, comme le vent sifflant à travers des planches disjointes.

— Maman, ne lui cède pas. Rappelle-toi l'autre jour...

Sa voix monta dans les aigus.

— Dis-lui que je ne partirai pas ! Il le faut !

— Nous avons choisi la meilleure solution, déclara tranquillement Grace.

William lui tapota le dos d'un air satisfait.

— Arrête ! hurla Stella. Tu dois lui résister ! Qu'est-ce qui ne va pas chez toi, à la fin !

Elle lança les bras en avant, ses doigts se recroquevillèrent, elle avait envie de l'attraper par les cheveux, de la frapper et de la secouer jusqu'à ce que la vie revienne à ce visage de pierre.

— Ça suffit, Stella. Je t'interdis de parler comme ça à ta mère ! la coupa William d'un ton glacial.

Stella laissa retomber ses bras le long du corps. Elle n'avait plus de force. Elle crut qu'elle allait se trouver mal. Son père la dominait depuis toujours et Grace courbait l'échine depuis des années, ce qui expliquait sa victoire.

Les mains de Grace se levèrent en une supplication muette.

Stella se détourna et posa son front sur la vitre froide et dure. Au-delà du jardin, une vache paissait l'herbe amère et un corbeau becquetait un petit kangourou mort au milieu des buissons.

Sur la gauche, se dressait le chêne aux branches dénudées. Quelques feuilles mortes s'y accrochaient encore.

En cet instant, Stella comprit que le chêne resterait à jamais isolé.

11

Une collection de robes du soir en satin, en velours, en brocart et en mousseline de soie était éparpillée sur le divan et sur les fauteuils. Leurs couleurs chatoyaient à la lumière du lustre. Près de la cheminée s'alignaient des chaussures à talons, dorées, argent, noires, marron et bleues. Des bijoux étaient étalés sur la table d'acajou : des broches, des colliers de perles, des chaînes en or et un collier de diamants étincelant. William arpentait la pièce, évaluant chaque article comme un marchand dans un bazar. Grace se tenait au milieu de la pièce, vêtue d'une longue combinaison. Elle était déjà maquillée et coiffée, ses cheveux rassemblés en un chignon élégant.

Stella, qui se tenait près d'une fenêtre, observait la scène. Sa mère avait le corps d'une jeune femme, avec des seins fermes et un ventre plat, mais ses formes avaient quelque chose d'empesé. Sous la soie ivoire, on percevait les baleines de son corset. Ce sous-vêtement donnait à Grace quelque chose de trop net, de vaguement inhumain. Mais il lui permettait de porter les tenues de sa jeunesse.

Stella connaissait chacune des robes. Grace les avait apportées d'Angleterre et William en choisissait une pour chaque soirée importante. Pour ces occasions, il aimait les décolletés et les épaules découvertes. Apparemment, cela l'amusait de transformer sa femme en une version plus jeune et plus séduisante d'elle-même.

Stella avait toujours été fière de sa mère quand elle la voyait habillée pour une fête. À côté d'elle, toutes les autres femmes semblaient ordinaires. Mais ce soir-là, en observant le rituel des préparatifs, elle ressentit un profond mépris. Elle détestait les airs de propriétaire de William tandis qu'il assortissait les éléments de la toilette de Grace. Quant à Grace, poupée passive attendant d'être revêtue de ses atours, elle jouait le rôle qu'on lui avait assigné…

Ce soir, Grace réapparaissait dans la communauté après des mois passés sur un lit de douleur. Au dîner, elle devrait bavarder gaiement. Dès que l'orchestre commencerait à jouer, William prendrait Grace par la main et la conduirait au milieu de la piste de danse. Ils valseraient avec élégance, pour bien montrer que Grace était complètement rétablie.

Tout le monde murmurerait que cette guérison miraculeuse était due au repos ininterrompu que la malade avait pu prendre grâce à leur merveilleuse fille. D'ailleurs, ils allaient la récompenser de son dévouement en lui offrant un voyage en Angleterre. Stella imagina les femmes hochant la tête avec componction, sans faire bouger une seule mèche de leurs cheveux laqués. Elles s'extasieraient sur la chance qu'avait Stella d'aller vivre à Londres et de fréquenter une des plus chic écoles de jeunes filles.

Pour la soirée, les mensonges avaient été soigneusement préparés, tout comme la robe, les escarpins et les bijoux. Et le couple ne serait pas obligé de justifier l'absence de leur fille. Le dîner annuel du Rotary Club n'était pas destiné aux jeunes gens.

Grace tendit les bras tandis que William la revêtait de la tenue de son choix. La musique du disque que William avait posé sur le pick-up – celui qu'il avait offert à Grace à Noël dernier – s'était tue et on n'entendait que des crachotements dans les enceintes.

— Il y a un poulet dans le four, dit Grace. Et du savarin à la crème anglaise dans le frigo.

— Je n'ai pas faim, répliqua Stella.

C'était vrai. Dans la journée, elle avait croqué des pommes vertes, seule dans la remise. Leur acidité lui plaisait et elle les avait dévorées, l'esprit vide. Maintenant, elle se sentait barbouillée. Dès que ses parents seraient partis, elle irait vomir dans la salle de bains.

— Il faut que tu manges un peu, la cajola Grace avec un sourire. Essaye, au moins.

Stella la fixa d'un air morne.

Au cours de cette dernière semaine avant le départ de sa fille pour le continent, Grace avait renoncé à cuisiner pour William et concentré toute son attention sur Stella. Elle avait mis à profit un des chapitres du livre de recettes qui s'intitulait « Les repas pour les malades ». Elle utilisait de l'arrow-root, de la gélatine et de la semoule, des œufs coque à peine cuits pour les vitamines que contenait le jaune, des mouillettes de pain frais, de la viande qu'elle hachait elle-même. Elle portait ses offrandes à Stella qui gardait la chambre. Puis elle ôtait le plateau que sa fille n'avait pas touché.

Stella se nourrissait d'aliments avalés à la va-vite devant le frigo, quand elle était seule, et aussi de pots entiers de miel au goût fumé qu'elle emportait dans sa chambre. Elle laissait des filaments de liquide poisseux couler sur son tee-shirt et s'essuyait les doigts en se les passant dans les cheveux.

William surveillait sa fille du coin de l'œil. Son

visage exprimait la pitié et l'abattement. Depuis son retour, il n'avait plus quitté la maison si ce n'est pour aller à Saint Louis acheter les billets d'avion. Il affichait un air de bonté blessée. Mais Stella avait compris que derrière cette façade, lui aussi était effrayé.

L'obscurité avait envahi la maison. On y parlait que si c'était absolument nécessaire. Les émissions de télévision, vides et bavardes, ne faisaient qu'accentuer le malaise. Et même la musique la plus mélancolique semblait étrangère aux tourments des habitants de Seven Oaks. Le ciel gris s'accordait à leur humeur. Quand le soleil brillait, les couleurs de la mer et du sable paraissaient trompeuses. Stella et ses parents se croisaient sans un regard, ou s'adressaient la parole d'un ton distant et contraint.

Fatiguée et malade de colère rentrée, Stella passait le plus clair de son temps dans sa chambre. Elle tirait des fils de son dessus-de-lit en chenille de coton, maintenant élimé par endroits. La poupée dans sa robe de mariée n'avait pas bougé de place et l'insecte mort sur l'épaule de l'ange était là depuis plusieurs jours.

Le fœtus dans son ventre était comme une pierre. Stella blâmait Grace pour sa faiblesse, William pour sa force, Zeph pour n'avoir pas tenu sa promesse et elle s'en voulait de se retrouver à leur merci.

Pis encore, ses sentiments envers le bébé s'étaient peu à peu transformés.

Maintenant, elle était convaincue qu'il l'utilisait. Il se fichait bien qu'elle le garde ou qu'elle l'abandonne. Il n'était qu'un parasite insatiable, qui pompait son énergie et sa substance. Il lui avait volé son corps de jeune fille et elle était devenue laide. Elle portait un vieux pantalon de William dont elle avait retroussé le bas, se douchait dans le noir pour ne pas voir son ventre et ses seins gonflés où apparaissaient des veines bleues.

Stella se rendait compte qu'elle était obligée de tout sacrifier à cette présence sans visage qui l'habitait. Son père et sa mère, qu'elle avait adorés, ne ressortiraient jamais du livre d'images où ils étaient maintenant enfermés. Ses amis, tous partis à Hobart, l'avaient quittée. Bientôt, elle perdrait aussi son foyer. On l'enverrait dans un endroit totalement inconnu, loin de la mer, où elle travaillerait pour des étrangers, comme une prisonnière. Son corps enflerait jusqu'à ce qu'on l'ouvre pour en extraire un nouveau-né qui lui tournerait le dos, la laissant derrière lui comme une cosse vide.

Armée d'un projecteur et d'un fusil, elle explorait les hauts-fonds de sa conscience, envoyant des traits empoisonnés à cette présence cachée et obsédante. Elle tentait vainement de remonter le temps pour dénouer ce qui l'avait entraînée dans cette aventure cauchemardesque.

Si elle n'était pas allée aux criques, ce matin-là, elle n'aurait pas rencontré Zeph.

Si elle n'y était pas retournée pour lui apporter de la nourriture…

Si elle avait révélé le secret de Zeph et informé Spinks de la présence de *Tailwind*…

Et puis tout s'enrayait, elle oubliait le Zeph qui avait manqué à sa parole et revoyait le garçon aux yeux verts, aux cheveux couleur de sable, elle sentait ses lèvres sur sa joue, buvait son sourire qui se reflétait dans ses yeux.

Alors elle contemplait le plafond et les larmes lui montaient aux yeux, coulaient sur ses tempes, mouillaient ses cheveux. Il redevenait le seul être humain au monde qui aurait pu lui apporter du réconfort.

Mais il n'existait plus dans l'espace et le temps, il s'était réincarné en elle, où elle le tenait enfermé.

Étreignant un oreiller, elle pleura toutes les larmes de son corps.

William se tenait sur le seuil de la porte de sa chambre, une couverture pliée sur le bras. Elle servait à recouvrir les sièges de la camionnette pour éviter que des écailles de poisson ou des éclats de rouille ne maculent leurs tenues de soirée. William s'était gominé les cheveux, mais n'avait pas encore serré le nœud de sa cravate.

— Nous serons de retour à onze heures.

Il jeta un coup d'œil dans la pièce sombre, éclairée par la lumière du couloir. Stella était allongée sur son lit.

— Il y aura des discours après le bal et nous ne pourrons pas partir avant que tout le monde ait fini de parler.

Il alluma la lumière et Stella cligna des yeux, s'assurant de la main que sa chemise était bien fermée.

— Tu devrais te lever, poursuivit-il. Il y a une émission sur les animaux en Afrique.

— Je la regarderai plus tard.

William l'observa en silence.

— Nous sommes obligés de sortir, reprit-il. On va me remettre une distinction au nom de l'Association des pêcheurs.

— Cela ne me dérange pas de rester seule.

Soulagée d'avoir la paix pendant cinq bonnes heures, elle lui sourit et William se détendit.

— Alors bonne nuit.

Il s'en alla en laissant la lumière allumée.

— Une girafe ne s'allonge jamais, expliqua l'homme en tenue de safari qui allait et venait sous un acacia.

Ses mains s'agitaient, soulignant ses propos.

— Si elle tombe, elle ne parvient pas à se relever.

La caméra prit une plaine de la savane en panoramique. Des girafes broutaient les feuilles des arbres.

— Cela signifie que ces animaux accouchent debout. Le girafon voit le jour en tombant d'environ six mètres.

Un petit apparut dans le champ, tremblotant sur ses pattes. Sa mère, dont on voyait la tête derrière lui, veillait sur ses premiers pas maladroits. Elle courbait avec élégance son long cou jusqu'à lui tandis qu'il l'observait de ses grands yeux noirs bordés de longs cils. Elle lui donnait de petits coups de museau affectueux.

— Comme tous les animaux, la girafe sait d'instinct comment se comporter avec son petit, poursuivit l'homme avec un impeccable accent d'Oxford.

Stella éteignit le poste. En se penchant, elle fut prise de nausées. Après le départ de Grace et William, elle s'était fait vomir, mais ses douleurs abdominales n'en avaient pas été soulagées pour autant.

Les mains sur les reins, elle s'étira, ce qui ne lui procura aucun soulagement. Au contraire, la douleur redoubla d'intensité. Stella attendit qu'elle se calme pour se diriger vers la salle de bains. Elle voulait prendre de l'aspirine dans l'armoire à pharmacie, mais au milieu du salon elle se figea. Son ventre la lançait, là tout en bas. Rien à voir avec les pommes vertes.

Elle se hâta de rejoindre sa chambre, alluma la lampe de chevet et chercha le livre sur la grossesse qu'elle avait caché entre le sommier et le matelas. Elle ne l'avait pas consulté depuis le retour de William.

Quand elle l'ouvrit, ses doigts tremblaient. Dans sa précipitation, elle déchira une page, renonçant à allumer le plafonnier car ce simple geste lui semblait un effort insurmontable. Enfin elle trouva ce qu'elle cherchait : « Quand doit-on demander du secours en urgence ? »

> *Si vous avez des doutes, ne prenez aucun risque.*
> *Appelez le médecin ou une ambulance.*
> *Appelez votre mari au travail ou un proche.*

Stella abandonna le livre et rejoignit la cuisine en s'appuyant aux murs.

En pénétrant dans la pièce, elle sentit les odeurs de pain et de biscuits fraîchement sortis du four. La pendule au-dessus du frigo égrenait les secondes, les chaises étaient bien rangées autour de la table et les serviettes à thé repliées sur le rebord du buffet. Tout semblait tellement normal et à l'abri du danger…

La douleur se réveilla comme un poignard dans son ventre. Elle ouvrit la porte de derrière et regarda en direction de la remise où elle avait rangé sa bicyclette. Puis elle leva les yeux vers le ciel où s'étaient amoncelés des nuages lourds, qui de temps à autre laissaient entrevoir la lune. Cela suffirait pour distinguer le chemin. Elle réfléchit, appuyée au chambranle de la porte. Les Lincoln, les voisins les plus proches, avaient sûrement été invités à la soirée, mais ils laissaient toujours leur porte ouverte et avaient le téléphone : de chez eux, Stella pourrait appeler le Dr Higgins, qui lui aussi se trouvait au pub. Elle tenta de se calmer. Peut-être qu'elle exagérait son malaise. Le mieux serait de contacter son père en inventant un nouveau mensonge.

Puis elle se plia en deux sous l'effet de la douleur qui l'assaillit avec une nouvelle violence. Cette fois-ci, elle refusait de s'apaiser et lui broyait les entrailles. Quand la crise fut passée, elle resta là, haletante. L'odeur de goémon et de compost lui tournait le cœur. Ses jambes tremblaient. Autant oublier le vélo car elle ne pourrait jamais pédaler sur un chemin de terre et une route inégale.

De retour dans sa chambre, Stella ôta son pantalon et s'allongea sur le lit. Quand les élancements reprirent, elle se recroquevilla en chien de fusil et vit le sang. Elle se retourna. Une tache d'un rouge vif s'agrandissait sur le couvre-lit. Elle se dit qu'il faudrait qu'elle la lave avec de l'eau tiède, surtout pas trop chaude, sinon le coton jaunirait. C'était un couvre-lit que Grace avait apporté d'Angleterre et elle y tenait.

Stella eut un petit rire. De toute façon, il n'en réchapperait pas vu le traitement qu'elle lui avait fait subir : depuis qu'elle en arrachait consciencieusement les fils, il était tout pelé.

Elle sentit la panique l'envahir et une sueur froide perla à son front. Les battements de son cœur s'accélérèrent. Les yeux fixés sur l'ange de pierre, elle s'efforça de respirer normalement.

Aide-moi, le supplia-t-elle. *Fais que ça s'arrête.*

Mais le supplice ne cessait d'empirer.

Ses pensées tournaient dans sa tête, tentant de donner un sens à ce qui lui arrivait. Elle n'était pas restée seule pendant des mois et comme par hasard, c'était maintenant que les choses tournaient mal. Donc il ne s'agissait pas d'une coïncidence. Elle était punie.

Voilà ce qui arrivait aux filles qui tombaient enceintes et détestaient leur bébé.

Elle ferma les yeux en haletant. La souffrance avait passé un nouveau seuil. Elle voulut aller aux toilettes, mais elle n'en eut pas le temps. Une force irrésistible l'obligea à pousser, comme si elle allait expulser ses viscères. Elle se rappela certains poissons, quand on les tirait de l'eau. Avec la pression de l'air, leurs yeux s'exorbitaient et leurs tripes leur sortaient de la gorge...

À la faible lumière de la lampe de chevet, elle vit le lit trempé d'un sang sombre et huileux.

Elle se détendit pendant quelques instants, puis la vague déferla à nouveau. Aucune résistance n'était possible. Les contractions se succédaient et elle eut l'impression d'étouffer.

Elle sentit alors un corps solide glisser hors de son utérus. Elle se redressa. Une forme grise et ovale gisait sur le lit. Aussitôt, Stella s'en éloigna avec dégoût. Une seule pensée occupait son esprit : elle était libre. Tout était fini.

Elle enfouit son visage dans ses mains et au contact du sang au goût salé elle se mit à claquer des dents et arracha sa chemise.

Il fallait qu'elle cache toute cette saleté.

Puis elle s'immobilisa. Cette forme translucide était un bébé à moitié formé, retenu dans sa poche de placenta avec le cordon. Pauline avait raconté à Stella qu'un bébé qui naissait ainsi était béni des dieux et s'il devenait pêcheur, jamais il ne se noierait. C'est ainsi que le père de Jamie avait vu le jour.

Elle se mit à pleurer en silence. Ce bébé ne se noierait jamais parce qu'il était déjà mort.

Trop petit pour qu'on le garde.

Aujourd'hui, un prématuré de 34 semaines a une bonne chance de survivre hors du sein maternel.

Celui-là n'en avait que 18.

Stella frissonna, imaginant une créature pitoyable

avec des moignons à la place des bras, un amas de chair sanguinolente.

Elle s'apprêtait à le recouvrir de sa chemise quand la lune brilla à travers la fenêtre. Le sac diaphane était marbré de motifs fantasmagoriques. Soudain, Stella fut frappée par sa beauté et le vit comme un cadeau du ciel.

Elle se rapprocha et retint son souffle en apercevant des doigts minuscules appuyés à la paroi du sac, comme si le petit être tentait de se libérer. Puis elle distingua la plante d'un pied.

Sans réfléchir, elle déchira la membrane. Il s'en écoula un liquide clair qui sentait la noisette. Le cordon ombilical apparut, puis la colonne vertébrale, semblable à celle d'un chaton dormant dans un panier, et enfin le visage. Stella resta bouche bée d'émerveillement devant les lèvres bien dessinées, le nez retroussé, les yeux fermés.

Son minuscule bébé, paisible et parfait.

Il se dégageait de lui une terrible douceur, mais il ne bougeait pas. Aucun souffle ne soulevait sa poitrine.

Dans ses mains, il était mou et tiède. Il avait du duvet sur la tête, des cils blancs, des ongles, et c'était un garçon. Un fils.

Déchirée par les sanglots, elle chercha instinctivement autour d'elle de l'aide et du réconfort, mais ne vit que l'ange de pierre, agenouillé sur l'étagère. Il priait, les yeux fermés, et ses traits finement ciselés semblaient refléter ceux du bébé nouveau-né.

— Aide-moi, le supplia Stella.

L'ange aux mains jointes demeura silencieux, mais ses ailes exprimaient une grande force…

Elle posa doucement le bébé sur l'oreiller. L'épais cordon, d'un blanc bleuté, reposait sur le ventre de Stella qui descendit du lit, parvint à se mettre debout et avança jusqu'à la commode. Elle perdait du sang qui coula sur le tapis. Dans un tiroir, elle prit le couteau qu'elle utilisait pour extraire les ormeaux de leur coquille et les couper en lamelles.

Saisissant le manche dans ses mains poisseuses, elle coupa le cordon, et jeta sa chemise sur le reste de placenta. Elle regarda un sang aqueux s'écouler de la blessure. Puis elle utilisa sa veste de pyjama pour essuyer le petit corps jusqu'à ce qu'il soit propre et sec, mais aussi nu et froid, avec rien pour le protéger du monde.

Stella jeta un coup d'œil à l'ange et sentit brusquement sa présence. Elle remarqua alors Miranda dans sa robe de mariée. La lumière de la lune jouait sur les plis de sa tenue de soie blanche.

De ses doigts tremblants, Stella défit les attaches et les pressions de la robe qu'elle ôta à la poupée en Celluloïd avant d'en revêtir son fils, poussant ses bras mous dans les manches.

Penchée sur son petit garçon, elle tira tendrement sur le vêtement. Il ressemblait à un prince, habillé pour son baptême de la robe en dentelle, qui pendant des générations avait revêtu tous les enfants de la famille.

Tout en le berçant dans ses bras, elle traversa la pièce et s'assit sur le sol, près de la fenêtre. Le clair de lune baignait le visage délicat. Sa peau était presque transparente. Sur son crâne, ses mains et ses pieds, les veines d'un rose foncé dessinaient des motifs étranges.

Stella caressa la tête duveteuse, retraça la forme de son front, de ses yeux, de son nez, entrouvrit ses lèvres avec son doigt qu'elle introduisit dans la bouche humide pour sentir la langue.

Une langue qui ne saurait jamais articuler un son.
Des yeux scellés qui ne verraient jamais rien.

Une gorge qu'aucune voix ne ferait vibrer.

Stella aurait voulu parler à son oreille en forme de coquillage, encore collée à sa tête, pour lui confier à quel point elle était triste. Maintenant elle comprenait pourquoi il avait décidé de s'en aller. Il n'avait pas de père. Ses grands-parents voulaient l'abandonner. Et sa mère avait laissé s'éteindre l'amour qu'elle lui portait.

Elle n'avait pas compris qui il était.

Un petit garçon parfait.

Tout en le tenant contre elle, Stella ressentit une présence au-delà de l'immobilité de l'enfant, dont l'esprit s'en était allé.

— Où es-tu ? murmura-t-elle. Tu es retourné d'où tu venais.

Elle s'imagina un jardin à la française avec des anges.

Ses larmes tombèrent, comme des gouttes de pluie sur des pétales de lis.

Elle orienta le petit visage mouillé vers la lune et les étoiles lointaines. C'était tout ce qu'elle pouvait lui offrir puisqu'il ne connaîtrait jamais la caresse du soleil sur sa peau, le goût de la mer sur ses lèvres, la berceuse chantée par sa mère pour l'endormir.

12

Quand William pénétra dans le couloir, ses pas résonnèrent comme ceux d'un étranger. Stella se renfonça dans l'ombre, resserrant la couverture autour de ses épaules nues. Elle baissa la tête sur le bébé contre son sein. Son petit visage, dans la semi-obscurité, semblait mystérieux, comme s'il était détenteur d'incroyables secrets.

À l'approche de son père, elle se boucha les oreilles. Il allait déchirer l'enchantement, briser la paix et l'harmonie.

Quand il se tint au-dessus d'elle, elle garda la tête baissée. Elle perçut son angoisse, mais ignora ses questions. Elle aperçut sa mère qui se tenait dans l'embrasure de la porte, pétrifiée, brillant de tous ses diamants comme une reine.

Leurs voix lui parvenaient de très loin.

Ils dialoguaient sur un ton anxieux et effrayé.

Puis William s'éloigna. Stella releva la tête et le vit aller jusqu'au lit, retirer la chemise et prendre le placenta qu'il examina à la lumière de la lampe.

> *Le médecin étudiera le placenta pour s'assurer qu'il est entier. Un fragment de placenta resté dans le ventre de la mère peut provoquer une infection.*

Grace s'agenouilla auprès de sa fille. Son parfum à la rose-thé chassa l'odeur de noisette de la naissance. Elle écarta les mèches de cheveux de Stella, collées par la sueur et le sang sur son visage.

William alla se poster derrière Grace.

— Quelque chose n'allait pas avec cet enfant. La nature se débarrasse de ce qui est mal formé.

Stella l'entendait à travers un brouillard.

— C'est fini, tout va bien, reprit-il gentiment.

Dans ces paroles, Stella perçut une note de triomphe. Elle n'aurait pas besoin d'aller dans ce foyer et le secret honteux serait bien gardé.

— Ce n'est pas ta faute, intervint Grace. Tu n'as rien fait de mal et William a raison. Il n'est pas mort par hasard.

— Impossible de faire tomber une pomme verte en secouant un pommier. Le même principe s'applique à une fausse couche.

Stella retourna le mot dans sa tête. Dans le livre, on expliquait qu'une fausse couche pouvait avoir diverses explications, mais elles ne concernaient en rien son bébé. Il avait simplement choisi de partir. Elle prit la main plus petite que son pouce, une parfaite miniature, et en étala les doigts en étoile.

— C'est un garçon, leur dit-elle.

Elle lissa la jupe en soie et arrangea la dentelle autour des petits pieds qu'elle montra à sa mère.

Quand Grace se pencha, son collier se balança et Stella le retint aussitôt pour qu'il ne heurte pas la petite tête.

Partagée entre le choc et l'affliction, Grace se saisit de l'enfant. Elle n'était pas capable d'en apprécier la beauté et Stella voulut le lui reprendre.

— Donne-le-moi, dit brusquement William à voix

basse, mais ses paroles résonnèrent aux oreilles de Stella comme des aiguilles lui transperçant les tympans.

— Non ! s'écria-t-elle.

Grace se figea, serrant le bébé contre elle, comme si elle voulait le protéger de son mari et de sa fille.

— Rends-le-moi, dit Stella d'un ton affolé, mais William tendait déjà les bras.

— Ne le laisse pas à papa !

— Il est mort, Stella, dit William dont la voix dure était destinée à ramener sa fille à la réalité. Je vais l'emmener.

Il se tourna vers sa femme.

— Rends-moi mon enfant, lui cria Stella, les yeux agrandis par la panique.

Les mots s'étouffèrent dans sa gorge.

— Ce n'est pas un enfant, dit William d'un ton posé. C'est un fœtus de dix-huit semaines. Grace !

Mais Grace l'ignora.

— Il nous faut un médecin, déclara-t-elle.

— Pas du tout. Sur le plan légal, ce n'est qu'un fœtus et nous sommes en droit de régler nous-mêmes ce problème. D'autre part, si cela était nécessaire, j'emmènerais immédiatement Stella à Saint Louis, mais il n'y a aucun signe de saignements excessifs et le placenta est intact. Nous n'avons pas à nous inquiéter pour sa santé.

Il pointa du doigt le petit être enveloppé de soie dans les mains de Grace.

— Plus tôt il aura disparu, mieux cela vaudra. Tu vois bien qu'elle est bouleversée.

Grace étudia le corps de sa fille à moitié dénudée dans sa couverture, et détourna la tête pour ne pas croiser son regard.

Stella se jeta à genoux pour récupérer son bébé, puis elle s'immobilisa, les bras tendus. Il semblait si fragile avec sa peau transparente, ses membres minuscules. Si elle l'attrapait trop brutalement, elle craignait qu'il ne se déchire, comme le sac dans lequel il était arrivé.

Le bébé passa de Grace à William.

Stella ouvrit la bouche en un cri silencieux, mais il était trop tard. William avait déjà disparu.

Grace était pétrifiée.

— C'est mieux ainsi, c'est mieux ainsi…

Elle n'arrêtait pas de répéter cette phrase, incantation vaine et pathétique.

Stella se mit à pleurer à gros sanglots et la couverture tomba de ses épaules. Sa mère tenta à nouveau de la couvrir, mais Stella la repoussa et Grace secoua la tête, impuissante.

Stella enfouit son visage dans ses mains, et tressaillit en entendant la porte d'entrée s'ouvrir et se refermer.

— C'est fini, dit Grace d'une voix chevrotante. À partir de maintenant, tout va aller bien.

La lumière brillait entre les planches du studio que William avait construit dans la continuité de la véranda, contre un mur latéral de la maison. Il avait utilisé du bois de charpente encore vert qui s'était rétracté avec les années. Des moustiques, des araignées, et même des souris allaient et venaient par les fentes.

Étendue sur le matelas bosselé, Stella regardait une araignée suspendue à son fil, entourée de grappes de moucherons. Sous la couverture rêche, elle avait l'impression d'être clouée sur ce lit comme un animal impuissant. Son corps déserté lui donnait la sensation d'un vaisseau qui prenait l'eau.

Elle perdait du sang et devait sans arrêt changer de serviette hygiénique. Les larmes coulaient de ses yeux en un flot inépuisable. Un liquide transparent coulait de ses seins, comme s'ils pleuraient.

Son corps avait repris sa forme initiale avec une telle rapidité qu'il lui semblait étranger et elle évitait de le toucher.

Combien de journées s'étaient écoulées depuis qu'elle avait quitté sa chambre pour se réfugier dans le studio ? Elle n'en avait aucune idée. Elle dormait, se levait, allait aux toilettes, mangeait les repas toujours bien présentés que Grace lui apportait sur un joli plateau avec une serviette en lin.

Grace avait renoncé aux repas pour les malades et lui préparait tous les plats qu'elle aimait. Stella s'asseyait sur son lit et les avalait consciencieusement. Elle ouvrait la bouche, mâchait et avalait sans parvenir à prendre des forces, comme si son corps s'était disloqué. Les circuits qui reliaient son estomac, son sang, sa peau, ses yeux, son sourire ne fonctionnaient plus.

William n'avait pas quitté la maison. Il lui rendait souvent visite, sans toutefois franchir le seuil de la porte. Et il ne parlait pas, car il refusait de dire à sa fille la seule chose qui l'intéressait.

— Où est-il ? avait demandé Stella le lendemain du drame.

Chaque matin, elle posait la même question.

Invariablement, il répondait :

— Il est enterré.

— Où ?

— Tu n'as pas besoin de le savoir. C'est malsain. Mieux vaut que tu oublies. Il est temps que tu te projettes vers l'avenir.

Ou alors :

Je ne te le dirai pas. Je sais ce que j'ai à faire.

Quelque part dans le jardin.

Ce n'est pas une tombe.
Ce n'était pas un bébé.

Stella se tourna vers la fenêtre et se recouvrit la tête de la couverture pour ne pas entendre la rumeur de l'océan. Le va-et-vient des vagues, les marées qui montaient et descendaient comme si rien n'avait changé lui portaient sur les nerfs. Elle détestait le jardin, les parterres fraîchement retournés où les graines attendaient le printemps.

Et où son enfant était enterré.

Elle l'imaginait caché dans un coin sombre et humide. La terre recouvrait son visage, pesait sur son squelette fragile. Elle rêvait de lui. La nuit, elle le voyait s'étouffer dans le tissu de la robe blanche. Ou alors il était nu, et perdu.

Un jour, Grace vint dans le studio, la valise grise à la main.

— Ça me fait drôle de savoir que cette vieille valise va retourner en Angleterre, dit-elle d'un air désolé. Inutile de prendre beaucoup de vêtements. Tante Jane nous a envoyé une lettre : dès ton arrivée, elle t'emmènera faire du shopping à Londres.

Elle se mordit la lèvre.

— Elle sait mieux que nous ce qui convient.

Stella ne répondit rien. Autour d'elle, la vie continuait, mais elle ne parvenait pas à s'y raccrocher. Elle ne se sentait pas concernée.

Grace sortit du studio. Stella l'entendit entrer dans son ancienne chambre, ouvrir et refermer des tiroirs tandis qu'elle préparait ses affaires. La jeune fille imagina la pièce, le plancher nu et le sommier privé de matelas.

Il avait été brûlé avec le couvre-lit, la couverture et le tapis. William les avait emmenés dans l'enclos des chevaux, les avait arrosés d'essence et y avait mis le feu. Grace avait fermé les fenêtres et les portes, mais la fumée âcre s'était infiltrée à l'intérieur. Et une légère odeur subsistait, qui se mêlait intimement à la texture même de la maison. Pour y échapper, Stella respirait la couverture qui sentait la poussière et l'antimite.

Bientôt, Grace réapparut. Quand la jeune fille leva les yeux sur elle, elle vit qu'elle tenait le petit panier tressé de Zeph. Il reposait dans sa main, pareil à un oisillon avec ses plumes et ses brindilles.

Stella secoua la tête d'un air las. Elle n'avait plus rien à dire, ni à sa mère ni à personne.

Jette-le, songea-t-elle en tournant le visage vers le mur.
Tu peux tout jeter.

Grace battit en retraite et Stella se perdit dans la contemplation d'une fissure dans le revêtement de la maison, en fibre de bois dur. Cette lézarde était noire et profonde, et menait au cœur de la construction. Stella aurait voulu disparaître à l'intérieur. Se fondre dans le néant. Cette vision la calma et elle tenta de s'y perdre. Le bruit du ressac l'atteignait à travers la couverture. Elle tenta de l'ignorer, mais le fracas des vagues se brisant sur le rivage la ramenait sans cesse en arrière et lui portait sur les nerfs, comme le grincement de la craie sur un tableau noir.

Elle perçut le gémissement du vent qui fouettait les embruns. Cette plainte… Son corps se raidit et elle serra les poings en tendant l'oreille. Une personne perdue appelait à l'aide.

Elle savait bien de qui il s'agissait…

Son bébé cherchait un foyer où il serait bien accueilli.
Moi aussi, je ne suis plus de nulle part.

À peine avait-elle formulé cette pensée qu'elle rejeta la

couverture, s'assit et ramassa ses vêtements éparpillés sur le sol.

Stella retrouva l'emballage du paquet de Daniel à l'endroit où elle l'avait laissé des mois auparavant, bien plié dans un tiroir de la cuisine. Elle s'assura que ni William ni Grace ne l'avaient vue et l'emmena dans le studio.

Là, elle déchira l'adresse de l'expéditeur – un fragment en forme de nuage traversé par des mots écrits à l'encre bleue.

M. Daniel Boyd, 125 Willowdene Street, Melbourne, Victoria, Australie.

Elle remit les restes de l'emballage dans le tiroir.

Puis, pendant que Grace préparait le dîner et que William coupait du bois, Stella se précipita dans son ancienne chambre, rassembla quelques affaires et les jeta dans un sac à dos. Sur le mur, près du lit, elle remarqua une minuscule étoile noire. Du sang.

Elle se retourna. L'ange de pierre agenouillé attendait sur l'étagère. En attrapant la statue, elle heurta Miranda. Le corps nu et rose roula sur le sol.

Stella fixa un instant la poupée dont la chevelure rousse était souillée par une tache sombre et sortit de la pièce en courant.

Le lendemain matin, alors qu'il faisait encore nuit et que William et Grace étaient profondément endormis, Stella se glissa dans la maison, une lampe torche à la main. Elle avait préparé une note. Dans la cuisine, elle la laissa sous le livre de recettes, posé sur la table.

J'ai pris votre argent.
Je vous ferai savoir où je me trouve.
Ne partez pas à ma recherche.
Je ne reviendrai jamais à la maison.

Qu'aurait-elle pu ajouter ? Je vous aime. Je vous hais. Les deux étaient vrais et les deux étaient faux.

Une fois dehors, elle s'appliqua à n'éclairer que le chemin. Si elle commençait à balayer le jardin du faisceau de sa lampe comme un phare émettant des signaux sur les flots, elle n'arriverait jamais à partir.

À l'automne, on travaillait beaucoup la terre, inutile de chercher des endroits où elle avait été remuée.

De récents impacts de balles entouraient la lettre *H* du poteau indicateur portant le nom d'Halfmoon Bay. Le bois était fendu et la peinture écaillée. Stella, qui attendait qu'un véhicule descende la colline, compta les impacts. Il y en avait onze. Bien qu'il soit encore très tôt, une voiture et une camionnette étaient déjà passées. Stella, cachée dans les buissons de boobyalla, avait reconnu la Holden jaune des Barron. M. Barron conduisait enfoncé dans son siège, un coude passé par la fenêtre. Il avait ralenti et pris la petite route qui conduisait à Halfmoon. Quant à la camionnette, Stella l'avait déjà repérée sur le parking de la conserverie et elle préféra ne pas se manifester.

Puis elle alla s'asseoir sur un rocher de granite avec des gestes précautionneux, car elle n'était pas encore tout à fait rétablie. De l'autre côté de la route, un corbeau plongea derrière l'accotement et, de son long bec noir, entreprit de fouiller dans la carcasse d'un opossum. Stella remarqua une traînée de sang sur le goudron. L'animal avait été heurté par un véhicule et s'était traîné jusqu'aux buissons pour y mourir. Elle plongea la main dans sa poche pour se rassurer au contact de son talisman et unique espoir de survie : l'adresse de Daniel.

En entendant un moteur, Stella attrapa son sac à dos, se leva et attendit. Une berline bleu clair approchait, avec une plaque d'immatriculation du comté de Victoria. Elle leva le pouce.

La voiture ralentit et s'arrêta en faisant crisser les graviers.

Un nuage de poussière s'éleva et Stella ferma les yeux. Quand elle les rouvrit, le chauffeur baissait sa vitre. C'était une femme d'une quarantaine d'années, vêtue d'un tailleur, les lèvres peintes d'un rouge éclatant.

Stella rejeta ses cheveux en arrière et se força à sourire.

— Vous allez vers le nord ou vous tournez ? demanda-t-elle.

La femme tira sur sa cigarette blonde et exhala la fumée.

— Je tournerais pour aller où ?

Stella montra le panneau.

— Halfmoon Bay.

— Jamais entendu parler de ce bled. Je vais à Hobart.

— Moi aussi.

— Alors grimpez.

En montant dans la voiture, Stella surprit son reflet dans la vitre. Elle paraissait normale, une jeune fille ordinaire faisant de l'auto-stop pour aller en ville. Elle ouvrit la portière et se laissa tomber sur le siège en prenant garde à ne pas faire la grimace. Elle affichait un air heureux et insouciant.

Pas question que cette étrangère la soupçonne d'être une jeune fille au corps endolori et au cœur brisé.

13

*Quinze ans plus tard
Halfmoon Bay, Tasmanie*

Les vagues se cabraient le long du rivage, puis se brisaient en un tumulte d'écume, charriant des algues noires. Les mouettes tournoyaient au-dessus de l'eau, leurs cris perçants se mêlant au rugissement de la mer.

Stella se tenait sur le sable mouillé, fixant l'horizon. Les bourrasques la fouettaient, agitant ses cheveux, lui brûlant les yeux. Elle faisait face au vent en imaginant qu'il pénétrait dans son corps pour lui glacer les sangs.

Transformée en statue de pierre, elle se tiendrait là jusqu'à la fin des temps…

Une mouette se posa près d'elle, poussa un cri rauque et s'envola en battant vigoureusement des ailes. Stella la vit décrire des cercles au-dessus de sa tête. Le ciel gris s'obscurcissait et le jour commençait à décliner.

Au-delà de la plage de Halfmoon, elle apercevait les murs du site de dépeçage des baleines et les bateaux amarrés au port. Elle consulta sa montre. Il était plus de cinq heures : Grace et Spinks devaient se demander où elle était passée. Elle avait perdu la notion du temps.

Stella se dirigea vers la plage, puis se rappela un chemin, non loin, qui menait à la route. Autant passer par là plutôt que de longer le rivage. Elle irait plus vite.

Le sentier était étroit et serpentait au milieu des buissons. Ça sentait bon le myrte citron, les feuilles de gommiers et les fourmis.

Sur la route bordée d'arbres, elle était protégée du vent, mais elle ramena les bras sur sa poitrine en frissonnant. Elle se sentait vulnérable, exposée au monde, comme écorchée vive. Les souvenirs l'assaillaient, la laissant sans défense.

Derrière elle, une voiture s'approchait. Un break rouge. Elle leva la main par réflexe, un salut qu'échangeaient toujours les gens du coin. Puis elle se détourna pour se protéger de la poussière.

La voiture ralentit et s'arrêta. Stella s'avança pour regarder par la fenêtre du passager et reconnut Laurie. Il portait le même chapeau de cuir, encrassé par la sueur et la graisse à fusil. Ses cheveux étaient devenus gris, mais il les portait toujours attachés en queue-de-cheval. Et s'il était surpris de la trouver là, il n'en montra rien.

— Je te dépose quelque part ?

Stella grimpa près de lui, repoussant du pied des cordages et baissant la tête pour éviter un morceau de bois flotté qui occupait toute la longueur du véhicule. En s'asseyant, elle appuya sa jambe au canon d'un fusil, coincé entre les deux sièges.

La voiture démarra dans un bruit de ferraille tandis qu'elle claquait la portière.

— Quand es-tu arrivée ? lui demanda Laurie.

— Aujourd'hui, répondit Stella qui ne parvenait pas à y croire.

— Tu es allée au port ? Tu as vu Spinks ?

Elle hocha la tête.

— Je reviens de Sloop Rock. Hier, ils ont quadrillé le coin, mais j'ai pensé que ce ne serait pas plus mal de retourner y jeter un coup d'œil. Je n'ai rien vu. Je voulais me joindre à l'équipe de recherches. Spinks a refusé. Il voulait que je me débarrasse de mon flingue.

Laurie tourna vers Stella ses yeux d'un bleu dur, comme des éclats de saphir.

— Typique de ce vieil abruti de Spinks. De toute façon, je m'en fous, je prospecte de mon côté.

Stella remonta sa vitre. Le moteur ronronnait dans le silence.

— Vous croyez qu'ils le retrouveront ? demanda-t-elle.

Laurie fixait la route.

— Faut pas se décourager.

Il marqua une pause.

— J'espère qu'il est encore en vie. Au cours des années, j'ai bien eu quelques altercations avec ton père, mais je le respectais.

Sur ses genoux, Stella croisa les doigts. Brusquement, un kangourou bondit des buissons et sauta sur la route. Laurie freina, puis il s'énerva pour passer une vitesse.

— J'ai du mal à m'habituer à cette bagnole. Ma vieille Jeep a rendu l'âme la semaine dernière. J'ai grillé un joint de culasse et un copain m'a prêté celle-là. Elle marche bien, quand on trouve les vitesses.

Il freina de nouveau et un morceau de bois flotté bascula par-dessus l'épaule de Stella qui le repoussa. L'arrière était rempli de belles pièces. Des branches d'arbres qui dans l'eau avaient pris une teinte gris-argent, des bouts de coque où la peinture écaillée et le sel avaient formé des motifs étranges. Celui qui avait sélectionné ces pièces savait reconnaître les matières qui gardaient leur éclat une fois sèches. Pour cela, il fallait de l'expérience et un œil aiguisé.

— À qui est cette voiture ? demanda Stella.

Elle avait ressenti un pincement de jalousie totalement irrationnel, comme si cet endroit et les trésors de la mer qu'il recelait lui appartenaient.

— Un nouveau. Il est là depuis quelque temps, je l'aime bien, tout le monde l'apprécie. C'est pas comme d'autres. Tu sais que des gens du continent ont repris le pub ? Ils ne font plus restaurant et, du coup, j'ai perdu mon plus gros client.

Ils arrivaient en ville. Stella regarda les maisons en bois à un étage, avec leurs cheminées en brique et leurs toits en zinc. Bon nombre d'entre elles n'étaient pas en très bon état. Des taches de rouille apparaissaient sur le toit et les façades auraient eu besoin d'un bon coup de peinture. Mais les jardins étaient magnifiques, les parcelles tirées au cordeau. Là, une véranda disparaissait sous la vigne et les fruits de la passion. Plus loin, on avait planté des pommes de terre sur une ancienne pelouse.

Le parking devant le quai était pratiquement vide. La plupart des remorqueurs de bateaux étaient partis. Il ne restait que quelques véhicules orange et un petit groupe de personnes aux tenues de la même teinte. À leur façon de se déplacer, on voyait bien que les recherches se poursuivaient sans relâche.

La voiture s'arrêta.

— Pousse fort pour ouvrir la portière, conseilla Laurie.

— Merci de m'avoir accompagnée.

— De rien. Ça m'a fait plaisir de te revoir.

Le vent s'engouffra dans le véhicule et la portière

échappa à Stella qui dut appuyer de toutes ses forces pour la refermer.

Elle se dirigea droit sur la caravane. Une lumière brillait près de l'entrée, projetant une lumière jaune dans le crépuscule. Les tables étaient toujours là, mais la vaisselle avait été rangée et les femmes avaient disparu.

Près de la cale de carène, une femme attendait. Stella reconnut les cheveux blonds de Grace, vêtue de son long manteau noir. Elle se tenait à côté du sac de voyage de sa fille. Immobile telle une figure de proue, elle contemplait le large, au-delà du cap.

Stella accéléra le pas tout en se demandant comment elle allait justifier son absence.

En l'entendant approcher, Grace se tourna vers elle.

— Ah, c'est toi, dit-elle avec un petit sourire.

Elle se pencha pour prendre un panier à ses pieds.

— Je t'attendais. Il est temps de rentrer.

Stella voulut lui retourner son sourire, mais son visage était paralysé par le froid.

Elle passa son sac à l'épaule et se saisit d'une grande marmite contenant un reste de soupe, qui clapotait à chacun de ses pas. Grace marchait à côté d'elle.

À l'arrière de la camionnette, Stella coinça la marmite et son sac entre des poubelles en plastique et un casier à poissons. Puis elle se mit au volant, Grace à ses côtés, les mains sagement posées sur son panier.

Stella démarra sans problèmes, accélérant par à-coups après avoir mis le contact, selon la méthode de William. Elle passa devant le pub et l'épicerie, puis longea la côte sur la route qui conduisait à Seven Oaks.

Dans l'espace clos, Stella respira le parfum à la rose-thé qui se mêlait à l'odeur de la soupe. Elle ne put s'empêcher de ressentir une impression d'étouffement. Ce n'était pas l'endroit rêvé pour entamer une conversation et les deux femmes demeurèrent silencieuses.

Stella évita des nids-de-poule, prit un sentier qui descendait vers la mer à travers les prés. Le jour s'était enfui, mais la nuit n'était pas encore tombée. C'était l'heure, entre chien et loup, où le temps demeurait suspendu. Stella reconnut les abords de la maison de son enfance et ses mains se crispèrent sur le volant.

Quand le véhicule s'immobilisa près de la cabane de jardinier, Stella se tourna vers Grace.

— Je vais attendre que tu aies rejoint la maison avant d'éteindre les phares.

Elle regarda sa mère remonter l'allée d'un pas vif et disparaître dans le jardin. Quand elle descendit de la camionnette, elle respira à pleins poumons l'atmosphère saturée d'iode et de sel. Elle récupéra son sac, la marmite, et fit face à la maison.

Elle semblait plus grande que dans son souvenir. Le toit en pente se dressait contre le ciel sombre. Derrière les fenêtres, hautes et larges, les rideaux avaient été tirés. Près de la porte d'entrée, quelque chose bougeait dans l'ombre. En s'approchant, elle découvrit qu'il s'agissait d'un arbre agité par le vent.

Le chêne de William.

Il avait grandi et atteignait presque les avant-toits. Mais le tronc demeurait malingre, les branches manquaient d'ampleur et le feuillage était clairsemé.

Stella s'engagea dans le sentier.

Les buissons, les haies, les arbres ployaient sous la bourrasque. Stella progressait en fixant la porte tandis que les ombres grises se rassemblaient autour d'elle, pareilles à des fantômes.

Dans son dos montait une obscurité oppressante, s'élevant d'une source cachée sous la terre…

Quand une lumière s'alluma, éclairant les parterres de lis, elle poussa un soupir de soulagement et pressa le pas en serrant la marmite contre elle.

Dans la cuisine, il faisait bon et ça sentait encore le pain et les gâteaux cuits le matin même. Grace se tenait près de la table, elle n'avait pas ôté son manteau et feuilletait le livre de recettes.

— Tu veux bien faire la vaisselle ? demanda-t-elle. Je vais tout de suite faire cuire la soupe pour demain.

Stella porta la marmite jusqu'à l'évier.

— Voilà un récipient qui en impose. Où l'as-tu trouvé ?

— C'est Joe qui me l'a donné. Il l'a récupéré au pub qui a été entièrement refait. Ils voulaient le jeter.

— Ç'aurait été dommage.

Leurs propos anodins lui procurèrent un certain soulagement. Pour que la situation soit tolérable, il leur suffirait de s'en tenir à une conversation superficielle.

Elle boucha l'évier avec la bonde, rose et abîmée au bout de sa chaîne d'acier. Elle examina les tampons Jex posés sur une soucoupe bleue ébréchée, la lavette plantée dans un pot, le torchon blanc et rouge accroché à un clou, le savon de Marseille dans son coquillage. Tout lui semblait tellement familier. Elle se tourna vers l'horloge, au-dessus du frigo. Elle avait beau scander le passage du temps… rien n'avait changé.

Elle jeta un coup d'œil à Grace, la tête toujours penchée sur son livre, et sortit de la pièce. Ses pas résonnaient sur le plancher du couloir. Arrivée dans le salon de mer, elle alluma la lumière.

Les coussins étaient bien alignés sur le sofa, les tapis

soigneusement brossés, la télévision trônait à sa place habituelle. Même le bois dans la cheminée était disposé de la même façon. Stella avait le cœur serré. Il s'était écoulé quinze longues années et cet endroit semblait s'être figé dans le temps.

Elle effleura le dossier du fauteuil paternel au coussin plus aplati d'un côté car William se penchait toujours vers le feu. Sur une table basse, il avait déposé quelques objets à réparer et un journal mal replié.

Sa tasse était posée à côté du journal. C'était un souvenir du bateau de Lord Nelson, le *HMS Victory*. Stella la prit, en caressa la porcelaine et lut l'inscription : « L'Angleterre attend de chaque homme qu'il fasse son devoir. » Elle avait appris cette maxime avant même de savoir lire. William prononçait les mots en lui montrant les lettres. À l'époque, dans les mains de la petite fille, la tasse semblait énorme... Stella la rapporta avec elle à la cuisine.

En la voyant, Grace se figea.

— Qu'est-ce que tu fais ?

— Je vais laver ça.

Grace lui arracha la tasse et disparut dans le couloir. Quand elle revint, elle était rose d'émotion.

— Je ne veux pas que tu touches à ses affaires.

— Excuse-moi.

— Tout doit rester comme il l'a laissé, martela Grace en enlevant son manteau qu'elle posa sur une chaise.

Puis elle enfila un tablier et s'absorba dans son livre de recettes, les sourcils froncés.

Mal à l'aise, Stella l'observait. Peut-être pensait-elle qu'en choisissant le plat qui convenait et en préparant suffisamment de nourriture, elle ramènerait William à son fauteuil où il boirait le café en lisant son journal. Stella se rappela les paroles de Pauline. Grace avait souvent été malade depuis le départ de sa fille. Les gens l'avaient à peine vue au cours de ces années. Consternée, Stella se demanda si sa mère n'avait pas peu à peu glissé dans la folie, se retirant du monde pour se renfermer dans un tête-à-tête exclusif avec William. Elle imagina comment Grace avait réagi à son départ et aux événements qui l'avaient provoqué. Recluse chez elle, elle avait abdiqué sa personnalité, ne vivant que pour son mari.

Assaillie par la culpabilité, Stella ferma les yeux pour rejeter cette vision. Ce n'était pas sa faute si elle avait été incapable de revenir ici, auprès d'eux…

Elle prit une cuillère en bois dans un tiroir et entreprit de récurer la marmite. Puis, elle la remplit d'eau, pressa le flacon de liquide à vaisselle et fit mousser l'eau chaude.

Elle surprit son reflet flatteur dans la vitre sombre… Ses yeux noirs, sa peau blanche, son épaisse chevelure, ses traits fins… Elle avait retrouvé son apparence de jeune fille.

Grace lui tendit un couteau et une planche afin qu'elle coupe des oignons.

— Je multiplie par vingt, annonça Grace. Ça fait quarante oignons. Tu en trouveras un sac dans le garde-manger.

Elle prit une autre planche.

— Je vais t'aider.

Stella ôta la pelure dorée d'un oignon qu'elle coupa en deux, puis elle entreprit de le hacher.

— Tu t'y prends d'une drôle de manière, dit Grace.

— Ah bon ? C'est possible. Voilà une éternité que je n'ai pas cuisiné.

Grace manifesta sa surprise.

— Je ne me souviens pas de la dernière fois où je suis entrée dans une cuisine. D'où je viens, que ce soit dans les hôtels ou les maisons privées, les gens n'aiment pas qu'on s'occupe de ça. Ils pensent que ça peut te couper l'appétit.

— Pourquoi ? À cause de la saleté ?

— Ils utilisent des cuisinières à charbon et il n'y a pas beaucoup d'eau pour laver. Ils n'ont pas d'électricité, juste des lampes à kérosène, comme dans un camping. Et puis l'hygiène est assez sommaire, les assiettes et les couverts qu'on t'apporte sont souvent graisseux.

— Cela ne semble pas très engageant. D'ailleurs, tu es trop maigre, dit Grace en examinant sa fille avec attention.

Stella se raidit.

— Sans doute que je ne mange pas assez.

— Autrefois, tu aimais bien manger. Tu raffolais de certains plats.

Stella soupira. Comment lui expliquer que, pour elle, la nourriture était maintenant liée à la douleur et au pouvoir des chefs de guerre ? Puis elle se décida à parler.

— J'ai partagé les repas des bourreaux, je me suis forcée à avaler ce qu'ils avaient touché. Une fois, j'ai repéré des taches de sang sur les manches d'un homme. Une autre fois, on a prétendu me servir du porc, mais cette viande était trop fade, trop pâle…

Grace ouvrit de grands yeux. Puis elle se pencha sur sa planche.

Stella finit de hacher son oignon. Ses yeux la brûlaient, des larmes coulèrent sur ses joues et s'écrasèrent sur la table.

Elle fixa les taches mouillées avec stupéfaction. Elle ne pleurait jamais. Son sang-froid face à la tragédie faisait l'admiration de tous. Les victimes se raccrochaient à elle, prenant pour une force intérieure le vide qui l'habitait. Il arrivait même qu'on accuse Stella Boyd d'avoir un cœur de pierre, d'être devenue une journaliste endurcie. S'ils savaient à quel point elle regrettait de ne pouvoir exprimer son désarroi.

Elle prit une serviette à thé, s'essuya les yeux avant de se remettre au travail, et vit que des larmes ruisselaient sur le visage de Grace.

— J'ai peur, dit-elle d'une petite voix en croisant le regard de sa fille. Qu'est-ce que je vais devenir s'il ne revient pas ?

Stella ne répondit rien. Elle ne parvenait pas à manifester sa compassion ni à imaginer pour Grace un avenir sans William.

Il était tout pour elle. Elle n'avait personne d'autre.

Grace renifla et prit la marmite qui séchait sur l'égouttoir.

— Donne-moi le torchon, dit-elle à Stella. Il se fait tard et il faut mettre cette soupe en route.

Stella se dirigea vers le studio attenant à la véranda, les bras chargés de draps et de taies d'oreiller adoucis par les lavages successifs et parfumés à la lavande. Sur sa gauche se trouvait son ancienne chambre et elle vit de la lumière sous la porte : en allant y chercher du linge, sa mère avait oublié d'éteindre.

Elle pénétra dans la pièce.

Le lit étroit était recouvert d'un nouveau dessus-de-lit, un patchwork dans des tons bleus, et sur le plancher s'étalait un tapis tout neuf. Les affaires de Stella n'avaient pas bougé, ses médailles d'athlétisme, ses photos, ses livres... Grace avait attendu son retour comme elle attendait maintenant celui de William.

Une épaisse couche de poussière recouvrait les meubles. L'endroit était devenu un lieu de pèlerinage à la mémoire de l'enfant qu'elle avait été.

Elle allait quitter la pièce quand une forme attira son regard. La poupée qui marchait avait repris sa place sur l'étagère. Elle était toujours nue et tendait ses bras rigides.

Stella ferma les yeux, assaillie par la vision de doigts tremblants pleins de sang arrachant la robe de mariée en soie de Miranda… Elle appuya sur l'interrupteur.

Quand elle rouvrit les yeux, un rayon de lune éclairait maintenant la scène plongée dans l'obscurité, formant sur le sol une flaque de lumière argentée, celle-là même qui avait baigné le minuscule visage de l'enfant quand Stella l'avait soulevé pour qu'il puisse admirer les étoiles…

Stella laissa tomber les draps sur le lit du studio, recouvert d'un vieux rideau couleur crème, plein de poussière et de moucherons morts. Elle l'ôta, révélant le vieux matelas plein de bosses avec sa toile rayée, et fit le lit en titubant de fatigue.

À un moment donné, elle s'arrêta pour écouter. Le vent soufflait en tempête et la tôle du toit faisait un bruit de ferraille. Elle essaya de ne pas penser à ce que cela signifiait pour les recherches en mer.

Puis elle rangea le vieux rideau dans un tiroir de la commode, ouvrit son sac, en sortit ses affaires qu'elle posa en désordre sur la table. Elle déballa l'ange de pierre en dernier et le tourna vers l'oreiller.

Tandis qu'elle s'attardait sur son visage si serein, elle songea à son parrain. Elle lui avait téléphoné entre deux avions, à Melbourne, mais était tombée sur le répondeur.

« Miles et Daniel ont pris des vacances bien méritées. Laissez-nous un message et nous vous contacterons dès notre retour », disait la voix enthousiaste de Daniel.

Stella ressentit un élan d'affection en pensant aux deux hommes... Elle se rappela avec quelle tendresse ils avaient pris soin d'elle, Stella, l'enfant qu'ils n'avaient jamais eu, un cadeau tombé du ciel. Elle sourit en les imaginant à Bali, étendus sous les palmiers, se moquant mutuellement de leurs corps vieillis et éprouvés par l'âge tandis que de gracieux jeunes gens les servaient.

Elle ôta ses bottes et s'étendit tout habillée sur le divan, fatiguée à l'idée de retourner faire sa toilette dans la maison.

Il faisait froid, la tempête s'était déchaînée et le vent passait par les fentes entre les planches. Sur le rivage, le ressac grondait plus fort et il s'y mêlait un bruit étrange et sourd. Stella se redressa en prêtant l'oreille. Puis elle se rappela qu'elle avait déjà entendu ce bruit auparavant. William lui avait expliqué qu'il provenait des énormes pierres soulevées par les vagues, sur l'estran, qui retombaient comme des billes jetées sur le sable par un géant.

William appelait ce phénomène « les rochers entrechoqués ». En regardant par-dessus l'épaule de son père, Stella l'avait vu écrire une longue note à ce sujet. Ce terme l'avait frappée car l'expression « rochers entrechoqués » contrastait avec le nom des nuages : stratus, cumulo-nimbus...

Soudain, Stella tressaillit.

Le journal...

Les détails de la dernière expédition de son père étaient consignés dans le livre où il recopiait les éléments importants de son journal de bord. Il y avait peut-être là une information qui pourrait aider les équipes de recherche. Spinks ignorait l'existence de cet ouvrage et Grace n'avait pas forcément pensé à le lui confier.

Aussitôt, elle rejeta la couverture et se leva. En passant devant la chambre de ses parents, elle marqua une pause, ne perçut aucun bruit et se dirigea vers le salon de mer.

Arrivée devant le buffet, sombre et massif, elle se rappela que le tiroir qui contenait le précieux document était toujours fermé. Or, William gardait la clé sur lui. Après un bref temps d'hésitation, Stella se dirigea vers la cheminée et saisit le tisonnier dont elle introduisit la pointe aiguisée dans la fente supérieure du tiroir. Elle appuya en faisant levier et la serrure ne tarda pas à céder.

Stella récupéra le gros livre recouvert de tissu, alluma une lampe et le déposa sur la table. En l'ouvrant, une odeur de papier, d'encre et d'essence lui parvint. Elle évoquait douloureusement William, et Stella eut l'impression qu'il se tenait juste à côté d'elle...

Elle alla directement au dernier chapitre, passa rapidement sur les descriptions de la mer et du vent, mais s'arrêta à la quantité de langoustes ramenées dans les casiers dont la localisation était précisée. William avait travaillé dans des eaux plus profondes que d'habitude tout en suivant un de ses itinéraires habituels, à l'ouest de l'île de Standaway. Rien qui sortait de l'ordinaire.

Stella repoussa le journal et jeta un coup d'œil au tiroir endommagé. Grace serait bouleversée par les dégâts que Stella avait causés, sans compter que son geste n'avait servi à rien. Elle s'apprêtait à refermer le livre quand elle fut attirée par la partie gauche, où William consignait ses réflexions plus personnelles sur le temps, les configurations du ciel et de la mer, les constantes qui s'en dégageaient.

Les archives de William, les événements de sa vie…

Ses mains semblaient agir de leur propre volonté, les années défilaient. Elle chercha 1976. Mardi, 17 mai…

Qu'avait donc écrit William ce jour-là ? Quels nuages et quels courants avaient occupé son esprit le jour où sa fille était partie ?

Ah, voilà :

> *Mon cœur est déchiré. Je peux à peine respirer. Ma douleur est intolérable. Mon enfant est partie.*

Stella fixait les lettres écrites d'une main maladroite appuyant sur le papier. Puis elle lut les pages qui suivaient, mais elles ne contenaient que des considérations météorologiques qui rendaient d'autant plus surprenante l'unique annotation personnelle.

Elle se pencha alors sur les notes datant d'un an environ après son départ. C'est à cette époque que William lui avait envoyé sa première lettre. Grace avait commencé à écrire dès que Daniel l'y avait autorisée, car il attendait que la jeune fille soit pleinement rétablie. Mais durant des mois, William était demeuré silencieux. Enfin, une enveloppe était arrivée, rédigée par la même main qui consignait avec minutie ses observations météorologiques. Elle ne contenait qu'une seule page repliée. Pris entre des commentaires sur la pêche, le message se résumait à la phrase suivante :

> *Je vois bien que j'ai des torts. Je pense qu'il vaudrait mieux que tu rentres à la maison.*

Au mouvement d'affection suscité par la première phrase avait succédé une violente colère. Stella ne croyait pas une seconde à ses remords. Il voulait seulement la soustraire à l'influence de Daniel et la replacer sous son contrôle.

Stella avait jeté le papier au feu.

La lampe projetait des ombres sur les pages que tournait Stella. Elle cherchait le 17 mai… 1977.

> *Je suis hanté par le passé. Il me poursuit jour et nuit, sur terre et sur mer. Je n'ai nulle part où me cacher. Le temps et les marées ne se remontent pas. Si seulement je pouvais revenir en arrière pour être un autre homme. Un homme bon.*

Stella toucha la feuille, comme pour sentir physiquement les paroles de son père.

Elle referma le livre et le serra contre sa poitrine.

14

Stella, tendue et anxieuse, se tenait près de la cale de carène. Elle tenait une veste et un pantalon orange pliés sur le bras, attendant de se joindre à l'équipe de sauvetage. Pour contrôler son impatience, elle se mit à arpenter le quai dans la lumière rose de l'aube.

Après la tempête de la nuit dernière, le soleil brillait. Plusieurs bateaux avaient déjà pris le large, deux groupes chargés d'explorer l'intérieur des terres étaient partis en minibus, mais les personnes appartenant à la même équipe que Stella étaient bloquées pour des raisons qui lui échappaient. On perdait du temps.

La chef d'équipe était une femme rousse du nom de Wendy. En arrivant au port avec Grace, Stella avait cherché Spinks mais il n'était pas là. C'est Wendy qui avait pris ses coordonnées.

— Votre nom ? avait-elle demandé, son stylo suspendu au-dessus de son carnet.

— Stella Boyd. Enfin, Birchmore.

Wendy avait cligné des paupières.

— Je suis sa fille.

La femme l'avait dévisagée avec un mélange de sympathie et de crainte.

— Ce n'est pas très conseillé de prendre un membre

de la famille avec nous, mais je comprends votre besoin d'agir, et si cela peut vous aider…

Wendy s'était montrée rapide et efficace, comme si chaque minute comptait. Mais maintenant, elle attendait les instructions, jouant du bout du pied avec un caillou. L'homme à côté d'elle examinait une déchirure dans sa veste. D'autres s'étaient assis par terre.

Stella se tourna vers les femmes qui installaient leur stand de restauration. Grace se tenait parmi elles, se réchauffant les mains à une marmite de soupe chaude. Près d'elle, Joe coupait des tranches de gâteau. Stella hésita à aller leur proposer son aide.

Soudain, le crachotement d'un émetteur radio attira son attention. Wendy prit un écouteur dans sa ceinture et Stella se rapprocha d'elle.

— Très bien. D'accord.

Wendy remit son écouteur en place et se tourna vers un collègue.

— Les types de Hobart ont annulé les recherches. Apparemment, on a un autre naufrage au nord.

L'homme hocha la tête.

— On aura fait tout ce qu'on pouvait. Ce pauvre gars est fichu, inutile de se raconter des histoires. Ça sert à rien de tourner en rond pour rechercher un cadavre.

Stella attrapa la manche de Wendy qui lui tournait le dos.

— De qui parlez-vous ? Qui a pris cette décision ?

Quand Wendy s'aperçut de sa présence, elle parut consternée.

— Désolée, j'ignorais que vous écoutiez.

Elle jeta un coup d'œil à son compagnon.

— Je ne peux que vous confirmer qu'ils ont annulé les recherches. C'est fini.

— Impossible ! s'écria Stella. Où est Spinks ?

— C'est à lui que je viens de parler par radio. Il me transmettait les ordres de Hobart.

Stella resta pétrifiée puis elle se détourna, trébucha sur le sol inégal et, en se redressant, se retrouva face au mur du mémorial.

James Maitland, pêcheur à Halfmoon Bay
La mer donne et la mer reprend

Michael Maitland, père de James Maitland
La mer n'a pas de pitié

La douleur la fit suffoquer. Bientôt, une nouvelle plaque viendrait s'ajouter aux autres.

William Charles Birchmore, pêcheur de Halfmoon Bay...

Un terrible sentiment de fatalité s'abattit sur elle. Elle perdait non seulement un père, mais un homme qu'elle n'aurait jamais imaginé capable d'écrire les mots déchirants découverts dans son journal.

Si seulement je pouvais revenir en arrière pour être un autre homme. Un homme bon.

Il est impossible que ce soit terminé, se dit très calmement Stella. Tournant le dos au mémorial, elle se dirigea vers la caravane.

Devant les cartes que Spinks avait épinglées au mur, elle retraça les lignes noires des itinéraires favoris de William sur le bleu de l'océan. Puis elle examina les zones qui avaient déjà été quadrillées, sur terre, sur mer et dans les airs. D'après les indications, certaines avaient été passées au peigne fin et d'autres parcourues plus rapidement, mais tous les secteurs avaient été cochés.

Elle étudia chaque détail tandis que l'adrénaline courait dans ses veines, aiguisant sa vision et son intelligence. Des avions avaient survolé la côte, au nord et au sud de Halfmoon. Des gens avaient débarqué en grand nombre sur les îles que fréquentait William. Ensuite, ils avaient parcouru l'intérieur des terres, au sud de la baie. Le nord avait été exploré à la hâte. Cela s'expliquait dans la mesure où aucune des routes de William ne menait dans cette direction, et les courants dominants entraînaient les bateaux vers le sud.

Brusquement, Stella se figea. Il existait un autre endroit où William se rendait fréquemment. Que personne ne connaissait à part elle.

Elle n'y était allée qu'une seule fois, par gros temps, lorsque les casiers qu'ils avaient remontés étaient pratiquement vides.

— Dans ce cas, je ne vois qu'une seule solution : le garde-manger, avait dit William avec un clin d'œil.

— Qu'est-ce que c'est que ça ?

— Tu vas voir.

Remontant vers le nord, loin des sites préférés des langoustiers, ils étaient passés devant les criques de Stella et avaient gagné le cap suivant. Et là, sans crier gare, William avait coupé le moteur pendant que Stella consultait les cartes.

— Mais il n'y a pas de récifs par ici !

— Exact. Sauf que tu ignores l'existence d'une épave non répertoriée, assez grande pour y attirer les langoustes.

Ils avaient attrapé tous les crustacés dont ils avaient besoin. Au moment de repartir, William avait fait jurer à

Stella de ne jamais révéler l'emplacement du « garde-manger ». D'ailleurs, il y allait rarement et n'avait confié son secret à personne.

Stella scruta la carte. Elle se rappela une petite crique en forme de fer à cheval, en face de l'épave. D'après les indications, cette zone avait été couverte par deux personnes seulement. Elles avaient très bien pu manquer William.

Stella passa devant le chemin qui menait à Seven Oaks et poursuivit sa route le long de la côte. Des courants d'air chargés de poussière pénétraient dans la vieille camionnette. Elle trouva un vieux pull de William, derrière le siège, et l'enfila tout en conduisant.

Bientôt la route deviendrait impraticable. Elle avait été construite par des forçats environ un siècle auparavant, et se prolongeait sur soixante-quinze kilomètres mais, après la fermeture de la mine d'étain, le conseil municipal avait décidé de ne plus l'entretenir. Et la nature luxuriante avait repris ses droits. Stella ne tarderait pas à garer sa camionnette et continuerait à pied.

Elle prendrait bien garde à ne pas s'absorber dans la contemplation des criques bordées d'arbres et de rochers de granite, avec leurs plages de sable blanc que venait caresser la mer turquoise. Elle ne s'attarderait pas sur l'anse la plus profonde où *Tailwind* avait trouvé refuge pendant la tempête, et où elle avait écrit son nom sur le sable avec Zeph.

Cette plage nous appartient.

La route disparaissait peu à peu, on ne voyait plus de poteaux indicateurs et l'herbe avait envahi le gravier. Stella s'arrêta.

Elle attrapa le petit sac orange que Wendy lui avait donné. Il contenait une bouteille d'eau, un imperméable, un sifflet et une pomme, celle qui tout à l'heure était posée au beau milieu des papiers de Spinks, sur la table de la caravane. Puis elle descendit de voiture et se dirigea vers l'endroit où la route cessait officiellement d'exister.

À sa droite, des arbres et des buissons s'accrochaient à la pente qui descendait sur les criques. Elle s'engagea sur le sentier, le regard fixé droit devant elle.

C'est alors qu'elle aperçut un clocher russe en forme d'oignon qui s'élevait au-dessus des filaos. Peint en bleu et or, il semblait flotter dans l'air. Stella en eut le souffle coupé. Entre les troncs, elle aperçut des éléments de bois, de verre et de fer forgé. Quelqu'un s'était construit une maison juste au-dessus des criques. Elle ressentit un petit pincement de jalousie vite réprimé. Maintenant que son ancien royaume était occupé par un étranger, il réintégrait le monde ordinaire et perdait de son pouvoir nostalgique. Ce n'était pas plus mal.

Bientôt, elle arriva devant l'étrange habitation en bois flotté poli par la mer qui reflétait les couleurs de l'arc-en-ciel. Les murs étaient percés de hautes fenêtres en érable. En réalité, il s'agissait d'une étroite maison, haute de trois étages, couronnée par le minaret entouré d'un balcon et percé d'une fenêtre incurvée où se mirait le ciel. Stella s'imagina là-haut, les cheveux au vent et le regard plongeant sur les criques...

Quelle ravissante architecture, songea Stella qui aurait bien aimé avoir créé cette demeure poétique.

Elle longea le jardin clôturé de piquets aux formes fantaisistes, entrelacés de filets de pêche parsemés de bouées et de coquillages. Sous un auvent, elle aperçut une voiture rouge. Voilà donc où habitait l'ami de Laurie qui s'était installé ici depuis quelque temps.

Elle pressa le pas pour ne pas être remarquée. Mais alors qu'elle s'arrêtait pour remettre en place la lanière de son sac, elle perçut une présence derrière elle.

— Excusez-moi, dit-elle en se retournant, il faut que je traverse...

Les mots moururent sur ses lèvres quand elle se retrouva devant un homme qui la contemplait avec une intense curiosité.

Pendant un court instant, elle se perdit dans ses yeux verts, incapable de réagir.

Un courant passa entre eux, comme une illumination. Stella, cramponnée à la lanière de son sac, se sentit projetée dans le passé et la réalité du monde qui l'entourait s'évanouit.

— Stella.

La voix semblait venir de très loin.

— Zeph.

Les deux noms s'évaporèrent dans les rayons du soleil qui perçaient derrière les nuages.

Stella reprit son souffle avec difficulté, comme écrasée par la présence de Zeph. En proie à des émotions tumultueuses où la stupeur le partageait à la douleur et à la confusion, elle ne trouvait plus ses mots. Puis une voix qui ressemblait à la sienne lança d'un ton léger :

— Qu'est-ce que tu fais ici ?

Tu n'es pas revenu. Je t'ai attendu.
Tu avais promis...

Stella replia les bras sur sa poitrine et sentit la laine rêche du pull de William qui la protégeait comme un bouclier.

Zeph ne répondit rien. Il regardait son visage, son cou, ses cheveux.

Stella se détourna et fixa la mer. William et le *Lady Tirian* l'attendaient. Elle fit quelques pas sur le chemin.

— Il n'est pas là-bas, dit la voix de Zeph.

Elle s'arrêta brusquement et lui fit face.

— Il y a trois jours, nous avons exploré toutes les îles.

Il avait toujours la même voix douce, l'accent indéfinissable d'un garçon qui arrivait de nulle part et l'attirait comme un aimant.

Stella chancela, puis l'image de William s'interposa entre eux et elle se remit en marche.

Derrière elle, elle sentit le regard de Zeph, trébucha sur une touffe d'herbe, se reprit et passa la ligne de bornes rouges qui marquait le début de la piste.

Le nouveau visage de Zeph se superposait à celui gravé dans sa mémoire. Ses cheveux, décolorés par le soleil et coupés plus court, bouclaient sur son front. Son teint était plus pâle et des rides d'expression marquaient le coin de ses yeux. Ses lèvres, toujours pleines et généreuses, semblaient plus fermes, plus résolues, et elle les sentit sur sa peau, se rappela le poids de ses mains chaudes sur ses épaules.

Il réveillait la jeune fille de seize ans qu'elle avait enfouie au plus profond d'elle-même, et qui luttait pour remonter à la lumière.

Stella la repoussa avec une violence inspirée par la peur. Si elle la laissait revenir à la vie, la douleur refoulée resurgirait avec elle. Les longues années consacrées à l'oubli seraient réduites à néant. Tout ce que Daniel et Miles avaient appris à leur fille adoptive – la joie retrouvée, comment viser des cibles en débouchant des bouteilles de champagne et se réveiller chaque matin avec courage – serait anéanti.

Stella se dépêchait, tête baissée, écrasant sous ses pas

les feuilles, les brindilles et les insectes. Son cœur battait la chamade, comme si la jeune fille qu'elle y avait enfermée se débattait pour prendre possession d'elle.

Stella s'imagina un instant courant à la rencontre de Zeph. Il l'attendait, les bras ouverts, il la serrait contre lui, elle sentait son corps robuste et plein de vie contre le sien.

Mais que lui dirait-elle ? Comment raconter son chemin de croix après qu'il eut disparu sur son yacht et la terrible solitude dans laquelle il l'avait laissée ?

Les mots ne suffiraient pas. Rien ne pourrait jamais témoigner de ce qu'elle avait traversé. Zeph ne savait rien du bébé, des espoirs anéantis, de la perte, de la douleur…

Ils ne partageraient jamais cette épreuve.

Stella releva la tête et poursuivit son chemin. La distance grandissait derrière elle. Quand elle se retourna, elle ne voyait plus que le minaret bleu au-dessus des arbres.

Des théiers se refermaient sur le sentier de plus en plus étroit.

Stella respirait l'odeur stimulante et rafraîchissante des feuilles et des écorces aussi fines que du papier. Après quelques kilomètres, la route émergerait non loin de l'endroit où elle désirait se rendre.

L'eau dans son sac clapotait au rythme de ses pas. Elle avait chaud. À un moment donné, elle s'arrêta pour ôter son pull qu'elle noua autour de sa taille. En baissant les yeux, elle vit que la mousse avait retenu des traces de pneus. Des chasseurs étaient venus tirer des oies sauvages qui nichaient près des lagons.

Quand elle aperçut le cap où se dissimulait le « garde-manger », le soleil était déjà haut dans le ciel. Elle s'engagea sur la langue de terre recouverte d'une végétation piquante, traversa des buissons de boobyala qui bordaient le rivage rocheux.

Des lézards et des oiseaux bruissaient dans les broussailles, des branches s'accrochaient à ses vêtements et lui fouettaient le visage. Possédée par une frayeur irrépressible, elle n'y prêtait aucune attention. Quelle que soit l'issue de sa course, le malheur était embusqué. Elle retint son souffle tandis qu'elle prenait pied sur une grève rocailleuse.

Elle mit la main en visière et regarda la baie étroite à ses pieds, où l'eau était retenue captive par des parois de granite qui tombaient à pic. Elle étudia les monceaux d'algues, les écueils qui affleuraient à la surface de l'océan, les espaces sablonneux... Tout semblait normal. Rien n'accrocha son regard.

Elle sauta de pierre en pierre et arriva au niveau de la mer. Là, elle entreprit d'explorer tous les recoins du rivage accidenté.

Brusquement, elle s'arrêta. Une tache rouge vif était apparue au milieu d'un tas de varech. Elle en retira un morceau de planche épaisse et incurvée. Elle comprit en la regardant dégouliner qu'il s'agissait d'un morceau de la coque du *Lady Tirian*.

Elle se retourna, s'attendant presque à découvrir William et les restes de son embarcation.

— Papa ! Papa ! hurla-t-elle.

Seules les mouettes lui répondirent en s'éloignant à tire d'ailes.

Cherchant désespérément un endroit où un naufragé aurait pu se réfugier, elle vit, à mi-pente, une source d'eau fraîche qui brillait près d'un buisson verdoyant.

Aussitôt, elle escalada la falaise. Une fois arrivée près

du ruisseau, elle fouilla la végétation, tout en lançant de brefs appels à intervalles réguliers.

Mais elle n'entendit que le va-et-vient des vagues et les frémissements dans les herbes, et ne repéra aucune trace de vie humaine.

Elle décida de remonter jusqu'au point le plus élevé afin de réexaminer les lieux. Cette fois-ci, elle s'attarda longtemps sur les algues qui bougeaient avec la houle. Alors qu'elle allait renoncer à sa quête, quelque chose de pâle, coincé dans une crevasse, fit une brève apparition alors que s'écartaient les algues sur l'eau noire. Cela ressemblait à une énorme créature marine avec un gros ventre, ballottée par la houle juste sous la surface.

Une coque renversée.

Stella descendit la falaise, trébuchant à plusieurs reprises tandis qu'elle s'engageait sur des appuis précaires. Arrivée en bas, elle se débarrassa du sac, dénoua son chandail attaché autour de sa taille, ôta ses bottes, son jean, sa chemise et se jeta dans l'eau glacée, vêtue de ses seuls sous-vêtements. Elle suffoqua.

Puis, reprenant ses esprits, elle nagea vers le bateau immergé, ses bras labourant la mer. Son pied heurta la coque. Tapie au fond de sa conscience, la panique la guettait, prête à bondir. Une part d'elle-même était envahie par l'horreur, mais l'autre demeurait parfaitement calme. À la poupe, se rappela-t-elle, William gardait un masque et un tuba enfermés dans un casier. Elle prit une profonde inspiration, plongea, glissa le long de la rambarde, fit jouer le loquet de la porte et remonta à la surface, les instruments à la main.

Debout sur la coque, elle mit le masque, s'enfonça le tuba dans la bouche, prit une profonde inspiration et s'immergea dans l'eau maintenant éclairée par les rayons du soleil. Des algues dansaient devant ses yeux.

Elle longea la quille en aileron de requin, qu'elle avait si souvent grattée et repeinte saison après saison, dans la cale de carène de William. Elle semblait intacte et tellement tranquille...

La timonerie reposait sur le fond rocheux. La porte avait été arrachée de ses gonds et tout ce que contenait l'habitacle avait été balayé : les cartes, la couchette, le dessin encadré de Stella représentant un arbre dans la tempête...

Quand elle remonta à la surface, elle se prépara au pire. Elle avait vu des cadavres retirés de la mer après un raz-de-marée en Papouasie-Nouvelle-Guinée. En quelques heures, les tiques de mer, les poissons et les langoustes pouvaient dévorer un corps, ne laissant que le squelette et les tendons.

Stella travailla sans relâche, rampant sur l'embarcation, la parcourant de long en large malgré un masque en mauvais état dont le verre embué ralentissait son exploration. Ses yeux la brûlaient. À force de monter et descendre, elle avait l'impression que ses poumons allaient éclater.

Quand elle eut terminé de fouiller le *Lady Tirian*, elle s'aperçut que le radeau avait disparu avec les gilets et la bouée de sauvetage. Le bateau n'était plus qu'une coquille vide.

En nageant vers le rivage, Stella essaya de se convaincre que William avait quand même pu s'en sortir. S'échapper à la nage.

Elle s'effondra sur le rivage, grelottant et claquant des dents. Des pensées confuses tournaient dans sa tête. Assise près de ses vêtements, ses genoux écorchés repliés sur la poitrine, elle suivit du regard la course d'une mouette qui tournoya dans le ciel et se laissa tomber comme une pierre derrière des rochers. Là, dans l'ombre, elle distingua une tache vaguement colorée.

Elle se leva, marcha dans cette direction en titubant, grimpa à quatre pattes sur une éminence.

En bas, William gisait à plat ventre sur une étroite bande de sable, les cheveux plaqués sur son crâne. Il était vêtu du pull bleu marine que Grace lui avait tricoté, avec une ancre dans le dos, et portait encore ses épaisses chaussettes de laine. L'eau, qui allait et venait, découvrait son pantalon vert en se retirant.

Pétrifiée par l'horreur, Stella remarqua qu'une jambe était cassée et attachée à une attelle.

Comme il n'y avait pas la place pour qu'elle se glisse auprès de lui, elle se pencha par-dessus une grosse pierre et le toucha.

Sa tête était froide.

— Non, non, je vous en supplie, murmura Stella d'une voix douce comme si elle craignait de réveiller un enfant.

Elle se rapprocha et parvint à glisser les doigts sur sa nuque.

À cet instant, une vague plus forte submergea le visage de William. Stella glissa des rochers, fit le tour du corps, l'attrapa par les épaules et le tira de toutes ses forces. Une vague l'aida à le hisser de quelques centimètres. Elle lutta désespérément, profitant de chaque vague pour progresser.

Enfin elle le dégagea, l'allongea sur la plage de galets et le retourna.

De l'eau coula de sa bouche ouverte. Son visage aux yeux clos ressemblait à un masque dont une moitié, blanche comme de la pâte à pain, était rongée par endroits. L'autre côté, d'une teinte violacée, avait sans doute été protégé par le sable, car la peau était demeurée intacte.

Stella s'agenouilla et tourna le visage de son père afin d'en dissimuler la partie endommagée, mais ses traits n'en demeuraient pas moins étrangers. Si elle n'avait pas reconnu le pull de Grace, elle aurait presque pu le prendre pour un étranger gisant sur le rivage, froid et inerte.

Stella posa la main sur sa joue puis retraça son profil, vit la pâle cicatrice, souvenir d'une chute dans une tempête. Il avait refusé d'aller consulter un médecin et s'était contenté d'un pansement, veillant bien à rapprocher les chairs.

Peu à peu, il revenait à la réalité sous ses doigts, l'homme qui l'avait aimée et blessée si cruellement et qui, malgré ses remords, n'avait pas trouvé le moyen de lui demander pardon avant qu'il ne soit trop tard.

Raidie par le froid, les yeux brûlants et secs, elle claquait des dents, la gorge serrée. Depuis combien de temps était-il mort ? Était-il encore vivant le jour de son arrivée ? Avait-elle laissé échapper une occasion d'intervenir qui aurait pu le sauver ?

Là où le pantalon avait été déchiré pour placer l'attelle, un os brisé pointait par une plaie ouverte. Peu à peu, s'assemblèrent dans son esprit les éléments d'une explication possible. Un accident en mer, un tibia fracturé, un bateau endommagé… le *Lady Tirian* partait à la dérive, juste un point sur l'océan. William luttait pour sa survie. Plein d'espoir, il attendait des secours qui n'arriveraient jamais.

Elle s'obligea à étudier son visage. Il semblait presque vivant.

Elle était là prostrée, incapable de mesurer l'écoulement du temps, lorsque soudain elle entendit du bruit derrière elle. Une main se posa sur son épaule et un long frisson parcourut Stella.

Des bras puissants l'obligèrent à se redresser et elle se retrouva face à face avec Zeph.

— Tu es gelée, dit-il avec des yeux agrandis par l'angoisse.

Il alla chercher ses vêtements.

Elle le laissa lui ôter son tee-shirt, aussi passive qu'un enfant. Il lui enfila le pull qui colla à sa peau mouillée, le tira sur les hanches de la jeune femme qu'il attrapa par la taille pour l'obliger à enfiler son jean.

— Tu ne peux pas rester ici, Stella. Ma voiture est en haut. On va téléphoner à Spinks depuis chez moi.

— Non, je refuse de le laisser seul.

— Il ne sera pas facile à déplacer, objecta Zeph.

Mais il se hâta de rejoindre le break rouge et revint avec deux morceaux de bois flotté et une corde passée autour du cou.

Rapide et efficace, il demanda à Stella de tenir la corde pendant qu'il serrait les nœuds et attachait les deux morceaux de bois pour en faire une civière. Quand tout fut prêt, il fit signe à Stella de prendre William par les pieds pendant qu'il le soulevait par les épaules. Après deux tentatives infructueuses, ils parvinrent à le poser sur le brancard improvisé auquel Zeph le lia solidement.

Puis chacun se saisit d'une des perches et ils soulevèrent la civière.

— Ça ira ? demanda Zeph.

Stella hocha la tête tout en claquant des dents.

Ils transportèrent avec difficulté le cadavre sur toute la longueur de la plage. Stella regardait au loin pour ne pas voir la tête de William qui ballottait de droite et de gauche tandis que Zeph se retournait fréquemment pour vérifier que les cordes tenaient bon.

Arrivés aux boobyallas, ils marquèrent une pause et Zeph alla ouvrir un chemin dans les buissons. Puis tous deux s'attelèrent à nouveau à leur macabre besogne.

Ils atteignirent enfin le break. Zeph l'avait vidé de son chargement de branches et de matériaux qui reposaient maintenant sur l'herbe. Ils voulurent pousser le brancard à l'intérieur mais ils n'y parvinrent pas. Zeph monta alors dans le véhicule, détacha les cordes et hissa William qu'il étendit sur le plancher pendant que Stella se débarrassait de la civière.

En revenant, son regard tomba sur le côté abîmé du visage de William et elle ferma les yeux.

Quand elle les rouvrit, Zeph dépliait une pièce de tissu, un sarong imprimé de fleurs jaunes et bleues. Il en couvrit le corps avec des gestes doux et lents, comme pour s'excuser d'avoir maltraité le marin au cours de leur équipée.

— Merci, dit Stella quand il eut terminé.

— Je suis heureux de t'avoir retrouvée, dit simplement Zeph.

Elle ne lui demanda pas s'il l'avait suivie. Elle lui était reconnaissante d'être venu à son secours et ne chercha pas plus loin. Sans lui, elle serait encore là-bas, incapable de se résoudre à abandonner le corps de son père, seule dans cette crevasse au milieu des rochers.

15

Pelotonnée sur elle-même, Stella tremblait de tous ses membres. Afin de ne pas se laisser emporter par un maelström d'émotions qu'elle n'était pas sûre de maîtriser, elle se détourna de Zeph et tenta de s'absorber dans la contemplation du paysage.

— Il faut aller trouver Spinks, dit Zeph.

Stella acquiesça et il vira en direction du port.

En pénétrant dans le parking devant le quai, le break roulait au pas. L'endroit était à moitié désert et les volontaires finissaient de plier bagages.

— Le voilà, dit Stella en désignant le policier accroupi près du pare-chocs avant d'un 4×4 orange.

Il avait glissé la main sous le châssis et était apparemment en train d'effectuer une réparation.

Zeph se rapprocha, puis s'arrêta, et Stella descendit du véhicule, échevelée et pieds nus. Spinks se redressa et lui fit face.

— Que se passe-t-il ? lui demanda-t-il.

— J'ai retrouvé papa.

— Que veux-tu dire ?

Stella désigna la voiture.

En trois enjambées, le policier avait rejoint l'arrière du break. Il souleva la portière, se pencha à l'intérieur, prit appui sur le plancher, la tête basse, et resta là un long moment. Enfin il se tourna vers Stella.

La bouche ouverte, il semblait à court de mots. Puis il s'adressa à Zeph qui les avait rejoints.

— Où l'avez-vous trouvé ? demanda-t-il à voix basse.

— Du côté de chez moi, dans l'une des criques au bout de la route.

— Le *Lady Tirian* s'y est échoué, intervint Stella. Pris dans des rochers. Il a coulé et la coque s'est retournée.

Sa voix, celle d'une journaliste énumérant des faits, lui sembla lointaine et irréelle.

Spinks haussa les sourcils.

— Mais nous avions vérifié cette côte.

— Il a dû arriver avec la tempête pendant la nuit, dit Zeph.

Spinks se frotta les joues avec les paumes de ses mains.

— Alors pendant tout ce temps, il était en mer...

Il resta immobile pendant quelques instants et soupira en secouant la tête.

— Vous n'auriez pas dû le déplacer, mais d'un autre côté, votre réaction est bien compréhensible.

Il se tourna vers Stella.

— Je suis très triste que cela se termine ainsi.

Stella cligna des paupières.

Par-dessus l'épaule de Spinks, elle vit des curieux qui commençaient à se rassembler.

— Oh ! non, murmura-t-elle. Je vous en prie, éloignez ces gens.

Le policier leur faisait signe de reculer quand Grace se détacha du groupe et s'avança, comme aimantée par une force irrésistible. Elle passa près de sa fille sans la voir. Maintenant, elle fixait la chaussette bleue qui dépassait du sarong. Elle tendit la main et tira doucement sur le tissu bariolé jusqu'à ce qu'apparaisse le visage de son mari.

Tout le monde attendait, puis un hurlement inhumain s'éleva, une plainte qui déchira le silence. La mouette perchée sur un poteau indicateur juste à côté s'envola en poussant un cri rauque.

Grace, qui avait d'abord eu un mouvement de recul, grimpa maladroitement dans la voiture et, s'allongeant près du cadavre, l'agrippa par son pull, le tirant à elle de toutes ses forces.

— Non, non, non, gémissait-elle d'une voix de plus en plus stridente, sanglotant et frappant sa tête contre la poitrine de William, sans que l'on sache si elle voulait le ramener à la vie ou hurler sa colère.

Par-dessus l'épaule de Spinks, Stella aperçut des visages dans la foule qui exprimaient le choc, la fascination, la répulsion…

Elle rabattit la portière et grimpa sur le siège du passager, sans prêter attention à Spinks qui s'avançait vers elle en secouant la tête.

Zeph avait déjà mis le contact et il démarra aussitôt en décrivant un large arc de cercle pour éviter les badauds. Puis il sortit du parking et accéléra.

Les cris de Grace emplissaient le véhicule. Des gémissements d'enfant terrorisée, perdue dans un monde inconnu et suppliant qu'on vienne la sauver. Au bord du malaise, Stella enfouit sa tête dans ses mains.

La voiture allait trop vite, sans toujours parvenir à éviter les nids-de-poule. Stella remercia le ciel d'avoir échappé aux curieux. Mais elle n'avait aucune idée de ce qui allait suivre, ne parvenait même pas à se projeter dans l'avenir le plus proche.

Elle se redressa, convoqua l'image de Daniel, son mentor. *Laisse la peur glisser sur toi, respire, relève la tête et avance*, lui souffla-t-il.

— S'il te plaît, emmène-nous à la maison, murmura-t-elle à l'adresse de Zeph.

Grace reposait tout habillée sur son lit. Le côté où dormait William était vide. Elle fixait le plafond, les bras collés au corps, l'air hébété. Stella la recouvrit d'une couverture, lui tint la main et lui caressa les cheveux jusqu'à ce qu'elle glisse peu à peu dans le sommeil. Puis elle retourna se poster près de la fenêtre.

Au-delà du chêne, Spinks montait la garde près de sa camionnette, garée à côté du break rouge. Stella se demanda si William était toujours à l'intérieur ou s'ils avaient déjà emmené le corps pendant qu'elle était au chevet de Grace.

Dehors, Zeph avait disparu. Si sa voiture n'avait pas été là pour témoigner de sa présence, elle aurait cru avoir rêvé. Tout cela semblait tellement invraisemblable. Elle ferma les yeux pour endiguer les questions qui l'assaillaient. Depuis combien de temps vivait-il à Halfmoon Bay ? Pourquoi était-il revenu ? Quelqu'un savait-il qu'il avait déjà accosté ici ?

Elle essaya de se rappeler ce qu'elle lui avait dit alors qu'elle soutenait Grace qui ne tenait pas sur ses jambes. Il avait offert de les raccompagner jusque chez elles, mais Stella avait refusé, sachant qu'en des moments pareils, sa mère ne supporterait pas la présence d'un étranger.

Stella souffrait d'un trou de mémoire. Elle ne se souvenait pas des mots qu'elle avait utilisés pour écarter Zeph. Craignant d'avoir manqué de courtoisie, elle voulut le retrouver pour le remercier.

— Il faut que je sorte un instant, dit-elle à Grace étendue sur le lit, pareille à un gisant attendant que la statue de son époux prenne place à ses côtés.

Grace ne broncha pas et Stella se sentit submergée par le désespoir. Les cris de douleur de sa mère avaient été très pénibles à supporter mais cette retraite dans le silence était encore plus éprouvante.

— Je reviens tout de suite, murmura Stella avant de s'éclipser.

Elle se dirigea vers le véhicule de Zeph. Un soleil timide jouait sur la carrosserie d'un rouge terne. Zeph avait disparu. Spinks parlait dans son émetteur radio. Quand il aperçut la jeune femme, il lui fit signe d'attendre la fin de sa communication.

Stella jeta un coup d'œil à l'intérieur du break. Le sarong recouvrait de nouveau le cadavre de William. Une main dépassait, piquée par les tiques de mer.

Stella plissa les paupières pour effacer les traces de décomposition et tenta d'imaginer que cette main appartenait à un dormeur qui se réveillerait bientôt. Mais c'était impossible. Elle témoignait, sans qu'on puisse s'y tromper, d'une mort irrémédiable.

L'esprit de William, les connaissances qu'il avait accumulées, sa force mentale, ses préférences et ses reniements s'étaient enfuis de ce corps pétrifié sous un léger voile de tissu.

La volonté inflexible avec laquelle il menait son petit monde n'était plus.

Au plus profond d'elle-même, au cœur de la douleur et du chagrin, Stella sentit s'éveiller une émotion étrange, inconnue et perturbante, qu'elle identifia avec un mouvement de recul.

Le soulagement.

Spinks la rejoignit.

— J'ai appelé un des volontaires. Il a ramené Zeph chez lui.

Stella parut troublée.

— Pourquoi n'a-t-il pas repris sa voiture ?

— Il ne pourra pas la récupérer tout de suite.

Spinks se massa la nuque.

— Écoute, Stella, la procédure à suivre est un peu inhabituelle, il y a d'abord quelques formalités à remplir. Le nouveau de Saint Louis tient absolument à ce que tout soit fait dans les règles. Une manière comme une autre de se faire mousser auprès des autorités. En bref, il est contrarié que ce soit toi qui aies découvert le corps.

— Comment cela ?

— Eh bien, quand une personne étrangère à la police retrouve la personne portée disparue, on nous soupçonne de ne pas avoir fait notre travail. Et quand on a été devancés par un membre de la famille, la chose se complique. On a déjà des journalistes sur le dos, ils n'arrêtent pas de nous poser des questions. Et puis, tu as ramené William, or il ne faut pas toucher à un cadavre sur la scène d'un naufrage.

Le policier soupira.

— Ce sergent a son manuel de procédures posé sur la table et je l'entends d'ici tourner les pages. Il va falloir en passer par ses quatre volontés.

Stella voulut protester, mais Spinks l'arrêta aussitôt.

— Je sais, ici ça ne se passe pas comme ça. Je suis responsable du bon déroulement de l'enquête et je dois rendre des comptes au chef de la police, mais j'ai mon mot à dire sur la façon dont les opérations sont menées. Néanmoins, c'est lui le patron.

Une voiture arrivait.

— Voilà le policier Brown du commissariat de Saint Louis qui se présente au rapport, dit Spinks avec une moue dédaigneuse. On l'envoie surveiller le véhicule jusqu'à l'arrivée de l'ambulance. Quand ils auront emmené le cadavre de ton père, le break sera saisi en attendant l'autopsie du coroner.

Stella le fixa avec de grands yeux.

— Vous ne pensez tout de même pas que la mort de mon père pourrait ne pas être accidentelle ?

Spinks secoua la tête.

— Le sergent insiste pour suivre le règlement à la lettre, rien de plus. Ton père menait une vie sans histoires et il n'avait aucun ennemi.

Il regarda vers la côte.

— Nous savons tous que la mer ne choisit pas ses victimes.

— Que va-t-il se passer ?

Mais Stella connaissait déjà la réponse à sa question. Au début de sa carrière, à Melbourne, elle avait interviewé des coroners. On allait pratiquer une autopsie sur le corps de William afin d'examiner les poumons et le cœur.

— Ils vont déterminer plus précisément les causes de la mort. Ils pratiqueront des examens sanguins pour savoir s'il avait ingéré de l'alcool ou des substances chimiques, et ils étudieront les blessures éventuelles. Ça ne prendra pas plus d'un jour ou deux. Ensuite, ils contacteront Saint Louis, confirmeront qu'il s'agit d'une mort accidentelle, et tout sera terminé.

Il croisa le regard de Stella.

En réalité, c'était loin d'être terminé et ils le savaient tous les deux.

— Comment va Grace ? s'enquit Spinks.

— Elle s'est calmée.

Stella se mordit la lèvre pour l'empêcher de trembler.

— Elle se repose dans sa chambre.

— Hmm. Je vais appeler un médecin et je demanderai à Pauline ou à ma sœur de venir te donner un coup de main. Tout le monde va vous proposer ses services.

— Mieux vaut que nous restions seules pour l'instant, répondit Stella d'une voix ferme.

Spinks se retourna en entendant le jeune policier s'approcher. Très maigre, il flottait dans son uniforme et marchait comme un soldat à la parade, la tête droite sur un long cou où saillait sa pomme d'Adam. Spinks fit les présentations.

— Agent Brown, mademoiselle Birchmore.

Brown inclina la tête et se tourna vers Spinks.

— J'ai reçu de nouvelles instructions, annonça-t-il.

— Lesquelles ?

Brown lança un coup d'œil appuyé à Stella.

— Va m'attendre dans la maison, lui ordonna Spinks. Je te rejoins dans un instant.

— Pas question, répondit Stella d'un ton sec.

Brown lui adressa un sourire condescendant.

— Vous risquez d'être bouleversée par...

Il s'arrêta et chercha un soutien auprès de Spinks.

— C'est à elle de décider, elle n'est plus une enfant, rétorqua Spinks.

Pour toute réponse, Brown tendit une paire de gants en latex à son collègue.

Les deux policiers enveloppèrent les mains de William dans des sacs en plastique qu'ils fermèrent hermétiquement, firent glisser le corps dans un sac en tissu noir, fourrèrent le sarong aux fleurs bleues et jaunes à l'intérieur, puis Spinks remonta la fermeture Éclair.

Stella et les deux hommes se dévisagèrent quelques secondes en silence, Brown rabattit la portière à l'arrière du break et se posta devant, comme s'il craignait que Stella ne subtilise le cadavre de son père.

Spinks attira Stella à l'écart.

— Plus tard, il faudra que tu fasses une déposition. Je vais d'abord parler à Zeph, ce qui te donnera un peu plus de temps pour t'occuper de Grace.

— Comme vous voudrez.

— Mais j'aimerais d'abord vérifier une chose. Le sergent m'a demandé de m'assurer que tu ne connaissais pas Zeph.

Spinks adressa un sourire rassurant à la jeune femme.

— Dans une situation comme celle-là, il s'agit d'une simple question de routine. Elle est inscrite noir sur blanc dans le manuel. Je lui ai dit que je ne voyais pas comment vous pourriez vous être rencontrés. Il est arrivé ici il y a deux ans et tu n'es pas revenue à Halfmoon depuis une quinzaine d'années.

Spinks se frotta la joue.

— Mais je dois t'avouer que j'ai eu un doute en voyant la façon dont il s'est comporté avec toi au port. Tu as refermé la portière et il a tout de suite su que tu voulais t'échapper. Ça m'a un peu surpris.

Stella aplatit une motte de terre du bout du pied.

Dis la vérité, c'est plus simple.

— Je l'ai connu il y a des années. Mais pas pendant longtemps.

Seulement une semaine...

— Cela n'a rien à voir avec aujourd'hui.

Spinks prit son carnet et l'ouvrit.

— C'est donc par hasard qu'il t'a retrouvée auprès de William ?

Elle secoua la tête.

— Il m'avait suivie.

Spinks haussa les sourcils.

— Juste une petite précision. Est-ce que c'est là-bas que tu as rencontré Zeph pour la première fois ? Dans les criques ?

Stella hocha la tête et Spinks referma son carnet d'un geste brusque.

— Très bien. J'en ai terminé. Je dirai au sergent que personne ne vous a jamais vus ensemble. Pas la peine de compliquer les choses.

Stella le regarda droit dans les yeux.

— Merci.

Le visage du policier se crispa sous l'effet de l'inquiétude.

— Tu es sûre que tout va bien ?

Elle releva le menton.

— Tout à fait.

Il posa la main sur son épaule.

— Rappelle-toi une chose, Stella, ce n'est pas toujours souhaitable de contrôler les événements. Ta force de caractère risque de te jouer des tours.

L'appareil radio de Spinks se mit à grésiller et le temps qu'il le sorte de sa poche, Stella s'éloignait déjà.

En traversant le jardin, elle remarqua les jeunes pousses des lis qui commençaient à percer. Avec ce mauvais temps, elle ne s'était pas rendu compte que le printemps arrivait. Les arbres bourgeonnaient. Les tiges des groseilliers et des framboisiers ruisselaient de vert tendre. Elle détourna les yeux et se hâta de rentrer dans la maison où l'attendait Grace, la jardinière, immobile et silencieuse, comme si son âme était entrée en contemplation de la mort.

16

Un faible soleil de printemps filtrait à travers les rideaux. Stella les ouvrit et cligna des yeux. Elle mit la bouilloire à chauffer et retourna à la fenêtre. Dans le jardin, les parterres de fleurs et les carrés de légumes s'ouvraient à la lumière. Des oiseaux picoraient les paillis qui recouvraient les plantations, puis s'envolaient vers leurs nids avec dans leurs becs des bouts d'écorce de gommier. Au-delà des arbres fruitiers, Stella apercevait l'océan, plaine scintillante d'un bleu azur. Tout semblait si calme et rassurant. La tempête qui avait duré une semaine, avec des vagues de cinq mètres et des vents déchaînés, était effacée.

S'affairant dans la cuisine silencieuse, elle avait l'impression d'entendre distinctement le battement de son cœur tout en percevant à peine le tic-tac de la pendule sur le frigo. Elle prépara le petit déjeuner, posa une assiette, une tasse et une soucoupe sur un plateau recouvert d'une serviette en lin, ajouta un coquetier en porcelaine blanche, une salière, une petite cuillère et un morceau de beurre dans un petit bol. En mettant un toast dans le grille-pain, elle heurta un moule en fer qui tomba sur le sol avec un bruit assourdissant. Elle le ramassa et chercha un endroit où le ranger, mais chaque recoin de la cuisine était déjà occupé par des gâteaux, des quiches, des plats cuisinés, des bouteilles de lait et des miches de pain frais qui n'avaient cessé d'apparaître sur le seuil de la porte. Les habitants de Halfmoon, respectant le désir de solitude de Stella, avaient posé leurs offrandes sur les marches, accompagnées de petits mots.

> *Avec notre plus profonde sympathie. Sylvia et Ted Barron.*
> *Si vous avez besoin de quoi que ce soit, faites-nous signe. Les employés de la conserverie.*
> *J'ai pensé que vous auriez peut-être besoin de miel. Joe.*
> *Stella, ma chérie, je me fais du souci. Appelle-moi. Pauline.*

Stella tenta d'avaler un morceau de quiche, puis la jeta dans la poubelle. Elle avait faim, mais rien ne la satisfaisait et elle n'avait pas le courage de se préparer autre chose.

Quand le plateau fut prêt, Stella l'apporta dans la chambre de Grace. En avançant dans le couloir, elle se demanda si sa mère était enfin sortie de son état semi-comateux.

Elle ouvrit la porte et s'arrêta net. Les draps et les couvertures gisaient sur le tapis et le matelas gardait encore l'empreinte du corps de Grace qui avait disparu.

Stella posa le plateau et se précipita dans le salon de mer, puis dans la salle de bains, et finit par la trouver dans les W-C. Une main posée sur la citerne, Grace contemplait la cuvette, les cheveux dans la figure. Elle semblait avoir oublié la raison de sa présence en cet endroit.

— Tu veux t'asseoir sur le siège ? demanda Stella.

Grace la regarda d'un air interdit, puis hocha vaguement la tête.

Stella fit tourner sa mère vers elle. Grace tenait à peine sur ses jambes, telle une marionnette sans ressort. Stella retroussa sa chemise, découvrant des cuisses blanches et maigres, le triangle de poils pubiens, le ventre arrondi débarrassé de sa gaine.

— Assieds-toi, dit-elle d'une voix douce.

Puis elle entendit le ronronnement d'un moteur se frayant un chemin dans l'épais silence de la maison.

— Je vais voir qui c'est, je reviens tout de suite.

Elle épia le visiteur par la fenêtre de la cuisine. Malgré elle, elle ne put s'empêcher d'imaginer Zeph dans une voiture d'emprunt, peut-être la Jeep de Laurie. Il allait apparaître d'un moment à l'autre, ses cheveux frisés comme un halo doré autour de son visage…

Mais il n'y avait aucune raison qu'il se déplace jusqu'ici. Ce qui l'avait ramené à Halfmoon ne la concernait en rien.

Elle énuméra mentalement les faits, comme on étale les cartes d'un jeu sur une table.

Même si Zeph était revenu après toutes ces années en espérant la retrouver, il avait vite compris qu'elle était partie et ne rendait jamais visite à ses parents.

Laurie ou Mme Barron auraient eu tôt fait de l'en informer…

Pourtant, Zeph s'était acheté un terrain où il avait construit sa maison.

Parce qu'il aimait ce pays, voilà tout.

Autrefois, il s'était exclamé que l'anse où était ancré *Tailwind* était un des plus beaux endroits qu'il ait jamais vus. Zeph avait dû revenir aux criques parce que le site l'avait séduit.

Et il avait décidé de s'y installer pour y fonder une famille.

Les gens raisonnaient ainsi.

Une petite voix lui soufflait cependant que son argumentation était un peu trop raisonnable. En réalité, elle refusait d'envisager d'autres explications de crainte d'être déçue et de rouvrir ses plaies.

À cet instant apparut une berline bleu foncé, qui portait une bande blanche sur le toit et l'inscription « Police de Tasmanie » sur le côté.

Spinks descendit de voiture chargé d'une marmite en fonte, et alla frapper à la porte de derrière. Stella lui ouvrit, le débarrassa de son présent et l'invita à entrer dans la cuisine.

— Du thon Mornay, annonça Spinks. Une spécialité de ma sœur.

Il regarda autour de lui.

— Mais vous ne risquez pas de mourir de faim, à ce qu'on dirait. Vous avez de quoi tenir un siège.

Stella ne répondit rien. Le policier ne s'était sûrement pas déplacé pour les ravitailler et elle attendait la suite.

— Comment va Grace ?

— Un peu mieux, répondit Stella.

— Et toi, comment tu te débrouilles ?

Elle haussa les épaules.

— Pauline se fait du souci pour toi. Pourquoi ne lui demandes-tu pas de venir t'aider ?

Stella revit l'état physique lamentable de Grace, habituellement si soignée. Toute trace de son excellente éducation avait disparu.

— Plus tard, murmura-t-elle.

Spinks s'éclaircit la voix et prit son ton officiel.

— Je suis venu te prévenir que le bureau du coroner avait envoyé son rapport. Selon eux, William est très certainement mort d'hypothermie après un accident en mer. Ils n'ont rien trouvé de particulier en dehors de ce que nous savions déjà : double fracture, déshydratation…

Spinks soupira.

— Nous ne saurons jamais ce qui s'est passé. Une vague scélérate, une chute, quelque chose qui lui est tombé dessus… Toujours est-il qu'il a perdu le contrôle de son bateau qui a chaviré, et une chose en entraînant une autre…

Stella soupira. Elle avait cent fois repassé ce scénario dans sa tête, mais les naufrages gardaient toujours leur part de mystère.

Disparu en mer.

La mer donne et la mer reprend.

Les mots restaient toujours assez vagues.

— Bref, reprit Spinks, le coroner estime que les circonstances de la mort ne présentent aucune ambiguïté et vous allez pouvoir récupérer le corps pour le mettre en terre.

— Très bien.

Stella se sentait non pas soulagée mais d'humeur sombre et mélancolique. Et épuisée.

— Zeph a récupéré son break, ajouta Spinks en lui jetant un regard inquisiteur. Quand j'ai pris sa déposition, je lui ai posé la même question qu'à toi et il m'a répondu la même chose que toi, mot pour mot.

Stella crut entendre la voix de Zeph.

Je l'ai connue il y a des années.

Cela n'a rien à voir avec aujourd'hui.

Elle se força à sourire.

— Voilà une affaire résolue.

— Hmm.

Spinks paraissait songeur.

— Veux-tu que je prévienne le prêtre pour qu'il passe régler avec vous les détails de l'enterrement ?

— Inutile, je m'en occuperai moi-même. En tout cas, je vous suis reconnaissante de vous être déplacé. Et remerciez votre sœur pour le thon Mornay.

Le policier leva la main et sortit dans le jardin inondé de soleil.

Stella cala deux gros oreillers dans le dos de Grace, puis elle s'assit sur le lit, le plateau sur les genoux. Elle beurra le toast, ouvrit l'œuf coque et s'apprêtait à faire manger sa mère quand elle surprit son propre reflet dans le miroir de la coiffeuse. Elle s'aperçut qu'elle avait ouvert la bouche pour encourager Grace à manger.

Stella ? Regarde, voilà l'aéroplane.

Elle revit Grace faisant des ronds dans l'air avec une petite cuillère.

Ouvre le hangar... tu es une gentille petite fille.

Grace attendait, la bouche ouverte, et Stella y enfourna la cuillère. Docile, sa mère mâcha, avala.

— Après ton petit déjeuner, tu devrais te lever, maman. Dehors, il fait très beau.

Grace la contempla d'un air interrogateur, puis secoua la tête d'un air las.

— Tu ne peux pas passer ta vie au lit. Spinks est venu. Le coroner a rendu le corps et il nous faut organiser l'enterrement.

Grace se détourna et enfouit son visage dans l'oreiller.

— Je ne pourrai jamais affronter ça, dit-elle d'une voix étouffée. Sans lui, je ne suis plus bonne à rien.

— C'est faux et il faut que tu réagisses.

Grace se redressa.

— Mais je ne sais rien faire, gémit-elle, comment je vais me débrouiller ?

Sur son visage suppliant se peignit une terreur sans nom.

Devant l'étrange expression enfantine de sa mère, Stella se sentit envahie par un obscur ressentiment. Elle revit Grace, assise sur ce lit avec ce même visage de petite fille, prononçant les mots que William lui soufflait.

Elle se souvint de la façon dont Grace l'avait deux fois trahie, puisque moins d'une semaine plus tard, elle s'agenouillait devant Stella, tendant les bras pour qu'elle lui donne le bébé. Et elle l'avait bercé avec une telle tendresse, comme si elle comprenait à quel point il était précieux. Pourtant, quand William avait insisté pour qu'elle le lui remette, ignorant les supplications de sa fille, Grace lui avait obéi et l'enfant avait disparu à tout jamais.

Stella se leva et le plateau tomba sur le sol avec fracas. Elle regarda l'œuf décrire une longue courbe et disparaître sous le lit.

— Papa était trop fort, trop dur, lâcha-t-elle tout d'une traite. Et toi tu n'as rien fait pour t'opposer à sa tyrannie.

Grace ferma les yeux pour se protéger de la colère de sa fille.

— Écoute-moi, s'écria Stella avec la voix aiguë et désespérée de ses seize ans. Tu lui as tout donné et moi, tu m'as laissée tomber.

Sa voix s'étrangla.

— Et... et pourtant tu étais ma mère.

Un frémissement passa sur le visage de Grace qui gardait les yeux obstinément fermés et avait serré les poings.

Stella sortit de la pièce.

Elle avait pris place en face du prêtre, assis à son bureau recouvert de cuir vert. Il était penché sur un livre.

— Vous avez raison, déclara-t-il. En 1963, votre père a acheté un vaste emplacement au cimetière jouxtant l'église.

Il sourit à Stella.

— Cela va nous faciliter les choses. A-t-il laissé des instructions pour le service funèbre ? Peut-être a-t-il consigné cela dans son testament ?

Stella fit la moue.

— Je ne pense pas qu'il aurait désiré un service religieux. Il n'allait jamais à la messe.

— Je dois admettre que je ne l'y ai jamais vu. Mais je ne suis ici que depuis six mois. Sauf erreur de ma part, je n'ai pas non plus rencontré votre mère.

Il marqua une pause.

— Je regrette qu'elle ne soit pas ici pour nous donner son avis.

— Elle n'est pas très bien.

— On peut attendre un jour ou deux.

Le prêtre fixait Stella d'un air suspicieux.

— L'épouse est généralement la première intéressée.

Stella s'absorba dans la contemplation d'un vase sur le rebord de la fenêtre. À Seven Oaks, non seulement Grace refusait de quitter son lit, mais elle ne mangeait plus, se contentant d'avaler l'eau que Stella versait entre ses lèvres.

— Je crois que pour nous, le plus important est d'en finir avec ces funérailles afin que nous puissions reprendre le cours de nos vies.

Le prêtre parut choqué. Puis il ouvrit un livre de prières dont il tourna pensivement les pages.

— Il existe plusieurs types de cérémonies, et puis il faut aussi choisir les hymnes.

— Nous n'avons pas besoin d'un service religieux, juste d'un enterrement.

Le prêtre se raidit.

— En pareilles circonstances, il est important de considérer les sentiments des autres : les amis, la famille...

— Ici, nous n'avons pas de famille. Et ses amis savent bien qu'il n'était pas pratiquant.

L'homme de Dieu hocha doucement la tête, plongé dans son livre de prières comme s'il en attendait quelque inspiration. Puis il releva un visage empreint de compassion et de tolérance.

— Ce n'est pas si simple, mademoiselle Birchmore. Il y a des règles sur la façon dont on doit procéder sur une terre consacrée. Elles sont là pour nous rappeler que la vie humaine est sacrée.

Il chercha ses mots.

— Excusez ma brutalité, mais si vous n'y attachez aucune valeur, autant enterrer votre père dans votre jardin.

Stella repoussa sa chaise et se leva.

— Faites comme vous l'entendez, mais tenez-vous-en à quelque chose de sobre. Pas d'éloge funèbre et pas de chants.

L'homme l'observa un instant en silence puis lui adressa un pâle sourire.

— Je pense avoir compris ce qu'il vous faut.

Les abeilles butinaient les fleurs placées au bord de la tombe.

Stella regardait le cercueil tout simple. Sous le couvercle cloué, elle imagina William, revêtu de son plus beau costume. Il aurait apprécié que tous les habitants de Halfmoon se soient déplacés pour l'accompagner jusqu'à sa dernière demeure. La conserverie, la boutique et le pub étaient fermés.

Tout le monde était là sauf Grace.

Quand Stella était entrée dans la chambre, ce matin, son immobilité était telle qu'on aurait juré qu'elle ne respirait plus. Grace s'absentait chaque jour davantage. Maintenant, elle refusait même de parler. Stella se sentait affreusement coupable. Comment avait-elle pu évoquer les douleurs et les colères du passé en un moment pareil ?

Elle tenta de chasser de ses pensées l'image de Grace, seule et désespérée à Seven Oaks.

— Ça va, ma chérie ? lui demanda Pauline.

Depuis que Stella était entrée dans le cimetière, Pauline ne l'avait pas quittée un seul instant. Elle n'avait pas dit grand-chose, se contentant de temps à autre de poser la main sur le bras de la jeune femme pour qu'elle se sente moins seule.

Bientôt, le prêtre fendait la foule pour rejoindre la tombe. Là, il se recueillit un instant, puis il contempla l'assemblée d'un air grave. Il portait un surplis blanc, une écharpe noire autour du cou et son crâne chauve luisait au soleil.

Il ouvrit son livre de prières.

— L'homme né de la femme a une existence courte et tourmentée.

Sa voix était puissante et claire.

— Il grandit et décline, il passe comme une ombre.

Il chercha Stella du regard et lui adressa un sourire triste, mais elle resta figée. Pour elle, son discours n'avait aucun sens.

— Chers amis, nous sommes rassemblés ici pour saluer notre frère William Charles Birchmore, qui a connu une fin tragique. C'était un homme auquel on reconnaissait de nombreux mérites. Il avait la réputation d'être un pêcheur aguerri qui aimait son travail et respectait la mer. Par ailleurs, ses qualités de leader étaient appréciées de toute la communauté…

Il continua longtemps sur ce ton. Puis, le débit de ses paroles ralentit et Stella baissa la tête tandis que le flot de paroles emphatiques la submergeait.

— William avait deux grands amours dans sa vie, sa femme Grace, que son état de santé défaillant a empêchée de se joindre à nous, et sa chère fille Stella. En tant que mari et que père, il fut un exemple pour nous tous.

Stella ferma les yeux et ce qu'elle avait lu dans le journal de William lui revint en mémoire.

Si seulement je pouvais revenir en arrière pour être un autre homme. Un homme bon.

— C'était un homme de principes, poursuivit le prêtre. Un homme simple et honnête.

Stella rouvrit les yeux. Les gens hochaient la tête en signe d'assentiment et les femmes avaient les larmes aux yeux.

Spinks, non loin du prêtre, semblait le seul à ne pas partager l'émotion générale et Stella s'aperçut qu'il l'observait avec attention. Quand elle croisa son regard, il hocha imperceptiblement la tête, comme pour lui signifier qu'il savait comme elle que les choses n'étaient pas toujours aussi simples.

Stella fut brusquement effrayée devant les sentiments mêlés que suscitaient en elle la mort de William, la prostration de Grace et le retour de Zeph. Sans oublier le petit garçon dont elle percevait la voix, portée par le vent, et qui lui rendait souvent visite en rêve. Il avait le visage étrange et livide de l'enfant albinos, en Afrique, perdu à tout jamais.

Elle songea au petit corps enseveli dans une terre qu'aucun prêtre n'avait consacrée, dans une tombe que rien ne signalait, sans aucun cercueil pour le protéger. Il ne portait qu'une robe en soie et peut-être William l'avait-il enveloppé dans une pièce de tissu.

À moins qu'il ne se soit contenté de le jeter dans le sol, sans précautions particulières.

Stella se concentra sur les fleurs printanières à ses pieds : des marguerites, des coquelicots, du muguet, des jonquilles, des renoncules, mélangés à des branches de mimosa et d'eucalyptus bleu. Les fleurs les plus fragiles commençaient déjà à se faner.

Dans un coin, Stella aperçut un bouquet étrange, d'une simplicité et d'une beauté frappantes. Quand elle voulut mettre un nom sur les fleurs qui le composaient, elle s'aperçut qu'il n'en contenait aucune. Il était formé de différents feuillages et d'une plume de perroquet d'un vert émeraude plantée en son milieu.

Stella devina aussitôt qu'il était l'œuvre de Zeph. Avait-il entretenu des liens d'amitié avec William ? S'agissait-il d'une simple marque de respect ? À moins qu'il ne désire lui envoyer un message... Elle fut prise de vertige, menacée par un tourbillon d'émotions qu'elle n'était pas en mesure d'affronter.

Pauline la tira par la manche.

— Ma chérie, on t'attend.

— Tu étais poussière et tu redeviendras poussière, entonnait le prêtre.

Stella referma la main sur de la terre tiède et humide et la jeta sur le cercueil où elle retomba avec un bruit sourd.

Elle aurait tellement aimé pleurer. Pour William, pour son bébé, pour Zeph et Grace, pour tout ce qu'elle avait perdu et qui lui avait été retiré.

Elle imagina un flot de larmes qui la laverait de ses rancœurs et de ses péchés et lui permettrait de renaître.

Mais ses yeux étaient secs, aussi stériles que le désert.

Stella avala une gorgée de thé au lait et croqua dans un biscuit au chocolat tout en souriant aux parents de Laura. Puis elle salua le père de Jamie qui venait d'arriver avec Pauline. Il semblait mal à l'aise dans son costume. Au cimetière, il s'était tenu avec le groupe des pêcheurs qui avaient formé une garde d'honneur, le visage grave et le regard perdu. Tous craignaient de finir un jour comme William, et ils savaient que rien ni personne ne pouvait les mettre à l'abri d'un tel accident.

— William était un homme raisonnable, avait soupiré l'un d'eux en venant serrer la main de Stella. Il ne prenait pas de risques inutiles.

Stella vida sa tasse et jeta un coup d'œil autour d'elle. Tous ces visages familiers qu'elle ne connaissait plus... Elle cherchait Zeph.

Elle allait renoncer quand des gens s'écartèrent et elle aperçut une longue silhouette avec des cheveux d'un blond doré. Il portait un costume sombre et une chemise gris perle. Stella fit un pas et ses lèvres s'entrouvrirent.

En tenue de ville, Zeph ressemblait à un étranger, à un homme qui aurait été à l'aise dans la salle d'un conseil d'administration ou dans une galerie d'art. Et pourtant, il ressemblait toujours au garçon écumant les océans, un sarong noué autour de la taille.

Il parlait avec un homme que Stella ne connaissait pas. Malgré elle, Stella chercha du regard un visage féminin inconnu, une personne élégante vêtue de vêtements de ville, avec des enfants auprès d'elle ou un bébé dans les bras.

Stella fixa le plancher, où étaient tracées des lignes blanches. Là, des générations d'enfants de Halfmoon avaient joué au basket.

Quand elle releva les yeux, elle fut surprise par une

certaine nuance de mauve, immédiatement reconnaissable.

Un jeune homme avec une casquette lui présentait un énorme bouquet de gerberas dans des tons lilas.

— Livraison express, annonça le jeune homme en s'inclinant respectueusement avant de repartir.

Stella reconnut le logo Interflora sur la carte épinglée au papier cellophane.

> *Nous sommes de tout cœur avec toi.*
> *Lorna et l'équipe de* Women's World.

Stella effleura une des marguerites géantes. Lorna avait un fleuriste attitré, à Sidney, qui lui fournissait des fleurs de la teinte exacte qu'elle exigeait.

Brusquement, ses amies et collègues du magazine lui manquaient. Elle avait envie de réintégrer un monde où sa mission était claire et où elle jouait un rôle précis.

Dis la vérité. Ne te pose pas de questions.

Elle se languissait de retrouver le statut d'outsider qui était le sien quand elle faisait des reportages chez des inconnus, à l'étranger. Là-bas, elle transmettait ses impressions, analysait des situations et tenait ses émotions à distance.

Derrière le comptoir de M. Berhanu, à l'Ethiopian Hotel, sa machine à écrire l'attendait. Bientôt, elle irait la récupérer et taperait son prochain article, en pestant contre les touches qui restaient enfoncées. Elle pouvait presque toucher son sac à dos posé sur son lit étroit et dur.

Et l'ange de pierre se tenait auprès d'elle. Elle était donc chez elle.

17

Stella tisonna le charbon de bois dans la cuisinière et des étincelles jaillirent. Le four serait bientôt assez chaud.

Sur la table était posé le livre de recettes de Grace, ouvert à la page de « l'entremets des îles de Joséphine », le dessert préféré de sa mère qu'elle avait décidé de confectionner pour l'encourager à manger. Mais c'était aussi un geste pour se déculpabiliser, car elle avait pris la décision de quitter la Tasmanie au plus vite – même si elle devait pour cela louer les services d'une infirmière de Saint Louis qui viendrait régulièrement s'occuper de Grace.

Elle suivait méticuleusement la recette, lisant et relisant avec attention les instructions écrites d'une petite écriture penchée.

> *Mélangez délicatement les jaunes d'œufs.*
> *Ajoutez une gousse de vanille fendue en son milieu.*
> *Incorporez les fruits confits, la marmelade d'abricots, la crème anglaise avec un peu de gélatine et la crème fouettée.*
> *Versez la composition dans le moule.*

Elle tapissa le moule de papier sulfurisé. Ces gestes lui étaient devenus étrangers et elle se sentait maladroite.

Quand elle eut terminé, elle poussa un « ouf » de soulagement.

En regardant autour d'elle, Stella vit avec consternation qu'elle avait renversé de la farine et écrasé des coquilles d'œufs sur le carrelage, du beurre avait fondu sur la table, une mouche s'était posée sur une cuillère en bois gluante. Quant à l'évier, il était rempli de vaisselle sale.

La nourriture que les gens avaient apportée était toujours entassée un peu partout. Maintenant, elle était gâtée. La cuisine de Grace, toujours impeccable, s'était transformée en un chantier malodorant. Une fois le dessert au four, Stella voulut se lancer dans un grand nettoyage quand elle s'aperçut que le coffre à bois était vide. Si elle voulait de l'eau chaude pour plus tard, il fallait le remplir.

Dans la réserve, elle entreprit de fendre du bois. D'habitude, William remplissait tous les coffres avant de partir en mer et laissait une pile de bûches supplémentaires près de la buanderie. Stella se demanda qui allait s'occuper de ça, maintenant que son père était mort. Et qui viderait les gouttières ou réparerait la pompe quand elle tomberait en panne ?

Elle s'interrompit dans sa tâche et fit le tour de la maison. Avant son départ, il lui faudrait veiller à ce que les travaux ponctuels soient effectués et charger quelqu'un de régler les problèmes imprévus. Elle vérifia l'état de la peinture, des tuyaux et du toit en zinc. Comme elle s'y attendait, William avait bien entretenu la maison qui ne nécessiterait pas de réparations importantes avant plusieurs années.

Puis Stella se rendit dans la remise où tout était en ordre : les outils, les pots de peinture, les provisions de bois.

En revenant vers la maison, elle sentit une odeur qu'elle ne parvint pas à identifier. Puis elle vit de la fumée qui s'échappait par la porte de derrière, restée entrouverte.

— Bon sang…

Stella se mit à courir. L'entremets était fichu.

Alors qu'elle s'apprêtait à entrer dans le vestibule, elle recula devant une apparition spectrale : Grace, vêtue d'une chemise de nuit froissée, ses cheveux d'un blond pâle répandus sur ses épaules.

Stella l'observa de derrière le linteau. Sa mère secoua la tête d'un air réprobateur, puis elle attrapa un torchon et ouvrit la porte du four.

Une fumée noire en sortit. Elle se pencha, toussa, tira le moule à charlotte vers elle et le lâcha en agitant la main. Puis elle replia le torchon afin de mieux se protéger, parvint enfin à s'emparer du récipient et se précipita vers le jardin pendant que Stella allait se cacher derrière le tas de bois. Le moule brûlant vola dans les airs et alla atterrir au milieu du parterre de lis. Quelques secondes plus tard, Grace apparut à la fenêtre, agitant son torchon pour tenter de chasser la fumée.

— Stella, tu es là ? cria-t-elle en se tournant vers l'intérieur de la maison.

Stella ne se montra pas. Depuis son poste d'observation, elle vit Grace, les mains sur les hanches sur le seuil de la porte.

— Stella ! Où es-tu ?

Grace retourna à l'intérieur et Stella l'entendit bouger

les chaises, commencer à ranger, remplir une bassine d'eau pour faire la vaisselle.

Stella renversa la tête en arrière et poussa un soupir de soulagement. Grace était enfin sortie de sa chambre et avait réintégré sa cuisine. C'était un premier pas vers un rétablissement.

Elle regarda en direction de l'océan, mais au lieu de la mer d'un bleu étincelant, elle vit les hautes plaines d'Éthiopie, la terre rouge, les collines pelées et la beauté saisissante des profonds ravins d'un bleu-violet dans le soleil couchant.

Stella se trouvait dans la cabine téléphonique, en bordure du parking. Non loin de là se dressait le mémorial des marins. Des mouettes s'étaient perchées sur le mur, pareilles à des soldats attendant les ordres. Le regard de Stella fut irrésistiblement attiré par la plaque de David Grey. Aussitôt, elle s'en détourna. Devant elle, elle pouvait voir la conserverie avec ses portes tachées d'huile, d'essence et de sang de poisson. Sur la droite, des caisses étaient empilées qui portaient en lettres bleues l'inscription : « Produits de Tasmanie ».

Elle entendit la standardiste parler avec Londres et demander à la secrétaire de Lorna si elle acceptait un appel en PCV de Halfmoon Bay, en Tasmanie.

— Ça se trouve où, la Tasmanie ? demanda la secrétaire.

— En Australie. C'est un appel de Stella Boyd.

— Oh ! Stella ! J'accepte.

Stella ressentit un frisson de plaisir à l'idée qu'elle était encore désirée quelque part. À Londres, on lui accordait une certaine importance...

— Stella ! dit la voix de Lorna. Ravie de t'entendre.

Il y a de la friture sur la ligne. Comment ça va ? Tu as reçu les fleurs ?

— Oui, je te remercie. C'était très gentil de ta part.

— Tout le monde se fait du souci pour toi.

Lorna marqua une pause.

— Nous parlions justement de toi ce matin. Je ne te bouscule pas. Prends tout ton temps. Je comprends que la situation n'est pas facile…

— J'aimerais reprendre le travail dès que possible, l'interrompit Stella. J'ai déjà retenu une place sur un vol pour Dubaï, mercredi.

— Mais pourquoi Dubaï ?

Stella fronça les sourcils. Lorna avait oublié que les avions d'Ethiopian Airlines décollaient de Dubaï.

— C'est l'itinéraire le plus simple pour se rendre à Addis-Abeba. Je veux couvrir la fin de la guerre et enchaîner sur l'Érythrée.

— Stella, j'ai une nouvelle idée de reportage pour toi. La marque Avon envoie des représentantes en Alaska. C'est surréaliste. Tu les imagines se rendant dans les igloos avec leurs catalogues et leurs échantillons de produits de beauté ?

— Qu'est-ce que tu dis ?

— J'ai déjà le titre. « Les dames de chez Avon vendent du rouge à lèvres aux Esquimaux » ou quelque chose dans ce genre. Rien ne t'empêche de retourner en Éthiopie, mais j'aimerais que tu ailles d'abord en Alaska. Il me faut un sujet un peu léger. Tu m'entends ?

— Oui, oui. Mais j'ai laissé ma Remington à Addis. Et j'ai retenu ma chambre.

— Je m'en occupe, lança Lorna de son ton directorial. Je vais passer un coup de fil à Reuter, ils ont un correspondant là-bas qui réglera la note et m'enverra la machine. En attendant, pourquoi ne prends-tu pas un avion pour Londres ? On organisera ton expédition d'ici. L'appartement est libre.

L'appartement contigu aux bureaux était meublé dans un style scandinave, blanc sur blanc avec quelques touches de mauve. La dernière fois que Stella y avait séjourné, elle revenait d'un camp dans la jungle au Sri Lanka et s'apprêtait à partir pour New York. Elle n'appréciait guère cet endroit, froid et impersonnel. De crainte de tacher la moquette, elle gardait toujours ses affaires dans la salle de bains. Mais aujourd'hui, l'appartement neutre et pratique lui apparut soudain comme un refuge.

— Il me faut une avance, pour payer le billet.

— Naturellement. Fais-moi parvenir le nom et l'adresse de ton agence de voyage. Je t'embrasse, ma chérie. Prends bien soin de toi.

Stella raccrocha. La mission que lui avait assignée Lorna ne l'enthousiasmait guère mais, après tout, elle ne s'était engagée à rien. Une fois à Londres, elle en discuterait avec sa rédactrice en chef. Pas question d'abdiquer sa liberté.

Elle se dirigea vers sa camionnette garée dans le parking et en sortit une caisse remplie de marmites et de plats. Grace les avait vidés, jetant la nourriture gâtée sur le tas de compost. En lisant le nom des donateurs, scotché sur le fond des récipients, son visage avait parfois manifesté du plaisir ou de la surprise.

Stella porta son fardeau jusqu'à la boutique, respirant l'odeur familière de lessive en poudre et de bananes trop mûres. L'endroit avait à peine changé. Près de la porte, le tableau réservé aux annonces de la communauté était toujours là, couvert de notes écrites à la main qui proposaient des meubles d'occasion ou des stères de bois livrés à domicile. L'Association des femmes de pêcheurs avait toujours son stand, près du congélateur, avec ses confitures et ses jouets pour enfants en tissu rembourré. Stella remarqua aussi un ou deux exemplaires d'un livre broché à la couverture fanée. Il portait l'emblème de l'association et le titre « Livre de cuisine, trentième anniversaire, 1976 ». Stella se rappela le jour où Mme Barron lui avait parlé du projet d'édition de cet ouvrage. Elle lui avait même demandé une recette de Grace. Il semblait à Stella que c'était hier. Elle fit quelques pas pour admirer les nouvelles étagères. Maintenant, le choix des conserves était plus varié, on trouvait des fruits exotiques, des plats cuisinés comme de la choucroute, de l'Irish Stew ou du bœuf bourguignon.

Et puis, Mme Barron apparut. Elle arborait la même chevelure d'un roux flamboyant.

— Stella !

Son visage s'éclaira. Il s'était empâté et alourdi d'un double menton, mais l'épicière n'avait pratiquement pas de rides et ses yeux étaient toujours aussi vifs.

— Bonjour, madame Barron.

— Ma pauvre chérie ! s'écria la maîtresse des lieux avec un regard apitoyé, tu as l'air épuisée.

Stella haussa les épaules.

— Oui, je suis un peu fatiguée.

— Mais à part ça, je n'aurais eu aucun mal à te reconnaître si je t'avais croisée dans les rues de Saint Louis. Tu n'as pas changé.

— Vous non plus, dit poliment Stella.

Elle montra son chargement.

— Il faut que je rende tous ces plats. J'ai pensé que si je posais cette caisse sur le comptoir, les gens pourraient les récupérer.

— Mais bien sûr, mon petit chat. Comment va ta pauvre maman ?

— Beaucoup mieux.

Elle tendit une liste de courses à l'épicière, rédigée de l'écriture nette et soignée de Grace.

Mme Barron battit des mains.

— Elle a recommencé à cuisiner, alors ! C'est très bon signe. Je me languissais de ses listes. Elles sont si originales.

Stella sourit. Avant longtemps, Grace viendrait ici faire ses courses. Dès que l'occasion s'en présenterait, Stella expliquerait à sa mère qu'il fallait qu'elle passe son permis. Grace avait retrouvé sa contenance habituelle. Elle était bien coiffée, portait des chemisiers fraîchement repassés, des chaussures cirées et avait repris ses occupations : le ménage, la cuisine et le jardin. Mais Stella ne voulait pas trop la bousculer pour l'instant.

Mme Barron commença à rassembler les produits de la commande qu'elle rangeait dans un sac en plastique.

— Tu es partie très longtemps, dit-elle à Stella sur un ton de reproche. Tu sais, ici, les choses n'ont pas beaucoup changé. Des gens du continent ont racheté le pub et ils ont fermé le restaurant. Du coup, j'ai dû élargir mon choix d'articles.

Elle montra les nouvelles étagères.

— Les quelques personnes qui voulaient se détendre de temps à autre en allant dîner au pub n'ont plus nulle part où aller. Quant aux voyageurs, aux ouvriers occasionnels et aux pêcheurs des ports environnants, ils sont bien embêtés. Au pub, on ne trouve rien à part des sachets de chips.

Elle agita les mains d'un air désolé.

— Et à part ça, les Nielsen ont déménagé à Saint Louis. Laura vient d'avoir une deuxième petite fille. Elle vit dans le Nord. Jamie… eh bien Jamie n'est jamais revenu. Il est resté dans les Territoires-du-Nord.

Il a une femme charmante, j'ai vu sa photo, et trois beaux enfants.

Elle reprit sa respiration.

— Nous avons aussi quelques nouveaux habitants. Un couple de retraités d'Afrique du Sud. Zeph...

Stella prit une pomme sur un panier posé sur le comptoir et l'essuya sur sa manche.

— Mais lui, tu l'as déjà rencontré, poursuivit Mme Barron.

Elle parut songeuse.

— C'est un très gentil garçon, ce Zeph. Il s'est construit une maison, près de la route des forçats. Je ne l'ai pas encore vue, mais on m'a raconté qu'elle ne manquait pas de fantaisie.

Mme Barron se pencha pour prendre une boîte d'allumettes derrière le comptoir et les doigts de Stella se crispèrent sur la pomme.

— Il est marié ? demanda-t-elle tout en s'absorbant dans la contemplation des reflets lumineux sur le fruit d'un jaune d'or.

— Non, il n'a ni femme ni petite amie.

Ses boucles rousses et laquées rebondirent sur sa tête.

— À mon avis, il doit se sentir un peu seul.

Stella haussa les épaules.

— Certaines personnes apprécient la solitude.

Mme Barron lui adressa un regard courroucé.

— C'est possible mais, en ce qui te concerne, je ne pense pas que ce soit une bonne idée.

Elle cocha le dernier article sur la liste qu'elle rendit à Stella.

— Tu peux vérifier.

Stella mit la note dans sa poche tandis que Mme Barron s'accoudait au comptoir.

— Où en étions-nous ? Ah, oui, Zeph. Figure-toi

qu'il ne travaille pas. Laurie m'a raconté qu'il n'en avait pas besoin. Il a fait fortune grâce à une invention, je crois que ça concerne les bateaux. Avant de venir ici, il vivait à Sidney dans une belle maison, il gérait ses affaires, bref, il avait tout pour être heureux. Et puis, il y a deux ans, il a tout abandonné pour venir s'installer à Halfmoon.

Mme Barron sourit.

— Et voilà, un beau jour il est arrivé et il n'est jamais reparti.

Dans sa bouche, cela sonnait comme l'heureuse conclusion d'un conte de fées.

Tailwind

— Et son bateau ? ne put s'empêcher de demander Stella.

Mme Barron parut surprise.

— D'habitude, il est amarré dans le port. Mais il a passé l'hiver dans la cale de carène de Bennett et il ne va pas tarder à réapparaître. Zeph attend sans doute d'avoir fini d'aider Old Joe à réparer le toit de sa timonerie. Il passe son temps à donner un coup de main à ceux qui en ont besoin. Une façon comme une autre de s'occuper.

Mme Barron se mit à rire.

— On s'est habitué à lui et maintenant on ne peut plus s'en passer. Mais bon, assez parlé de Zeph.

Elle examina Stella avec curiosité.

— Tu t'es bien débrouillée, dis donc. C'est sans doute grâce à cette école en Angleterre où on t'a donné une bonne éducation. Tu sais, ici, on lit tous tes reportages.

Mme Barron pointa du doigt le présentoir des

magazines où trônait un exemplaire du *Women's World* du mois précédent, entre *Four Wheel Drive* et *New Idea*.

— Je suis contente que ça vous plaise.

Mme Barron secoua la tête.

— Tu as été le témoin de terribles événements. Tous ces malheurs... je me demande comment tu peux supporter ça.

Puis son visage s'éclaira.

— Et qu'est-ce que tu vas faire ici, maintenant que tu es de retour ?

— Je ne resterai pas longtemps.

Elle prit son sac de provisions.

— Je vais m'assurer que maman peut se débrouiller seule et je reprendrai le travail.

— Je comprends. Ils ont besoin de toi, là-bas.

Stella sourit mais cette remarque anodine l'avait troublée. Certes, Lorna appréciait ses articles, mais serait-elle vraiment contrariée si Stella Boyd arrêtait de travailler pour elle ? Les histoires à raconter ne manquaient pas et les bons journalistes non plus. Bon nombre d'entre eux lorgnaient sa place.

— J'ai été très contente de vous revoir, madame Barron.

Il faut que je parte.

Grace avait mis son tablier de jardinage et, agenouillée sur un vieux coussin en plastique, elle retirait des mauvaises herbes du parterre de lis qu'elle déposait dans un panier à côté d'elle.

Le tas de compost disparaissait sous les mouettes qui se battaient pour les pâtisseries rances, les sandwichs rassis et les restes de plats cuisinés. Leurs cris et leurs battements d'ailes faisaient un vacarme infernal.

— Ouh ouh ! cria Stella.

Grace se redressa et hocha la tête d'un air approbateur en voyant que sa fille avait fait les courses.

Stella se dirigea vers la porte et faillit trébucher sur le moule à entremets, près des marches. Grace l'avait rempli d'eau après l'avoir saupoudré de bicarbonate de soude – il restait des traces de poudre sur le sol. Bientôt, en grattant un peu, le récipient serait propre comme un sou neuf.

Dans la cuisine, les rideaux avaient été tirés pour garder la fraîcheur. Ça sentait la cire d'abeille et un gâteau cuisait dans le four. En posant le sac sur la table, Stella vit toute une série de cakes qui refroidissaient sur une grille. « La spécialité de tante Sophie ».

Une des pâtisseries préférées de William, qui en emportait souvent avec lui dans ses expéditions en mer.

Grace avait déjà préparé des carrés de papier aluminium pour envelopper les six gâteaux, qui auraient suffi à un voyage d'une semaine.

Stella poussa un profond soupir. À chacun ses rituels pour affronter un deuil. Après tout, cuisiner pour un disparu était assez innocent. Ces cakes feraient plaisir à Old Joe ou aux femmes de pêcheurs, qui les vendraient au stand de leur association, à l'épicerie. Elle prit la boîte d'allumettes et alla dans le salon.

Elle s'immobilisa dans l'embrasure de la porte. L'alignement des fenêtres donnant sur la mer offrait une vision panoramique qui la laissa éblouie. Jamais elle ne se lasserait de ce spectacle unique, toujours changeant. Quand l'océan était turbulent et sombre, on avait envie de tirer les rideaux pour se protéger. Quand l'eau était calme et grise, on inclinait plutôt à réchauffer l'atmosphère en allumant un grand feu dans la cheminée. Avec le soleil, le bleu de la mer était tellement éclatant qu'il vous transmettait une étrange excitation. Comme Jésus, vous aviez envie de marcher sur l'eau et de pénétrer dans un monde de gloire...

Aujourd'hui, la mer était d'un bleu pastel et le ciel une peinture sur soie. Une lumière tamisée avait envahi le salon paisible.

Le regard de Stella erra sur les bibelots et les meubles familiers. Sur le buffet de tante Jane brûlait une bougie dont la petite flamme orange éclairait une photo encadrée. Une photographie de William en noir et blanc que Stella n'avait jamais vue auparavant. Il devait avoir une vingtaine d'années, portait une blouse blanche et un stéthoscope autour du cou.

Ses yeux brillaient et son visage était illuminé d'un sourire chaleureux. Il respirait l'insouciance et la joie de vivre.

Stella alla décrocher la photo. Voilà donc celui que Grace avait épousé, William Birchmore avant que son rêve ne soit brisé. Un homme qu'elle-même n'avait jamais connu.

Elle remit le cadre en place. Autour de la bougie étaient éparpillés la licence de pêche de William, les papiers du bateau, son permis de conduire, un vieux passeport... et puis aussi des pétales séchés provenant du bouquet que Stella avait vu dans le salon de mer le jour de son retour. Les dernières fleurs que Grace avait cueillies avant que William ne disparaisse.

La tasse à café du *HMS Victory* avait été ajoutée à l'autel, avec le journal mal replié de William et un mouchoir brodé de ses initiales, WCB. À côté étaient posés sa bouteille de brandy et un verre de cristal, comme si William allait revenir d'un moment à l'autre pour se servir un remontant.

En fixant le verre vide, une affreuse tristesse envahit

Stella. Elle résista au désir de sortir le journal de bord du tiroir de gauche pour y relire les derniers mots qui lui étaient adressés et exprimaient son remords de façon si poignante.

Elle avait réparé le tiroir et n'avait pas soufflé mot à sa mère de ce qu'elle avait découvert. William était mort. À quoi bon ressasser le passé ?

Moins on en parle, plus vite on oublie.

Elle prit un pétale tombé sur le sol qu'elle émietta entre ses doigts, rétablit l'équilibre de la bougie qui brûlait irrégulièrement dans la soucoupe remplie de cire, et tourna le dos à l'autel improvisé.

18

Stella se baissa pour ramasser l'annuaire en triste état qui gisait sur le sol de la cabine téléphonique, l'appuya sur son genou et chercha en pestant le numéro de la Tasmanian Bank de Saint Louis.

Au cours des derniers jours, elle s'était renseignée sur la pension que toucherait Grace en tant que veuve de marin pêcheur. Elle était assez modeste. À la mairie, on lui avait donné le montant de la somme que Grace devrait payer chaque trimestre en taxes et en impôts. Stella y avait ajouté une estimation des factures d'électricité, d'épicerie, d'essence et d'entretien de la camionnette. Grace aurait tout juste de quoi vivre, et elle ne pourrait s'autoriser aucune dépense imprévue ni aucune frivolité. Heureusement, William avait un compte d'épargne. Stella n'avait pas trouvé de relevés dans les tiroirs du buffet et Grace ne savait rien de la situation financière de son mari, mais la banque leur fournirait toutes les informations sur le capital que William avait laissé.

Stella introduisit une pièce dans la fente et composa le numéro. Une jeune femme lui passa aussitôt M. Wilson.

Stella se souvenait parfaitement de lui. Il dirigeait l'agence depuis fort longtemps et venait régulièrement au lycée pour initier les élèves aux rudiments de l'épargne et les encourager à ne pas dépenser tout leur argent de poche. Cet homme, qui inspirait confiance, portait un costume, une cravate et paraissait aussi solide que le bâtiment où il officiait : une maison en brique de deux étages, la plus impressionnante de Saint Louis avec celle qui abritait la mairie.

— Mademoiselle Birchmore ? Excusez-moi une seconde, dit M. Wilson d'un ton contraint.

Stella l'entendit fermer sa porte.

— Vous êtes toujours là ? Permettez-moi de vous présenter mes plus sincères condoléances, à vous et à Mme Birchmore. C'est une terrible tragédie. Si je peux vous être d'une quelconque utilité…

— Merci. Je voulais juste me renseigner sur le compte d'épargne de mon père.

Il y eut un bref silence.

— Écoutez, je préférerais que nous prenions rendez-vous.

— Pardonnez-moi, mais je suis très occupée. J'ai plein de problèmes à régler et je pars pour Londres dans quelques jours.

— Je comprends, soupira M. Wilson. Restez en ligne, je vais chercher le dossier de votre père.

Il s'absenta quelques minutes avant de la reprendre au bout du fil.

— Alors… Votre père avait bien un compte d'épargne. Le solde s'élève à neuf cent cinquante-six dollars et vingt cents.

La main de Stella se crispa sur l'écouteur.

— C'est impossible.

Cela n'avait pas de sens. William n'avait jamais gagné beaucoup d'argent, mais il économisait une certaine somme sur chaque chèque que lui remettait la conserverie. « Les pêcheurs du coin peuvent toujours s'appuyer sur leur famille, aimait à répéter William, mais les Birchmore ne peuvent compter que sur eux-mêmes. »

— Bien sûr, il avait des économies, reprit M. Wilson, mais il y a environ une dizaine d'années, il a décidé de convertir sa concession à bail en titre de pleine propriété. L'estimation de la maison et des terres était plus élevée que ce qu'il imaginait. Et puis il a dû payer les taxes, les experts, les frais de notaire… Il lui a fallu des années avant d'être en mesure de signer le contrat.

— Parce qu'il ne possédait pas Seven Oaks ? Je croyais qu'il avait acheté la maison à l'homme qui l'avait construite ?

— Non, il s'était porté acquéreur d'un bail de quatre-vingt-dix-neuf ans, comme beaucoup de gens de la région. Mais cela dérangeait William. Il disait qu'il ne dormirait pas en paix tant qu'il ne serait pas propriétaire.

Stella se mordit la lèvre.

— Je vous remercie pour tous ces renseignements, monsieur Wilson. Avec sa pension, ma mère parviendra tout juste à joindre les deux bouts, mais elle n'a pas de gros besoins.

M. Wilson se gratta la gorge et Stella entendit des bruissements de papier.

— Je crains que la situation ne soit un peu plus compliquée, dit-il d'une voix embarrassée. Ses économies ne couvraient qu'une partie du montant de la transaction. Il a fait un emprunt assez important. Et j'ai peur que le montant des mensualités ne soit supérieur à celui de la pension de votre mère.

Stella reçut un coup au cœur.

— Quelles sont les options ? demanda-t-elle d'une

voix enrouée. Peut-être pourriez-vous suspendre le remboursement pour quelques mois ?

— Si cela peut vous aider, ce sera avec plaisir. Mais vous devrez me proposer un plan à long terme. Je suppose que William n'avait pas d'autres actifs, sinon il les aurait déjà vendus. Et à l'époque de l'achat de la propriété, il n'avait pas souscrit à une assurance-vie.

M. Wilson poussa un soupir.

— Les pêcheurs s'y refusent par superstition. Ils ne veulent pas tenter le diable. Mais peut-être que vous-même entrevoyez une solution ?

— Je ne possède rien, s'empressa de préciser Stella.

Juste une machine à écrire abandonnée dans un hôtel à l'étranger. Quelques vêtements. Un ange provenant d'un jardin à la française...

— Avez-vous des parents qui pourraient vous aider ?

Stella savait que, s'il en avait eu les moyens, Daniel se serait volontiers porté à son secours. Mais il n'avait jamais gagné beaucoup d'argent. Il vivait à Melbourne avec Miles, dans une superbe demeure dont les murs et les meubles appartenaient à la famille de Miles. Les deux hommes s'en sortaient tout juste. Leurs vacances dans un pays exotique une fois l'an étaient leur seul luxe.

— Malheureusement non, répondit Stella.

M. Wilson poussa une exclamation désolée.

— Je sais ce que c'est, Stella, moi aussi j'ai connu cette situation. C'est très dur de se battre avec des dettes à la mort d'un proche. Néanmoins, William était un homme avisé. Depuis l'achat de Seven Oaks, la propriété a plus que doublé de valeur. Le tourisme est en plein essor. Les terrains en bord de mer, même un peu loin de Saint Louis, sont très recherchés. Si je peux vous donner un conseil, vendez.

— Non, c'est impossible. Je m'imagine mal annonçant à ma mère…

— Dans un premier temps, elle sera bouleversée, dit gentiment le banquier. Mais c'est parfois plus facile pour ceux qui restent de tout recommencer à zéro. Avec ce que vous rapportera la propriété, vous achèterez un joli appartement à Grace, avec tout le confort, dans le centre de Saint Louis. Puis vous investirez le reste et, au lieu de tirer le diable par la queue, Grace pourra aller chez le coiffeur toutes les semaines et même partir en croisière de temps à autre. Ce n'est pas une mauvaise option.

— Mais toute la vie de ma mère tourne autour de sa maison et de son jardin.

M. Wilson s'éclaircit la voix.

— Excusez ma brutalité, Stella, mais je ne pense pas que vous ayez le choix. Où trouverez-vous les quatre cents dollars mensuels pour le remboursement du prêt ? Je ne veux pas vous bousculer, prenez quelques jours pour réfléchir. Et sachez que le titre de propriété est au nom de William et de Grace. Ce qui signifie que vous ne serez pas retardée par des problèmes de droits de succession. Grace est en droit de vendre quand il lui plaira. C'est tout de même une bonne nouvelle.

Stella appuya son front contre la vitre de la cabine et ferma les yeux. Ce que disait le banquier était le bon sens même. Personne ne pouvait vivre sur une petite pension en remboursant un prêt, et Grace n'était pas du genre à travailler au pub ou à la conserverie pour compléter ses revenus…

— Écoutez, Stella, je connais quelqu'un qui serait très intéressé par Seven Oaks. Voulez-vous que je vous l'envoie ? Cela ne vous engage à rien. Je lui expliquerai la situation et je lui demanderai de se montrer discret.

Stella se passa la main sur le visage et se courba sur le téléphone, comme pour se protéger des mouettes qui l'observaient et du vent qui sifflait autour d'elle.

— Très bien. Je l'attends. Autant savoir à combien il estime Seven Oaks, pour que je me fasse une idée.

— C'est une sage décision.

Stella était d'accord avec M. Wilson. Cette démarche lui permettrait de compléter ses informations.

Près de la route, de petits kangourous paissaient dans les prés. Stella, qui conduisait avec un coude hors de la camionnette, posa la main sur la carrosserie chauffée par le soleil. Elle ralentit en s'approchant de la maison et l'observa de loin.

En ce milieu d'après-midi, le toit se dessinait sur fond de ciel clair, projetant une ombre sur la remise et le réservoir d'eau. Les branches du chêne commençaient à reverdir. Grace, un seau posé à ses pieds, était occupée à nettoyer les carreaux incrustés de sel et son pull rouge se détachait sur le mur blanc.

Stella gara la camionnette et rejoignit sa mère à pas lents. Le visage de Grace se reflétait dans une vitre fraîchement lavée. Elle recula d'un pas et contempla son ouvrage d'un petit air satisfait.

Stella se demanda comment elle allait lui annoncer la mauvaise nouvelle et elle se sentit gagnée par une terrible appréhension. Elle se força à sourire quand Grace se retourna pour lui adresser un signe de la main avant de frotter le carreau suivant.

Assise à la table, Stella pelait les dernières pommes de la réserve d'hiver. Malgré leur aspect rugueux et ridé, la chair en était savoureuse. Grace voulait en faire des conserves qui seraient servies avec du rôti de porc. Des pots attendaient, déjà étiquetés.

Comme d'habitude, la remise était remplie de bocaux, luisant dans la semi-obscurité : confiture de framboises couleur rubis, *pickles* de noix d'un noir d'encre, marmelade d'oranges d'un jaune ensoleillé, tomates écarlates... Stella essaya de ne pas penser à tout ce qu'elles devraient donner ou jeter au moment du déménagement.

De temps à autre, elle lançait un coup d'œil à sa mère qui s'affairait entre le livre de recettes et la cuisinière. Tout en surveillant des oignons qui blondissaient dans la poêle, elle prit un gant doublé d'aluminium et l'enfila. Puis elle ouvrit le four et fit tourner le plat où cuisait une brandade de morue.

Elle semblait tellement à sa place, ici, dans son domaine.

Stella essaya de l'imaginer dans une autre cuisine, plus petite et plus pratique. Mais cet exercice lui rappela un livre d'enfant qu'on lui avait offert autrefois, où les dessins n'étaient pas à la même page que l'histoire qu'ils illustraient. Les personnages semblaient perdus. Ils ne se rattachaient à rien.

Stella tenta de se convaincre que, si elle y était obligée, Grace s'adapterait à un cadre différent. Stella avait vu des réfugiés recommencer à zéro dans un pays dont ils ignoraient tout. Elle s'était entretenue avec des prisonniers confrontés à des sentences de prison à vie, dans les geôles de pays étrangers. Les gens étaient plus résistants qu'on ne l'imaginait. Ils se surprenaient eux-mêmes.

Un cœur brisé ne s'arrête pas de battre...

Pendant que Grace remuait des casseroles, quelqu'un frappa au carreau. En se retournant, Stella vit apparaître un visage inconnu à la fenêtre. Il avait des cheveux noirs, portait un pull beige, et ses yeux étaient dissimulés par des lunettes de soleil.

Elle se leva et sortit de la pièce. Heureusement, Grace, penchée sur l'évier, n'avait rien remarqué. Stella préférait affronter seule les éventuels problèmes venant de l'extérieur. Elle ouvrit la porte qu'elle referma derrière elle.

— Excusez-moi de me présenter sans avoir pris rendez-vous, dit l'homme en tendant la main. Je suis Clifford Beaumont.

Il avait une poignée de main chaleureuse.

— M. Wilson m'a dit que vous n'aviez pas le téléphone. Comme j'étais dans le coin, j'ai tenté ma chance. Donc vous désirez vendre ?

Stella, qui ne s'attendait pas à ce que le banquier réagisse aussi rapidement, fit signe au visiteur de la suivre.

Vaguement surpris, il obtempéra, avançant avec précautions sur le sol inégal.

— Ma mère n'est pas encore au courant, expliqua Stella quand ils eurent rejoint le tas de bois. Je préfère choisir le bon moment pour lui annoncer la nouvelle. Laissez-moi votre numéro et je vous contacterai. Mais je crains de ne pas pouvoir vous faire visiter la maison pour l'instant.

L'homme sourit, découvrant deux rangées de dents parfaites. Il avait le teint bronzé, l'allure vestimentaire et l'aisance des gens qui vivent dans l'opulence.

— Wilson m'a montré le titre de propriété et c'est tout ce qui m'intéresse.

Il étudiait le terrain et la vue. Stella, qui s'attendait à ce que la beauté du paysage suscite son admiration, le vit pincer les lèvres avec un petit hochement de tête. Elle tenta de lire ses impressions dans ses yeux, mais ses lunettes de soleil l'en empêchèrent. Elle n'aimait pas les gens qui dissimulaient leur regard. Cela lui rappelait les soldats, les gardes du corps, les polices secrètes – ces hommes dont les véhicules avaient des vitres teintées assorties à leurs lunettes et à leurs âmes ténébreuses...

— La propriété comprend toute la péninsule depuis la barrière jusqu'à la marque de la marée haute, c'est bien cela ? s'enquit Beaumont.

— C'est exact. Nous avons aussi un puits, une fosse septique et un réservoir d'eau. La maison n'a pas été rénovée, mais elle est très bien entretenue.

Clifford agita une main désinvolte.

— Je me fiche de la maison.

— Pardon ?

— Elle sera démolie.

En regardant du côté du chemin, Stella aperçut le capot d'une voiture de sport à la carrosserie argentée. Évidemment, un homme comme lui n'allait pas vivre dans une modeste demeure comme la leur. Il ferait construire une villa.

— Ici, on peut loger huit à dix bungalows, des installations sportives, un auvent pour les voitures... Le site va faire un malheur. La route passera par là.

Le doigt de Beaumont traça une ligne qui traversait le jardin et la maison.

Stella pâlit. Elle eut la vision d'un bulldozer dont la lame arracherait la barrière et écraserait tout sur son chemin, à la façon des tanks manœuvrés par des soldats qui recouvraient des fosses remplies de corps dont certains étaient encore vivants...

Les poutres se fendraient, le plâtre s'effriterait, le chêne serait abattu, les lis seraient écrasés, les arbres déracinés, les citernes exploseraient et l'eau se déverserait sur les débris d'où s'élèverait un nuage de poussière…

— Vous ne pouvez pas faire ça ! s'écria-t-elle d'un ton scandalisé.

— Excusez-moi, mais je croyais que Wilson vous avait mise au courant.

Beaumont ôta ses lunettes et les essuya à son pull tout en fixant Stella d'un regard dur.

— Si je suis prêt à vous faire une excellente proposition, c'est uniquement à cause du terrain. Le reste ne vaut rien.

Stella ne l'écoutait plus. Elle contemplait le jardin que cet homme avait l'intention de réduire à néant. Elle l'imagina recouvert de goudron et de béton. Quelque part gisait le squelette d'un minuscule bébé dans un linceul de tissu. Trop petit pour qu'on le remarque. Il serait retourné par la lame et disparaîtrait…

— Cet endroit n'est pas à vendre, dit Stella sur un ton faussement détaché.

Elle releva le menton.

— J'ai changé d'avis.

Beaumont posa la main sur son épaule mais, la sentant tressaillir, il la retira vivement.

— Je comprends. Il vous faut du temps pour vous habituer à cette idée, vous avez grandi à Seven Oaks… Mais quand vous connaîtrez le montant que je vous en offre – je vous le ferai savoir par courrier –, vous ne pourrez pas refuser. Je vous laisse quelques jours pour réfléchir.

— Inutile, vous perdez votre temps.

Clifford recula d'un pas et embrassa du regard le site magnifique qu'il convoitait.

— La prochaine fois, j'aimerais rencontrer votre mère.

— Ce n'est pas la peine de revenir.

L'insistance de cet homme déplaisait souverainement à Stella.

— Je ne veux plus vous revoir, ajouta-t-elle.

Beaumont ouvrit la bouche, puis se ravisa et remit ses lunettes avant de se diriger à grands pas vers sa voiture. Bientôt son engin démarrait dans un ronronnement rageur et un crissement de pneus.

Stella prit une profonde inspiration pour se calmer. Elle regarda la mer qui léchait les rochers gris et lisses où courait du lichen orange. Des boobyallas d'un vert émeraude descendaient jusqu'au rivage, leurs branches sculptées par les vents du large. Ces arbres avaient mis des générations à pousser, rien n'avait pu les arrêter, ni les hommes ni les tempêtes.

À part la maison, ici rien n'avait changé depuis le temps où les Aborigènes avaient établi leurs campements.

Et par une nuit de pleine lune, William s'était avancé dans le jardin, une valise à la main et une bêche dans l'autre. C'est alors qu'il avait pour toujours lié le destin de sa famille à cette terre.

Stella contemplait les parterres de Grace, éclairés par les rayons obliques du soleil. Elle sut alors que cette terre était sacrée, au même titre que le cimetière du prêtre.

Cela prendrait le temps et l'argent qu'il faudrait, mais Stella resterait ici jusqu'à ce qu'elle soit sûre que Seven Oaks était en sécurité.

Quand elle entra dans la cuisine, Grace se détourna de la cuisinière.

— J'ai entendu une voiture.

— Quelqu'un qui s'était trompé d'adresse.

Grace prit une cuillère en bois et remua le poulet et les champignons.

— Maman, il faut que je te parle. Tu finiras ça plus tard.

À l'air surpris de sa mère, Stella comprit qu'elle avait employé le même ton que son père quand il donnait des ordres. Grace fit glisser la poêle sur une plaque froide et affronta sa fille.

— Où William a-t-il enterré mon bébé ?

Grace fixa Stella d'un air horrifié.

— Si tu le sais, tu dois me le dire.

— Je l'ignore, murmura Grace.

— Essaye de te souvenir.

Stella ressentit le froid de la perte lui glacer le cœur. Elle s'était montrée bien naïve en croyant que Grace possédait la réponse. Si pour William le savoir était la clé du pouvoir, il avait gardé son secret. Et Grace s'était résignée, selon son habitude. Stella se détourna de sa mère et se cogna dans une chaise qui grinça sur le sol. Mais cette étincelle de colère fut vite noyée dans le désespoir.

— Tu t'en fichais pas mal ! s'écria-t-elle avec amertume.

Les deux femmes écoutèrent en silence le murmure de la mer. Quand Grace prit la parole, sa voix avait des résonances lointaines, intemporelles.

— Quand tu es partie, j'ai arrêté de cultiver le jardin. Bêcher me remplissait de frayeur. J'ai alors demandé à William de m'indiquer l'emplacement de la tombe, mais il a refusé.

Elle baissa les yeux sur la cuillère qu'elle tenait dans la main.

— J'étais terrorisée à l'idée de violer sa sépulture. Je voulais que l'enfant repose en paix et planter des fleurs en souvenir de lui, mais William ne l'aurait pas supporté. Ce que nous t'avons fait...

Grace releva la tête et s'arma de courage.

— Je suis restée longtemps sans bouger de la maison. Et William a fini par céder sur un point. Il m'a assuré que jamais je ne trouverais l'endroit par accident. Après cela, je n'ai cultivé que les parcelles qui l'avaient déjà été.

Les deux femmes tournèrent leurs regards vers le jardin. En cette fin d'après-midi, l'ombre et la lumière sculptaient le paysage qui se détachait avec une poignante intensité.

Elles explorèrent le terrain avec soin. Comme les volontaires en tenues orange, elles le divisèrent en secteurs et examinèrent avec attention chaque lopin situé en dehors des parterres de fruits et de légumes. Elles passèrent rapidement sur les endroits envahis par des plantes locales, concentrant leur attention sur les zones recouvertes d'herbes folles qui foisonnaient partout où la terre avait été labourée une seule fois.

Grace et Stella cherchaient un objet lourd dont William aurait recouvert la terre meuble. Même à l'intérieur d'une propriété clôturée, elles savaient que personne ne se risquerait à laisser une tombe sans protection contre les chiens errants : il suffisait que l'on oublie de fermer les grilles ou qu'un piquet soit arraché...

Les deux femmes se mirent à défricher les endroits qui leur semblaient les plus propices à l'enfouissement d'un corps, arrachant les herbes, ramassant des bouts de verre, des sacs en papier utilisés pour les graines, et même un canard en plastique jaune qui avait autrefois appartenu à Stella. Elle se rappela qu'elle jouait avec dans son bain.

Stella se redressa et s'étira. Ses mains étaient pleines d'ampoules, le soleil avait disparu et il commençait à faire froid. Les dernières mouettes avaient regagné leurs nids dans les falaises. Bientôt, il ferait nuit, et pourtant Stella ne pouvait se résoudre à abandonner les recherches.

Comme si elle lisait dans ses pensées, Grace alla dans la remise et revint avec deux lampes à kérosène.

Elles se remirent au travail à la lumière des flammes bleues et jaunes qui brûlaient derrière le verre fumé en projetant une lueur dorée. Près de la barrière, tout au bout de la propriété, elles atteignirent des buissons de mûres, plantés quelques décennies auparavant afin de permettre la confection du « Pudding d'été de tante Jane ». Situés en dehors des cultures de Grace, ils avaient colonisé tout le secteur. Stella alla chercher des gants et des sécateurs, et les deux femmes entreprirent de couper les tiges ligneuses, s'écorchant les bras au passage.

Stella s'était arrêtée pour se débarrasser d'un moustique qui lui sifflait aux oreilles, lorsque, devant elle, Grace se figea avant de reculer.

Elle venait de découvrir une petite croix formée de deux pièces de bois brut, jointes par un clou rouillé.

Écartant sa mère, Stella s'agenouilla dans les buissons épineux. Grace souleva une lanterne.

Sur la planche horizontale, on distinguait encore une date : 1976.

La voix de Grace flotta jusqu'à Stella.

— C'est William qui a… il a dû…

Stella ôta ses gants et libéra la croix des herbes qui la dissimulaient à moitié. Elle avait été plantée devant une pierre argentée, polie comme un galet par les vagues, peu à peu recouverte de lichen et de mousse vert tendre au contact du sol.

Ce rocher en forme d'œuf reposait là, bercé par la terre argileuse. Il recouvrait un minuscule petit garçon qui n'était jamais arrivé à son terme. Stella en épousseta la surface et, à sa grande surprise, au lieu de la vague de tristesse qu'elle attendait, elle se sentit soulagée. Un poids lui avait été ôté de la poitrine. Sous ses mains, la pierre avait attiré son fardeau au cœur de sa masse.

Une main se posa sur son épaule et Stella vit les longs doigts de Grace qui se détachaient sur sa chemise bleue. Elle releva la tête. Sa mère qui pleurait posa la lampe près de la tombe et s'agenouilla près de sa fille. Maintenant elles se touchaient, respirant d'un même souffle. Puis Grace redressa la croix qui penchait un peu.

Dans la lumière dorée de la lampe, son beau visage avait rajeuni. Elle était de nouveau la jeune mariée pleine d'espoir qui avait crocheté cette si jolie veste quand elle attendait sa fille.

Des larmes roulèrent sur ses joues et elle sourit à Stella.

— Nous l'avons trouvé, lança-t-elle avec émerveillement.

Elles restèrent là un long moment. Le vent jouait dans leurs cheveux, les flots paisibles léchaient les rochers sur le rivage, et bientôt la lune répandit sa douce clarté sur le jardin.

Grace, assise à la table du salon de mer sous le lampadaire, avait ouvert le journal de bord de William. Elle lisait les deux passages écrits à une année d'intervalle que Stella lui avait indiqués.

Son visage reflétait la douleur, la confusion et la stupeur.

— Tu ignorais qu'il regrettait, n'est-ce pas ? murmura Stella.

Grace battit des paupières.

— Quand tu t'es sauvée, il était désespéré, mais il ne cessait de répéter que nous avions agi selon des principes respectables. Je n'étais pas d'accord avec lui, bien sûr. Même avant que tu partes, j'étais déjà rongée par le remords. Sauf que je ne pouvais pas revenir en arrière. J'étais tellement en colère contre lui et contre moi que je n'ai plus jamais abordé le sujet. On parlait de toi, bien sûr. Tu nous donnais des nouvelles et Daniel aussi, mais nous évitions d'évoquer le passé. C'était comme une blessure cicatrisée en surface mais toujours à vif, et trop douloureuse pour qu'on y touche.

Ses yeux s'étaient obscurcis sous l'effet de la douleur. Stella l'observa en silence. Cette souffrance sourde qu'elle-même avait traînée pendant tant d'années s'était brusquement réveillée et avait recommencé à saigner.

— J'ignorais qu'il t'avait écrit une lettre d'excuses, soupira Grace. Du moins qu'il s'y était efforcé après avoir pris conscience de ses fautes.

Elle détourna les yeux vers une des fenêtres obscures où une branche frappait au carreau. Puis elle prit appui sur la table.

— Pour ce drame qui a ravagé nos existences, j'ai rejeté tout le blâme sur William. Mais tu avais raison, l'autre jour, quand tu m'as accusée de t'avoir trahie. Je ne me le pardonnerai jamais. Et je voulais que tu le saches.

Elle baissa les yeux, le dos courbé sous le poids des regrets, puis tendit une main tremblante en direction de sa fille. Après un temps d'hésitation, la main de Stella s'avança à sa rencontre et leurs doigts s'enlacèrent.

Grace se leva, entraîna sa fille jusqu'au bout de la table et voulut l'attirer à elle, mais Stella se raidit. Elle ne parvenait pas à se rappeler quand Grace l'avait embrassée pour la dernière fois. Et personne ne la touchait plus depuis si longtemps... Elle resta là, rigide et mal à l'aise, mais Grace la serra plus fort et elle sentit fondre sa résistance.

Prenant maladroitement sa mère dans ses bras, elle l'étreignit soudain avec une faim de tendresse inextinguible.

Elles s'accrochèrent l'une à l'autre et le temps s'arrêta dans cette intimité retrouvée, cette fusion inespérée où ce qui les séparait s'était évanoui.

Quand Grace se détacha d'elle, Stella eut l'impression que l'amour de sa mère l'avait marquée d'une empreinte indélébile.

19

Dans la lumière de l'aube, la croix de bois semblait petite et fragile. Des branches épineuses se pressaient tout autour, comme si les buissons avaient attendu que Grace et Stella aient le dos tourné pour croître de plus belle.

Stella se recueillit sur la tombe.

Elle s'imagina son père fabriquant la petite croix, puis revenant en secret la planter devant la pierre. Les mûriers étaient-ils déjà là ou avaient-ils poussé plus tard ? Elle se demanda si William avait considéré cette tombe comme celle de son petit-fils. Le sentiment d'une perte irréversible l'envahit. Il était parti. Elle ne le saurait jamais.

S'agenouillant sur la terre humide de rosée, elle caressa la surface lisse de la pierre et comprit avec douleur que la mort de William avait permis son retour. S'il n'avait pas disparu en mer, elle n'aurait sans doute jamais remis les pieds ici.

Les pâles rayons obliques du soleil éclairèrent Stella. Une brise fraîche charriait une odeur de sel et de varech. Puis elle entendit du bruit derrière elle. Pendant une seconde, elle ne reconnut pas sa mère qui portait un pantalon, une chemise et un chapeau de pêcheur à larges bords. Quand elle s'approcha, Stella remarqua que les vêtements étaient soigneusement repassés. Grace les avait pris dans le placard de William.

Elle s'arrêta près de sa fille et lissa de la main le tissu sur sa poitrine tout en contemplant la sépulture.

— Il faut déraciner ces mûriers, déclara-t-elle. Sinon, ils repousseront.

Aussitôt, elles enfilèrent leurs gants et se mirent au travail. Leur progression était lente et difficile car la sève était déjà montée dans les arbustes, sans compter qu'elles devaient déblayer le terreau qui s'était accumulé au cours des années. Elles découvrirent des toiles d'araignées, des nids d'oiseaux abandonnés et des peaux mortes de serpents, enveloppes parcheminées aux motifs d'écailles. Bientôt, il ne resta plus sur la terre nue que des moisissures blanches et des œufs de coléoptères.

Grace rassembla en un tas les branches épineuses tandis que Stella s'acharnait sur des racines. Elle les soulevait en s'aidant d'une fourche avant de les arracher avec ses mains gantées. La sueur lui ruisselait sur le visage et le soleil lui brûlait le dos. Maintenant, la pierre en forme d'œuf et la croix de bois étaient bien dégagées.

Vers midi, Grace disparut dans la maison et revint avec des verres et un pot de citronnade où tintaient des glaçons.

Stella vida deux verres coup sur coup et savoura le troisième. Elle appréciait ce goût doux-amer avec une touche de menthe, frais et vif comme le printemps. Puis Grace retourna dans la cuisine avec le plateau.

Restée seule, Stella étudia la parcelle qu'elles avaient déblayée. Bientôt, il y pousserait à foison des lis blancs, bien sûr, mais aussi des fleurs jaunes, rouges, violettes, orange… et bleues comme les bleuets.

Zeph avait peint son dôme qui brillait dans le ciel de cette teinte-là…

Elle ferma les yeux en revoyant le visage de Zeph, le garçon d'autrefois avec ses longs cheveux blonds décolorés par le sel, la pierre en forme de larme attachée par une lanière en cuir à son cou bronzé…

Elle ressentit une violente nostalgie pour le Zeph de son adolescence et un désir de lui qui lui coupa le souffle.

Dans son cœur, il reprenait vie. Elle aurait voulu l'amener ici et lui montrer la tombe. Lui raconter tout ce qui s'était passé. Il la prendrait dans ses bras et elle se sentirait libre et soulagée car il partagerait sa souffrance…

Mais il était reparti sur son bateau. Un nouveau Zeph était revenu, inconnu et douloureusement familier.

Le jour où ils avaient retrouvé William, lorsque Spinks les avait questionnés sur leurs relations, ils avaient donné la même réponse.

Nous nous sommes connus il y a longtemps.
Rien à voir avec aujourd'hui.

Stella se releva, remit ses gants de caoutchouc, attrapa la fourche, l'enfonça sous une racine rebelle qu'elle souleva pour l'arracher d'un geste brusque. Puis elle passa à la suivante.

À la fin de la journée, il ne restait plus trace des mûriers et de la fumée s'élevait de trois tas de bois.

Grace et Stella observaient les oiseaux curieux qui étaient venus inspecter le nouveau territoire, dessinant des lignes d'empreintes triangulaires qui se croisaient sur le sol meuble.

— Si on se dépêche de planter maintenant, dit Grace, on pourra peut-être attraper la floraison du printemps.

Stella hocha la tête en silence. Les paroles de

l'entrepreneur lui revinrent en mémoire. Il se tenait non loin d'ici et lui décrivait son projet.

Huit ou dix bungalows…

Stella jeta un coup d'œil en biais à Grace. Elle avait l'air fatiguée. Ce n'était pas le moment de l'informer de la menace qui pesait sur Seven Oaks, mais d'un autre côté, à quoi bon retarder cette discussion ?

— Maman ?

— Hmm.

Grace regardait les oiseaux.

— Il n'y a plus d'argent. William n'a rien laissé.

Grace fronça les sourcils et agita la main d'un air fataliste.

— Je me débrouillerai. Il me reste la pension, non ? Je n'ai pas de gros besoins.

— Ce ne sera pas suffisant.

Elle réfléchit un instant et entreprit de lui exposer la situation.

— La banque va t'obliger à vendre la propriété, conclut-elle. Tu te souviens de cette voiture qui est venue hier ? Elle appartient à un entrepreneur envoyé par le banquier. Il aimerait se porter acquéreur de la propriété et il veut détruire la maison et le jardin.

Grace se tourna vers sa fille.

— Mais c'est impossible, murmura-t-elle, les yeux agrandis par l'effroi.

Stella fixait la tombe.

— Si.

Grace porta la main à sa bouche.

— J'ai bien pensé à Daniel, poursuivit Stella, mais il n'a pas d'économies. Peut-être que si tu contactais tes parents…

— Comment veux-tu ? haleta Grace d'une voix où résonnaient la colère et la tristesse. William ne me permettait même pas de leur écrire. Je m'imagine mal leur donnant des nouvelles après toutes ces années pour ensuite leur demander de l'argent !

— Tu ne vois personne d'autre ?

— Non, personne.

Grace demeura longtemps silencieuse. Affronter la dure réalité n'était pas facile. Pendant vingt ans, elle avait vécu avec un mari qui prenait toutes les décisions. Avec sa disparition, Grace se retrouvait fragilisée et affolée devant sa nouvelle liberté.

— Que peut-on faire ? demanda-t-elle d'un ton brusque. Il doit bien y avoir une solution. Bientôt tu vas partir, ton travail t'attend.

Stella secoua la tête.

— Non, nous allons résoudre ces problèmes ensemble.

Grace n'en croyait pas ses oreilles.

— Je resterai ici le temps qu'il faudra pour m'assurer que Seven Oaks est sauvé.

Grace refusa tout net.

— C'est impossible. Tu as ta vie, tu ne peux pas tout laisser tomber.

— Ma décision est prise. Je vais appeler Lorna et lui demander d'annuler la réservation de mon billet pour Londres.

Le visage de Grace exprima un soulagement et une gratitude infinis, puis son front redevint soucieux.

— As-tu une vague idée de ce que nous pourrions faire pour nous en sortir ?

Stella soupira.

— Aucune. J'ai beau me creuser la tête... Je peux toujours vendre un ou deux reportages sur la région, mais cela ne nous mènera pas loin. J'ai songé à chercher du travail dans le coin. Il y a bien la conserverie, mais ils n'emploient que des filles très jeunes, payées avec un lance-pierres.

— Et à Saint Louis ?

— Pourquoi pas ? Je sais écrire, taper à la machine et je connais la sténo, mais je n'ai aucune expérience de secrétaire.

— Non, je parlais de moi.

Grace, qui savait parfaitement tenir une maison, n'était jamais sortie de chez elle. Stella lui sourit et lui prit la main, d'un geste qui lui semblait maintenant naturel.

— Ne t'inquiète pas, nous trouverons bien une solution.

Le lendemain, dans la fraîcheur du matin, Stella sortit chercher du petit bois dans le coffre pratiquement plein, lorsqu'elle entendit une voiture.

Elle s'avança dans l'allée pour aller à la rencontre du visiteur. Peut-être Zeph ? Non, elle prenait ses rêves pour des réalités. Il s'agissait plus probablement de l'entrepreneur qui revenait tenter sa chance. Elle tenait encore sa hachette à la main et se dit qu'elle ne laisserait pas le dénommé Beaumont descendre de sa voiture de parvenu…

Une vieille camionnette bleue apparut. Puis une main tenant une énorme langouste orange sortit par la fenêtre. Old Joe ! Il coupa le moteur et brandit les pattes géantes du crustacé à quelques centimètres de la figure de Stella.

— Prends ça ! cria le vieil homme.

Stella attrapa l'animal par sa carapace. Il pesait plusieurs kilos.

— Cadeau d'un copain, dit Joe en descendant de son véhicule. Une pieuvre l'a un peu esquintée et la conserverie l'a refusée. Je l'ai aussitôt fait bouillir.

Il adressa un regard perçant à la jeune femme.

— Je sais que William ne supportait pas les fruits de mer… il avait horreur de tout ce qui sortait de l'eau ! Maintenant qu'il n'est plus, j'ai pensé que peut-être toi et Grace…

Il hésita, brusquement gêné, et Stella lui sourit.

— Merci, Joe, j'adore la langouste. Et je n'en ai pas encore mangé depuis que je suis rentrée.

Il farfouilla à l'arrière de sa camionnette.

— Je vous ai aussi apporté des coquilles Saint-Jacques. Le mieux, c'est de manger d'abord les coquilles et de mettre la langouste au freezer.

— Vous avez raison.

Elle n'osait pas lui dire que le congélateur de Grace était plein à ras bord. Puis il lui vint une idée.

— Avez-vous un freezer sur *Grand Lady* ? demanda-t-elle au vieil homme.

— Bien sûr.

— Parfait. Venez avec moi.

En pénétrant dans la remise plongée dans l'obscurité, Stella cligna des yeux, posa la langouste sur le banc, attrapa un grand sac et ouvrit le congélateur.

— Nous ne pourrons jamais manger tout ça. Ça vous dirait d'emporter quelques plats ?

Derrière elle, Joe, qui était tombé en arrêt devant cette caverne d'Ali Baba d'un genre un peu particulier, acquiesça avec enthousiasme.

— Bon, alors… de la quiche au bacon… de la blanquette de veau… de la bûche de Noël…

Joe ponctuait ses hochements de tête de « très bien, oui, merci beaucoup, ça j'en raffole, décidément c'est mon jour de chance ».

Quand le sac fut plein, il se dirigea vers la porte et se retourna avant de sortir.

— Dépêchez-vous de rapporter ça sur *Grand Lady*, lui dit Stella en riant. Sinon vous serez obligé de tout manger en deux jours.

— Tu me diras si Grace aime la langouste. Je pourrai vous en fournir régulièrement, lança Old Joe avant de disparaître.

Restée seule, Stella s'assit sur le banc dans la pénombre et sourit en songeant à toutes les fois où elle avait ravitaillé Old Joe. « Ta mère est la meilleure cuisinière de Tasmanie », disait-il souvent.

Le vieil homme n'avait pas été le seul à profiter des largesses des Birchmore. Parfois, William lui demandait d'aller approvisionner d'autres pêcheurs qui vivaient seuls, afin qu'ils mangent autre chose que des pommes de terre, des oignons et des conserves. Eux non plus ne tarissaient pas d'éloges sur les talents de Grace. Ils affirmaient qu'en dehors des rares repas qu'ils prenaient au pub, c'était la seule nourriture correcte qu'ils avalaient.

Aujourd'hui, le pub ne servait que des chips, des cacahouètes et des boissons…

C'est alors que Stella avisa les étagères remplies de bocaux, de confitures, de *pickles*, de champignons, de sauces diverses… Il y en avait des dizaines. Puis elle regarda les rallonges de la table du salon de mer. Elle en avait compté quatre près du freezer, mais elle en avait oublié huit autres, recouvertes d'une toile cirée, un peu plus loin. Ça faisait douze en tout avec des pieds supplémentaires que l'on vissait dans les panneaux. Elle tenta d'imaginer une telle tablée… et revit la ménagère de la famille Boyd, les rangées de couteaux, de fourchettes et de cuillères qui dormaient dans leurs écrins de velours.

C'est alors qu'elle eut une vision. Elle était dans le

salon de mer, le soleil brillait sur une longue table avec de l'argenterie, des assiettes et des verres étincelants. Sur une desserte attendaient des marmites fumantes remplies de rôtis, de légumes du jardin, de petits plats mijotés… Il y avait aussi des pâtés à la croûte dorée, des tartes, des gâteaux et du pain encore tiède.

Un véritable banquet mis en scène devant l'océan.

— Un café.

Les mots qu'elle avait prononcés à voix haute flottaient dans l'air poussiéreux. Ils étaient empreints d'une note d'ironie que Stella s'empressa de balayer.

Il ne s'agissait pas du tout du genre d'établissement que l'on trouvait à Sydney, à Hobart ou même à Saint-Louis. Cela ressemblait plutôt aux petits restaurants où elle s'était arrêtée dans des coins reculés de la planète, avec des tables installées dans des maisons privées et ouvertes aux étrangers. La plupart du temps, on ne vous proposait pas de menu. En échange d'une certaine somme, les gens s'installaient comme chez eux et consommaient ce qu'on leur présentait.

Certains de ces endroits étaient mal tenus et servaient une nourriture peu engageante. D'autres proposaient des repas simples et appétissants. Il était même arrivé à Stella de vivre des expériences gastronomiques très intéressantes, dans des cadres qui étaient restés gravés dans sa mémoire.

Elle songea à ce café en sous-sol, près d'un lieu de pèlerinage hindou, aux sources du Gange. Elle s'était assise sous le regard attentif d'un vieux sâdhu aux cheveux et au visage couverts de cendres, tandis qu'un jeune garçon accroupi près d'elle pilait des épices dans un mortier en pierre. L'enfant lui avait servi un délicieux curry d'agneau, parfumé au safran, avec des légumes frais. La saveur s'accordait aux eaux de cristal du Gange qui jaillissait non loin de là, au pied des montagnes himalayennes.

Et puis, il y avait eu cette table d'hôte, dans une ferme du Massachusetts. Une enseigne sur l'autoroute disait « Cuisine du terroir. Sirop d'érable du Vermont ». L'endroit était tenu par deux vieilles dames qui portaient les mêmes robes sombres. L'une avait dit une prière avant le repas et l'autre avait servi. Encadrant Stella, elles l'avaient regardée manger un repas généreux, aussi riche et copieux que l'ameublement était simple et modeste. Dans une oasis au cœur de l'Afrique, Stella avait croqué de délicieuses galettes de blé, dorées à point, tout en contemplant le désert. Sans oublier cette tente de feutre où elle avait bu un thé brûlant, très sucré, et dévoré du fromage au lait de jument avec du pain noir.

Ces endroits privés où l'on vous accueillait volontiers, il y en avait tout autour du globe, surtout là où les hôtels et les restaurants étaient rares ou inexistants. Comme à Halfmoon Bay.

Quelle serait la clientèle ? Les gens viendraient-ils souvent ? Quelle somme seraient-ils prêts à payer ?

Autrefois, le Lounge Bar, le pub d'Halfmoon, était ouvert toute l'année. De nombreuses familles y mangeaient une fois par semaine. Quelques clients réguliers s'y rendaient tous les soirs. En été, des vacanciers descendaient des yachts amarrés dans le port, affamés de produits frais après des semaines ou des mois passés en mer. Et puis, il y avait les pensionnaires d'auberges de jeunesse qui s'offraient de temps à autre un dîner, les randonneurs affamés après leurs excursions dans le bush, et les touristes qui s'aventuraient hors des sentiers battus.

Cela pouvait très bien marcher. Bien sûr, mettre une telle entreprise sur pied demanderait du travail. Mais quand elle sortit de la remise, Stella avait le cœur plus léger et se sentait tout excitée.

Stella sourit à la photo de son père sur le buffet de tante Jane. Ses yeux rieurs s'accordaient à son humeur joyeuse.

Elle ouvrit le tiroir endommagé et sous le journal de bord prit un autre livre, dont la couverture ne portait aucune inscription. William y notait les dépenses de la maison.

Tout était soigneusement consigné : l'essence, les cordages, l'huile, le coût des impôts locaux, les factures de dentiste et d'autres services. Dans la colonne « Épicerie » s'alignaient tous les articles achetés à la boutique. C'est cette rubrique qui intéressait Stella. Quand elle eut calculé à combien revenaient les repas de Grace, le cœur lui manqua. Les commandes qu'elle devrait passer à la boutique ne lui permettraient jamais de dégager un bénéfice.

Le projet de Stella pour sauver Seven Oaks n'était pas viable. Elle s'approcha d'une fenêtre en soupirant et là, dans un pré, elle vit sautiller un wallaby. Il s'immobilisa et entreprit de grignoter les feuilles d'un buisson.

Stella plissa les paupières tandis qu'il choisissait les pousses les plus tendres. Puis elle referma le livre de compte, le rangea et sortit de la pièce.

Stella roulait sur la piste escarpée qui contournait une petite montagne au sud de Halfmoon Bay. Les pneus de la camionnette dérapaient sur la surface boueuse. Mme Barron lui avait bien expliqué où vivait Laurie, mais Stella craignait de s'être égarée car l'endroit semblait désert. Elle s'était éloignée de la côte, la végétation du bord de mer avait cédé la place à la forêt tropicale. Par la vitre ouverte, elle respira l'odeur des feuilles mortes et des sassafras résineux.

Puis elle atteignit le terrain plat où s'achevait la piste. Là, elle vit la Jeep de Laurie, à moitié recouverte d'une toile goudronnée.

Stella se gara et frissonna en descendant de voiture. Avec l'altitude, la température fraîchissait. Elle regarda autour d'elle et ne vit que des arbres. En levant la tête, elle crut distinguer un toit en zinc à flanc de montagne à travers la canopée. Un sentier boueux grimpait dans cette direction.

Elle marcha entre des myrtes aux branches drapées d'une mousse vert pâle. Quand elle était enfant, Stella prenait ces filaments agités par le vent pour des cheveux arrachés à une créature courant dans la forêt. Le sentier n'en finissait pas et puis, soudain, Stella émergea dans une clairière.

La maisonnette de Laurie était posée au beau milieu. Stella s'arrêta, surprise par son aspect ordinaire et familial. On aurait dit un coquet pavillon de banlieue, il ne manquait plus qu'une clôture et des rosiers bien taillés.

En s'avançant plus près, Stella poussa une exclamation de surprise. La maison avait été coupée en deux et les deux moitiés n'étaient pas jointes. Sur le toit, l'espace avait été comblé par une charpente, mais les murs étaient séparés par une grande fente.

— Les travaux ne sont pas terminés !

Stella se retourna. Laurie, qui se tenait au bord de la clairière, avait revêtu une tenue de camouflage dans les tons kaki et il se fondait dans le décor. Il la rejoignit.

— Je l'ai payée cent dollars quand la mine du Gap a fermé. Mais j'ai été obligé de la scinder pour la monter jusqu'ici.

Stella jeta un coup d'œil au chemin. Il était tellement

étroit que, même si le pavillon avait été coupé en dix, elle n'aurait pas compris comment il avait été hissé jusqu'ici.

— Je t'invite à prendre une tasse de thé, dit Laurie.

En se dirigeant vers la maison, ils passèrent devant des peaux d'animaux tannées qui séchaient sur un fil de fer. Un wallaby attendait d'être écorché, pendu par la queue. À côté, deux chemises claquaient au vent.

Laurie désigna les restes rouillés d'un véhicule abandonné dans un coin.

— Voilà comment j'ai transporté cette baraque jusqu'ici, en passant par une voie cachée dans les arbres.

Il fit un clin d'œil à Stella.

— Je donne le tuyau aux gens que j'aime bien.

Stella examina le tas de ferraille au passage, une Jeep dont il ne restait que le châssis et les roues.

Arrivé à la porte de derrière, Laurie ôta ses bottes, révélant des chaussettes tricotées avec des laines de différentes couleurs. À son tour, Stella se déchaussa et ils entrèrent dans la maison.

Une délicieuse odeur s'échappait de la cuisine.

— J'ai mis un gigot de chevreau à cuire, expliqua Laurie. Tu ne serais pas venue ici pour m'acheter de la viande, par hasard ?

— Si, justement, répondit Stella. Je sais que vous en vendez à la boutique.

Laurie lui sourit.

— Depuis que le pub a abandonné la restauration, je ne sais plus quoi en faire.

Stella le suivit dans un couloir. À l'endroit où une tronçonneuse avait scié le parquet et les murs en Placoplâtre, une planche permettait de franchir la brèche.

Laurie poussa une porte sur la gauche et ils se retrouvèrent dans une cuisine inondée de soleil. Aussitôt,

Laurie se précipita vers le four à bois qui trônait au beau milieu de la pièce.

— Regarde un peu ça.

Dans un grand plat, le gigot mijotait dans sa graisse.

— Les baies de poivre des montagnes font ressortir la saveur de la bête, dit Laurie d'un air gourmand. Tu les broies grossièrement avant d'en parsemer ton rôti qui prend alors cette belle couleur rose vif. Tu ajoutes un peu d'eau de temps à autre pour que ça ne prenne pas au fond et surtout, tu gardes ton chevreau à température constante et pas trop élevée. Il faut compter une bonne heure et demie de cuisson.

Laurie referma la porte du four et ils allèrent s'asseoir à la table. Stella jeta un coup d'œil autour d'elle. L'endroit était propre, bien agencé, avec des placards sur deux murs, un grand évier en porcelaine et un plan de travail qui aurait comblé n'importe quelle ménagère. Sur une planche à découper recouverte d'un torchon à carreaux reposaient des couteaux bien aiguisés.

— J'ai oublié de te préciser qu'en plus du poivre j'ai mis un peu de miel, dit Laurie. Ça suffit amplement parce que, au printemps, le gibier broute des herbes aromatiques qui rendent sa viande délicieuse. Je te conseille le miel d'Old Joe, il a un petit goût fumé qui convient parfaitement. Et parfois je me laisse tenter par le myrte citron.

Il montra des herbes posées sur une grille en bois.

Stella l'écoutait de toutes ses oreilles. Il n'était pas encore midi, mais l'odeur du gigot qui emplissait la pièce lui donnait faim. Laurie avait-il des invités ou projetait-il de déjeuner seul ?

— Il te faudrait combien de viande ? lui demanda-t-il. C'est juste pour toi et Grace ?

— Non, pour une foule de gens, du moins je l'espère. On aimerait ouvrir un restaurant familial.

— Hein ? Raconte-moi ça.

Stella exposa son plan au chasseur tout en l'observant avec attention pour juger de ses réactions. Laurie resta silencieux un instant, puis il hocha la tête.

— C'est une sacrée bonne idée, dit-il enfin. Je vous soutiendrai et je ne serai pas le seul. À Halfmoon, tout le monde se creuse la tête pour trouver un moyen de venir en aide à Grace. Surtout les pêcheurs. Je vais faire passer le message. Soyez assurées que vous ne manquerez pas de poisson, de légumes et de fruits : vous n'aurez qu'à vous servir…

Stella sourit. L'accueil chaleureux que Laurie venait de faire à son projet lui réchauffa le cœur et elle se sentit moins angoissée. Brusquement, elle eut la certitude que le café serait un succès. Seven Oaks était sauvé.

— Et maintenant, on va fêter ça, lança Laurie sur un ton solennel. Dans le placard derrière toi, tu trouveras une bouteille avec une étiquette écrite à la main.

Stella la posa sur la table.

— Syrah de Halfmoon, 1987, lut-elle à voix haute.

— Vous avez pensé au vin ? s'enquit Laurie. C'est important pour le café. Je te présente la production de Ted Barron, qui possède quelques vignes. Lui-même apprécie beaucoup sa cave, il arrive même qu'il en abuse, mais je dois admettre qu'il a un certain talent de vigneron.

Stella déboucha la bouteille et versa le liquide dans un verre qu'elle observa à la lumière avant d'en respirer les arômes. Pas mal, songea-t-elle, puis elle goûta le rouge léger aux arômes de fruits frais et hocha la tête avec componction.

Quand elle revint à Seven Oaks, Grace plantait avec énergie sa fourche dans le tas de compost qu'elle aérait pour qu'il se décompose plus vite. Elle semblait tendue. En voyant Stella, elle se redressa, le visage crispé.

— Viens, j'ai à te parler ! lui cria sa fille.

Grace la suivit en s'essuyant les mains à son pantalon.

Quand elles se retrouvèrent assises à la table de la cuisine, Stella s'éclaircit la voix, très excitée à l'idée d'exposer son plan à Grace tout en redoutant sa réaction.

— Maman, je crois que j'ai trouvé un moyen de gagner de l'argent.

Sur le visage de Grace, l'espoir le disputait au scepticisme.

— Tout le monde connaît ta réputation de cuisinière, commença Stella. Et tu es l'atout principal de mon projet. Nous allons ouvrir un restaurant.

— C'est ridicule ! s'exclama Grace.

— Pas du tout. J'y ai bien réfléchi. Nous ouvrirons pour le dîner et nous servirons des plats simples. Des blanquettes, des matelotes, des pot-au-feu, des soupes, des tartes, des gâteaux... de la cuisine familiale. Nous utiliserons essentiellement des produits locaux et des conserves faites à la maison. Je sais de quoi je parle. J'ai fréquenté ce type d'établissement dans le monde entier. On appelle ça des « home cooking cafés ».

Il y eut un long silence. Stella regarda une araignée tombée de nulle part qui tournoyait au bout de son fil.

— Et il serait où, ce café ? demanda Grace d'un ton méfiant.

— Ici. À Seven Oaks.

Grace sursauta.

— Tu veux dire que nous laisserions des étrangers pénétrer dans la maison ? Ah, non, il n'en est pas question !

— À moins d'un miracle, ce ne sera plus chez nous très longtemps, objecta Stella. Et ici même, des bungalows sortiront de terre pour loger des gens du continent.

Grace tressaillit et Stella pria pour qu'elle revienne à la raison. L'enjeu était tellement important…

— De toute façon, reprit-elle, nous accueillerons peu d'étrangers. La plupart des clients seront des habitants de Halfmoon, les mêmes que ceux qui fréquentaient le pub. Tu les connais…

Mais, en réalité, qui Grace connaissait-elle vraiment ? Pauline ne lui avait-elle pas confié que sa mère ne voyait pratiquement plus personne depuis des années ?

Stella sentit son enthousiasme faiblir. Ouvrir son foyer à des inconnus était sans doute trop demander à Grace. Elle se leva et alla à la fenêtre. Là-bas, un rayon de soleil perçant les nuages éclaira le bois poli par les flots de la petite croix qui se dressait avec vaillance.

— Il le faut ! s'écria-t-elle.

Puis elle se retourna pour affronter les objections de Grace, sa faiblesse, son refus de se battre, ses dénégations…

Mais Grace qui s'était levée se tenait devant la cuisinière, son livre de recettes à la main. Puis elle prit le cahier où elle notait ses repas et établissait des listes d'achats, et revint à la table.

Elle lissa ses cheveux, ajusta l'élastique de sa queue-de-cheval, et commença à tourner les pages du livre et à griffonner sur son cahier.

Stella la rejoignit. Grace avait noté le nom de trois recettes. Elle allait recommencer à fuir la réalité pour se réfugier dans sa routine rassurante, mesurant, pesant, pochant, fricassant…

Grace releva la tête.

— Quand je cuisinais pour les volontaires, je me suis rendu compte que certains plats étaient mieux adaptés que d'autres aux collectivités.

Stella poussa un soupir de soulagement. Grace prenait le projet au sérieux. Mais il restait un problème de taille à surmonter…

— Maman, ce type de cuisine ne conviendra pas. Si nous utilisons ces recettes en commandant les ingrédients à la boutique, nous ne gagnerons rien.

Grace fronça les sourcils.

— Mais alors…

— Nous devrons nous contenter des fruits et des légumes de saison, du gibier que nous fournira Laurie, du poisson et des langoustes abîmées que la conserverie n'utilise pas, des ormeaux, du miel de Joe, des huîtres et des moules du lagon…

Stella ouvrit les bras.

— Tous les produits de cette terre, que nous pouvons avoir gratuitement.

Grace la fixait d'un air stupéfait. Puis ses traits se détendirent en un sourire lumineux.

20

Stella se tenait près du mur de mer, dont elle agrippa le cadre en bois flotté.

— Prêt ? lança-t-elle à Grace qui se tenait à l'autre bout.

— Oui.

Les deux femmes soulevèrent la structure qui tinta joyeusement et commencèrent leur ascension périlleuse. L'objet pesait son poids, mais elles parvinrent à se frayer un chemin entre les carrés de légumes et les arbres fruitiers. Arrivées au petit jardin entourant la tombe, elles posèrent le mur contre une série de piquets qu'elles avaient plantés le matin même.

Là, elles prirent leur temps pour l'orienter correctement et pour s'assurer qu'il ne tomberait pas. Quand tout fut terminé, elles prirent un peu de recul pour contempler leur ouvrage.

Les motifs dessinés par le bois flotté rappelaient à Stella les paravents sculptés qui protégeaient les fenêtres des demeures construites par les marchands mogols du Rajasthan. Ils poursuivaient le même objectif : marquer une frontière à ne pas dépasser tout en permettant aux visiteurs de ne pas se sentir exclus.

— C'est parfait, dit Grace.

Stella hocha la tête. Ainsi placé, le mur de mer dissimulait la tombe ainsi que la plus grande partie du jardin. Quand les gens arriveraient à Seven Oaks, ils seraient libres de se promener, mais ce secteur privé, personne ne serait autorisé à y pénétrer.

Grace se pencha pour ramasser une bouée incrustée de coquillages qui était tombée, et la remit en place en l'attachant solidement.

Dans la tranquillité de l'après-midi, le bourdonnement d'un moteur se détacha et la Jeep de Laurie apparut. Sa peinture de camouflage donnait l'impression qu'elle était un morceau de paysage bondissant le long du sentier.

— Tu crois qu'il nous apporte déjà de la viande ? demanda Grace, soudain très intéressée.

— Je l'ignore.

Laurie descendit de son véhicule et agita la main dans leur direction. Stella alla à sa rencontre et poussa une exclamation de surprise en voyant que l'arrière du véhicule était rempli de volailles et de gibier à plumes ainsi que d'oiseaux au plumage d'un bleu turquoise. Leurs queues étaient aussi longues que le bras et décorées de motifs qui auraient permis de les identifier entre mille.

— Ça faisait longtemps que Mme Barron voulait se débarrasser de ses paons, expliqua Laurie. Ils la réveillaient la nuit et déterraient ses plantations. Correctement apprêtés, ils sont délicieux. Quant au reste... ce sont des dindes d'élevage redevenues sauvages et des oies du cru.

Stella contemplait les ailes figées, les becs tachés de sang, les yeux vitreux... c'était un spectacle impressionnant. Jamais elle n'avait vu pareil tableau de chasse.

Elle se demanda ce qu'en penserait Grace...

— C'est très gentil de votre part d'avoir pensé à nous, Laurie.

Jamais Stella n'aurait imaginé qu'il réagirait aussi rapidement à sa proposition. Elle jeta un coup d'œil en direction du jardin où Grace attendait près du mur de mer.

Laurie prit des fûts en métal posés sur le siège avant et entreprit d'y entasser les oiseaux.

— Où les emmène-t-on ? demanda Stella.

— Quelque part où on pourra facilement creuser un trou.

Au fond de la fosse, les plumes turquoise se mêlaient à celles aux teintes brunes et grises.

Côte à côte, Stella et Grace plumaient le gibier à tour de bras. Elles avaient du duvet jusque dans les cheveux et respiraient l'odeur fade du sang.

De son côté, Laurie ne chômait pas. Il posait chaque oiseau sur une planche, lui coupait la tête et les pattes, le vidait et jetait les abats dans le trou. Des mouettes l'observaient avec des yeux avides. Stella se demanda si elles étaient tentées par les tripes sanguinolentes ou attirées par le spectacle du massacre de leurs semblables. Écœurées et pourtant fascinées, tout comme les humains...

Stella poursuivit sa tâche sans faillir. Quand elle leva les yeux, elle s'aperçut à sa grande surprise que Grace affrontait très bien la situation et plumait avec courage. Elle s'était essuyé le nez du revers de la main et avait la joue maculée d'une traînée de sang. Quant aux vêtements de William, ils étaient sales et tachés, mais Grace n'y prenait pas garde. Elle travaillait avec des gestes vifs, précis et semblait presque... heureuse.

Laurie, en constatant les progrès accomplis par les

deux femmes, les encouragea d'un sourire. Il désigna un fût encore à moitié rempli d'oiseaux.

— Je propose que nous écorchions ceux qui restent. Ce sera beaucoup plus rapide. Ils serviront pour les currys et les pâtés.

Il marqua une pause.

— Et attendez un peu d'avoir goûté les currys de kangourou. Les Indiens n'en reviendraient pas. Une fois dépouillées, ces volailles prennent peu de place dans le freezer.

Ils travaillèrent un instant en silence, puis Laurie reprit :

— Si certains de vos clients se montrent réticents à l'idée de consommer du kangourou ou du gibier, expliquez-leur que, jusqu'à l'instant de leur mort, ces animaux mènent une vie enviable. On ne peut pas en dire autant des animaux d'élevage.

Il secoua la tête.

— Si vous avez déjà visité un abattoir, vous savez de quoi je veux parler. La plupart des gens n'ont aucune idée de ce qui s'y passe, bien sûr. Autre chose…

Les deux femmes se figèrent.

— Je ne tue jamais les espèces menacées. C'est une règle d'or.

— Mon père observait la même, dit soudain Grace. Il chassait le faisan… et peut-être le chasse-t-il encore.

Elle prit un air lointain.

— Cela me rappelle un tableau qui était accroché dans notre pavillon de chasse. Il représentait un banquet médiéval avec un paon servi dans ses plumes, trônant au beau milieu de la table. À l'époque, on considérait ce volatile comme un mets délicat.

— Lorsque vous en goûterez, vous comprendrez pourquoi.

Laurie tendait la main vers une oie cendrée quand il entendit une voiture qui arrivait. Il parut contrarié.

— À tous les coups, c'est Spinks. Je reconnais le bruit des voitures de flics !

Il sauta sur ses pieds.

— Je crois que je ferais bien de filer.

Stella se leva à son tour.

— Je vais voir.

Quand elle émergea de derrière la remise, la berline de la police était déjà garée devant la maison. Spinks, son chapeau vissé sur sa tête, sa chemise impeccablement repassée, examinait l'arrière de la Jeep de Laurie.

Stella attendit qu'il remarque sa présence. Elle était couverte de duvet et, pour couronner le tout, une mouche n'arrêtait pas de lui tourner autour, d'où elle en déduisit qu'elle avait du sang sur la figure.

Si Spinks fut surpris par son apparence, il n'en laissa rien paraître.

— Je suis passé prendre de vos nouvelles. Mais vous avez déjà un visiteur…

Inquiète à l'idée que Spinks tombe sur le trou plein de déchets, Stella se retourna pour vérifier que Grace et les fûts étaient bien cachés derrière les buissons. Quant à la présence de Laurie… ça risquait de mal se passer entre le braconnier et le policier. Elle n'était pas sûre que la chasse aux paons soit autorisée, même s'il s'agissait d'animaux redevenus sauvages qui causaient des nuisances. La simple apparition de Spinks, représentant irréprochable de la loi et de l'ordre, faisait paraître particulièrement barbare le traitement subi par les oiseaux.

— Racontez-moi tout, dit Spinks. J'espère que vous avez creusé une fosse, comme ça, les mouches ne vous embêteront pas.

— Vous êtes déjà au courant ? demanda Stella d'une voix faible.

— Mme Barron m'a tout dit.

Il sourit.

— Elle est ravie d'être débarrassée de ces fichus volatiles qui l'empêchaient de dormir. Allez, montrez-moi comment vous procédez.

S'agissait-il d'une démarche officielle ou d'une curiosité personnelle ? Stella était bien incapable de le dire, mais, comme elle n'avait pas le choix, elle conduisit le visiteur dans le pré.

Grace, les manches de sa chemise retroussées, avait plongé une main dans le ventre d'un dindon. Quand Spinks arriva, elle en retirait des entrailles sanguinolentes. Sa main s'immobilisa un instant et le sang dégoulina sur ses pieds, puis elle jeta les tripes dans le trou.

— Bonjour, Grace.

Spinks éleva la voix.

— Bonjour, Laurie ! Tu peux sortir, je ne vais pas te mordre.

Le chasseur émergea des fourrés avec un regard torve et ne rendit pas son salut au policier. Un ange passa. Les mouettes profitèrent de cet instant d'accalmie pour s'avancer de quelques pas, puis Laurie s'empara d'une volaille et lui trancha le cou.

Spinks se tourna vers les deux femmes.

— Il faut qu'on parle de ce café.

— Mais comment avez-vous appris nos projets ? s'étonna Stella.

— Laurie, bien sûr. Il en a informé tout le monde ! Mais avant que vous poursuiviez plus avant, nous devons régler un ou deux points.

— Et voilà, murmura Laurie.

Stella baissa les yeux. Des fourmis s'étaient

rassemblées autour d'un morceau de foie. Elle se focalisa sur leur agitation frénétique et un frisson de mauvais augure la parcourut. Spinks était venu leur annoncer que leur plan était irréalisable.

— Si cela ne vous dérange pas, j'aimerais jeter un coup d'œil à la cuisine, déclara Spinks.

Grace haussa les sourcils d'un air outragé.

— Et pour quoi faire ? Je vous assure que c'est très propre.

Son assurance rasséréna sa fille. Grace avait une façon d'accueillir les gens et de hausser le ton qui inspirait confiance. Elle aurait tout aussi bien pu s'adresser à un invité impertinent.

— Il faudrait aussi que je vérifie les toilettes que vous réserverez aux clients, ainsi qu'un ou deux détails.

Stella était un peu troublée. Elle comprenait que l'ouverture d'un établissement public entraîne certaines obligations, mais elle ne comprenait pas l'attitude de Spinks. Depuis leur arrivée à Halfmoon Bay, il s'était toujours montré prévenant et attentionné. Et maintenant, il agissait comme s'il était en mission officielle.

— Fichez-leur la paix, Spinks, grommela Laurie. Elles essayent juste de gagner leur vie.

— Justement, je suis ici pour leur donner un coup de main, répliqua Spinks.

Laurie maugréa dans sa barbe une phrase inaudible. Puis, prenant son couteau, il entreprit d'écorcher un oiseau dont il arracha la peau d'un coup sec avant de la jeter dans le trou, d'où s'éleva un nuage de mouches.

Debout au milieu de la cuisine, Spinks se balançait d'un pied sur l'autre tandis que Grace, Stella et Laurie l'observaient depuis la porte.

— L'inspecteur de la santé et des affaires sociales

risque de vous causer des ennuis, expliqua Spinks. Il passera vos installations au microscope, notera l'état des plans de travail, des poubelles, des évacuations d'eaux usées. S'il commence à vous chercher des poux dans la tête, vous n'êtes pas au bout de vos peines.

Stella croisa le regard de Laurie qui battit des paupières, confirmant les observations du policier. Grace hocha la tête. Un silence morose emplit la pièce. Stella en voulait à Spinks de leur annoncer ces mauvaises nouvelles d'un air si réjoui.

— Le mieux, poursuivit-il, c'est que j'évalue l'état des lieux en premier. À partir de là, vous pourrez opérer quelques changements. Puis, j'appellerai l'inspecteur et lui demanderai de venir visiter les lieux avant qu'il apprenne vos projets. Comme ça, vous aurez le temps de vous mettre en règle. N'oubliez pas de lui préparer quelques pâtisseries.

Il jeta un coup d'œil à Stella et Grace.

— Et recevez-le dans des tenues élégantes et soignées.

— Je vois où vous voulez en venir, concéda Laurie à regret. Et vous n'avez pas tort.

Spinks fit lentement le tour de la cuisine, suivi par Grace qui prenait des notes.

— Les écoulements extérieurs doivent être recouverts. Si des mouches rentrent dans la maison, on doit s'assurer qu'elles n'ont pas prospéré sur le compost dans le jardin.

— Quoi d'autre ? demanda Grace, dont l'allure et le ton trahissaient plus que jamais son milieu familial, où l'argenterie portait un blason et ornait une table dressée pour des dîners de vingt personnes.

— Il vous faut aussi un double évier. Celui-ci ne convient pas.

— Vous avez raison, il est trop petit, concéda Grace. Surtout que nous allons utiliser des ustensiles volumineux.

— Mais un nouvel évier va coûter une fortune, objecta Stella.

— Cela m'étonnerait que Joe n'ait pas récupéré celui que Griggs a descellé au pub, lors de la rénovation. Il conviendra parfaitement. D'autre part, il vous faut davantage d'espace pour préparer les aliments. Je me rappelle que Joe a mis de côté des tables en inox. Dans sa vieille grange, il a entassé un tas de trucs qui pourraient vous être d'une grande utilité.

Stella se demandait avec angoisse où prendre l'argent pour financer ces nouvelles installations. Même si on leur fournissait différents éléments...

— Pourquoi ne demandez-vous pas à votre ami Zeph de donner un coup de main à ces dames ? demanda Spinks à Laurie.

Le visage de Laurie s'illumina.

— Voilà la meilleure idée que vous ayez eue depuis longtemps ! s'exclama-t-il. Il sera ravi de les aider.

— Qui est cet homme ? demanda Grace.

Stella sentit le regard de Spinks peser sur elle.

— Il était avec moi quand j'ai trouvé papa. Il conduisait la voiture.

Grace se figea.

— Je ne me souviens pas de lui, murmura-t-elle.

Elle resta silencieuse un instant.

— Et je ne pense pas que nous puissions faire appel à lui, nous ne le connaissons pas, il faudra insister pour le payer...

— Cela m'étonnerait que vous y parveniez, ironisa Laurie.

— Pourquoi ne pas le dédommager en nature ?

proposa Spinks. Il vit seul et sera ravi de partager un de vos repas, surtout quand il saura qu'ils sont préparés par la meilleure cuisinière de Halfmoon Bay. Qu'en penses-tu, Stella ?

Stella était adossée au mur. Elle n'avait pas d'autre choix que de se retirer de l'affaire ou d'accepter l'aide de Zeph. Quand elle croisa le regard de Spinks, elle lut un certain désarroi dans ses yeux, comme s'il savait obscurément que sa question n'avait rien d'anodin.

— Prenez le temps de réfléchir, ajouta-t-il très vite. Vous pouvez toujours faire appel à un plombier de Saint Louis. Après tout, les travaux ne sont pas énormes…

— Non, trancha Stella. Demandez-lui de venir.

— Parfait, dit Laurie. Je viendrai l'assister. Je ne m'y connais pas trop en plomberie, mais je me débrouille en maçonnerie et je sais planter un clou.

Il se frotta les mains en sautillant sur place, puis salua Spinks d'un petit mouvement de tête.

— Et maintenant, avec votre permission, je retourne aux oiseaux avant que les corbeaux n'emménagent dans la place.

Spinks ne tarda pas à le suivre.

Restée seule avec Grace, Stella eut le sentiment qu'elle venait de prendre une importante décision. Où cela la mènerait-il ? Elle l'ignorait.

Quand tous les volatiles furent rangés dans le congélateur, Stella se retira dans le studio. Là, assise en tailleur sur son lit, face à un vase de jonquilles jaunes posé sur la coiffeuse, elle réfléchit à ce que Spinks avait proposé.

Si Zeph acceptait de venir à Seven Oaks – et Laurie n'avait aucun doute là-dessus –, il passerait des heures à travailler ici. Et sans doute accepterait-il de partager un repas…

Elle essaya de se convaincre que Zeph se contenterait de venir les aider. Tellement de choses avaient changé, eux pour commencer, et aujourd'hui une brèche les séparait.

Pourtant, l'espoir d'un miracle était là. L'espoir que leur amour renaîtrait, fort et lumineux…

Elle entendit des pas s'approcher et Grace s'encadra dans le chambranle de la porte, sa silhouette se découpant à contre-jour.

Elle serrait un paquet de vêtements soigneusement pliés contre sa poitrine.

— Je t'ai amené ça, dit-elle timidement. J'ai remarqué en mettant tes affaires dans la machine, hier, que tu n'avais pratiquement plus rien à te mettre. J'ai sorti ces vêtements de la malle, dans la remise. Ils sentaient un peu le moisi, mais je les ai lavés et repassés.

Sur le lit, elle posa deux jupes en soie coupées en biais, une chemise en sergé d'un vert profond, un pantalon en velours côtelé, une jupe plissée et un pull noir tricoté dans une laine très douce.

— C'est du cachemire, murmura Grace. Je l'avais acheté à Paris.

Elle sourit à Stella.

— Il mettra en valeur ton teint clair.

— Il est magnifique ! s'exclama Stella.

Oubliant Zeph, une vague de reconnaissance la submergea. Au cours de toutes ces années où elle avait vécu loin de Seven Oaks, elle avait souvent rêvé d'un tel moment d'intimité avec sa mère. Ce don qu'elle lui faisait était très précieux.

— Et maintenant je vais cuisiner un peu, dit Grace.

Demain nous avons des visiteurs, Laurie et son ami, comment s'appelle-t-il déjà ?

— Zeph.

Le nom résonna dans la chambre.

— Oui, Zeph. Je suis sûre qu'ils ont bon appétit.

Après le départ de Grace, Stella rangea ses vêtements dans la commode. En ouvrant les tiroirs, elle contempla ses chemises et ses pantalons, qui lui rappelèrent toutes les aventures qu'elle avait vécues loin d'ici. Leur solidité et leur côté pratique symbolisaient la vie qu'elle s'était choisie. La disparition de Zeph avait fait d'elle une personne indépendante et forte...

Dans le dernier tiroir reposaient son appareil photo, ses carnets de notes et une collection de bondes de lavabos attachées ensemble à un anneau. Elle sourit en se rappelant le jour où Daniel lui avait fait ce cadeau inattendu.

— Pour un bon reporter, les bondes sont essentielles, ma chérie. Va savoir pourquoi, quand tout fout le camp, ce sont les premiers objets à disparaître dans les hôtels... et c'est exaspérant, crois-moi, de faire sa lessive avec un filet d'eau.

Si seulement Daniel était là pour lui prodiguer ses conseils avisés... Quelle attitude adopter ? Devait-elle se retirer dans sa tour d'ivoire et se réfugier derrière une attitude distante ou bien prendre le risque de souffrir ?

Daniel était plein de bon sens. Il lui avait enseigné la survie. Elle soupira devant son vieux sac à dos qui avait appartenu à son parrain. Puis elle se tourna vers l'ange de pierre, posé sur sa table de chevet. Stella se remémora toutes ces années où cette sculpture lui avait servi de foyer et de point de repère. Elle se pencha sur la statuette. Une araignée était en train de tisser sa toile entre ses ailes. Comment savoir quand était venu le temps de laisser la poussière faire son œuvre, de poser son sac et de fonder un foyer ? Voilà un enseignement que, malgré sa sagesse, Daniel n'avait jamais abordé.

Certaines décisions ne concernaient que vous et personne ne pouvait les prendre à votre place.

21

Stella, qui venait de prendre son petit déjeuner, faisait l'argenterie au soleil, sous la véranda. Elle avait déjà astiqué neuf cuillères et il lui en restait encore quinze, sans compter les petites cuillères, les cuillères à thé, les fourchettes, les couteaux et les couverts de service. Elle les frottait avec un liquide blanc, puis avec un chiffon sec, et ce travail répétitif la calmait.

Il était presque dix heures. Laurie et Zeph allaient arriver d'un moment à l'autre.

Stella posa une cuillère et prit la suivante. Ses cheveux encore mouillés lui tombaient sur les épaules. Elle avait utilisé le shampooing de Grace, qui sentait la lavande et le romarin, et aussi un soupçon de mascara pour noircir le bout de ses cils décolorés par le soleil. Elle portait un jean et la chemise verte que Grace lui avait donnée. La couleur lui allait bien et la coupe épousait les lignes de son corps.

Ses pensées ne cessaient de vagabonder. Elle tenta de se calmer en fixant la lumière du phare, au loin. Puis son regard erra sur les flots charriant des algues noires, en quête d'un phoque ou d'un aileron de dauphin…

Elle prit une cuillère, la frotta avec le liquide qui s'oxydait à l'air, et essuya le dépôt qui s'était formé avec les années… Maintenant, l'argent brillait de tous ses feux. Elle surprit son reflet sur la surface miroitante. Une petite Stella, l'enfant d'une fée… Elle astiqua le blason des Boyd.

Le lis. L'étoile. Le chat… un symbole de bravoure.
Carla, qu'es-tu donc devenue ?

Stella se dit que la chatte devait être morte, victime du grand âge ou d'un accident. Stella se rappela ce marin qu'elle avait rencontré à une soirée, des années auparavant. Elle s'était approchée de lui en l'entendant raconter qu'il appréciait la présence d'un chat à bord de son bateau. Elle se souvenait très bien de leur conversation :

— Récemment, j'ai perdu un très beau chartreux.

— Comment est-il mort ?

— Le vent s'est levé, j'ai hissé la voile dans laquelle il s'était endormi et il est tombé à l'eau.

— Mon Dieu, quelle horreur ! Et qu'avez-vous fait ?

— Rien. J'en ai acheté un autre dans le port suivant. Ce n'était qu'un chat à câliner quand je me sentais seul…

Puis il s'était attardé avec un regard coquin sur les courbes du corps de Stella et elle avait tourné les talons.

Stella connaissait bien ces marins endurcis, qui avaient passé de longues années en mer et dont le plus grand plaisir était d'affronter les éléments. En les écoutant parler, elle essayait de se les figurer plus jeunes. La solitude finissait par pénétrer leur âme et, avec l'âge, ils devenaient glacials.

— Ils sont là.

Stella n'avait pas entendu Grace arriver.

— Tu viens ? Je vais servir le thé dans la cuisine avant qu'ils ne commencent les travaux.

Stella rentra dans la maison par la porte de derrière et observa les deux hommes à la dérobée.

Zeph portait une chemise d'un bleu passé. Tout raide sur sa chaise, il paraissait mal à l'aise. À côté de lui se tenait Laurie, les jambes allongées et les bras croisés. Au milieu du plancher trônait un double évier couvert de poussière avec des canalisations neuves.

En se penchant un peu, Stella discerna les jambes de Zeph sous la table. Il avait mis un jean coupé au-dessus des genoux et était chaussé de vieilles bottes, avec des bouts ferrés et une bande élastique sur le côté. Un modèle utilisé par tous les Tasmaniens, qu'ils travaillent sur terre ou sur mer. Le père de Jamie disait toujours que les chaussures d'un homme permettaient de faire la différence entre un type bien et un poseur.

— Où est passée Stella ? demanda Laurie en regardant autour de lui. Ah ! te voilà. Viens vite, on a faim.

Aussitôt, Zeph se leva, et Stella nota que Grace appréciait la bonne éducation de son invité tandis que Laurie haussait les sourcils d'un air vaguement surpris.

Stella croisa le regard de Zeph. Ses yeux brûlaient d'un feu vert et sauvage, abolissant la distance qui les séparait.

Le souffle court, elle eut l'impression de le revoir pour la première fois. Les circonstances dramatiques de leurs retrouvailles l'avaient laissée en proie à des émotions si contraires qu'elle avait oblitéré la présence de Zeph. Maintenant, c'était différent.

Soudain, elle s'aperçut que Grace lui parlait. Elle vit sa mère poser une théière près d'une assiette où trônait une pâtisserie dorée à point.

— Je sers le thé ?

La voix de Grace était calme et posée. Était-il possible qu'elle n'ait rien remarqué ?

Stella s'assit près de Laurie et se mit à parler des oiseaux, de la façon dont elle et Grace avaient appris à les plumer et à les vider avant de les mettre au congélateur. Puis elle enchaîna sur l'importance des étiquettes qui permettaient d'utiliser le gibier à la période où il était le plus savoureux. Elle n'arrêtait pas de discourir d'une voix trop forte, au débit trop rapide, mais elle s'en fichait.

Zeph l'observait, attentif à ses petits mouvements de tête, à ses gestes de la main, à la façon dont elle rejetait ses cheveux en arrière…

— Parfait, déclara Laurie. L'inspecteur voudra jeter un coup d'œil au congélateur. Je vous conseille d'établir une liste où vous noterez tous les oiseaux sous la rubrique « dinde ». Avec l'administration, ça ne sert à rien d'entrer dans le détail.

Laurie prit un morceau de gâteau et alla se planter devant l'évier.

— Qu'en penses-tu, Zeph ? On le descelle tout de suite ?

Grace, qui versait le thé, se redressa d'un air inquiet.

— Il faut d'abord que je réfléchisse, dit Zeph. Je commence toujours par dessiner un plan.

Il mordit dans son gâteau.

— Hmm, c'est délicieux, Grace. Comment appelez-vous cette petite merveille ?

— « Le revenez-y de tante Éliza. »

Stella porta une miette à ses lèvres. Zeph se souvenait-il qu'il s'agissait du cake qu'elle avait apporté aux criques, le jour de Noël ?

— Drôle de nom, s'étonna Laurie. Qu'est-ce que ça veut dire ?

— Facile à deviner, répondit Zeph. Si vous goûtez une fois à ce gâteau, vous êtes sûr d'y revenir un jour.

Stella fixait la table.

Mais tu as disparu, alors que j'avais grand besoin de toi.

Elle sentit le regard de Zeph peser sur elle, leva sur lui des yeux troublés et crut voir une ombre passer sur son visage. Puis Zeph lui sourit et lui tendit l'assiette.

— Je l'ai toujours trouvé un peu mou et trop sucré, intervint Grace. C'est une recette qui vient de la famille de William. Allons, resservez-vous, ça vous donnera de l'énergie.

Quand ils eurent fini de manger, Grace fit la vaisselle en prenant son temps. Elle donnait l'impression d'accomplir un rituel d'adieu. Stella essuya les tasses, les assiettes, les couteaux et les cuillères et les posa dans un coin.

Zeph, assis à la table, dessinait un plan au dos d'une vieille enveloppe. Stella s'absorba dans la contemplation de ses longs doigts, de ses ongles coupés court, de ses paumes durcies par les travaux manuels. Sa vieille chemise bleue était coupée dans un beau tissu. Il avait dû la payer cher.

Elle commença à ranger la vaisselle mais, en réalité, elle tournait autour de Zeph. À un moment donné, il se leva et demanda à Grace de s'écarter de l'évier. Puis il prit des mesures. Si ses mouvements étaient rapides et sûrs, ils trahissaient une certaine tension.

Quand il eut terminé son croquis, Zeph alla chercher ses outils et les étala sur le sol. Il s'attacha une poche à clous autour de la taille et se retroussa les manches. Aidé de Laurie, il dévissa les conduits. Grace sortit de la pièce et Stella s'employa à déblayer les gravats et la tuyauterie. Quand l'eau commença à sourdre, elle tendit une cuvette à Zeph qui effleura ses doigts en la saisissant.

Quand le vieil évier fut descellé, Stella aida Laurie à

le transporter dehors. Il faisait chaud et le soleil brillait dans un ciel sans nuages.

Laurie s'essuya le front et demanda à Stella d'aller chercher une boîte de carreaux de faïence, à l'arrière de la Jeep. Quand elle revint, Zeph sciait des planches sur des chevalets pendant que Laurie les tenait pour les empêcher de dévier.

— Prends ma place, demanda Laurie à Stella. Je dois m'occuper de la plomberie.

Il montra les canalisations qui couraient à l'extérieur du mur de la cuisine.

— Si vous avez besoin de moi, vous m'appelez.

Stella cramponna une planche pendant que Zeph la coupait dans le sens de la longueur. Le bois, gris à l'extérieur, était couleur de miel à l'intérieur. Stella respira l'odeur de résine.

Zeph se concentrait sur les lignes qu'il avait tracées. Ses cheveux épais et bouclés encadraient son visage placide aux joues creuses. La cicatrice sur son menton avait pratiquement disparu. De la sciure s'était déposée sur ses bras musclés.

Stella souleva une nouvelle planche et la plaça sur les chevalets. Polie par le temps, elle ne comportait aucune trace de clous. Sans doute venait-elle de la pontée d'un bateau. Mal fixée, elle avait été emportée par une vague au cours d'une tempête.

— Où as-tu trouvé ce bois ? demanda Stella.

Zeph s'immobilisa.

— Dans les criques. J'en ai toute une provision, je l'ai utilisé pour la menuiserie de ma cuisine.

— Il t'a fallu combien de temps pour ramasser tout ça ?

— Ça m'a pris un an.

Ils se regardèrent en silence.

— Avec du pin ordinaire, tu aurais déjà fini le boulot ! cria Laurie.

Zeph sourit à Stella.

— Je ne suis pas pressé de terminer. On y va ?

La jeune femme hocha la tête et il se remit au travail tandis que la sueur perlait à son front.

Quand ce fut l'heure de déjeuner, Grace les convia dans la véranda.

— J'ai préparé un pique-nique, annonça-t-elle. Suivez-moi.

Les ouvriers obtempérèrent. Quand ils débouchèrent sous l'auvent, Stella poussa une exclamation de surprise. Sur le plancher, Grace avait déployé une magnifique nappe orange frangée d'or que Stella ne connaissait pas, et disposé des coussins. Autour d'un vase rempli de fleurs printanières s'étalaient des assiettes de fruits secs, du fromage, des salades de tomates aux herbes du jardin, des laitues toutes fraîches, des abricots et des pêches au sirop ainsi que deux pots de citronnade.

Stella sourit à sa mère.

— C'est ravissant.

— Très joli, dit Zeph dont le regard s'égara en direction des criques.

Il se tourna vers Stella.

— Ma maison semble très proche.

— Elle est plus éloignée qu'il n'y paraît.

Zeph allait répondre quand Lauric l'interpella.

— Tu as apporté le pain ?

— Je l'ai oublié dans la Jeep. Je reviens.

Il s'éloigna tandis que Laurie s'installait confortablement sur les coussins.

— Grace, il faut absolument que vous veniez me rendre visite. Je vous ferai… une dinde aux marrons.

Grace éclata de rire.

— De celles qui ont des plumes bleues ?

— Vous avez deviné.

Stella s'assit face à la mer, le dos appuyé au mur. Grace resta debout, attendant que Zeph revienne.

Il réapparut, son pain à la main. En chemin, il avait pris un bout de planche et il posa sa miche dessus. Ça sentait bon la résine et la levure.

Grace désigna un coussin près de Stella.

— Mettez-vous là, vous pourrez profiter de la vue.

Zeph alla s'asseoir en tailleur au côté de la jeune femme. Le banquet posé devant eux sur cette nappe extravagante réveilla les fantasmes de Stella. Elle s'imagina qu'ils étaient un prince et une princesse hindous contemplant leur domaine.

La mer était pareille à un voile de soie incrusté de diamants. Des volutes de nuages flottaient dans l'azur. Dans l'herbe, des sauterelles frottaient leurs élytres ; des oiseaux voletaient autour des tritomas orange qui poussaient près des rochers ; des papillons et des libellules dansaient…

Stella sourit. Cette scène était un cadeau du ciel, juste pour eux deux. Elle jeta un coup d'œil en biais à Zeph qui la regardait.

Grace passa les plats et servit la citronnade. Ils mangèrent avec les mains, tachant sans remords le beau linge de la maîtresse de maison. Laurie coupa la miche et en offrit à Grace et à Stella.

— Goûtez-moi ce pain, vous n'en trouverez jamais de meilleur.

La mie avait effectivement une saveur très particulière.

— Mais… qu'est-ce qu'il y a dedans ? demanda Stella.

Laurie fixa son ami.

— Il a un secret.

— J'utilise de la farine, de la levure, de l'eau de mer et du miel, de préférence celui de Joe, expliqua Zeph.

Un souvenir resurgit dans l'esprit des jeunes gens. Celui d'un garçon et d'une fille trempant leurs doigts dans un pot de miel fumé.

— La cuisine des marins est à base d'eau de mer, ce qui ne surprendra personne, plaisanta Laurie, et Grace se mit à rire.

— Racontez-nous vos voyages, Zeph. Où avez-vous navigué ?

Il leur décrivit Greenland, au nord, et Heard Island, au sud. Il avait parcouru le globe sans jamais s'enraciner nulle part, jusqu'à ce qu'il monte une entreprise, huit ans auparavant.

— Une affaire qui a très bien marché, précisa Laurie. Il a inventé plein de trucs, j'avais lu des articles sur lui dans *The Australian* bien avant de le rencontrer.

Stella jouait avec ces informations comme avec les pièces d'un puzzle qu'elle complétait petit à petit.

À la fin d'un récit de navigation au milieu des icebergs, Zeph se tourna vers Stella.

— Et toi, demanda-t-il, où étais-tu ?

À son tour, elle se lança dans les récits de ses voyages et de son travail de reporter. Zeph l'écoutait, très concentré. Quand elle s'arrêta de parler, il hocha lentement la tête.

— Voilà un travail très intéressant. Dans l'information, on manque de bons reportages.

— Elle s'est très bien débrouillée, intervint Laurie. Elle a eu la chance d'aller étudier en Angleterre. Ce n'est pas si facile de devenir quelqu'un quand on est coincé ici, en Tasmanie.

Le silence se fit. La main de Zeph, qui allait porter son verre à ses lèvres, se figea. Grace regarda au loin et Stella baissa la tête, les poings serrés. La douleur enfouie s'était réveillée. Elle ignorait si Zeph entendait cette histoire pour la première fois ou s'il avait déjà été informé de son prétendu voyage en Angleterre. Que ressentait-il en songeant à cette époque ? Peut-être Stella venait-elle de soulager la conscience de Zeph en lui apprenant que, même s'il avait tenu sa promesse, il ne l'aurait pas retrouvée ?

Son visage avait pris une expression distante, comme s'il la rejetait.

Parfois, la culpabilité vous poussait à agir ainsi, se consola Stella.

Laurie, inconscient des tensions qui assombrissaient l'atmosphère, continuait de manger. Mais malgré ses injonctions, personne ne se resservit.

Puis Zeph se leva.

— Si nous voulons terminer le travail, on ferait bien de s'y remettre.

Sa voix était froide, éteinte. La chaleur qui émanait de lui avait disparu. Stella se demanda si la tendresse qu'elle avait cru déceler dans son attitude n'était qu'une projection de ses propres émotions. Le trouble de Zeph semblait pourtant presque tangible… À son tour, elle se détourna de lui. L'angoisse l'envahit en comprenant qu'elle ne maîtrisait pas les événements. Les sentiments de Zeph à son égard avaient-ils changé ? Les zones obscures surgissant du passé l'empêchaient d'avoir une vision nette de la situation…

Grace commença à rassembler les assiettes et les bols.

Stella se joignit à elle, baissant la tête pour dissimuler son embarras.

À la fin de l'après-midi, le double évier était scellé, avec de nouveaux plans de travail en inox fixés de part et d'autre des égouttoirs. Sous l'évier s'encastrait un placard en bois naturel.

Laurie l'ouvrit et le referma une dizaine de fois.

— Regardez, s'extasiait-il, c'est pas du beau boulot ? Et calculé au millimètre.

Stella aida Zeph à ranger les outils dans leur boîte. À mesure que les marteaux et les tournevis disparaissaient, le départ de Zeph approchait. Elle avait le sentiment qu'on leur avait accordé une chance de se retrouver, mais elle l'avait gâchée en laissant remonter les souvenirs douloureux. Le soleil se couchait.

Bientôt, ils s'avancèrent tous les quatre vers la Jeep.

Grace remercia les deux hommes pour leur aide précieuse et elle tendit un cake à Laurie. Zeph fit le tour du véhicule pour grimper sur le siège du passager. Stella le suivit. Elle voulait lui demander s'il avait l'intention de revenir, mais elle craignait une réponse vague et polie…

— Merci pour tout, dit-elle simplement.

— Pas de quoi. Ça m'a fait plaisir.

Ces paroles passèrent comme des libellules effleurant l'eau d'un étang à la profondeur insondable.

Laurie mit le contact et la vieille voiture s'éloigna en cahotant sur le chemin.

22

Stella se tenait dans le salon de mer qui semblait maintenant plus spacieux. Le plancher fraîchement ciré luisait au soleil du matin qui se déversait à flots par les fenêtres.

La plupart des meubles avaient été enlevés. Disparus le sofa, la petite table, la télévision, le lampadaire et la bibliothèque... Ils avaient été transférés dans l'ancienne chambre de Stella qui servirait de salon privé. Stella avait emballé ses trésors d'autrefois, des jouets, des poupées, des vêtements... Miranda avait été la dernière à rejoindre les cartons. Stella l'avait époussetée, puis revêtue de sa tenue de pêcheur, corsaire et pull marin, avant de l'allonger dans sa boîte tout en veillant à bien lisser ses cheveux roux. Puis elle avait rabattu le couvercle qu'elle avait scotché. Ensuite, elle avait tout emporté dans la remise.

Le salon de mer commençait à ressembler à une salle de restaurant. La table avec ses rallonges occupait la moitié de la pièce. Dix chaises étaient alignées de chaque côté, toutes différentes à part les quatre qu'avait utilisées la famille Birchmore. Joe avait fourni les autres, récupérées au cours des ans dans des salles d'attente de médecins, à l'église, au pub... Cette collection était assez sympathique et reflétait la diversité des personnes qui fréquenteraient bientôt Seven Oaks.

— Parfait, déclara Grace qui venait d'entrer dans la pièce. Et j'ai trouvé une idée pour récompenser Joe de ses services.

Stella imagina une provision de cakes ou des invitations à dîner, mais Grace la prit par le bras et l'entraîna vers le meuble sombre dont la lourde stature dominait la pièce.

— Le buffet de tante Jane.

Stella n'en revenait pas.

— Tu es sûre ? demanda-t-elle d'une voix hésitante.

— Je ne veux pas le garder, dit Grace avec fermeté. Joe peut le vendre à un antiquaire. Il en obtiendra un bon prix.

Stella hocha la tête. Se débarrasser de ce buffet semblait un geste symbolique très approprié pour se lancer dans une nouvelle vie.

Sur la tablette reposaient la photographie de William, son dernier journal, la tasse du *Victory* et des souvenirs éparpillés sur un grand napperon de dentelle.

La mère et la fille contemplèrent en silence l'autel improvisé. Puis Grace prit la photo et la tendit à Stella.

— Va poser ce cadre sur la cheminée.

Ensuite, elle rassembla les quatre coins du napperon et sortit avec ce qu'il contenait.

Il leur fallut un certain temps pour vider le buffet. Elles emballèrent les serviettes, les nappes brodées, les assiettes qui appartenaient à la famille de William.

— Nous n'avons pas besoin de tout ça, déclara Grace. Je vais faire des serviettes toutes simples, taillées dans des draps. Et nous laisserons la table nue. Le bois est magnifique.

Le journal de bord et les possessions de William furent rangés dans une caisse.

Maintenant, le meuble vide, comme privé de son autorité, paraissait très ordinaire.

Stella et Grace entreprirent de le pousser vers la porte. Comme il était très lourd, Stella voulut l'alléger de ses tiroirs mais des butées l'en empêchèrent. Les deux femmes se débrouillèrent tant bien que mal pour le transporter dehors, marquant plusieurs pauses pour reprendre leur souffle.

Ce ne fut pas une mince affaire que d'acheminer le buffet jusqu'à la camionnette. Elles le firent glisser sur deux planches qu'elles déplaçaient au fur et à mesure de leur progression, et qu'elles utilisèrent pour le hisser dans le véhicule. Quand tout fut terminé, elles poussèrent un soupir de soulagement.

Stella conduisait au ralenti sur le sentier inégal, jetant de fréquents coups d'œil dans le rétroviseur. À ses côtés, Grace, tournée vers l'arrière, surveillait elle aussi le buffet qui, à chaque cahot, oscillait dangereusement.

Quand elles s'engagèrent sur la route gravillonnée, elles se détendirent. De petits animaux détalaient à leur approche, un spectacle habituel dans cette région où le bush le cédait à une zone marécageuse, avec des bancs de vase recouverts de roseaux. Un pélican, dont on s'étonnait qu'il puisse voler malgré son poids, s'éleva paresseusement dans les airs.

Stella ralentit en apercevant la grange où vivait Old Joe et se gara devant la porte, maintenue grande ouverte par une rame. Stella descendit du véhicule et appela le vieux marin. Mais personne ne répondit. Sans doute était-il au port.

Elle pénétra dans le bâtiment obscur. Aucun signe de Joe. Ça sentait le pétrole et le goudron, et aussi le poisson. Partout s'entassaient des vieux meubles, des outils, des machines à laver, des vélos, des matériaux de construction, des poussettes de bébé, bref, un fatras invraisemblable au milieu duquel on circulait comme dans un labyrinthe. Une barque en construction s'élevait au centre de ce capharnaüm. On aurait dit l'ossature d'une baleine émergeant du sable. Stella buta contre des piles d'assiettes et de bols blancs, du type qu'on utilisait dans les hôtels. En les examinant de plus près, elle s'aperçut que la porcelaine portait l'emblème du Southern Ocean Line. Elle imagina cette vaisselle sur la longue table de la salle à manger donnant sur le ciel et l'océan. Ce serait comme dîner dans un bateau...

Elle se retourna vers sa mère qui l'avait suivie et enfilait des gants de jardinage.

— On n'a qu'à laisser le buffet dans un coin.

Grace hocha la tête et alla ouvrir l'arrière de la camionnette. Alors qu'elles s'apprêtaient à faire glisser le meuble sur les deux planches posées en équilibre à l'arrière du véhicule, il commença à pencher dangereusement et les tiroirs s'ouvrirent.

— Redresse-le ! cria Stella.

— Je ne peux pas ! gémit Grace qui s'écarta vivement tandis qu'il s'effondrait avec fracas sur le sol.

Il s'ensuivit un grand silence. Les oiseaux du marais se remirent à chanter. Côte à côte, les deux femmes contemplaient les tiroirs brisés, un spectacle pour le moins incongru quand on pensait aux soins maniaques dont le buffet de tante Jane avait été entouré. Stella revit Grace se précipitant à la moindre éraflure vers sa boîte de cire « spéciale antiquaires », destinée à effacer l'outrage. La mère et la fille se regardèrent, et furent bientôt gagnées par un fou rire irrépressible. Grace, qui avait d'abord porté la main à sa bouche pour réprimer son accès de gaieté, riait maintenant à gorge déployée.

Quand elles se furent calmées, Stella voulut demander à sa mère ce qu'elles allaient faire de cette épave gisant à leurs pieds quand quelque chose attira son attention.

Une enveloppe brune en papier kraft.

— Je croyais que nous avions tout vidé ?

Elle reconnut le tiroir de William, celui qu'elle avait endommagé avec le tisonnier. Il possédait un double fond ! Elle tira sur l'enveloppe et jeta un regard interrogateur à sa mère.

— Ouvre-la, dit Grace.

Stella en tira de petites enveloppes blanches avec un liséré rouge et bleu, de celles que l'on utilisait pour le courrier envoyé par avion. Elles étaient attachées par un élastique.

Stella
Halfmoon Bay
Tasmanie Australie

Cette adresse se répétait quatre fois, la cinquième disait :

Stella
Fille d'un pêcheur de langoustes
Halfmoon Bay
Tasmanie
FAIRE SUIVRE

— Elles t'étaient destinées ! s'écria Grace.

Stella se mordit la lèvre. Les timbres identiques

représentaient un kiwi surmonté de l'inscription « Nouvelle-Zélande ».

— Elles avaient été envoyées par Zeph, murmura Stella.

Son cœur se mit à battre plus vite. La première lettre portait un tampon à l'encre violette, à peine lisible.

25 janvier 1976.

Les autres étaient datées de février, mars et avril.

— Mais j'étais encore là ! articula-t-elle d'une voix rauque.

Elle ne parvenait pas à le croire.

— Es-tu en train de me dire que Zeph et Robert sont une seule et même personne ? chuchota sa mère.

Stella s'agrippa à son bras.

— Tu étais au courant ?

Grace avait pâli.

— Non. William les avait cachées.

Stella poussa une exclamation étranglée. Avec une clarté aveuglante, elle se revit au port demandant à William s'il avait du courrier pour elle.

Si j'avais reçu quoi que ce soit, je te l'aurais transmis, tu le sais bien...

L'indignation la figea sur place. Puis elle se reprit et ouvrit la première lettre dont elle sortit une mince feuille de papier.

> *J'ai essuyé une tempête au large de South Island... Le servomoteur de navigation s'est encore cassé... Nous avons failli sombrer... Le mât s'est brisé et j'ai perdu deux voiles... Il faut que je gagne de l'argent pour payer les réparations. Compte un bon mois avant que je puisse venir te retrouver. Patience, j'arrive. Laisse un message au mur du mémorial. Dis-moi où je peux te joindre... Ne*

m'oublie pas. Je travaille nuit et jour pour qu'on soit plus vite réunis... Je t'aime... Je t'aime tant... Zeph (et Carla) xxxx

L'émotion submergea Stella. Elle ressentit pour William une bouffée de colère.

Puis un fol espoir s'empara d'elle.

— Prends la voiture, dit Grace. Va lui expliquer.

Stella courut jusqu'à la camionnette, mit le contact, fit demi-tour et appuya sur l'accélérateur.

Un sarong aux couleurs délavées bougeait doucement sur le fil d'étendage, à côté de trois paires de chaussettes, un jean tout raide et deux chemises dont la bleue que Zeph portait quand il était venu installer l'évier. Stella passa dessous pour gagner la maison et une manche lui effleura la joue.

Elle n'avait pas vu le break rouge en ville et il n'était pas garé sous l'auvent. Maintenant, elle se tenait devant une porte courbe taillée dans la coque d'un bateau et encadrée de pin huon. Elle frappa à coups redoublés, sans réfléchir à l'attitude qu'elle allait adopter s'il venait ouvrir. Personne.

Le vent était tombé et la pluie menaçait. Le temps semblait suspendu.

Elle guigna par le carreau de la cuisine, aussi bien conçue que la cabine de *Tailwind*. Des fleurs du bush s'épanouissaient dans une cruche, à côté d'un bol rempli de noix et d'une bouteille de vin rouge à moitié vide. Près de l'évier, Zeph avait posé une assiette et des couverts sales. Le plancher avait été taillé dans du vieux bois d'acajou, et la patine témoignait de ses vies antérieures... Elle se pencha et mit la main en visière. Entre deux chaises, elle distingua quelque chose de jaune avec des taches de lumière… les petits miroirs ronds d'un coussin de *Tailwind* autour duquel s'enroulait… une longue queue !

Stella tourna la poignée de la lourde porte qui céda, se glissa dans la pièce et alla s'agenouiller près du coussin. Un chat était allongé là. Peut-être un petit de Carla… Puis elle aperçut des poils gris dans la fourrure tachetée. L'oreille gauche était déchirée… certainement par un hameçon. Les yeux de Stella s'agrandirent de plaisir.

— Carla ? C'est moi.

L'animal ouvrit ses yeux verts obscurcis par l'âge et releva la tête avec peine. Puis elle émit un ronronnement sonore.

Doucement, la jeune femme prit Carla dans ses bras. Les os pointaient sous la douce fourrure. Stella posa sa joue contre la petite tête de Carla qui la lécha affectueusement. Quand elle se redressa, le chat serré contre la poitrine, le ronronnement s'amplifia dans le corps frêle. Stella sourit. La petite Carla, devenue une ancêtre, était toujours aussi forte et courageuse.

Elle la berça tout en arpentant la pièce et se retrouva devant une porte ouverte qui donnait sur un escalier étroit.

Une impulsion subite la poussa à s'y engager. Elle avait bien conscience de s'aventurer dans un domaine privé mais c'était plus fort qu'elle.

Le premier étage était composé d'un grand bureau avec une table à dessin, un chevalet dressé près de la fenêtre, quantité de livres, de cartes et de photographies. Elle continua son ascension…

Le dernier étage était couronné par le dôme. Comme l'extérieur du minaret, il était peint de ce bleu myosotis qui imitait le ciel d'été.

Elle s'arrêta sur le seuil. Si elle s'avançait jusqu'aux

portes-fenêtres, son regard plongerait dans les criques. Quand la mer était claire, on devait pouvoir compter les poissons...

Elle contempla le grand lit avec un seul oreiller. La couette avait été rejetée avec vigueur, comme si Zeph avait été heureux de saluer le matin. Un sarong traînait par terre. La pièce était meublée de façon spartiate, pour que rien n'interfère avec la vue. Cependant, une peinture se détachait...

Elle reconnut Carla, qui tentait de se dégager de l'étreinte d'une jeune fille qui riait, debout sur le pont d'un bateau. Sous sa chemise ouverte, on apercevait le haut d'un bikini à rayures, et elle rejetait en arrière ses longs cheveux bruns en un geste désinvolte. Pourtant, ses yeux sombres semblaient vulnérables, comme si elle pouvait lire l'avenir et les épreuves douloureuses qui l'attendaient.

Les jeux de lumière sur son visage donnaient une tonalité dramatique au tableau, mais la douceur des couleurs apportait une note rêveuse.

Ce portrait lui ressemblait beaucoup et pourtant la jeune femme ne s'y reconnaissait pas tout à fait. Le tableau était signé par... Zeph. Il avait peint Stella telle qu'il la voyait dans son souvenir.

Une impression fugitive fixée sur la toile qui l'avait accompagné toutes ces années.

Un autre objet attira son attention. Un bouquet d'immortelles posé sur une table près du portrait, vieillies, ternies, nouées par du fil de pêche. Stella se rappela comment elle les avait attachées. À cette époque, les fleurs étaient d'un jaune vif et semblaient tellement gaies dans leur vase improvisé en bois flotté... mais elles n'auraient jamais pu survivre très longtemps en plein air. Donc il était revenu, comme il l'avait promis. Une joie immense la submergea.

Elle se tourna vers la porte-fenêtre, s'imagina Zeph arrivant à Halfmoon après un long voyage. Il s'était rendu directement au mémorial où il n'avait rien trouvé. Puis il avait demandé aux gens où elle était passée et ils lui avaient répondu qu'elle était partie étudier en Angleterre. Comme elle avait de la chance, avaient-ils ajouté. Quand il était retourné dans la crique, il y avait découvert les fleurs. Il avait cherché une note écrite, mais les fleurs étaient le seul message. Une excuse. Un adieu. La fin d'une belle histoire...

Stella redescendit avec Carla au rez-de-chaussée et la reposa sur le coussin aux miroirs.

— Attends-moi, lui dit-elle. Je reviens.

Tailwind... Où Mme Barron lui avait-elle dit que Zeph faisait réparer son bateau, déjà ? Dans une cale de construction privée, quelque part... Joe saurait la renseigner.

Elle reprit le volant de sa camionnette, rejoignit le port et s'arrêta en bordure du quai, près de *Grand Lady*. Le vieux pêcheur émergea de la timonerie. Il posa une main sur le toit qu'il venait de rénover. De l'autre, il tenait un pinceau dégoulinant de peinture rouge.

Stella ouvrit sa portière.

— Savez-vous où se trouve le yacht de Zeph ? cria-t-elle pour dominer le bruit du moteur.

— J'arrive de la cale de construction où il est entreposé. Je viens d'emprunter à Zeph un pot de peinture.

Il agita son pinceau en direction de Stella et une goutte de laque rouge s'écrasa sur la portière de la camionnette.

— Ta mère est arrivée dans la voiture de Spinks. Elle

a donné quelque chose à Zeph, lui a parlé une minute ou deux et il est parti au volant de son break.

— Il a pris quelle direction ?

— Seven Oaks.

Stella desserra le frein à main et la camionnette s'éloigna en cahotant sur les planches du quai.

— Ne va pas trop vite ! cria Joe. Il va pleuvoir.

Le break rouge semblait abandonné au beau milieu du sentier, près de la remise, portière ouverte.

Elle traversa le jardin en courant. Le vent glacé qui s'était levé soufflait de l'ouest et elle détourna le visage. Les premières gouttes de pluie commençaient à tomber, les arbres et les plantes s'agitaient, ondulaient, le mur de mer tintait dans la bourrasque. Il semblait danser.

Stella s'immobilisa en distinguant une silhouette derrière le treillage. Elle se remit en marche, ses bottes s'enfonçant dans la terre meuble des parterres de fleurs. Poussée par une rafale, elle trébucha devant le mur, passa derrière et se retrouva miraculeusement à l'abri du vent.

Zeph lui tournait le dos. Les récents semis poussaient déjà et il fixait la petite croix entourée de verdure.

1976

D'une main, il tenait les lettres qu'il avait envoyées, si longtemps auparavant. De l'autre, il froissait le tissu de sa chemise dans son poing.

En sentant la présence de Stella, Zeph se retourna et son regard plongea dans le sien avec une telle intensité qu'elle eut le sentiment qu'il déchiffrait ses secrets les plus intimes, qu'il éprouvait dans sa chair la terrible angoisse de la jeune fille emprisonnée dans sa chambre, dont les cris se noyaient dans le fracas des vagues sous l'œil fixe de la lune.

Les petits doigts recourbés visibles à travers le sac transparent. Une robe de mariée de poupée tachée de sang. Un visage parfait aux paupières closes. Une jeune fille tendant son enfant aux étoiles.

Tout…

Stella fit un pas. Ses jambes la portaient à peine. Les barrières contre une douleur intolérable qu'elle avait érigées au plus profond d'elle-même s'effondrèrent, et une marée aussi puissante que l'océan se fraya un chemin en elle.

Stella se mit à sangloter et ses larmes étaient comme une purification la lavant du passé. Zeph, qui pleurait lui aussi, l'attira à lui. Elle enfouit son visage contre sa poitrine tandis qu'il la serrait sur son cœur sous une pluie battante, une bénédiction des nuages ou des anges.

Six mois plus tard
Le Halfmoon café

Le soleil du crépuscule brillait sur les prés, teintant les rochers et les troncs d'arbre d'une chaude couleur. Cette année, avec l'automne précoce, la terre s'était déjà durcie. Grace se tenait sur le seuil de la porte, les bras ramenés sur la poitrine pour se protéger du froid. Dans le petit parking au-delà de la clôture, il n'y avait déjà plus de place. Elle reconnut la camionnette de Joe, la Holden jaune des Barron, la voiture de police, deux véhicules de location, et un 4×4 des « Tasmanian Forest Services ».

Elle respira l'air frais qui sentait les baies de poivre, le thym citron et le basilic. Des pots de plantes aromatiques avaient été placés de part et d'autre de l'entrée, une idée de Laurie pour accueillir les invités qui respireraient le parfum des herbes qu'ils retrouveraient dans leurs assiettes.

Grace retourna à l'intérieur. Sur le portemanteau – une œuvre de Zeph – étaient accrochées des vestes de yachtmen, taillées dans des matières douces et confortables et capables de résister aux pires intempéries.

Grace sourit. Elle les voyait pendues ici pour la troisième fois. Elles appartenaient à l'équipage d'un bateau américain amarré dans la baie. Les marins, qui ne devaient rester qu'une nuit à Halfmoon, avaient changé d'avis après avoir découvert le « café » où ils avaient festoyé en laissant de généreux pourboires.

Alors qu'elle s'avançait vers la cuisine, Grace entendit le murmure des voix venant du salon de mer. La table était presque pleine, avec comme d'habitude plus d'hommes que de femmes. Bientôt, Pauline viendrait lui annoncer le nombre de convives. Au début, Grace, inquiète, surveillait tous les soirs le parking et le salon. Maintenant, c'était devenu un rituel, un instant de tranquillité avant de mettre la dernière main au dîner. Elle changeait des petits détails en fonction des personnes présentes, offrant à Joe une tranche du pâté qu'il préférait ou à Mme Barron son dessert favori.

Ce soir, Grace était très excitée. Aux clients habituels se joindraient Daniel et Miles, arrivés le matin même. Ils allaient rester une semaine et Grace avait prévu de leur préparer les plats qui avaient le plus de succès.

Elle poussa la porte battante de la cuisine et fut accueillie par une bouffée d'air chaud. Laurie, qui était penché sur le four, se retourna et posa sur la table un grand plat fumant. Il contenait une carangue posée sur un lit de fenouil et de tranches de citron, et dont la chair blanche apparaissait à travers les craquelures de la peau dorée.

— Je connais cette odeur, dit Grace, mais je n'arrive pas à la définir... Ça y est ! des *pickles* de kumquat ! lança-t-elle d'un ton triomphant.

Laurie sourit.

— On va leur montrer la bête avant de la découper.

Sur le plan de travail, le carnet de Grace était ouvert à la page du menu :

Lapin au curry, riz aux raisins, garniture
Carangue, pommes de terres sautées, haricots
blancs au romarin
Crumble aux pommes et à la rhubarbe
Gâteau de tante Éliza

Grace se demanda comment Pauline avait interprété ce menu qu'elle était chargée d'inscrire sur un tableau noir dans la salle. Il lui arrivait de dénicher des expressions singulières, empruntées au rayon « livres de cuisine » du bibliobus de Mlle Morrel, largement mis à contribution ces derniers temps.

Grace jeta un coup d'œil au lapin au curry qui mijotait sur la cuisinière.

— Spinks est ici. Je vais lui hacher des piments frais, sans ça, il trouvera que ce n'est pas assez relevé.

Pauline fit son entrée, portant un plateau de verres.

— Vous devriez entendre les commentaires des Américains sur le « Syrah de Halfmoon », dit-elle en allant déposer son chargement dans l'évier. On jurerait qu'ils parlent d'art abstrait. On va plus oser le boire.

Elle se mit à rire.

— Et M. Barron qui hoche la tête en faisant semblant de comprendre ce qu'ils racontent. Bientôt, il aura les chevilles qui passeront plus les portes. Quant à Mme Barron, elle le regarde d'un air ahuri comme si elle le voyait pour la première fois. Bon alors, ils ont commandé quatre poissons et trois currys. Les cinq autres veulent les deux.

— Daniel et Miles aussi ?

— Je ne sais pas, ils ne sont pas encore là. Mais ils arrivent. Je les ai aperçus sur les rochers.

— Après quatre heures de promenade, ils vont mourir de faim.

Grace sortit une louche du tiroir à couverts, et calcula à combien s'élèverait son bénéfice de la soirée. Daniel et Miles étaient invités, Joe aussi, ce qui faisait onze clients payants. Avec ce que buvaient les Américains et ce qu'ils laissaient comme pourboire, elle s'en tirerait très bien. Et on était un jour de semaine.

— Ah, Mme Barron a apporté le courrier, dit Pauline.

— Elle n'a qu'à le poser sur la console dans l'entrée.

— Il y a une lettre de Stella. Et nous pensons qu'elle contient des photos.

Grace marqua un temps d'hésitation.

— Allez, Grace, tout le monde veut les voir !

L'hôtesse sourit.

— Très bien, allons-y.

Elle reposa sa louche, Laurie s'essuya les mains à un torchon, et ils suivirent Pauline dans le salon de mer.

Les conversations et les rires allaient bon train. Un disque d'accordéon, de la musique française, tournait sur le pick-up. Grace leva la main pour saluer la compagnie et se dirigea vers Mme Barron, assise en bout de table. Elle tenait une longue enveloppe bleue.

Spinks alla chercher une chaise et Grace s'assit à son côté tandis que Joe posait un verre de vin rouge devant elle. Puis Mme Barron lui tendit un couteau pour qu'elle ouvre la missive tant attendue.

Quand elle en tira la première photo, Laurie et Pauline penchés par-dessus son épaule, tout le monde se tut, comme s'ils étaient une grande famille sur laquelle régnait Grace Birchmore.

Sur le cliché, Stella, assise sur les marches d'une maisonnette au bord de la plage, brossait ses longs cheveux. Elle souriait à l'objectif, les yeux brillants sous les feuilles d'un palmier qui dessinait des motifs lumineux sur sa robe blanche. Grace rendit son sourire à sa fille. Stella avait une mine radieuse et le teint bronzé. Derrière elle, le vent gonflait une moustiquaire vaporeuse. Des fleurs exotiques, rouges et violettes, poussaient près d'un escalier.

Grace passa la photo à Mme Barron. Le salon de mer était bien loin du monde tropical de Samoa. Un feu brûlait dans la cheminée et la longue table était recouverte d'une nappe d'un rouge automnal en accord avec la saison, un cadeau de Pauline.

Le cliché suivant montrait Zeph debout sur le pont du *Tailwind*, silhouette sombre se détachant à contre-jour sur un ciel flamboyant. Les cheveux sur les épaules et un sarong noué autour de la taille, il ne semblait pas conscient d'être photographié. Il s'appuyait au mât, détendu et rêveur. À ses pieds, Carla, les oreilles pointées et le nez au vent, semblait avoir trouvé une seconde jeunesse.

La troisième photo représentait une assiette de nourriture décorée d'une fleur d'hibiscus.

— Quelque chose est écrit derrière, dit Joe.

Grace la retourna.

— Dîner au café du coin, lut-elle à haute voix. Crème de coco cuite dans des feuilles de taro, fruits à pain au sucre de palme. Langouste grillée, servie avec du wasabi et du soja. Plus une fleur pour la décoration !

Les deux premières photos circulaient déjà dans l'assemblée.

— Voilà un sacré yacht ! s'exclama un des navigateurs. Sûr et rapide…

Grace contemplait le dernier cliché. Stella était appuyée à Zeph dont le visage s'inclinait vers la jeune femme. Ils souriaient et la lumière qui dansait dans leurs yeux avait quelque chose de magique.

La porte d'entrée s'ouvrit, on entendit des pas dans le couloir et Daniel et Miles firent irruption dans la pièce. Daniel était un homme grand, au visage taillé à coups de serpe et auréolé de cheveux gris. Miles, petit et distingué, les cheveux coupés court, ne lui ressemblait en rien. Mais avec les années, ils avaient acquis la curieuse habitude de réagir de concert aux circonstances les plus diverses. Ils s'avancèrent vers Grace en se frottant tous deux les mains d'un air frigorifié, et saluèrent aimablement les amis et les clients.

Grace sourit à Daniel et lui tendit la photo de Stella et Zeph. Daniel se détourna et s'absorba dans sa contemplation. Quand il revint vers Grace, les larmes brillaient dans ses yeux.

— Ils semblent tellement heureux, dit-il simplement.

Grace hocha la tête et ils eurent un sourire ému et fier.

Laurie trouva des chaises pour les deux hommes et leur servit du vin. Puis il alla se placer en bout de table et fit tinter son verre avec un couvert. Le silence se fit. On n'entendait plus que le son de l'accordéon et les bûches qui craquaient dans la cheminée.

— À Stella et Zeph, lança-t-il. Aux amis absents et à ceux qui sont réunis ici ce soir.

Il regarda chacune des personnes présentes et se tourna vers les fenêtres. Derrière les vitres, on voyait l'océan, vaste étendue frémissante brodée d'écume.

— À tous les navigateurs, nous souhaitons bon vent et mer calme...

— Prompt retour et que Dieu vous garde ! entonnèrent les convives en se joignant au toast de Laurie.

Remerciements

J'ai une dette envers mon mari, Roger Scholes, qui a joué un rôle essentiel dans l'écriture de *La Femme du marin*. Il a, une fois encore, passé un nombre incalculable d'heures à me faire profiter de ses connaissances de cinéaste, démêlant les fils de l'intrigue, peaufinant les personnages, élaguant certaines scènes ou m'aidant à leur donner plus de relief. Sans compter que notre vie commune est pour moi une constante source d'inspiration, un miracle dont je lui suis toujours reconnaissante.

J'aimerais remercier l'équipe de Pan Macmillan Australia et surtout mon éditeur, Cate Paterson, qui m'a toujours soutenue, et Karen Penning, pour ses conseils avisés et attentifs.

Toute ma gratitude à mon agent Fiona Inglis, à Pippa Masson et aux employés de Curtis Brown Australia, à Kate Cooper et Ali Gunn de Curtis Brown London, ainsi qu'à l'agence Hoffman.

Je voudrais aussi exprimer ma reconnaissance à Christine Steffen-Reimann de Droemer Knaur, en Allemagne, et à Françoise Triffaux de Belfond, en France, pour les encouragements qu'elles m'ont apportés pendant l'écriture du roman.

Bien des gens ont été impliqués dans l'élaboration de *La Femme du marin*. Je ne les remercierai jamais assez :

Le Dr Dennis Humphrey, pour les précisions qu'il m'a apportées sur la grossesse et la fausse couche de Stella.

Janet Pendrigh, qui a partagé avec moi des anecdotes tirées de son expérience professionnelle en tant que sage-femme.

Maree Pyke et les femmes de Swansea, spécialistes de la cuisine tasmanienne.

Michael Pyke, qui m'a fourni des informations sur la pêche, la plongée, la chasse et la façon d'accommoder les produits locaux.

Mon frère Andrew, passionné par les mêmes sujets, qui a accepté de lire la première version de mon manuscrit.

L'inspecteur John Arnold de la police de St. Helens et les volontaires de St. Helens Marine Rescue – pour leurs renseignements sur l'organisation des secours et les procédures de sauvetages.

Stuart Lester, pour son livre *Of Coastlines and Crayfish*.

Mon père, le Dr Robin Smith, pour avoir lu le manuscrit et m'avoir aidée pour l'aspect médico-légal et les recherches maritimes.

Ma mère Elizabeth Smith, pour ses témoignages sur la vie des femmes de sa génération, ses conseils sur les recettes anglaises traditionnelles et la tenue d'une maison, et sa lecture éclairante du manuscrit.

Cathy Hawkings et Ian Johnston, qui m'ont raconté des aventures de navigateurs et m'ont aidée à créer le monde de Zeph sur *Tailwind*.

Elizabeth McKenzie – elle m'a permis de consulter ses livres de cuisine et de goûter ses gâteaux.

Ma sœur, le Dr Clare Smith, qui m'a fait profiter de ses connaissances en psychologie et en relations familiales, et régulièrement invitée à déjeuner.

Julia Fisher, pour avoir répondu à mes questions sur le jardin de Grace.

Jane Ormonde, qui m'a rappelé que l'émotion *est* le cœur d'un roman. Elle a lu l'ultime version du mien avec un regard pointu et sensible.

Ma sœur Hilary, qui a tout de suite cru à l'histoire de Stella et a bravement accepté d'être une des premières à lire la totalité du manuscrit.

Les écrivains du Curry Club, pour leur soutien professionnel et pour nos parties de rigolade.

Claire Konkes, pour avoir été une formidable compagne d'écriture et pour avoir fourni les pâtés de poisson [tropical].

Vanessa Pole, pour avoir vérifié les détails de la vie en Tasmanie dans le roman.

Anna Jones, toujours prête à aller prendre un verre pour discuter des situations complexes dans lesquelles se retrouvaient des personnages qu'elle ne connaissait qu'oralement.

Lynda House et Tony Mahood, pour le safari d'écriture à Sydney et pour toutes ces années que nous avons passées à chercher des histoires ensemble.

Peter Whyte, pour de magnifiques photographies.

Ma nièce Kate Visagie, qui a lu le manuscrit avec sa sensibilité de jeune fille de dix-neuf ans.

Myra Tite, qui m'a envoyé des cadeaux pour chaque Noël de ma vie, peu importe l'endroit où vivait ma famille.

John et Caroline Ball ont éclairé pour moi le milieu dont Grace était issue et je les remercie pour de nombreux séjours à Binalong Bay.

Jay Yulumara m'a fait partager son jardin et sa sagesse.

Ma belle-mère Pat Scholes, qui a perdu un enfant, m'a inspirée pour le livre.

Et enfin mes fils, Jonathan et Linden, m'ont enseigné à quel point les bébés sont précieux...

Rattraper le temps perdu

La dame au sari bleu
Katherine Scholes

Zelda, vingt ans, est née sur une côte sauvage de Tasmanie et a été élevée par son père, James, un homme dur et austère. Elle sait peu de choses sur sa mère, Ellen, disparue alors qu'elle n'était encore qu'un bébé. À la mort de son père, Zelda trouve un article de presse révélant qu'Ellen est encore en vie et habite en Inde. Bouleversée, Zelda n'a plus qu'un seul objectif : partir sur les traces de son passé et peut-être renouer des liens avec sa mère, cette inconnue...

(Pocket n° 12924)

Il y a toujours un Pocket à découvrir

Une autre Afrique

La reine des pluies
Katherine Scholes

Pâques 1974. Avant d'être rapatriée à Melbourne, Kate Carrington, douze ans, assiste à l'enterrement de ses parents, missionnaires australiens assassinés dans la brousse en Tanzanie. Vingt ans plus tard, ce passé douloureux qu'elle a tenté d'oublier rattrape la jeune femme à travers les révélations d'une vieille dame solitaire. Kate apprend alors la vérité sur son enfance africaine et la tragédie qui la rendit orpheline...

(Pocket n° 12140)

Il y a toujours un Pocket à découvrir

Au-delà de l'amour

La raison du cœur
Nicholas Sparks

Jeremy est journaliste d'investigation. C'est en le voyant à la télévision que Doris a l'idée de l'inviter à venir enquêter sur un phénomène qui se produit dans sa ville. Dans le petit cimetière, depuis que des tombes ont été profanées, des lumières fantomatiques apparaissent lorsque la nuit tombe. Bien décidé à trouver une explication rationnelle à ce mystère, Jérémy commence ses recherches, au cours desquelles il croise Lexie, la petite-fille de Doris. Mais lorsqu'il découvre enfin la vérité et veut la partager avec la jeune femme, celle-ci se révèle introuvable…

(Pocket n° 13660)

Il y a toujours un Pocket à découvrir

Achevé d'imprimer sur les presses de

BUSSIÈRE
GROUPE CPI

*à Saint-Amand-Montrond (Cher)
en avril 2008*

POCKET - 12, avenue d'Italie - 75627 Paris Cedex 13

— N° d'imp. : 80667. —
Dépôt légal : mai 2008.

Imprimé en France